目　　录

老舍小传

老舍（1899年2月3日—1966年8月24日），原名舒庆春，字舍予，北京人，满族。

父亲是一名满族护兵军，阵亡于八国联军攻打北京的炮火中，母亲也是旗人，靠替人家洗衣裳做活计维持一家人的生活，早年清贫的生活给他的一生打下了许多特殊的烙印，在很大程度上影响着他的整个人生道路。

北京师范学校毕业后，当小学校长和中学教员。1924年夏至1929年夏应聘到英国伦敦大学亚非学院当中文讲师。长篇小说《老张的哲学》从1926年7月起在《小说月报》杂志连载，立刻以其现实主义笔力、忧国忧民的主题思想、独特的幽默风格和地道的北京口语震动文坛。以后，陆续发表长篇小说《赵子曰》《二马》，这些作品成为最早出现的新文学长篇创作成果的一部分，奠定了老舍作为新文学开拓者之一的地位。

1930年经新加坡回国，先后在齐鲁大学和山东大学任教，这个时期，创作了《猫城记》《离婚》《骆驼祥子》等长篇小说，《月牙儿》《我这一辈子》等中篇小说，《微神》《断魂枪》等短篇小说。抗日战争爆发后，只身从济南流亡到武汉、重庆，组织中华全国文艺界抗敌协会，被推选为总务部主任，对内总理会务，对外代表“文协”，为文艺界的大团结和文艺的普及作出了重要贡献。1944 年起开始创作近百万字的长篇抗战巨著《四世同堂》。1946 年至 1949 年在美国讲学和从事写作。

中华人民共和国成立后，他怀着强烈的爱国热情由美归国。他赞美新生活、新人物，成为写作最勤、作品最多、造诣最高的老作家之一。他这一时期以创作话剧和戏曲剧本为主，著有《龙须沟》《茶馆》《全家福》《神拳》等二十四个剧本和小说《正红旗下》。他因创作话剧《龙须沟》而荣获“人民艺术家”称号。《龙须沟》和《茶馆》被公认为社会主义文学的重要成果，受到观众的热烈欢迎和称赞，成为话剧舞台保留剧目，演出经久不衰。他被选为全国文联和中国作家协会副主席兼北京市文联主席，是全国人大代表和全国政协常委。

在 1966 年“文化大革命”中受到红卫兵冲击，不堪凌辱投湖自尽。1979 年恢复名誉。

长篇小说

骆驼祥子

一

我们所要介绍的是祥子，不是骆驼，因为“骆驼”只是个外号；那么，我们就先说祥子，随手儿把骆驼与祥子那点关系说过去，也就算了。

北平的洋车夫有许多派：年轻力壮，腿脚灵利的，讲究赁漂亮的车，拉“整天儿”，爱什么时候出车与收车都有自由；拉出车来，在固定的“车口”或宅门一放，专等坐快车的主儿；弄好了，也许一下子弄个一块两块的；碰巧了，也许白耗一天，连“车份儿”也没着落，但也不在乎。这一派哥儿们的希望大概有两个：或是拉包车；或是自己买上辆车，有了自己的车，再去拉包月或散座就没大关系了，反正车是自己的。

比这一派岁数稍大的，或因身体的关系而跑得稍差点劲的，或因家庭的关系而不敢白耗一天的，大概就多数的拉八成新的车；人与车都有相当的漂亮，所以在要价儿的时候也还能保持住相当的尊严。这派的车夫，也许拉“整天”，也许拉“半天”。在后者的情形下，因为还有相当的精气神，所以无论冬天夏天总是“拉晚儿”。夜间，当然比白天需要更多的留神与本事；钱自然也多挣一些。

年纪在四十以上，二十以下的，恐怕就不易在前两派里有个地位了。他们的车破，又不敢“拉晚儿”，所以只能早早的出车，希望能从清晨转到午后三四点钟，拉出“车份儿”和自己的嚼谷。他们的车破，跑得慢，所以得多走路，少要钱。到瓜市，果市，菜市，去拉货物，都是他们；钱少，可是无须快跑呢。

在这里，二十岁以下的——有的从十一二岁就干这行儿——很少能到二十岁以后改变成漂亮的车夫的，因为在幼年受了伤，很难健壮起来。他们也许拉一辈子洋车，而一辈子连拉车也没出过风头。那四十以上的人，有的是已拉了十年八年的车，筋肉的衰损使他们甘居人后，他们渐渐知道早晚是一个跟头会死在马路上。他们的拉车姿式，讲价时的随机应变，走路的抄近绕远，都足以使他们想起过去的光荣，而用鼻翅儿扇着那些后起之辈。可是这点光荣丝毫不能减少将来的黑暗，他们自己也因此在擦着汗的时节常常微叹。不过，以他们比较另一些四十上下岁的车夫，他们还似乎没有苦到了家。这一些是以前决没想到自己能与洋车发生关系，而到了生和死的界限已经不甚分明，才抄起车把来的。被撤差的巡警或校役，把本钱吃光的小贩，或是失业的工匠，到了卖无可卖，当无可当的时候，咬着牙，含着泪，上了这条到死亡之路。这些人，生命最鲜壮的时期已经卖掉，现在再把窝窝头变成的血汗滴在马路上。没有力气，没有经验，没有朋友，就是在同行的当中也得不到好气儿。他们拉最破的车，皮带不定一天泄多少次气；一边拉着人还得一边儿央求人家原谅，虽然十五个大铜子儿已经算是甜买卖。

此外，因环境与知识的特异，又使一部分车夫另成派别。生于西苑海甸的自然以走西山，燕京，清华，较比方便；同样，在安定门外的走清河，北苑；在永定门外的走南苑——这是跑长趟的，不愿拉零座；因为拉一趟便是一趟，不屑于三五个铜子的穷凑了。可是他们还不如东交民巷的车夫的气儿长，这些专拉洋买卖的讲究一气儿由交民巷拉到玉泉山，颐和园或西山。气长也还算小事，一般车夫万不能争这项生意的原因，大半还是因为这些吃洋饭的有点与众不同的知识，他们会说外国话。英国兵，法国兵，所说的万寿山，雍和宫，“八大胡同”，他们都晓得。他们自己有一套外国话，不传授给别人。他们的跑法也特别，四六步儿不快不慢，低着头，目不旁视的，贴着马路边儿走，带出与世无争，而自有专长的神气。因为拉着洋人，他们可以不穿号坎，而一律的是长袖小白褂，白的或黑的裤子，裤筒特别肥，脚腕上系着细带；脚上是宽双脸千层底青布鞋；干净，利落，神气。一见这样的服装，别的车夫不会再过来争座与赛车，他们似乎是属于另一行业的。

有了这点简单的分析，我们再说祥子的地位，就像说——我们希望——一盘机器上的某种钉子那么准确了。祥子，在与“骆驼”这个外号发生关系以前，是个较比有自由的洋车夫，这就是说，他是属于年轻力壮，而且自己有车的那一类：自己的车，自己的生活，都在自己手里，高等车夫。

这可绝不是件容易的事。一年，二年，至少有三四年；一滴汗，两滴汗，不知道多少万滴汗，才挣出那辆车。从风里雨里的咬牙，从饭里茶里的自苦，才赚出那辆车。那辆车是他的一切挣扎与困苦的总结果与报酬，像身经百战的武士的一颗徽章。在他赁人家的车的时候，他从早到晚，由东到西，由南到北，像被人家抽着转的陀螺；他没有自己。可是在这种旋转之中，他的眼并没有花，心并没有乱，他老想着远远的一辆车，可以使他自由，独立，像自己的手脚的那么一辆车。有了自己的车，他可以不再受拴车的人们的气，也无须敷衍别人；有自己的力气与洋车，睁开眼就可以有饭吃。

他不怕吃苦，也没有一般洋车夫的可以原谅而不便效法的恶习，他的聪明和努力都足以使他的志愿成为事实。假若他的环境好一些，或多受着点教育，他一定不会落在“胶皮团”里，而且无论是干什么，他总不会辜负了他的机会。不幸，他必须拉洋车；好，在这个营生里他也证明出他的能力与聪明。他仿佛就是在地狱里也能作个好鬼似的。生长在乡间，失去了父母与几亩薄田，十八岁的时候便跑到城里来。带着乡间小伙子的足壮与诚实，凡是以卖力就能吃饭的事他几乎全作过了。可是，不久他就看出来，拉车是件更容易挣钱的事；作别的苦工，收入是有限的；拉车多着一些变化与机会，不知道在什么时候与地点就会遇到一些多于所希望的报酬。自然，他也晓得这样的机遇不完全出于偶然，而必须人与车都得漂亮精神，有货可卖才能遇到识货的人。想了一想，他相信自己有那个资格：他有力气，年纪正轻；所差的是他还没有跑过，与不敢一上手就拉漂亮的车。但这不是不能胜过的困难，有他的身体与力气作基础，他只要试验个十天半月的，就一定能跑得有个样子，然后去赁辆新车，说不定很快的就能拉上包车，然后省吃俭用的一年二年，即使是三四年，他必能自己打上一辆车，顶漂亮的车！看着自己的青年的肌肉，他以为这只是时间的问题，这是必能达到的一个志愿与目的，绝不是梦想！

他的身量与筋肉都发展到年岁前边去；二十来的岁，他已经很大很高，虽然肢体还没被年月铸成一定的格局，可是已经像个成人了——一个脸上身上都带出天真淘气的样子的大人。看着那高等的车夫，他计划着怎样杀进他的腰去，好更显出他的铁扇面似的胸，与直硬的背；扭头看看自己的肩，多么宽，多么威严！杀好了腰，再穿上肥腿的白裤，裤角用鸡肠子带儿系住，露出那对“出号”的大脚！是的，他无疑的可以成为最出色的车夫；傻子似的他自己笑了。

他没有什么模样，使他可爱的是脸上的精神。头不很大，圆眼，肉鼻子，两条眉很短很粗，头上永远剃得发亮。腮上没有多余的肉，脖子可是几乎与头一边儿粗；脸上永远红扑扑的，特别亮的是颧骨与右耳之间一块不小的疤——小时候在树下睡觉，被驴啃了一口。他不甚注意他的模样，他爱自己的脸正如同他爱自己的身体，都那么结实硬棒；他把脸仿佛算在四肢之内，只要硬棒就好。是的，到城里以后，他还能头朝下，倒着立半天。这样立着，他觉得，他就很像一棵树，上下没有一个地方不挺脱的。

他确乎有点像棵树，坚壮，沉默，而又有生气。他有自己的打算，有些心眼，但不好向别人讲论。在洋车夫里，个人的委屈与困难是公众的话料，“车口儿”上，小茶馆中，大杂院里，每人报告着形容着或吵嚷着自己的事，而后这些事成为大家的财产，像民歌似的由一处传到一处。祥子是乡下人，口齿没有城里人那么灵便；设若口齿灵利是出于天才，他天生来的不愿多说话，所以也不愿学着城里人的贫嘴恶舌。他的事他知，不喜欢和别人讨论。因为嘴常闲着，所以他有工夫去思想，他的眼仿佛是老看着自己的心。只要他的主意打定，他便随着心中所开开的那条路儿走；假若走不通的话，他能一两天不出一声，咬着牙，好似咬着自己的心！

他决定去拉车，就拉车去了。赁了辆破车，他先练练腿。第一天没拉着什么钱。第二天的生意不错，可是躺了两天，他的脚脖子肿得像两条瓠子似的，再也抬不起来。他忍受着，不管是怎样的疼痛。他知道这是不可避免的事，这是拉车必须经过的一关。非过了这一关，他不能放胆的去跑。

脚好了之后，他敢跑了。这使他非常的痛快，因为别的没有什么可怕的了：地名他很熟习，即使有时候绕点远也没大关系，好在自己有的是力气。拉车的方法，以他干过的那些推，拉，扛，挑的经验来领会，也不算十分难。况且他有他的主意：多留神，少争胜，大概总不会出了毛病。至于讲价争座，他的嘴慢气盛，弄不过那些老油子们。知道这个短处，他干脆不大到“车口儿”上去；哪里没车，他放在哪里。在这僻静的地点，他可以从容的讲价，而且有时候不肯要价，只说声：“坐上吧，瞧着给！”他的样子是那么诚实，脸上是那么简单可爱，人们好像只好信任他，不敢想这个傻大个子是会敲人的。即使人们疑心，也只能怀疑他是新到城里来的乡下老儿，大概不认识路，所以讲不出价钱来。及至人们问到，“认识呀？”他就又像装傻，又像耍俏的那么一笑，使人们不知怎样才好。

两三个星期的工夫，他把腿溜出来了。他晓得自己的跑法很好看。跑法是车夫的能力与资格的证据。那撇着脚，像一对蒲扇在地上扇乎的，无疑的是刚由乡间上来的新手。那头低得很深，双脚蹭地，跑和走的速度差不多，而颇有跑的表示的，是那些五十岁以上的老者们。那经验十足而没什么力气的却另有一种方法：胸向内含，度数很深；腿抬得很高；一走一探头；这样，他们就带出跑得很用力的样子，而在事实上一点也不比别人快；他们仗着“作派”去维持自己的尊严。祥子当然决不采取这几种姿态。他的腿长步大，腰里非常的稳，跑起来没有多少响声，步步都有些伸缩，车把不动，使座儿觉到安全，舒服。说站住，不论在跑得多么快的时候，大脚在地上轻蹭两蹭，就站住了；他的力气似乎能达到车的各部分。脊背微俯，双手松松拢住车把，他活动，利落，准确；看不出急促而跑得很快，快而没有危险。就是在拉包车的里面，这也得算很名贵的。

他换了新车。从一换车那天，他就打听明白了，像他赁的那辆——弓子软，铜活地道，雨布大帘，双灯，细脖大铜喇叭——值一百出头；若是漆工与铜活含糊一点呢，一百元便可以打住。大概的说吧，他只要有一百块钱，就能弄一辆车。猛然一想，一天要是能剩一角的话，一百元就是一千天，一千天！把一千天堆到一块，他几乎算不过来这该有多么远。但是，他下了决心，一千天，一万天也好，他得买车！第一步他应当，他想好了，去拉包车。遇上交际多，饭局多的主儿，平均一月有上十来个饭局，他就可以白落两三块的车饭钱。加上他每月再省出个块儿八角的，也许是三头五块的，一年就能剩起五六十块！这样，他的希望就近便多多了。他不吃烟，不喝酒，不赌钱，没有任何嗜好，没有家庭的累赘，只要他自己肯咬牙，事儿就没有个不成。他对自己起下了誓，一年半的工夫，他——祥子——非打成自己的车不可！是现打的，不要旧车见过新的。

他真拉上了包月。可是，事实并不完全帮助希望。不错，他确是咬了牙，但是到了一年半他并没还上那个誓愿。包车确是拉上了，而且谨慎小心的看着事情；不幸，世上的事并不是一面儿的。他自管小心他的，东家并不因此就不辞他；不定是三两个月，还是十天八天，吹了；他得另去找事。自然，他得一边儿找事，还得一边儿拉散座；骑马找马，他不能闲起来。在这种时节，他常常闹错儿。他还强打着精神，不专为混一天的嚼谷，而且要继续着积储买车的钱。可是强打精神永远不是件妥当的事：

拉起车来，他不能专心致志的跑，好像老想着些什么，越想便越害怕，越气不平。假若老这么下去，几时才能买上车呢？为什么这样呢？难道自己还算个不要强的？在这么乱想的时候，他忘了素日的谨慎。皮轮子上了碎铜烂磁片，放了炮；只好收车。更严重一些的，有时候碰了行人，甚至有一次因急于挤过去而把车轴盖碰丢了。设若他是拉着包车，这些错儿绝不能发生；一搁下了事，他心中不痛快，便有点愣头磕脑的。碰坏了车，自然要赔钱；这更使他焦躁，火上加了油；为怕惹出更大的祸，他有时候懊睡一整天。及至睁开眼，一天的工夫已白白过去，他又后悔，自恨。还有呢，在这种时期，他越着急便越自苦，吃喝越没规则；他以为自己是铁作的，可是敢情他也会病。病了，他舍不得钱去买药，自己硬挺着；结果，病越来越重，不但得买药，而且得一气儿休息好几天。这些个困难，使他更咬牙努力，可是买车的钱数一点不因此而加快的凑足。

整整的三年，他凑足了一百块钱！

他不能再等了。原来的计划是买辆最完全最新式最可心的车，现在只好按着一百块钱说了。不能再等；万一出点什么事再丢失几块呢！恰巧有辆刚打好的车——定作而没钱取货的——跟他所期望的车差不甚多；本来值一百多，可是因为定钱放弃了，车铺愿意少要一点。祥子的脸通红，手哆嗦着，拍出九十六块钱来：“我要这辆车！”铺主打算挤到个整数，说了不知多少话，把他的车拉出去又拉进来，支开棚子，又放下，按按喇叭，每一个动作都伴着一大串最好的形容词；最后还在钢轮条上踢了两脚，“听听声儿吧，铃铛似的！拉去吧，你就是把车拉碎了，要是钢条软了一根，你拿回来，把它摔在我脸上！一百块，少一分咱们吹！”祥子把钱又数了一遍：“我要这辆车，九十六！”铺主知道是遇见了一个心眼的人，看看钱，看看祥子，叹了口气："交个朋友，车算你的了；保六个月：除非你把大箱碰碎，我都白给修理；保单，拿着！"

祥子的手嗦哆得更厉害了，揣起保单，拉起车，几乎要哭出来。拉到个僻静地方，细细端详自己的车，在漆板上试着照照自己的脸！越看越可爱，就是那不尽合自己的理想的地方也都可以原谅了，因为已经是自己的车了。把车看得似乎暂时可以休息会儿了，他坐在了水簸箕的新脚垫儿上，看着车把上的发亮的黄铜喇叭。他忽然想起来，今年是二十二岁。因为父母死得早，他忘了生日是在哪一天。自从到城里来，他没过一次生日。好吧，今天买上了新车，就算是生日吧，人的也是车的，好记，而且车既是自己的心血，简直没什么不可以把人与车算在一块的地方。

怎样过这个"双寿"呢？祥子有主意：头一个买卖必须拉个穿得体面的人，绝对不能是个女的。最好是拉到前门，其次是东安市场。拉到了，他应当在最好的饭摊上吃顿饭，如热烧饼夹爆羊肉之类的东西。吃完，有好买卖呢就再拉一两个；没有呢，就收车；这是生日！

自从有了这辆车，他的生活过得越来越起劲了。拉包月也好，拉散座也好，他天天用不着为"车份儿"着急，拉多少钱全是自己的，心里舒服，对人就更和气，买卖也就更顺心。拉了半年，他的希望更大了：照这样下去，干上二年，至多二年，他就又可以买辆车，一辆，两辆——他也可以开车厂子了！

可是，希望多半落空，祥子的也非例外。

二

因为高兴，胆子也就大起来；自从买了车，祥子跑得更快了。自己的车，当然格外小心，可是他看看自己，再看看自己的车，就觉得有些不是味儿，假若不快跑的话。

他自己，自从到城里来，又长高了一寸多。他自己觉出来，仿佛还得往高里长呢。不错，他的皮肤与模样都更硬棒与固定了一些，而且上唇上已有了小小的胡子；可是他以为还应当再长高一些。当他走到个小屋门或街门而必须大低头才能进去的时候，他虽不说什么，可是心中暗自喜欢，因为他已经是这么高大，而觉得还正在发长，他似乎既是个成人，又是个孩子，非常有趣。

这么大的人，拉上那么美的车，他自己的车，弓子软得颤悠颤悠的，连车把都微微的动弹；车箱是那么亮，垫子是那么白，喇叭是那么响；跑得不快怎能对得起自己呢，怎能对得起那辆车呢？这一点不是虚荣心，而似乎是一种责任，非快跑，飞跑，不足以充分发挥自己的力量与车的优美。那辆车也真是可爱，拉过了半年来的，仿佛处处都有了知觉与感情，祥子的一扭腰，一蹲腿，或一直脊背，它都就马上应合着，给祥子以最顺心的帮助，他与它之间没有一点隔膜别扭的地方。赶到遇上地平人少的地方，祥子可以用一只手拢着把，微微轻响的皮轮像阵利飕的小风似的催着他跑，飞快而平稳。拉到了地点，祥子的衣裤都拧得出汗来，哗哗的，像刚从水盆里捞出来的。他感到疲乏，可是很痛快的，值得骄傲的，一种疲乏，如同骑着名马跑了几十里那样。

假若胆壮不就是大意，祥子在放胆跑的时候可并不大意。不快跑若是对不起人，快跑而碰伤了车便对不起自己。车是他的命，他知道怎样的小心。小心与大胆放在一处，他便越来越能自信，他深信自己与车都是铁作的。

因此，他不但敢放胆的跑，对于什么时候出车也不大去考虑。他觉得用力拉车去挣口饭吃，是天下最有骨气的事；他愿意出去，没人可以拦住他。外面的谣言他不大往心里听，什么西苑又来了兵，什么长辛店又打上了仗，什么西直门外又在拉伕，什么齐化门已经关了半天，他都不大注意。自然，街上铺户已都上了门，而马路上站满了武装警察与保安队，他也不便故意去找不自在，也和别人一样急忙收了车。可是，谣言，他不信。他知道怎样谨慎，特别因为车是自己的，但是他究竟是乡下人，不像城里人那样听见风便是雨。再说，他的身体使他相信，即使不幸赶到“点儿”上，他必定有办法，不至于吃很大的亏；他不是容易欺侮的，那么大的个子，那么宽的肩膀！

战争的消息与谣言几乎每年随着春麦一块儿往起长，麦穗与刺刀可以算作北方人的希望与忧惧的象征。祥子的新车刚交半岁的时候，正是麦子需要春雨的时节。春雨不一定顺着人民的盼望而降落，可是战争不管有没有人盼望总会来到。谣言吧，真事儿吧，祥子似乎忘了他曾经作过庄稼活；他不大关心战争怎样的毁坏田地，也不大注意春雨的有无。他只关心他的车，他的车能产生烙饼与一切吃食，它是块万能的田地，很驯顺的随着他走，一块活地，宝地。因为缺雨，因为战争的消息，粮食都涨了价钱；这个，祥子知道。可是他和城里人一样的只会抱怨粮食贵，而一点主意没有；粮食贵，贵吧，谁有法儿教它贱呢？这种态度使他只顾自己的生活，把一切祸患灾难都放在脑后。

设若城里的人对于一切都没有办法，他们会造谣言——有时完全无中生有，有时把一分真事说成十分——以便显出他们并不愚傻与不作事。他们像些小鱼，闲着的时候把嘴放在水皮上，吐出几个完全没用的水泡儿也怪得意。在谣言里，最有意思是关于战争的。别种谣言往往始终是谣言，好像谈鬼说狐那样，不会说着说着就真见了鬼。关于战争的，正是因为根本没有正确消息，谣言反倒能立竿见影。在小节目上也许与真事有很大的出入，可是对于战争本身的有无，十之八九是正确的。“要打仗了！”这句话一经出口，早晚准会打仗；至于谁和谁打，与怎么打，那就一个人一个说法了。祥子并不是不知道这个。不过，干苦工的人们——拉车的也在内——虽然不会欢迎战争，可是碰到了它也不一定就准倒霉。每逢战争一来，最着慌的是阔人们。他们一听见风声不好，赶快就想逃命；钱使他们来得快，也跑得快。他们自己可是不会跑，因为腿脚被钱坠的太沉重。他们得雇许多人作他们的腿，箱子得有人抬，老幼男女得有车拉；在这个时候，专卖手脚的哥儿们的手与脚就一律贵起来：“前门，东车站！”“哪儿？”“东——车——站！”“呕，干脆就给一块四毛钱！不用驳回，兵荒马乱的！”

就是在这个情形下，祥子把车拉出城去。谣言已经有十来天了，东西已都涨了价，可是战争似乎是在老远，一时半会儿不会打到北平来。祥子还照常拉车，并不因为谣言而偷点懒。有一天，拉到了西城，他看出点棱缝来。在护国寺街西口和新街口没有一个招呼“西苑哪？清华呀？”的。在新街口附近他转悠了一会儿。听说车已经都不敢出城，西直门外正在抓车，大车小车骡车洋车一齐抓。他想喝碗茶就往南放车；车口的冷静露出真的危险，他有相当的胆子，但是不便故意的走死路。正在这个节骨眼儿，从南来了两辆车，车上坐着的好像是学生。拉车的一边走，一边儿喊：“有上清华的没有？嗨，清华！”

车口上的几辆车没有人答茬儿，大家有的看着那两辆车淡而不厌的微笑，有的叼着小烟袋坐着，连头也不抬。那两辆车还继续的喊：“都哑巴了？清华！”

“两块钱吧，我去！”一个年轻光头的矮子看别人不出声，开玩笑似的答应了这么一句。

“拉过来！再找一辆！”那两辆车停住了。

年轻光头的愣了一会儿，似乎不知怎样好了。别人还都不动。祥子看出来，出城一定有危险，要不然两块钱清华——平常只是二三毛钱的事儿——为什么会没人抢呢？他也不想去。可是那个光头的小伙子似乎打定了主意，要是有人陪他跑一趟的话，他就豁出去了；他一眼看中了祥子：“大个子，你怎样？”

“大个子”三个字把祥子招笑了，这是一种赞美。他心中打开了转儿：凭这样的赞美，似乎也应当捧那身矮胆大的光头一场；再说呢，两块钱是两块钱，这不是天天能遇到的事。危险？难道就那样巧？况且，前两天还有人说天坛住满了兵；他亲眼看见的，那里连个兵毛儿也没有。这么一想，他把车拉过去了。

拉到了西直门，城洞里几乎没有什么行人。祥子的心凉了一些。光头子也看不出妙，可是还笑着说：“招呼吧，伙计！是福不是祸，今儿个就是今儿个啦！”祥子知道事情要坏，可是在街面上混了这几年了，不能说了不算，不能要老娘们脾气！

出了西直门，真是连一辆车也没遇上；祥子低下头去，不敢再看马路的左右。他的心好像直顶他的肋条。到了高亮桥，他向四围打了一眼，并没有一个兵，他又放了点心。两块钱到底是两块钱，他盘算着，没点胆子哪能找到这么俏的事。他平常很不喜欢说话，可是这阵儿他愿意跟光头的矮子说几句，街上清静得真可怕。“抄土道走吧？马路上——”

“那还用说，”矮子猜到他的意思，“只要一上了便道，咱们就算有点底儿了！”

还没拉到便道上，祥子和光头的矮子连车带人都被十来个兵捉了去！

虽然已到妙峰山开庙进香的时节，夜里的寒气可还不是一件单衫所能挡得住的。祥子的身上没有任何累赘，除了一件灰色单军服上身，和一条蓝布军裤，都被汗沤得奇臭——自从还没到他身上的时候已经如此。由这身破军衣，他想起自己原来穿着的白布小褂与那套阴丹士林蓝的夹裤褂；那是多么干净体面！是的，世界上还有许多比阴丹士林蓝更体面的东西，可是祥子知道自己混到那么干净利落已经是怎样的不容易。闻着现在身上的臭汗味，他把以前的挣扎与成功看得分外光荣，比原来的光荣放大了十倍。他越想着过去便越恨那些兵们。他的衣服鞋帽，洋车，甚至于系腰的布带，都被他们抢了去；只留给他青一块紫一块的一身伤，和满脚的疱！不过，衣服，算不了什么；身上的伤，不久就会好的。他的车，几年的血汗挣出来的那辆车，没了！自从一拉到营盘里就不见了！以前的一切辛苦困难都可一眨眼忘掉，可是他忘不了这辆车！

吃苦，他不怕；可是再弄上一辆车不是随便一说就行的事；至少还得几年的功夫！过去的成功全算白饶，他得重打鼓另开张打头儿来！祥子落了泪！他不但恨那些兵，而且恨世上的一切了。凭什么把人欺侮到这个地步呢？凭什么？“凭什么？”他喊了出来。

这一喊——虽然痛快了些——马上使他想起危险来。别的先不去管吧，逃命要紧！

他在哪里呢？他自己也不能正确的回答出。这些日子了，他随着兵们跑，汗从头上一直流到脚后跟。走，得扛着拉着或推着兵们的东西；站住，他得去挑水烧火喂牲口。他一天到晚只知道怎样把最后的力气放在手上脚上，心中成了块空白。到了夜晚，头一挨地他便像死了过去，而永远不再睁眼也并非一定是件坏事。

最初，他似乎记得兵们是往妙峰山一带退却。及至到了后山，他只顾得爬山了，而时时想到不定哪时他会一跤跌到山涧里，把骨肉被野鹰们啄尽，不顾得别的。在山中绕了许多天，忽然有一天山路越来越少，当太阳在他背后的时候，他远远的看见了平地。晚饭的号声把出营的兵丁唤回，有几个扛着枪的牵来几匹骆驼。

骆驼！祥子的心一动，忽然的他会思想了，好像迷了路的人忽然找到一个熟识的标记，把一切都极快的想了起来。骆驼不会过山，他一定是来到了平地。在他的知识里，他晓得京西一带，像八里庄，黄村，北辛安，磨石口，五里屯，三家店，都有养骆驼的。难道绕来绕去，绕到磨石口来了吗？这是什么战略——假使这群只会跑路与抢劫的兵们也会有战略——他不晓得。可是他确知道，假如这真是磨石口的话，兵们必是绕不出山去，而想到山下来找个活路。磨石口是个好地方，往东北可以回到西山；往南可以奔长辛店，或丰台；一直出口子往西也是条出路。他为兵们这么盘算，心中也就为自己画出一条道儿来：这到了他逃走的时候了。万一兵们再退回乱山里去，他就是逃出兵的手掌，也还有饿死的危险。要逃，就得乘这个机会。由这里一跑，他相信，一步就能跑回海甸！虽然中间隔着那么多地方，可是他都知道呀；一闭眼，他就有了个地图：这里是磨石口——老天爷，这必须是磨石口！——他往东北拐，过金顶山，礼王坟，就是八大处；从四平台往东奔杏子口，就到了南辛庄。为是有些遮隐，他顶好还顺着山走，从北辛庄，往北，过魏家村；往北，过南河滩；再往北，到红山头，杰王府；静宜园了！找到静宜园，闭着眼他也可以摸到海甸去！他的心要跳出来！这些日子，他的血似乎全流到四肢上去；这一刻，仿佛全归到心上来；心中发热，四肢反倒冷起来；热望使他混身发颤！

一直到半夜，他还合不上眼。希望使他快活，恐惧使他惊惶，他想睡，但睡不着，四肢像散了似的在一些干草上放着。什么响动也没有，只有天上的星伴着自己的心跳。骆驼忽然哀叫了两声，离他不远。他喜欢这个声音，像夜间忽然听到鸡鸣那样使人悲哀，又觉得有些安慰。

远处有了炮声，很远，但清清楚楚的是炮声。他不敢动，可是马上营里乱起来。他闭住了气，机会到了！他准知道，兵们又得退却，而且一定是往山中去。这些日子的经验使他知道，这些兵的打仗方法和困在屋中的蜜蜂一样，只会到处乱撞。有了炮声，兵们一定得跑；那么，他自己也该精神着点了。他慢慢的，闭着气，在地上爬，目的是在找到那几匹骆驼。他明知道骆驼不会帮助他什么，但他和它们既同是俘虏，好像必须有些同情。军营里更乱了，他找到了骆驼——几块土岗似的在黑暗中趴伏着，除了粗大的呼吸，一点动静也没有，似乎天下都很太平。这个，教他壮起点胆子来。他伏在骆驼旁边，像兵丁藏在沙口袋后面那样。极快的他想出个道理来：炮声是由南边来的，即使不是真心作战，至少也是个“此路不通”的警告。那么，这些兵还得逃回山中去。真要是上山，他们不能带着骆驼。这样，骆驼的命运也就是他的命运。他们要是不放弃这几个牲口呢，他也跟着完事；他们忘记了骆驼，他就可以逃走。把耳朵贴在地上，他听着有没有脚步声儿来，心跳得极快。

不知等了多久，始终没人来拉骆驼。他大着胆子坐起来，从骆驼的双峰间望过去，什么也看不见，四外极黑。逃吧！不管是吉是凶，逃！

三

祥子已经跑出二三十步去，可又不肯跑了，他舍不得那几匹骆驼。他在世界上的财产，现在，只剩下了自己的一条命。就是地上的一根麻绳，他也乐意拾起来，即使没用，还能稍微安慰他一下，至少他手中有条麻绳，不完全是空的。逃命是要紧的，可是赤裸裸的一条命有什么用呢？他得带走这几匹牲口，虽然还没想起骆驼能有什么用处，可是总得算是几件东西，而且是块儿不小的东西。

他把骆驼拉了起来。对待骆驼的方法，他不大晓得，可是他不怕它们，因为来自乡间，他敢挨近牲口们。骆驼们很慢很慢的立起来，他顾不得细调查它们是不是都在一块儿拴着，觉到可以拉着走了，他便迈开了步，不管是拉起来一个，还是全“把儿”。

一迈步，他后悔了。骆驼——在口内负重惯了的——是走不快的。不但是得慢走，还须极小心的慢走，骆驼怕滑；一汪儿水，一片儿泥，都可以教它们劈了腿，或折扭了膝。骆驼的价值全在四条腿上；腿一完，全完！而祥子是想逃命呀！

可是，他不肯再放下它们。一切都交给天了，白得来的骆驼是不能放手的！

因拉惯了车，祥子很有些辨别方向的能力。虽然如此，他现在心中可有点乱。当他找到骆驼们的时候，他的心似乎全放在它们身上了；及至把它们拉起来，他弄不清哪儿是哪儿了，天是那么黑，心中是那么急，即使他会看看星，调一调方向，他也不敢从容的去这么办；星星们——在他眼中——好似比他还着急，你碰我，我碰你的在黑空中乱动。祥子不敢再看天上。他低着头，心里急而脚步不敢放快的往前走。他想起了这个：既是拉着骆驼，便须顺着大道走，不能再沿着山坡儿。由磨石口——假如这是磨石口——到黄村，是条直路。这既是走骆驼的大路，而且一点不绕远儿。“不绕远儿”在一个洋车夫心里有很大的价值。不过，这条路上没有遮掩！万一再遇上兵呢？即使遇不上大兵，他自己那身破军衣，脸上的泥，与那一脑袋的长头发，能使人相信他是个拉骆驼的吗？不像，绝不像个拉骆驼的！倒很像个逃兵！逃兵！被官中拿去还倒是小事；教村中的人们捉住，至少是活埋！想到这儿，他哆嗦起来，背后骆驼蹄子噗噗轻响猛然吓了他一跳。他要打算逃命，还是得放弃这几个累赘。可是到底不肯撒手骆驼鼻子上的那条绳子。走吧，走，走到哪里算哪里，遇见什么说什么；活了呢，赚几条牲口；死了呢，认命！

可是，他把军衣脱下来：一把，将领子扯掉；那对还肯负责任的铜钮也被揪下来，掷在黑暗中，连个响声也没发。然后，他把这件无领无钮的单衣斜搭在身上，把两条袖子在胸前结成个结子，像背包袱那样。这个，他以为可以减少些败兵的嫌疑；裤子也挽高起来一块。他知道这还不十分像拉骆驼的，可是至少也不完全像个逃兵了。加上他脸上的泥，身上的汗，大概也够个“煤黑子”的谱儿了。他的思想很慢，可是想得很周到，而且想起来马上就去执行。夜黑天里，没人看见他；他本来无须乎立刻这样办；可是他等不得。他不知道时间，也许忽然就会天亮。既没顺着山路走，他白天没有可以隐藏起来的机会；要打算白天也照样赶路的话，他必须使人相信他是个“煤黑子”。想到了这个，也马上这么办了，他心中痛快了些，好似危险已过，而眼前就是北平了。他必须稳稳当当的快到城里，因为他身上没有一个钱，没有一点干粮，不能再多耗时间。想到这里，他想骑上骆驼，省些力气可以多挨一会儿饥饿。可是不敢去骑，即使很稳当，也得先教骆驼跪下，他才能上去；时间是值钱的，不能再麻烦。况且，他要是上了那么高，便更不容易看清脚底下，骆驼若是摔倒，他也得陪着。不，就这样走吧。

大概的他觉出是顺着大路走呢；方向，地点，都有些茫然。夜深了，多日的疲乏，与逃走的惊惧，使他身心全不舒服。及至走出来一些路，脚步是那么平匀，缓慢，他渐渐的仿佛困倦起来。夜还很黑，空中有些湿冷的雾气，心中更觉得渺茫。用力看看地，地上老像有一岗一岗的，及至放下脚去，却是平坦的。这种小心与受骗教他更不安静，几乎有些烦躁。爽性不去管地上了，眼往平地看，脚擦着地走。四外什么也看不见，就好像全世界的黑暗都在等着他似的，由黑暗中迈步，再走入黑暗中；身后跟着那不声不响的骆驼。

外面的黑暗渐渐习惯了，心中似乎停止了活动，他的眼不由的闭上了。不知道是往前走呢，还是已经站住了，心中只觉得一浪一浪的波动，似一片波动的黑海，黑暗与心接成一气，都渺茫，都起落，都恍忽。忽然心中一动，像想起一些什么，又似乎是听见了一些声响，说不清；可是又睁开了眼。他确是还往前走呢，忘了刚才是想起什么来，四外也并没有什么动静。心跳了一阵，渐渐又平静下来。他嘱咐自己不要再闭上眼，也不要再乱想；快快的到城里是第一件要紧的事。可是心中不想事，眼睛就很容易再闭上，他必须想念着点儿什么，必须醒着。他知道一旦倒下，他可以一气睡三天。想什么呢？他的头有些发晕，身上潮渌渌的难过，头发里发痒，两脚发酸，口中又干又涩。他想不起别的，只想可怜自己。可是，连自己的事也不大能详细的想了，他的头是那么虚空昏胀，仿佛刚想起自己，就又把自己忘记了，像将要灭的蜡烛，连自己也不能照明白了似的。再加上四围的黑暗，使他觉得像在一团黑气里浮荡，虽然知道自己还存在着，还往前迈步，可是没有别的东西来证明他准是在哪里走，就很像独自在荒海里浮着那样不敢相信自己。他永远没尝受过这种惊疑不定的难过，与绝对的寂闷。平日，他虽不大喜欢交朋友，可是一个人在日光下，有太阳照着他的四肢，有各样东西呈现在目前，他不至于害怕。现在，他还不害怕，只是不能确定一切，使他受不了。设若骆驼们要是像骡马那样不老实，也许倒能教他打起精神去注意它们，而骆驼偏偏是这么驯顺，驯顺得使他不耐烦；在心神最恍惚的时候，他忽然怀疑骆驼是否还在他的背后，教他吓一跳；他似乎很相信这几个大牲口会轻轻的钻入黑暗的岔路中去，而他一点也不晓得，像拉着块冰那样能渐渐的化尽。

不知道在什么时候，他坐下了。若是他就是这么死去，就是死后有知，他也不会记得自己是怎么坐下的，和为什么坐下的。坐了五分钟，也许是一点钟，他不晓得。他也不知道他是先坐下而后睡着，还是先睡着而后坐下的。大概他是先睡着了而后坐下的，因为他的疲乏已经能使他立着睡去的。

他忽然醒了。不是那种自自然然的由睡而醒，而是猛的一吓，像由一个世界跳到另一个世界，都在一睁眼的工夫里。看见的还是黑暗，可是很清楚的听见一声鸡鸣，是那么清楚，好像有个坚硬的东西在他脑中划了一下。他完全清醒过来。骆驼呢？他顾不得想别的。绳子还在他手中，骆驼也还在他旁边。他心中安静了。懒得起来。身上酸懒，他不想起来；可也不敢再睡。他得想，细细的想，好主意。就是在这个时候，他想起他的车，而喊出“凭什么？”

“凭什么？”但是空喊是一点用处没有的。他去摸摸骆驼，他始终还不知自己拉来几匹。摸清楚了，一共三匹。他不觉得这是太多，还是太少；他把思想集中到这三匹身上，虽然还没想妥一定怎么办，可是他渺茫的想到，他的将来全仗着这三个牲口。

“为什么不去卖了它们，再买上一辆车呢？”他几乎要跳起来了！可是他没动，好像因为先前没想到这样最自然最省事的办法而觉得应当惭愧似的。喜悦胜过了惭愧，他打定了主意：刚才不是听到鸡鸣么？即使鸡有时候在夜间一两点钟就打鸣，反正离天亮也不甚远了。有鸡鸣就必有村庄，说不定也许是北辛安吧？那里有养骆驼的，他得赶快的走，能在天亮的时候赶到，把骆驼出了手，他可以一进城就买上一辆车。兵荒马乱的期间，车必定便宜一些；他只顾了想买车，好似卖骆驼是件毫无困难的事。

想到骆驼与洋车的关系，他的精神壮了起来，身上好似一向没有什么不舒服的地方。假若他想到拿这三匹骆驼能买到一百亩地，或是可以换几颗珍珠，他也不会这样高兴。他极快的立起来，扯起骆驼就走。他不晓得现在骆驼有什么行市，只听说过在老年间，没有火车的时候，一条骆驼要值一个大宝，因为骆驼力气大，而吃得比骡马还省。他不希望得三个大宝，只盼望换个百儿八十的，恰好够买一辆车的。

越走天越亮了；不错，亮处是在前面，他确是朝东走呢。即使他走错了路，方向可是不差；山在西，城在东，他晓得这个。四外由一致的漆黑，渐渐能分出深浅，虽然还辨不出颜色，可是田亩远树已都在普遍的灰暗中有了形状。星们渐稀，天上罩着一层似云又似雾的灰气，暗淡，可是比以前高起许多去。祥子仿佛敢抬起头来了。他也开始闻见路旁的草味，也听见几声鸟鸣；因为看见了渺茫的物形，他的耳目口鼻好似都恢复了应有的作用。他也能看到自己身上的一切，虽然是那么破烂狼狈，可是能以相信自己确是还活着呢；好像恶梦初醒时那样觉得生命是何等的可爱。看完了他自己，他回头看了看骆驼——和他一样的难看，也一样的可爱。正是牲口脱毛的时候，骆驼身上已经都露出那灰红的皮，只有东一缕西一块的挂着些零散的，没力量的，随时可以脱掉的，长毛，像些兽中的庞大的乞丐。顶可怜的是那长而无毛的脖子，那么长，那么秃，弯弯的，愚笨的，伸出老远，像条失意的瘦龙。可是祥子不憎嫌它们，不管它们是怎样的不体面，到底是些活东西。他承认自己是世上最有运气的人，上天送给他三条足以换一辆洋车的活宝贝；这不是天天能遇到的事。他忍不住的笑了出来。

灰天上透出些红色，地与远树显着更黑了；红色渐渐的与灰色融调起来，有的地方成为灰紫的，有的地方特别的红，而大部分的天色是葡萄灰的。又待了一会儿，红中透出明亮的金黄来，各种颜色都露出些光；忽然，一切东西都非常的清楚了。跟着，东方的早霞变成一片深红，头上的天显出蓝色。红霞碎开，金光一道一道的射出，横的是霞，直的是光，在天的东南角织成一部极伟大光华的蛛网：绿的田，树，野草，都由暗绿变为发光的翡翠。老松的干上染上了金红，飞鸟的翅儿闪起金光，一切的东西带出些笑意。祥子对着那片红光要大喊几声，自从一被大兵拉去，他似乎没看见过太阳，心中老在咒骂，头老低着，忘了还有日月，忘了老天。现在，他自由的走着路，越走越光明，太阳给草叶的露珠一点儿金光，也照亮了祥子的眉发，照暖了他的心。他忘了一切困苦，一切危险，一切疼痛；不管身上是怎样褴褛污浊，太阳的光明与热力并没将他除外，他是生活在一个有光有热力的宇宙里；他高兴，他想欢呼！

看看身上的破衣，再看看身后的三匹脱毛的骆驼，他笑了笑。就凭四条这么不体面的人与牲口，他想，居然能逃出危险，能又朝着太阳走路，真透着奇怪！不必再想谁是谁非了，一切都是天意，他以为。他放了心，缓缓的走着，自要老天保佑他，什么也不必怕。走到什么地方了？不想问了，虽然田间已有男女来作工。走吧，就是一时卖不出骆驼去，似乎也没大关系了；先到城里再说，他渴想再看见城市，虽然那里没有父母亲戚，没有任何财产，可是那到底是他的家，全个的城都是他的家，一到那里他就有办法。远处有个村子，不小的一个村子，村外的柳树像一排高而绿的护兵，低头看着那些矮矮的房屋，屋上浮着些炊烟。远远的听到村犬的吠声，非常的好听。他一直奔了村子去，不想能遇到什么俏事，仿佛只是表示他什么也不怕，他是好人，当然不怕村里的良民；现在人人都是在光明和平的阳光下。假若可能的话，他想要一点水喝；就是要不到水也没关系；他既没死在山中，多渴一会儿算得了什么呢？

村犬向他叫，他没大注意；妇女和小孩儿们的注视他，使他不大自在了。他必定是个很奇怪的拉骆驼的，他想；要不然，大家为什么这样呆呆的看着他呢？他觉得非常的难堪：兵们不拿他当个人，现在来到村子里，大家又看他像个怪物！他不晓得怎样好了。他的身量，力气，一向使他自尊自傲，可是在过去的这些日子，无缘无故的他受尽了委屈与困苦。他从一家的屋脊上看过去，又看见了那光明的太阳，可是太阳似乎不像刚才那样可爱了！

村中的唯一的一条大道上，猪尿马尿与污水汇成好些个发臭的小湖，祥子唯恐把骆驼滑倒，很想休息一下。道儿北有个比较阔气的人家，后边是瓦房，大门可是只拦着个木栅，没有木门，没有门楼。祥子心中一动：瓦房——财主；木栅而没门楼——养骆驼的主儿！好吧，他就在这儿休息会儿吧，万一有个好机会把骆驼打发出去呢！

“色！色！色！”祥子叫骆驼们跪下；对于调动骆驼的口号，他只晓得“色，色”是表示跪下；他很得意的应用出来，特意叫村人们明白他并非是外行。骆驼们真跪下了，他自己也大大方方的坐在一株小柳树下。大家看他，他也看大家；他知道只有这样才足以减少村人的怀疑。

坐了一会儿，院中出来个老者，蓝布小褂敞着怀，脸上很亮，一看便知道是乡下的财主。祥子打定了主意：

“老者，水现成吧？喝碗！”

“啊！”老者的手在胸前搓着泥卷，打量了祥子一眼，细细看了看三匹骆驼。“有水！哪儿来的？”

“西边！”祥子不敢说地名，因为不准知道。

“西边有兵呀？”老者的眼盯住祥子的军裤。

“教大兵裹了去，刚逃出来。”

“啊！骆驼出西口没什么险啦吧？”

“兵都入了山，路上很平安。”

“嗯！”老者慢慢点着头。“你等等，我给你拿水去。”

祥子跟了进去。到了院中，他看见了四匹骆驼。

“老者，留下我的三匹，凑一把儿吧？”

“哼！一把儿？倒退三十年的话，我有过三把儿！年头儿变了，谁还喂得起骆驼！”老头儿立住，呆呆的看着那四匹牲口。待了半天：“前几天本想和街坊搭伙，把它们送到口外去放青。东也闹兵，西也闹兵，谁敢走啊！在家里拉夏吧，看着就焦心，看着就焦心，瞧这些苍蝇！赶明儿天大热起来，再加上蚊子，眼看着好好的牲口活活受罪，真！”老者连连的点头，似乎有无限的感慨与牢骚。

“老者，留下我的三匹，凑成一把儿到口外去放青。欢蹦乱跳的牲口，一夏天在这儿，准教苍蝇蚊子给拿个半死！”祥子几乎是央求了。

“可是，谁有钱买呢？这年头不是养骆驼的年头了！”

“留下吧，给多少是多少；我把它们出了手，好到城里去谋生！”

老者又细细看了祥子一番，觉得他绝不是个匪类。然后回头看了看门外的牲口，心中似乎是真喜欢那三匹骆驼——明知买到手中并没好处，可是爱书的人见书就想买，养马的见了马就舍不得，有过三把儿骆驼的也是如此。况且祥子说可以贱卖呢；懂行的人得到个便宜，就容易忘掉东西买到手中有没有好处。

“小伙子，我要是钱富裕的话，真想留下！”老者说了实话。

“干脆就留下吧，瞧着办得了！”祥子是那么诚恳，弄得老头子有点不好意思了。

“说真的，小伙子；倒退三十年，这值三个大宝；现在的年头，又搭上兵荒马乱，我——你还是到别处吆喝吆喝去吧！”

“给多少是多少！”祥子想不出别的话。他明白老者的话很实在，可是不愿意满世界去卖骆驼——卖不出去，也许还出了别的毛病。

“你看，你看，二三十块钱真不好说出口来，可是还真不容易往外拿呢；这个年头，没法子！”

祥子心中也凉了些，二三十块？离买车还差得远呢！可是，第一他愿脆快办完，第二他不相信能这么巧再遇上个买主儿。“老者，给多少是多少！”

“你是干什么的，小伙子；看得出，你不是干这一行的！”

祥子说了实话。

“呕，你是拿命换出来的这些牲口！”老者很同情祥子，而且放了心，这不是偷出来的；虽然和偷也差不远，可是究竟中间还隔着层大兵。兵灾之后，什么事儿都不能按着常理儿说。

“这么着吧，伙计，我给三十五块钱吧；我要说这不是个便宜，我是小狗子；我要是能再多拿一块，也是个小狗子！我六十多了；哼，还教我说什么好呢！”

祥子没了主意。对于钱，他向来是不肯放松一个的。可是，在军队里这些日子，忽然听到老者这番诚恳而带有感情的话，他不好意思再争论了。况且，可以拿到手的三十五块现洋似乎比希望中的一万块更可靠，虽然一条命只换来三十五块钱的确是少一些！就单说三条大活骆驼，也不能，绝不能，只值三十五块大洋！可是，有什么法儿呢！

“骆驼算你的了，老者！我就再求一件事，给我找件小褂，和一点吃的！”

“那行！”

祥子喝了一气凉水，然后拿着三十五块很亮的现洋，两个棒子面饼子，穿着将护到胸际的一件破白小褂，要一步迈到城里去！

四

祥子在海甸的一家小店里躺了三天，身上忽冷忽热，心中迷迷糊糊，牙床上起了一溜紫泡，只想喝水，不想吃什么。饿了三天，火气降下去，身上软得像皮糖似的。恐怕就是在这三天里，他与三匹骆驼的关系由梦话或胡话中被人家听了去。一清醒过来，他已经是“骆驼祥子”了。

自从一到城里来，他就是“祥子”，仿佛根本没有个姓；如今，“骆驼”摆在“祥子”之上，就更没有人关心他到底姓什么了。有姓无姓，他自己也并不在乎。不过，三条牲口才换了那么几块钱，而自己倒落了个外号，他觉得有点不大上算。

刚能挣扎着立起来，他想出去看看。没想到自己的腿能会这样的不吃力，走到小店门口他一软就坐在了地上，昏昏沉沉的坐了好大半天，头上见了凉汗。又忍了一会儿，他睁开了眼，肚中响了一阵，觉出点饿来。极慢的立起来，找到了个馄饨挑儿。要了碗馄饨，他仍然坐在地上。呷了口汤，觉得恶心，在口中含了半天，勉强的咽下去；不想再喝。可是，待了一会儿，热汤像股线似的一直通到腹部，打了两个响嗝。他知道自己又有了命。

肚中有了点食，他顾得看看自己了。身上瘦了许多，那条破裤已经脏得不能再脏。他懒得动，可是要马上恢复他的干净利落，他不肯就这么神头鬼脸的进城去。不过，要干净利落就得花钱，剃剃头，换换衣服，买鞋袜，都要钱。手中的三十五元钱应当一个不动，连一个不动还离买车的数儿很远呢！可是，他可怜了自己。虽然被兵们拉去不多的日子，到现在一想，一切都像个噩梦。这个噩梦使他老了许多，好像他忽然的一气增多了好几岁。看着自己的大手大脚，明明是自己的，可是又像忽然由什么地方找到的。他非常的难过。他不敢想过去的那些委屈与危险，虽然不去想，可依然的存在，就好像连阴天的时候，不去看天也知道天是黑的。他觉得自己的身体是特别的可爱，不应当再太自苦了。他立起来，明知道身上还很软，可是刻不容缓的想去打扮打扮，仿佛只要剃剃头，换件衣服，他就能立刻强壮起来似的。

打扮好了，一共才花了两块二毛钱。近似搪布的一身本色粗布裤褂一元，青布鞋八毛，线披儿织成的袜子一毛五，还有顶二毛五的草帽。脱下来的破东西换了两包火柴。

拿着两包火柴，顺着大道他往西直门走。没走出多远，他就觉出软弱疲乏来了。可是他咬上了牙。他不能坐车，从哪方面看也不能坐车：一个乡下人拿十里八里还能当作道儿吗，况且自己是拉车的。这且不提，以自己的身量力气而被这小小的一点病拿住，笑话；除非一跤栽倒，再也爬不起来，他满地滚也得滚进城去，决不服软！今天要是走不进城去，他想，祥子便算完了；他只相信自己的身体，不管有什么病！

晃晃悠悠的他放开了步。走出海甸不远，他眼前起了金星。扶着棵柳树，他定了半天神，天旋地转的闹慌了会儿，他始终没肯坐下。天地的旋转慢慢的平静起来，他的心好似由老远的又落到自己的心口中，擦擦头上的汗，他又迈开了步。已经剃了头，已经换上新衣新鞋，他以为这就十分对得起自己了；那么，腿得尽它的责任，走！一气他走到了关厢。看见了人马的忙乱，听见了复杂刺耳的声音，闻见了干臭的味道，踏上了细软污浊的灰土，祥子想趴下去吻一吻那个灰臭的地，可爱的地，生长洋钱的地！没有父母兄弟，没有本家亲戚，他的唯一的朋友是这座古城。这座城给了他一切，就是在这里饿着也比乡下可爱，这里有的看，有的听，到处是光色，到处是声音；自己只要卖力气，这里还有数不清的钱，吃不尽穿不完的万样好东西。在这里，要饭也能要到荤汤腊水的，乡下只有棒子面。才到高亮桥西边，他坐在河岸上，落了几点热泪！

太阳平西了，河上的老柳歪歪着，梢头挂着点金光。河里没有多少水，可是长着不少的绿藻，像一条油腻的长绿的带子，窄长，深绿，发出些微腥的潮味。河岸北的麦子已吐了芒，矮小枯干，叶上落了一层灰土。河南的荷塘的绿叶细小无力的浮在水面上，叶子左右时时冒起些细碎的小水泡。东边的桥上，来往的人与车过来过去，在斜阳中特别显着匆忙，仿佛都感到暮色将近的一种不安。这些，在祥子的眼中耳中都非常的有趣与可爱。只有这样的小河仿佛才能算是河；这样的树，麦子，荷叶，桥梁，才能算是树，麦子，荷叶与桥梁。因为它们都属于北平。

坐在那里，他不忙了。眼前的一切都是熟习的，可爱的，就是坐着死去，他仿佛也很乐意。歇了老大半天，他到桥头吃了碗老豆腐：醋，酱油，花椒油，韭菜末，被热的雪白的豆腐一烫，发出点顶香美的味儿，香得使祥子要闭住气；捧着碗，看着那深绿的韭菜末儿，他的手不住的哆嗦。吃了一口，豆腐把身里烫开一条路；他自己下手又加了两小勺辣椒油。一碗吃完，他的汗已湿透了裤腰。半闭着眼，把碗递出去：“再来一碗！”

站起来，他觉出他又像个人了。太阳还在西边的最低处，河水被晚霞照得有些微红，他痛快得要喊叫出来。摸了摸脸上那块平滑的疤，摸了摸袋中的钱，又看了一眼角楼上的阳光，他硬把病忘了，把一切都忘了，好似有点什么心愿，他决定走进城去。

城门洞里挤着各样的车，各样的人，谁也不敢快走，谁可都想快快过去，鞭声，喊声，骂声，喇叭声，铃声，笑声，都被门洞儿——像一架扩音机似的——嗡嗡的联成一片，仿佛人人都发着点声音，都嗡嗡的响。祥子的大脚东插一步，西跨一步，两手左右的拨落，像条瘦长的大鱼，随浪欢跃那样，挤进了城。一眼便看到新街口，道路是那么宽，那么直，他的眼发了光，和东边的屋顶上的反光一样亮。他点了点头。

他的铺盖还在西安门大街人和车厂呢，自然他想奔那里去。因为没有家小，他一向是住在车厂里，虽然并不永远拉厂子里的车。人和的老板刘四爷是已快七十岁的人了；人老，心可不老实。年轻的时候他当过库兵，设过赌场，买卖过人口，放过阎王账。干这些营生所应有的资格与本领——力气，心路，手段，交际，字号等等——刘四爷都有。在前清的时候，打过群架，抢过良家妇女，跪过铁索。跪上铁索，刘四并没皱一皱眉，没说一个饶命。官司教他硬挺了过来，这叫作“字号”。出了狱，恰巧入了民国，巡警的势力越来越大，刘四爷看出地面上的英雄已成了过去的事儿，即使黄天霸再世也不会有多少机会了。他开了个洋车厂子。土混混出身，他晓得怎样对付穷人，什么时候该紧一把儿，哪里该松一步儿，他有善于调动的天才。车夫们没有敢跟他耍骨头的。他一瞪眼，和他哈哈一笑，能把人弄得迷迷糊糊的，仿佛一脚登在天堂，一脚登在地狱，只好听他摆弄。到现在，他有六十多辆车，至坏的也是七八成新的，他不存破车。车租，他的比别家的大，可是到三节他比别家多放着两天的份儿。人和厂有地方住，拉他的车的光棍儿，都可以白住——可是得交上车份儿，交不上账而和他苦腻的，他扣下铺盖，把人当个破水壶似的扔出门外。大家若是有个急事急病，只须告诉他一声，他不含糊，水里火里他都热心的帮忙，这叫作“字号”。

刘四爷是虎相。快七十了，腰板不弯，拿起腿还走个十里二十里的。两只大圆眼，大鼻头，方嘴，一对大虎牙，一张口就像个老虎。个子几乎与祥子一边儿高，头剃得很亮，没留胡子。他自居老虎，可惜没有儿子，只有个三十七八岁的虎女——知道刘四爷的就必也知道虎妞。她也长得虎头虎脑，因此吓住了男人，帮助父亲办事是把好手，可是没人敢娶她作太太。她什么都和男人一样，连骂人也有男人的爽快，有时候更多一些花样。刘四爷打外，虎妞打内，父女把人和车厂治理得铁筒一般。人和厂成了洋车界的权威，刘家父女的办法常常在车夫与车主的口上，如读书人的引经据典。

在买上自己的车以前，祥子拉过人和厂的车。他的积蓄就交给刘四爷给存着。把钱凑够了数，他要过来，买上了那辆新车。

“刘四爷，看看我的车！”祥子把新车拉到人和厂去。

老头子看了车一眼，点了点头：“不离！”

“我可还得在这儿住，多咱我拉上包月，才去住宅门！”祥子颇自傲的说。

“行！”刘四爷又点了点头。

于是，祥子找到了包月，就去住宅门；掉了事而又去拉散座，便住在人和厂。

不拉刘四爷的车，而能住在人和厂，据别的车夫看，是件少有的事。因此，甚至有人猜测，祥子必和刘老头子是亲戚；更有人说，刘老头子大概是看上了祥子，而想给虎妞弄个招门纳婿的“小人”。这种猜想里虽然怀着点妒羡，可是万一要真是这么回事呢，将来刘四爷一死，人和厂就一定归了祥子。这个，教他们只敢胡猜，而不敢在祥子面前说什么不受听的。其实呢，刘老头子的优待祥子是另有笔账儿。祥子是这样的一个人：在新的环境里还能保持着旧的习惯。假若他去当了兵，他决不会一穿上那套虎皮，马上就不傻装傻的去欺侮人。在车厂子里，他不闲着，把汗一落下去，他就找点事儿作。他去擦车，打气，晒雨布，抹油……用不着谁支使，他自己愿意干，干得高高兴兴，仿佛是一种极好的娱乐。厂子里靠常总住着二十来个车夫；收了车，大家不是坐着闲谈，便是蒙头大睡；祥子，只有祥子的手不闲着。初上来，大家以为他是向刘四爷献殷勤，狗事巴结人；过了几天，他们看出来他一点没有卖好讨俏的意思，他是那么真诚自然，也就无话可说了。刘老头子没有夸奖过他一句，没有格外多看过他一眼；老头子心里有数儿。他晓得祥子是把好手，即使不拉他的车，他也还愿意祥子在厂子里。有祥子在这儿，先不提别的，院子与门口永远扫得干干净净。虎妞更喜欢这个傻大个儿，她说什么，祥子老用心听着，不和她争辩；别的车夫，因为受尽苦楚，说话总是横着来；她一点不怕他们，可是也不愿多搭理他们；她的话，所以，都留给祥子听。当祥子去拉包月的时候，刘家父女都仿佛失去一个朋友。赶到他一回来，连老头子骂人也似乎更痛快而慈善一些。

祥子拿着两包火柴，进了人和厂。天还没黑，刘家父女正在吃晚饭。看见他进来，虎妞把筷子放下了：

“祥子！你让狼叼了去，还是上非洲挖金矿去了？”

“哼！”祥子没说出什么来。

刘四爷的大圆眼在祥子身上绕了绕，什么也没说。

祥子戴着新草帽，坐在他们对面。

“你要是还没吃了的话，一块儿吧！”虎妞仿佛是招待个好朋友。

祥子没动，心中忽然感觉到一点说不出来的亲热。一向他拿人和厂当作家：拉包月，主人常换；拉散座，座儿一会儿一改；

只有这里老让他住，老有人跟他说些闲话儿。现在刚逃出命来，又回到熟人这里来，还让他吃饭，他几乎要怀疑他们是否要欺弄他，可是也几乎落下泪来。

“刚吃了两碗老豆腐！”他表示出一点礼让。

“你干什么去了？”刘四爷的大圆眼还盯着祥子。“车呢？”

“车？”祥子啐了口吐沫。

“过来先吃碗饭！毒不死你！两碗老豆腐管什么事?!”虎妞一把将他扯过去，好像老嫂子疼爱小叔那样。

祥子没去端碗，先把钱掏了出来：“四爷，先给我拿着，三十块。”把点零钱又放在衣袋里。

刘四爷用眉毛梢儿问了句，“哪儿来的？”

祥子一边吃，一边把被兵拉去的事说了一遍。

“哼，你这个傻小子！”刘四爷听完，摇了摇头。“拉进城来，卖给汤锅，也值十几多块一头；要是冬天驼毛齐全的时候，三匹得卖六十块！”

祥子早就有点后悔，一听这个，更难过了。可是，继而一想，把三只活活的牲口卖给汤锅去挨刀，有点缺德；他和骆驼都是逃出来的，就都该活着。什么也没说，他心中平静了下去。

虎姑娘把家伙撤下去，刘四爷仰着头似乎是想起点来什么。忽然一笑，露出两个越老越结实的虎牙：“傻子，你说病在了海甸？为什么不由黄村大道一直回来？”

“还是绕西山回来的，怕走大道教人追上，万一村子里的人想过味儿来，还拿我当逃兵呢！”

刘四爷笑了笑，眼珠往心里转了两转。他怕祥子的话有鬼病，万一那三十块钱是抢了来的呢，他不便代人存着赃物。他自己年轻的时候，什么不法的事儿也干过；现在，他自居是改邪归正，不能不小心，而且知道怎样的小心。祥子的叙述只有这么个缝子，可是祥子一点没发毛咕的解释开，老头子放了心。

“怎么办呢？”老头子指着那些钱说。

“听你的！”

“再买辆车？”老头子又露出虎牙，似乎是说：“自己买上车，还白住我的地方？！”

“不够！买就得买新的！”祥子没看刘四爷的牙，只顾得看自己的心。

“借给你？一分利，别人借是二分五！”

祥子摇了摇头。

“跟车铺打印子还不如给我一分利呢！”

“我也不打印子，”祥子出着神说：“我慢慢的省，够了数，现钱买现货！”

老头子看着祥子，好像是看着个什么奇怪的字似的，可恶，而没法儿生气。待了会儿，他把钱拿起来：“三十？别打马虎眼！”

“没错！”祥子立起来：“睡觉去。送给你老人家一包洋火！”他放在桌子上一包火柴，又愣了愣：“不用对别人说，骆驼的事！”

五

刘老头子的确没替祥子宣传，可是骆驼的故事很快的由海甸传进城里来。以前，大家虽找不出祥子的毛病，但是以他那股子干倔的劲儿，他们多少以为他不大合群，别扭。自从"骆驼祥子"传开了以后，祥子虽然还是闷着头儿干，不大和气，大家对他却有点另眼看待了。有人说他拾了个金表，有人说他白弄了三百块大洋，那自信知道得最详确的才点着头说，他从西山拉回三十匹骆驼！说法虽然不同，结论是一样的——祥子发了邪财！对于发邪财的人，不管这家伙是怎样的"不得哥儿们"，大家照例是要敬重的。卖力气挣钱既是那么不容易，人人盼望发点邪财；邪财既是那么千载难遇，所以有些彩气的必定是与众不同，福大命大。因此，祥子的沉默与不合群，一变变成了贵人语迟；他应当这样，而他们理该赶着他去拉拢。"得了，祥子！说说，说说你怎么发的财?"这样的话，祥子天天听到。他一声不响。直到逼急了，他的那块疤有点发红了，才说，"发财，妈的我的车哪儿去了?"

是呀，这是真的，他的车哪里去了？大家开始思索。但是替别人忧虑总不如替人家喜欢，大家于是忘记了祥子的车，而来想着他的好运气。过了些日子，大伙儿看祥子仍然拉车，并没改了行当，或买了房子置了地，也就对他冷淡了一些，而提到骆驼祥子的时候，也不再追问为什么他偏偏是"骆驼"，仿佛他根本就应当叫作这个似的。

祥子自己可并没轻描淡写的随便忘了这件事。他恨不得马上就能再买上辆新车，越着急便越想着原来那辆。一天到晚他任劳任怨的去干，可是干着干着，他便想起那回事。一想起来，他心中就觉得发堵，不由的想到，要强又怎样呢，这个世界并不因为自己要强而公道一些，凭着什么把他的车白白抢去呢？即使马上再弄来一辆，焉知不再遇上那样的事呢？他觉得过去的事像个噩梦，使他几乎不敢再希望将来。有时候他看别人喝酒吃烟跑土窑子，几乎感到一点羡慕。要强既是没用，何不乐乐眼前呢？他们是对的。他，即使先不跑土窑子，也该喝两盅酒，自在自在。烟，酒，现在仿佛对他有种特别的诱力，他觉得这两样东西是花钱不多，而必定足以安慰他；使他依然能往前苦奔，而同时能忘了过去的苦痛。

可是，他还是不敢去动它们。他必须能多剩一个就去多剩一个，非这样不能早早买上自己的车。即使今天买上，明天就丢了，他也得去买。这是他的志愿，希望，甚至是宗教。不拉着自己的车，他简直像是白活。他想不到作官，发财，置买产业；他的能力只能拉车，他的最可靠的希望是买车；非买上车不能对得起自己。他一天到晚思索这回事，计算他的钱；设若一旦忘了这件事，他便忘了自己，而觉得自己只是个会跑路的畜牲，没有一点起色与人味。无论是多么好的车，只要是赁来的，他拉着总不起劲，好像背着块石头那么不自然。就是赁来的车，他也不偷懒，永远给人家收拾得干干净净，永远不去胡碰乱撞；可是这只是一些小心谨慎，不是一种快乐。是的，收拾自己的车，就如同数着自己的钱，才是真快乐。他还是得不吃烟不喝酒，爽性连包好茶叶也不便于喝。在茶馆里，像他那么体面的车夫，在飞跑过一气以后，讲究喝十个子儿一包的茶叶，加上两包白糖，为是补气散火。当他跑得顺"耳唇"往下滴汗，胸口觉得有点发辣，他真想也这么办；这绝对不是习气，作派，而是真需要这么两碗茶压一压。只是想到了，他还是喝那一个子儿一包的碎末。有时候他真想责骂自己，为什么这样自苦；可是，一个车夫而想月间剩下俩钱，不这么办怎成呢？他狠了心。买上车再说，买上车再说！有了车就足以抵得一切！

对花钱是这样一把死拿，对挣钱祥子更不放松一步。没有包月，他就拉整天，出车早，回来的晚，他非拉过一定的钱数不收车，不管时间，不管两腿；有时他硬连下去，拉一天一夜。从前，他不肯抢别人的买卖，特别是对于那些老弱残兵；以他的身体，以他的车，去和他们争座儿，还能有他们的份儿？现在，他不大管这个了，他只看见钱，多一个是一个，不管买卖的苦甜，不管是和谁抢生意；他只管拉上买卖，不管别的，像一只饿疯的野兽。拉上就跑，他心中舒服一些，觉得只有老不站住脚，才能有买上车的希望。一来二去的骆驼祥子的名誉远不及单是祥子的时候了。有许多次，他抢上买卖就跑，背后跟着一片骂声。他不回口，低着头飞跑，心里说："我要不是为买车，决不能这么不要脸！"他好像是用这句话求大家的原谅，可是不肯对大家这么直说。在车口儿上，或茶馆里，他看大家瞪他；本想对大家解释一下，及至看到大家是那么冷淡，又搭上他平日不和他们一块喝酒，赌钱，下棋，或聊天，他的话只能圈在肚子里，无从往外说。难堪渐渐变为羞恼，他的火也上来了；他们瞪他，他也瞪他们。想起乍由山上逃回来的时候，大家对他是怎样的敬重，现在会这样的被人看轻，他更觉得难过了。独自抱着壶茶，假若是赶上在茶馆里，或独自数着刚挣到的铜子，设若是在车口上，他用尽力量把怒气纳下去。他不想打架，虽然不怕打架。大家呢，本不怕打架，可是和祥子动手是该当想想的事儿，他们谁也不是他的对手，而大家打一个又是不大光明的。勉强压住气，他想不出别的方法，只有忍耐一时，等到买上车就好办了。有了自己的车，每天先不用为车租着急，他自然可以大大方方的，不再因抢生意而得罪人。这样想好，他看大家一眼，仿佛是说：咱们走着瞧吧！

论他个人，他不该这样拼命。逃回城里之后，他并没等病好利落了就把车拉起来，虽然一点不服软，可是他时常觉出疲乏。疲乏，他可不敢休息，他总以为多跑出几身汗来就会减去酸懒的。对于饮食，他不敢缺着嘴，可也不敢多吃些好的。他看出来自己是瘦了好多，但是身量还是那么高大，筋骨还那么硬棒，他放了心。他老以为他的个子比别人高大，就一定比别人能多受些苦，似乎永没想到身量大，受累多，应当需要更多的滋养。虎姑娘已经嘱咐他几回了："你这家伙要是这么干，吐了血可是你自己的事！"

他很明白这是好话，可是因为事不顺心，身体又欠保养，他有点肝火盛。稍微棱棱着点眼："不这么奔，几儿能买上车呢？"

要是别人这么一棱棱眼睛，虎妞至少得骂半天街；对祥子，她真是一百一的客气，爱护。她只撇了撇嘴：

"买车也得悠停着来，当你是铁作的哪！你应当好好的歇三天！"看祥子听不进去这个："好吧，你有你的老主意，死了可别怨我！"

刘四爷也有点看不上祥子：祥子的拼命，早出晚归，当然是不利于他的车的。虽然说租整天的车是没有时间的限制，爱什么时候出车收车都可以，若是人人都像祥子这样死啃，一辆车至少也得早坏半年，多么结实的东西也架不住钉着坑儿使！再说呢，祥子只顾死奔，就不大匀得出工夫来帮忙给擦车什么的，又是一项损失。老头心中有点不痛快。他可是没说什么，拉整天不限定时间，是一般的规矩；帮忙收拾车辆是交情，并不是义务；凭他的人物字号，他不能自讨无趣的对祥子有什么表示。他只能从眼角边显出点不满的神气，而把嘴闭得紧紧的。有时候他颇想把祥子撵出去；看看女儿，他不敢这么办。他一点没有把祥子当作候补女婿的意思，不过，女儿既是喜爱这个愣小子，他就不便于多事。他只有这么一个姑娘，眼看是没有出嫁的希望了，他不能再把她这个朋友赶了走。说真的，虎妞是这么有用，他实在不愿她出嫁；这点私心他觉得有点怪对不住她的，因此他多少有点怕她。老头子一辈子天不怕地不怕，到了老年反倒怕起自己的女儿来，他自己在不大好意思之中想出点道理来：只要他怕个人，就是他并非完全是无法无天的人的证明。有了这个事实，或者他不至于到快死的时候遭了恶报。好，他自己承认了应当怕女儿，也就不肯赶出祥子去。这自然不是说，他可以随便由着女儿胡闹，以至于嫁给祥子。不是。他看出来女儿未必没那个意思，可是祥子并没敢往上巴结。

那么，他留点神就是了，犯不上先招女儿不痛快。

祥子并没注意老头子的神气，他顾不得留神这些闲盘儿。假若他有愿意离开人和厂的心意，那决不是为赌闲气，而是盼望着拉上包月。他已有点讨厌拉散座儿了，一来是因为抢买卖而被大家看不起，二来是因为每天的收入没有定数，今天多，明天少，不能预定到几时才把钱凑足，够上买车的数儿。他愿意心中有个准头，哪怕是剩的少，只要靠准每月能剩下个死数，他才觉得有希望，才能放心。他是愿意一个萝卜一个坑的人。

他拉上了包月。哼，和拉散座儿一样的不顺心！这回是在杨宅。杨先生是上海人，杨太太是天津人，杨二太太是苏州人。一位先生，两位太太，南腔北调的生了不知有多少孩子。头一天上工，祥子就差点发了昏。一清早，大太太坐车上市去买菜。回来，分头送少爷小姐们上学，有上初中的，有上小学的，有上幼稚园的；学校不同，年纪不同，长相不同，可是都一样的讨厌，特别是坐在车上，至老实的也比猴子多着两手儿。把孩子们都送走，杨先生上衙门。送到衙门，赶紧回来，拉二太太上东安市场或去看亲友。回来，接学生回家吃午饭。吃完，再送走。送学生回来，祥子以为可以吃饭了，大太太扯着天津腔，叫他去挑水。杨宅的甜水有人送，洗衣裳的苦水归车夫去挑。这个工作在条件之外，祥子为对付事情，没敢争论，一声没响的给挑满了缸。放下水桶，刚要去端饭碗，二太太叫他去给买东西。大太太与二太太一向是不和的，可是在家政上，二位的政见倒一致，其中的一项是不准仆人闲一会儿，另一项是不肯看仆人吃饭。祥子不晓得这个，只当是头一天恰巧赶上宅里这么忙，于是又没说什么，而自己掏腰包买了几个烧饼。他爱钱如命，可是为维持事情，不得不狠了心。

买东西回来，大太太叫他打扫院子。杨宅的先生，太太，二太太，当出门的时候都打扮得极漂亮，可是屋里院里整个的像个大垃圾堆。祥子看着院子直犯恶心，所以只顾了去打扫，而忘了车夫并不兼管打杂儿。院子打扫清爽，二太太叫他顺手儿也给屋中扫一扫。祥子也没驳回，使他惊异的倒是凭两位太太的体面漂亮，怎能屋里脏得下不去脚！把屋子也收拾利落了，二太太把个刚到一周岁的小泥鬼交给了他。他没了办法。卖力气的事儿他都在行，他可是没抱过孩子。他双手托着这位小少爷，不使劲吧，怕滑溜下去，用力吧，又怕给伤了筋骨，他出了汗。他想把这个宝贝去交给张妈——一个江北的大脚婆子。找到她，劈面就被她骂了顿好的。杨宅用人，向来是三五天一换的，先生与太太们总以为仆人就是家奴，非把穷人的命要了，不足以对得起那点工钱。只有这个张妈，已经跟了他们五六年，唯一的原因是她敢破口就骂，不论先生，哪管太太，招恼了她就是一顿。以杨先生的海式咒骂的毒辣，以杨太太的天津口的雄壮，以二太太的苏州调的流利，他们素来是所向无敌的；及至遇到张妈的蛮悍，他们开始感到一种礼尚往来，英雄遇上了好汉的意味，所以颇能赏识她，把她收作了亲军。

祥子生在北方的乡间，最忌讳随便骂街。可是他不敢打张妈，因为好汉不和女斗；也不愿还口。他只瞪了她一眼。张妈不再出声了，仿佛看出点什么危险来。正在这个工夫，大太太喊祥子去接学生。他把泥娃娃赶紧给二太太送了回去。二太太以为他这是存心轻看她，冲口而出的把他骂了个花瓜。大太太的意思本来也是不乐意祥子替二太太抱孩子，听见二太太骂他，她也扯开一条油光水滑的嗓子骂，骂的也是他；祥子成了挨骂的藤牌。他急忙拉起车走出去，连生气似乎也忘了，因为他一向没见过这样的事，忽然遇到头上，他简直有点发晕。

一批批的把孩子们都接回来，院中比市场还要热闹，三个妇女的骂声，一群孩子的哭声，好像大栅栏在散戏时那样乱，而且乱得莫名其妙。好在他还得去接杨先生，所以急忙的又跑出去，大街上的人喊马叫似乎还比宅里的乱法好受一些。

一直转转到十二点，祥子才找到叹口气的工夫。他不止于觉着身上疲乏，脑子里也老嗡嗡的响；杨家的老少确是已经都睡了，可是他耳朵里还似乎有先生与太太们的叫骂，像三盘不同的留声机在他心中乱转，使他闹得慌。顾不得再想什么，他想睡觉。一进他那间小屋，他心中一凉，又不困了。一间门房，开了两个门，中间隔着一层木板。张妈住一边，他住一边。屋中没有灯，靠街的墙上有个二尺来宽的小窗户，恰好在一支街灯底下，给屋里一点亮。屋里又潮又臭，地上的土有个铜板厚，靠墙放着份铺板，没有别的东西。他摸了摸床板，知道他要是把头放下，就得把脚蹬在墙上；把脚放平，就得半坐起来。他不会睡元宝式的觉。想了半天，他把铺板往斜里拉好，这样两头对着屋角，他就可以把头放平，腿搭拉着点先将就一夜。

从门洞中把铺盖搬进来，马马虎虎的铺好，躺下了。腿悬空，不惯，他睡不着。强闭上眼，安慰自己：睡吧，明天还得早起呢！什么罪都受过，何必单忍不了这个！别看吃喝不好，活儿太累，也许时常打牌，请客，有饭局；咱们出来为的是什么，祥子？还不是为钱？只要多进钱，什么也得受着！这样一想，他心中舒服了许多，闻了闻屋中，也不像先前那么臭了，慢慢的入了梦；迷迷忽忽的觉得有臭虫，可也没顾得去拿。

过了两天，祥子的心已经凉到底。可是在第四天上，来了女客，张妈忙着摆牌桌。他的心好像冻实了的小湖上忽然来了一阵春风。太太们打起牌来，把孩子们就通通交给了仆人；张妈既是得伺候着烟茶手巾把，那群小猴自然全归祥子统辖。他讨厌这群猴子，可是偷偷往屋中撩了一眼，大太太管着头儿钱，像是很认真的样子。他心里说：别看这个大娘们厉害，也许并不糊涂，知道乘这种时候给仆人们多弄三毛五毛的。他对猴子们特别的拿出耐心法儿，看在头儿钱的面上，他得把这群猴崽子当作少爷小姐看待。

牌局散了，太太叫他把客人送回家。两位女客急于要同时走，所以得另雇一辆车。祥子喊来一辆，大太太撩袍拖带的混身找钱，预备着代付客人的车资；客人谦让了两句，大太太仿佛要拼命似的喊：

“你这是怎么了，老妹子！到了我这儿啦，还没个车钱吗！老妹子！坐上啦！”她到这时候，才摸出来一毛钱。

祥子看得清清楚楚，递过那一毛钱的时候，太太的手有点哆嗦。

送完了客，帮着张妈把牌桌什么的收拾好，祥子看了太太一眼。太太叫张妈去拿点开水，等张妈出了屋门，她拿出一毛钱来：“拿去，别拿眼紧扫搭着我！”

祥子的脸忽然紫了，挺了挺腰，好像头要顶住房梁，一把抓起那张毛票，摔在太太的胖脸上：“给我四天的工钱！”

“怎吗札？”太太说完这个，又看了祥子一看，不言语了，把四天的工钱给了他。拉着铺盖刚一出街门，他听见院里破口骂上了。

六

初秋的夜晚，星光叶影里阵阵的小风，祥子抬起头，看着高远的天河，叹了口气。这么凉爽的天，他的胸脯又是那么宽，可是他觉到空气仿佛不够，胸中非常憋闷。他想坐下痛哭一场。以自己的体格，以自己的忍性，以自己的要强，会让人当作猪狗，会维持不住一个事情，他不只怨恨杨家那一伙人，而渺茫的觉到一种无望，恐怕自己一辈子不会再有什么起色了。拉着铺盖卷，他越走越慢，好像自己已经不是拿起腿就能跑个十里八里的祥子了。

到了大街上，行人已少，可是街灯很亮，他更觉得空旷渺茫，不知道往哪里去好了。上哪儿？自然是回人和厂。心中又有些难过。作买卖的，卖力气的，不怕没有生意，倒怕有了照顾主儿而没作成买卖，像饭铺理发馆进来客人，看了一眼，又走出去那样。祥子明知道上工辞工是常有的事，此处不留爷，自有留爷处。可是，他是低声下气的维持事情，舍着脸为是买上车，而结果还是三天半的事儿，跟那些串惯宅门的老油子一个样，他觉着伤心。他几乎觉得没脸再进人和厂，而给大家当笑话说："瞧瞧，骆驼祥子敢情也是三天半就吹呀，哼！"

不上人和厂，又上哪里去呢？为免得再为这个事思索，他一直走向西安门大街去。人和厂的前脸是三间铺面房，当中的一间作为柜房，只许车夫们进来交账或交涉事情，并不准随便来回打穿堂儿，因为东间与西间是刘家父女的卧室。西间的旁边有一个车门，两扇绿漆大门，上面弯着一根粗铁条，悬着一盏极亮的，没有罩子的电灯，灯下横悬着铁片涂金的四个字——"人和车厂"。车夫们出车收车和随时来往都走这个门。门上的漆深绿，配着上面的金字，都被那支白亮亮的电灯照得发光；出来进去的又都是漂亮的车，黑漆的黄漆的都一样的油汪汪发光，配着雪白的垫套，连车夫们都感到一些骄傲，仿佛都自居为车夫中的贵族。由大门进去，拐过前脸的西间，才是个四四方方的大院子，中间有棵老槐。东西房全是敞脸的，是存车的所在；南房和南房后面小院里的几间小屋，全是车夫的宿舍。

大概有十一点多了，祥子看见了人和厂那盏极明而怪孤单的灯。柜房和东间没有灯光，西间可是还亮着。他知道虎姑娘还没睡。他想轻手蹑脚的进去，别教虎姑娘看见；正因为她平日很看得起他，所以不愿头一个就被她看见他的失败。他刚把车拉到她的窗下，虎妞由车门里出来了：

"哟，祥子？怎——"她刚要往下问，一看祥子垂头丧气的样子，车上拉着铺盖卷，把话咽了回去。

怕什么有什么，祥子心里的惭愧与气闷凝成一团，登时立住了脚，呆在了那里。说不出话来，他傻看着虎姑娘。她今天也异样，不知是电灯照的，还是擦了粉，脸上比平日白了许多；脸上白了些，就掩去好多她的凶气。嘴唇上的确是抹着点胭脂，使虎妞也带出些媚气；祥子看到这里，觉得非常的奇怪，心中更加慌乱，因为平日没拿她当过女人看待，骤然看到这红唇，心中忽然感到点不好意思。她上身穿着件浅绿的绸子小夹袄，下面一条青洋绉肥腿的单裤。绿袄在电灯下闪出些柔软而微带凄惨的丝光，因为短小，还露出一点点白裤腰来，使绿色更加明显素净。下面的肥黑裤被小风吹得微动，像一些什么阴森的气儿，想要摆脱开那贼亮的灯光，而与黑夜联成一气。祥子不敢再看了，茫然的低下头去，心中还存着个小小的带光的绿袄。虎姑娘一向，他晓得，不这样打扮。以刘家的财力说，她满可以天天穿着绸缎，可是终日与车夫们打交待，她总是布衣布裤，即使有些花色，在布上也就不惹眼。祥子好似看见一个非常新异的东西，既熟识，又新异，所以心中有点发乱。

心中原本苦恼，又在极强的灯光下遇见这新异的活东西，他没有了主意。自己既不肯动，他倒希望虎姑娘快快进屋去，或是命令他干点什么，简直受不了这样的折磨，一种什么也不像而非常难过的折磨。

“嗨！”她往前凑了一步，声音不高的说：“别愣着！去，把车放下，赶紧回来，有话跟你说。屋里见。”

平日帮她办惯了事，他只好服从。但是今天她和往日不同，他很想要思索一下；愣在那里去想，又怪僵得慌；他没主意，把车拉了进去。看看南屋，没有灯光，大概是都睡了；或者还有没收车的。把车放好，他折回到她的门前。忽然，他的心跳起来。

“进来呀，有话跟你说！”她探出头来，半笑半恼的说。

他慢慢走了进去。

桌上有几个还不甚熟的白梨，皮儿还发青。一把酒壶，三个白瓷酒盅。一个头号大盘子，摆着半只酱鸡，和些熏肝酱肚之类的吃食。

“你瞧，”虎姑娘指给他一个椅子，看他坐下了，才说：“你瞧，我今天吃犒劳，你也吃点！”说着，她给他斟上一杯酒；白干酒的辣味，混合上熏酱肉味，显着特别的浓厚沉重。“喝吧，吃了这个鸡；我已早吃过了，不必让！我刚才用骨牌打了一卦，准知道你回来，灵不灵？”

“我不喝酒！”祥子看着酒盅出神。

“不喝就滚出去；好心好意，不领情是怎着？你个傻骆驼！辣不死你！连我还能喝四两呢。不信，你看看！”她把酒盅端起来，灌了多半盅，一闭眼，哈了一声。举着盅儿：“你喝！要不我揪耳朵灌你！”

祥子一肚子的怨气，无处发泄；遇到这种戏弄，真想和她瞪眼。可是他知道，虎姑娘一向对他不错，而且她对谁都是那么直爽，他不应当得罪她。既然不肯得罪她，再一想，就爽性和她诉诉委屈吧。自己素来不大爱说话，可是今天似乎有千言万语在心中憋闷着，非说说不痛快。这么一想，他觉得虎姑娘不是戏弄他，而是坦白的爱护他。他把酒盅接过来，喝干。一股辣气慢慢的，准确的，有力的，往下走，他伸长了脖子，挺直了胸，打了两个不十分便利的嗝儿。

虎妞笑起来。他好容易把这口酒调动下去，听到这个笑声，赶紧向东间那边看了看。

“没人，”她把笑声收了，脸上可还留着笑容。“老头子给姑妈作寿去了，得有两三天的耽误呢；姑妈在南苑住。”一边说，一边又给他倒满了盅。

听到这个，他心中转了个弯，觉出在哪儿似乎有些不对的地方。同时，他又舍不得出去；她的脸是离他那么近，她的衣裳是那么干净光滑，她的唇是那么红，都使他觉到一种新的刺激。她还是那么老丑，可是比往常添加了一些活力，好似她忽然变成另一个人，还是她，但多了一些什么。他不敢对这点新的什么去详细的思索，一时又不敢随便的接受，可也不忍得拒绝。他的脸红起来。好像为是壮壮自己的胆气，她又喝了口酒。刚才他想对她诉诉委屈，此刻又忘了。红着脸，他不由的多看了她几眼。越看，他心中越乱；她越来越显出他所不明白的那点什么，越来越有一点什么热辣辣的力量传递过来，渐渐的她变成一个抽象的什么东西。他警告着自己，须要小心；可是他又要大胆。他连喝了三盅酒，忘了什么叫作小心。迷迷糊糊的看着她，他不知为什么觉得非常痛快，大胆；极勇敢的要马上抓到一种新的经验与快乐。平日，他有点怕她；现在，她没有一点可怕的地方了。他自己反倒变成了有威严与力气的，似乎能把她当作个猫似的，拿到手中。

屋内灭了灯。天上很黑。不时有一两个星刺入了银河，或划进黑暗中，带着发红或发白的光尾，轻飘的或硬挺的，直坠或横扫着，有时也点动着，颤抖着，给天上一些光热的动荡，给黑暗一些闪烁的爆裂。有时一两个星，有时好几个星，同时飞落，使静寂的秋空微颤，使万星一时迷乱起来。有时一个单独的巨星横刺入天角，光尾极长，放射着星花；红，渐黄；在最后的挺进，忽然狂悦似的把天角照白了一条，好像刺开万重的黑暗，透进并逗留一些乳白的光。余光散尽，黑暗似晃动了几下，又包合起来，静静的懒懒的群星又复了原位，在秋风上微笑。地上飞着些寻求情侣的秋萤，也作着星样的游戏。

第二天，祥子起得很早，拉起车就出去了。头与喉中都有点发痛，这是因为第一次喝酒，他倒没去注意。坐在一个小胡同口上，清晨的小风吹着他的头，他知道这点头疼不久就会过去。可是他心中另有一些事儿，使他憋闷得慌，而且一时没有方法去开脱。昨天夜里的事教他疑惑，羞愧，难过，并且觉着有点危险。

他不明白虎姑娘是怎么回事。她已早不是处女，祥子在几点钟前才知道。他一向很敬重她，而且没有听说过她有什么不规矩的地方；虽然她对大家很随便爽快，可是大家没在背地里讲论过她；即使车夫中有说她坏话的，也是说她厉害，没有别的。那么，为什么有昨夜那一场呢？

这个既显着糊涂，祥子也怀疑了昨晚的事儿。她知道他没在车厂里，怎能是一心一意的等着他？假若是随便哪个都可以的话……祥子把头低下去。他来自乡间，虽然一向没有想到娶亲的事，可是心中并非没有个算计；假若他有了自己的车，生活舒服了一些，而且愿意娶亲的话，他必定到乡下娶个年轻力壮，吃得苦，能洗能作的姑娘。像他那个岁数的小伙子们，即使有人管着，哪个不偷偷的跑“白房子”？祥子始终不肯随和，一来他自居为要强的人，不能把钱花在娘儿们身上；二来他亲眼得见那些花冤钱的傻子们——有的才十八九岁——在厕所里头顶着墙还撒不出尿来。最后，他必须规规矩矩，才能对得起将来的老婆，因为一旦要娶，就必娶个一清二白的姑娘，所以自己也得像那么回事儿。可是现在，现在……想起虎妞，设若当个朋友看，她确是不错；当个娘儿们看，她丑，老，厉害，不要脸！就是想起抢去他的车，而且几乎要了他的命的那些大兵，也没有像想起她这么可恨可厌！她把他由乡间带来的那点清凉劲儿毁尽了，他现在成了个偷娘儿们的人！

再说，这个事要是吵嚷开，被刘四知道了呢？刘四晓得不晓得他女儿是个破货呢？假若不知道，祥子岂不独自背上黑锅？假若早就知道而不愿意管束女儿，那么他们父女是什么东西呢？他和这样人搀和着，他自己又是什么东西呢？就是她们父女都愿意，他也不能要她；不管刘老头子是有六十辆车，还是六百辆，六千辆！他得马上离开人和厂，跟他们一刀两断。祥子有祥子的本事，凭着自己的本事买上车，娶上老婆，这才正大光明！想到这里，他抬起头来，觉得自己是个好汉子，没有可怕的，没有可虑的，只要自己好好的干，就必定成功。

让了两次座儿，都没能拉上。那点别扭劲儿又忽然回来了。不愿再思索，可是心中堵得慌。这回事似乎与其他的事全不同，即使有了解决的办法，也不易随便的忘掉。不但身上好像粘上了点什么，心中也仿佛多了一个黑点儿，永远不能再洗去。不管怎样的愤恨，怎样的讨厌她，她似乎老抓住了他的心，越不愿再想，她越忽然的从他心中跳出来，一个赤裸裸的她，把一切丑陋与美好一下子，整个的都交给了他，像买了一堆破烂那样，碎铜烂铁之中也有一二发光的有色的小物件，使人不忍得拒绝。他没和任何人这样亲密过，虽然是突乎其来，虽然是个骗诱，到底这样的关系不能随便的忘记，就是想把它放在一旁，它自自然然会在心中盘绕，像生了根似的。这对他不仅是个经验，而也是一种什么形容不出来的扰乱，使他不知如何是好。他对她，对自己，对现在与将来，都没办法，仿佛是碰在蛛网上的一个小虫，想挣扎已来不及了。

迷迷糊糊的他拉了几个买卖。就是在奔跑的时节，他的心中也没忘了这件事，并非清清楚楚的，有头有尾的想起来，而是时时想到一个什么意思，或一点什么滋味，或一些什么感情，都很渺茫，而又亲切。他很想独自去喝酒，喝得人事不知，他也许能痛快一些，不能再受这个折磨！可是他不敢去喝。他不能为这件事毁坏了自己。他又想起买车的事来。但是他不能专心的去想，老有一点什么拦阻着他的心思；还没想到车，这点东西已经偷偷的溜出来，占住他的心，像块黑云遮住了太阳，把光明打断。到了晚间，打算收车，他更难过了。他必须回车厂，可是真怕回去。假如遇上她呢，怎办？他拉着空车在街上绕，两三次已离车厂不远，又转回头来往别处走，很像初次逃学的孩子不敢进家门那样。

奇怪的是，他越想躲避她，同时也越想遇到她，天越黑，这个想头越来得厉害。一种明知不妥，而很愿试试的大胆与迷惑紧紧的捉住他的心，小的时候去用竿子敲马蜂窝就是这样，害怕，可是心中跳着要去试试，像有什么邪气催着自己似的。渺茫的他觉到一种比自己还更有力气的劲头儿，把他要揉成一个圆球，抛到一团烈火里去；他没法阻止住自己的前进。

他又绕回西安门来，这次他不想再迟疑，要直入公堂的找她去。她已不是任何人，她只是个女子。他的全身都热起来。刚走到门脸上，灯光下走来个四十多岁的男人，他似乎认识这个人的面貌态度，可是不敢去招呼。几乎是本能的，他说了声：“车吗?”那个人愣了一愣：“祥子?”

“是呀，”祥子笑了。“曹先生?”

曹先生笑着点了点头。“我说祥子，你要是没在宅门里的话，还上我那儿来吧?我现在用着的人太懒，他老不管擦车，虽然跑得也怪麻利的；你来不来?”

“还能不来，先生!”祥子似乎连怎样笑都忘了，用小毛巾不住的擦脸。“先生，我几儿上工呢?”

“那什么，”曹先生想了想，“后天吧。”

“是了，先生!”祥子也想了想：“先生，我送回你去吧?”

“不用；我不是到上海去了一程子吗，回来以后，我不在老地方住了。现今住在北长街；我晚上出来走走。后天见吧。”曹先生告诉了祥子门牌号数，又找补了一句：“还是用我自己的车。”

祥子痛快得要飞起来，这些日子的苦恼全忽然一齐铲净，像大雨冲过的白石路。曹先生是他的旧主人，虽然在一块没有多少日子，可是感情顶好；曹先生是非常和气的人，而且家中人口不多，只有一位太太，和一个小男孩。

他拉着车一直奔了人和厂去。虎姑娘屋中的灯还亮着呢。一见这个灯亮，祥子猛的木在那里。

立了好久，他决定进去见她；告诉她他又找到了包月；把这两天的车份儿交上；要出他的储蓄；从此一刀两断——这自然不便明说，她总会明白的。

他进去先把车放好，而后回来大着胆叫了声刘姑娘。

“进来！”

他推开门，她正在床上斜着呢，穿着平常的衣裤，赤着脚。依旧斜着身，她说：“怎样？吃出甜头来了是怎着？”

祥子的脸红得像生小孩时送人的鸡蛋。愣了半天，他迟迟顿顿的说：“我又找好了事，后天上工。人家自己有车……”

她把话接了过来：“你这小子不懂好歹！”她坐起来，半笑半恼的指着他：“这儿有你的吃，有你的穿；非去出臭汗不过瘾是怎着？老头子管不了我，我不能守一辈女儿寡！就是老头子真犯牛脖子，我手里也有俩体己，咱俩也能弄上两三辆车，一天进个块儿八毛的，不比你成天满街跑臭腿去强？我哪点不好？除了我比你大一点，也大不了多少！我可是能护着你，疼你呢！”

“我愿意去拉车！”祥子找不到别的辩驳。

“地道窝窝头脑袋！你先坐下，咬不着你！”她说完，笑了笑，露出一对虎牙。

祥子青筋蹦跳的坐下。“我那点钱呢？”

“老头子手里呢；丢不了，甭害怕；你还别跟他要，你知道他的脾气？够买车的数儿，你再要，一个小子儿也短不了你的；现在要，他要不骂出你的魂来才怪！他对你不错！丢不了，短一个我赔你俩！你个乡下脑颏！别让我损你啦！”

祥子又没的说了，低着头掏了半天，把两天的车租掏出来，放在桌上：“两天的。”临时想起来：“今儿个就算交车，明儿个我歇一天。”他心中一点也不想歇息一天；不过，这样显着干脆；交了车，以后再也不住人和厂。

虎姑娘过来，把钱抓在手中，往他的衣袋里塞：“这两天连车带人都白送了！你这小子有点运气！别忘恩负义就得了！”说完，她一转身把门倒锁上。

七

祥子上了曹宅。

对虎姑娘，他觉得有点羞愧。可是事儿既出于她的引诱，况且他又不想贪图她的金钱，他以为从此和她一刀两断也就没有什么十分对不住人的地方了。他所不放心的倒是刘四爷拿着他的那点钱。马上去要，恐怕老头子多心。从此不再去见他们父女，也许虎姑娘一怒，对老头子说几句坏话，而把那点钱“炸了酱”。还继续着托老头子给存钱吧，一到人和厂就得碰上她，又怪难以为情。他想不出妥当的办法，越没办法也就越不放心。

他颇想向曹先生要个主意，可是怎么说呢？对虎姑娘的那一段是对谁也讲不得的。想到这儿，他真后悔了；这件事是，他开始明白过来，不能一刀两断的。这种事是永远洗不清的，像肉上的一块黑瘢。无缘无故的丢了车，无缘无故的又来了这层缠绕，他觉得他这一辈子大概就这么完了，无论自己怎么要强，全算白饶。想来想去，他看出这么点来：大概到最后，他还得舍着脸要虎姑娘；不为要她，还不为要那几辆车么？“当王八的吃俩炒肉”！他不能忍受，可是到了时候还许非此不可！只好还往前干吧，干着好的，等着坏的；他不敢再像从前那样自信了。他的身量，力气，心胸，都算不了一回事；命是自己的，可是教别人管着；教些什么顶混账的东西管着。

按理说，他应当很痛快，因为曹宅是，在他所混过的宅门里，顶可爱的。曹宅的工钱并不比别处多，除了三节的赏钱也没有很多的零钱，可是曹先生与曹太太都非常的和气，拿谁也当个人对待。祥子愿意多挣钱，拼命的挣钱，但是他也愿意有个像间屋子的住处，和可以吃得饱的饭食。曹宅处处很干净，连下房也是如此；曹宅的饭食不苦，而且决不给下人臭东西吃。自己有间宽绰的屋子，又可以消消停停的吃三顿饭，再加上主人很客气，祥子，连祥子，也不肯专在钱上站着了。况且吃住都合适，工作又不累，把身体养得好好的也不是吃亏的事。自己掏钱吃饭，他决不会吃得这么样好，现在既有现成的菜饭，而且吃了不会由脊梁骨下去，他为什么不往饱里吃呢；饭也是钱买来的，这笔账他算得很清楚。吃得好，睡得好，自己可以干干净净像个人似的，是不容易找到的事。况且，虽然曹家不打牌，不常请客，没什么零钱，可是作点什么临时的工作也都能得个一毛两毛的。比如太太叫他给小孩儿去买丸药，她必多给他一毛钱，叫他坐车去，虽然明知道他比谁也跑的快。这点钱不算什么，可是使他觉到一种人情，一种体谅，使人心中痛快。祥子遇见过的主人也不算少了，十个倒有九个是能晚给一天工钱，就晚给一天，表示出顶好是白用人，而且仆人根本是猫狗，或者还不如猫狗。曹家的人是个例外，所以他喜欢在这儿。他去收拾院子，浇花，都不等他们吩咐他，而他们每见到他作这些事也必说些好听的话，更乘着这种时节，他们找出些破旧的东西，教他去换洋火，虽然那些东西还都可以用，而他也就自己留下。在这里，他觉出点人味儿。

在祥子眼里，刘四爷可以算作黄天霸。虽然厉害，可是讲面子，叫字号，决不一面儿黑。他心中的体面人物，除了黄天霸，就得算是那位孔圣人。他莫名其妙孔圣人到底是怎样的人物，不过据说是认识许多的字，还挺讲理。在他所混过的宅门里，有文的也有武的；武的里，连一个能赶上刘四爷的还没有；文的中，虽然有在大学堂教书的先生，也有在衙门里当好差事的，字当然认识不少了，可是没遇到一个讲理的。就是先生讲点理，太太小姐们也很难伺候。只有曹先生既认识字，又讲理，而且曹太太也规规矩矩的得人心。所以曹先生必是孔圣人；假若祥子想不起孔圣人是什么模样，那就必当应像曹先生，不管孔圣人愿意不愿意。

其实呢，曹先生并不怎么高明。他只是个有时候教点书，有时候也作些别的事的一个中等人物。他自居为“社会主义者”，同时也是个唯美主义者，很受了维廉·莫利司一点儿影响。在政治上，艺术上，他都并没有高深的见解；不过他有一点好处：他所信仰的那一点点，都能在生活中的小事件上实行出来。他似乎看出来，自己并没有惊人的才力，能够作出些惊天动地的事业，所以就按着自己的理想来布置自己的工作与家庭；虽然无补于社会，可是至少也愿言行一致，不落个假冒为善。因此，在小的事情上他都很注意，仿佛是说只要把小小的家庭整理得美好，那么社会怎样满可以随便。这有时使他自愧，有时也使他自喜，似乎看得明明白白，他的家庭是沙漠中的一个小绿洲，只能供给来到此地的一些清水与食物，没有更大的意义。

祥子恰好来到了这个小绿洲；在沙漠中走了这么多日子，他以为这是个奇迹。他一向没遇到过像曹先生这样的人，所以他把这个人看成圣贤。这也许是他的经验少，也许是世界上连这样的人也不多见。拉着曹先生出去，曹先生的服装是那么淡雅，人是那么活泼大方，他自己是那么干净利落，魁梧雄壮，他就跑得分外高兴，好像只有他才配拉着曹先生似的。在家里呢，处处又是那么清洁，永远是那么安静，使他觉得舒服安定。当在乡间的时候，他常看到老人们在冬日或秋月下，叼着竹管烟袋一声不响的坐着，他虽年岁还小，不能学这些老人，可是他爱看他们这样静静的坐着，必是——他揣摩着——有点什么滋味。现在，他虽是在城里，可是曹宅的清静足以让他想起乡间来，他真愿抽上个烟管，咂摸着一点什么滋味。

不幸，那个女的和那点钱教他不能安心；他的心像一个绿叶，被个虫儿用丝给缠起来，预备作茧。为这点事，他自己放不下心；对别人，甚至是对曹先生，时时发愣，所答非所问。这使他非常的难过。曹宅睡得很早，到晚间九点多钟就可以没事了，他独自坐在屋中或院里，翻来覆去的想，想的是这两件事。他甚至想起马上就去娶亲，这样必定能够断了虎妞的念头。可是凭着拉车怎能养家呢？他晓得大杂院中的苦哥儿们，男的拉车，女的缝穷，孩子们捡煤核，夏天在土堆上拾西瓜皮啃，冬天全去赶粥厂。祥子不能受这个。再说呢，假若他娶了亲，刘老头子手里那点钱就必定要不回来；虎妞岂肯轻饶了他呢！他不能舍了那点钱，那是用命换来的！

他自己的那辆车是去年秋初买的。一年多了，他现在什么也没有，只有要不出来的三十多块钱，和一些缠绕！他越想越不高兴。

中秋节后十多天了，天气慢慢凉上来。他算计着得添两件穿的。又是钱！买了衣裳就不能同时把钱还剩下，买车的希望，简直不敢再希望了！即使老拉包月，这一辈子又算怎回事呢？

一天晚间，曹先生由东城回来得晚一点。祥子为是小心，由天安门前全走马路。敞平的路，没有什么人，微微的凉风，静静的灯光，他跑上了劲来。许多日子心中的憋闷，暂时忘记了，听着自己的脚步，和车弓子的轻响，他忘记了一切。解开了纽扣，凉风飕飕的吹着胸，他觉到痛快，好像就这么跑下去，一直跑到不知什么地方，跑死也倒干脆。越跑越快，前面有一辆，他“开”一辆，一会儿就过了天安门。他的脚似乎是两个弹簧，几乎是微一着地便弹起来；后面的车轮转得已经看不出条来，皮轮仿佛已经离开了地；连人带车都像被阵急风吹起来了似的。曹先生被凉风一飕，大概是半睡着了，要不然他必会阻止祥子这样的飞跑。祥子是跑开了腿，心中渺茫的想到，出一身透汗，今天可以睡痛快觉了，不至于再思虑什么。

已离北长街不远，马路的北半，被红墙外的槐林遮得很黑。祥子刚想收步，脚已碰到一些高起来的东西。脚到，车轮也到了。祥子栽了出去。咯喳，车把断了。“怎么了？”曹先生随着自己的话跌出来。祥子没出一声，就地爬起。曹先生也轻快的坐起来。“怎么了？”

新卸的一堆补路的石块，可是没有放红灯。

“摔着没有？”祥子问。

“没有；我走回去吧，你拉着车。”曹先生还镇定，在石块上摸了摸有没有落下来的东西。

祥子摸着了已断的一截车把：“没折多少，先生还坐上，能拉！”说着，他一把将车从石头中扯出来。“坐上，先生！”

曹先生不想再坐，可是听出祥子的话带着哭音，他只好上去了。

到了北长街口的电灯下面，曹先生看见自己的右手擦去一块皮。“祥子你站住！”

祥子一回头，脸上满是血。

曹先生害了怕，想不起说什么好，“你快，快——”

祥子莫名其妙，以为是教他快跑呢，他一拿腰，一气跑到了家。

放下车，他看见曹先生手上有血，急忙往院里跑，想去和太太要药。

“别管我，先看你自己吧！”曹先生跑了进去。

祥子看了看自己，开始觉出疼痛，双膝，右肘全破了；脸蛋上，他以为流的是汗，原来是血。不顾得干什么，想什么，他坐在门洞的石阶上，呆呆的看着断了把的车。崭新黑漆的车，把头折了一段，秃碴碴的露着两块白木碴儿，非常的不调和，难看，像糊好的漂亮纸人还没有安上脚，光出溜的插着两根秫秸秆那样。祥子呆呆的看着这两块白木碴儿。

“祥子！”曹家的女仆高妈响亮的叫，“祥子！你在哪儿呢？”

他坐着没动，不错眼珠的盯着那破车把，那两块白木碴儿好似插到他的心里。

“你是怎个碴儿呀？一声不出，藏在这儿；你瞧，吓我一跳！先生叫你哪！”高妈的话永远是把事情与感情都搀和起来，显着既复杂又动人。她是三十二三岁的寡妇，干净，爽快，作事麻利又仔细。在别处，有人嫌她太张道，主意多，时常有些神眉鬼道儿的。曹家喜欢用干净瞭亮的人，而又不大注意那些小过节儿，所以她跟了他们已经二三年，就是曹家全家到别处去也老带着她。“先生叫你哪！”她又重了一句。及至祥子立起来，她看明他脸上的血：“可吓死我了，我的妈！这是怎么了？你还不动换哪，得了破伤风还了得！快走！先生那儿有药！”

祥子在前边走，高妈在后边叨唠，一同进了书房。曹太太也在这里，正给先生裹手上药，见祥子进来，她也“哟”了一声。

“太太，他这下子可是摔得够瞧的。”高妈唯恐太太看不出来，忙着往脸盆里倒凉水，更忙着说话：“我就早知道吗，他一跑起来就不顾命，早晚是得出点岔儿。果不其然！还不快洗洗哪？洗完好上点药，真！”

祥子托着右肘，不动。书房里是那么干净雅趣，立着他这么个满脸血的大汉，非常的不像样，大家似乎都觉出有点什么不对的地方，连高妈也没了话。

“先生，”祥子低着头，声音很低，可是很有力：“先生另找人吧！这个月的工钱，你留着收拾车吧：车把断了，左边的灯碎了块玻璃；别处倒都好好的呢。”

“先洗洗，上点药，再说别的。”曹先生看着自己的手说，太太正给慢慢的往上缠纱布。

“先洗洗！”高妈也又想起话来。“先生并没说什么呀，你别先倒打一瓦！”

祥子还不动。“不用洗，一会儿就好！一个拉包月的，摔了人，碰了车，没脸再……”他的话不够帮助说完全了他的意思，可是他的感情已经发泄净尽，只差着放声哭了。辞事，让工钱，在祥子看就差不多等于自杀。可是责任，脸面，在这时候似乎比命还重要，因为摔的不是别人，而是曹先生。假若他把那位杨太太摔了，摔了就摔了，活该！对杨太太，他可以拿出街面上的蛮横劲儿，因为她不拿人待他，他也不便客气；钱是一切，说不着什么脸面，哪叫规矩。曹先生根本不是那样的人，他得牺牲了钱，好保住脸面。他顾不得恨谁，只恨自己的命，他差不多想到：从曹家出去，他就永不再拉车；自己的命即使不值钱，可以拼上；人家的命呢？真要摔死一口子，怎办呢？以前他没想到过这个，因为这次是把曹先生摔伤，所以悟过这个理儿来。好吧，工钱可以不要，从此改行，不再干这背着人命的事。拉车是他理想的职业，搁下这个就等于放弃了希望。他觉得他的一生就得窝窝囊囊的混过去了，连成个好拉车的也不用再想，空长了那么大的身量！在外面拉散座的时候，他曾毫不客气的“抄”买卖，被大家嘲骂，可是这样的不要脸正是因为自己要强，想买上车，他可以原谅自己。拉包月而惹了祸，自己有什么可说的呢？这要被人知道了，祥子摔了人，碰坏了车；哪道拉包车的，什么玩艺！祥子没了出路！他不能等曹先生辞他，只好自己先滚吧！

“祥子，”曹先生的手已裹好，“你洗洗！先不用说什么辞工。不是你的错儿，放石头就应当放个红灯。算了吧，洗洗，上点药。”

“是呀，先生，”高妈又想起话来，“祥子是磨不开；本来吗，把先生摔得这个样！可是，先生既说不是你的错儿，你也甭再别扭啦！瞧他这样，身大力不亏的，还和小孩一样呢，倒是真着急！太太说一句，叫他放心吧！”高妈的话很像留声机片，是转着圆圈说的，把大家都说在里边，而没有起承转合的痕迹。

“快洗洗吧，我怕！”曹太太只说了这么一句。

祥子的心中很乱，末了听到太太说怕血，他似找到了一件可以安慰她的事；把脸盆搬出来，在书房门口洗了几把。高妈拿着药瓶在门内等着他。

“胳臂和腿上呢？”高妈给他脸上涂抹了一气。

祥子摇了摇头，“不要紧！”

曹氏夫妇去休息。高妈拿着药瓶，跟出祥子来。到了他屋中，她把药瓶放下，立在屋门口里：“待会儿你自己抹抹吧。我说，为这点事不必那么吃心。当初，有我老头子活着的日子，我也是常辞工。一来是，我在外头受累，他不要强，教我生气。二来是，年轻气儿粗，一句话不投缘，散！卖力气挣钱，不是奴才；你有你的臭钱，我泥人也有个土性儿；老太太有个伺候不着！现在我可好多了，老头子一死，我没什么挂念的了，脾气也就好了点。这儿呢——我在这儿小三年子了；可不是，九月九上的工——零钱太少，可是他们对人还不错。咱们卖的是力气，为的是钱；净说好的当不了一回事。可是话又得这么说，把事情看长远了也有好处：三天两头的散工，一年倒歇上六个月，也不上算；莫若遇上个和气的主儿，架不住干日子多了，零钱就是少点，可是靠常儿混下去也能剩俩钱。今儿个的事，先生既没说什么，算了就算了，何必呢。也不是我攀个大，你还是小兄弟呢，容易挂火。一点也不必，火气壮当不了吃饭。像你这么老实巴交的，安安顿顿的在这儿混些日子，总比满天打油飞去强。我一点也不是向着他们说话，我是为你，在一块儿都怪好的！”她喘了口气：“得，明儿见；甭犯牛劲，我是直心眼，有一句说一句！”

祥子的右肘很疼，半夜也没睡着。颠算了七开八得，他觉得高妈的话有理。什么也是假的，只有钱是真的。省钱买车；挂火当不了吃饭！想到这，来了一点平安的睡意。

人和車厰

八

曹先生把车收拾好，并没扣祥子的工钱。曹太太给他两丸“三黄宝蜡”，他也没吃。他没再提辞工的事。虽然好几天总觉得不大好意思，可是高妈的话得到最后的胜利。过了些日子，生活又合了辙，他把这件事渐渐忘掉，一切的希望又重新发了芽。独坐在屋中的时候，他的眼发着亮光，去盘算怎样省钱，怎样买车；嘴里还不住的嘟囔，像有点心病似的。他的算法很不高明，可是心中和嘴上常常念着“六六三十六”；这并与他的钱数没多少关系，不过是这么念道，心中好像是充实一些，真像有一本账似的。

他对高妈有相当的佩服，觉得这个女人比一般的男子还有心路与能力，她的话是抄着根儿来的。他不敢赶上她去闲谈，但在院中或门口遇上她，她若有工夫说几句，他就很愿意听她说。她每说一套，总够他思索半天的，所以每逢遇上她，他会傻傻乎乎的一笑，使她明白他是佩服她的话，她也就觉到点得意，即使没有工夫，也得扯上几句。

不过，对于钱的处置方法，他可不敢冒儿咕咚的就随着她的主意走。她的主意，他以为，实在不算坏；可是多少有点冒险。他很愿意听她说，好多学些招数，心里显着宽绰；在实行上，他还是那个老主意——不轻易撒手钱。

不错，高妈的确有办法：自从她守了寡，她就把月间所能剩下的一点钱放出去，一块也是一笔，两块也是一笔，放给作仆人的，当二三等巡警的，和作小买卖的，利钱至少是三分。这些人时常为一块钱急得红着眼转磨，就是有人借给他们一块而当两块算，他们也得伸手接着。除了这样，钱就不会教他们看见；他们所看见的钱上有毒，接过来便会抽干他们的血，但是他们还得接着。凡是能使他们缓一口气的，他们就有胆子拿起来；生命就是且缓一口气再讲，明天再说明天的。高妈，在她丈夫活着的时候，就曾经受着这个毒。她的丈夫喝醉来找她，非有一块钱不能打发；没有，他就在宅门外醉闹；她没办法，不管多大的利息也得马上借到这块钱。由这种经验，她学来这种方法，并不是想报复，而是拿它当作合理的，几乎是救急的慈善事。有急等用钱的，有愿意借出去的，周瑜打黄盖，愿打愿挨！

在宗旨上，她既以为这没有什么下不去的地方，那么在方法上她就得厉害一点，不能拿钱打水上飘；干什么说什么。这需要眼光，手段，小心，泼辣，好不至都放了鹰。她比银行经理并不少费心血，因为她需要更多的小心谨慎。资本有大小，主义是一样，因为这是资本主义的社会，像一个极细极大的筛子，一点一点的从上面往下筛钱，越往下钱越少；同时，也往下筛主义，可是上下一边儿多，因为主义不像钱那样怕筛眼小，它是无形体的，随便由什么极小的孔中也能溜下来。大家都说高妈厉害，她自己也这么承认；她的厉害是由困苦中折磨中锻炼出来的。一想起过去的苦处，连自己的丈夫都那样的无情无理，她就咬上了牙。她可以很和气，也可以很毒辣，她知道非如此不能在这个世界上活着。

她也劝祥子把钱放出去，完全出于善意；假若他愿意的话，她可以帮他的忙：

“告诉你，祥子，搁在兜儿里，一个子永远是一个子！放出去呢，钱就会下钱！没错儿，咱们的眼睛是干什么的？瞧准了再放手钱，不能放秃尾巴鹰。当巡警的到时候不给利，或是不归本，找他的巡官去！一句话，他的差事得搁下，敢！打听明白他们放饷的日子，堵窝掏；不还钱，新新！将一比十，放给谁，咱都得有个老底；好，放出去，海里摸锅，那还行吗？你听我的，准保没错！”

祥子用不着说什么，他的神气已足表示他很佩服高妈的话。及至独自一盘算，他觉得钱在自己手里比什么也稳当。不错，这么着是死的，钱不会下钱；可是丢不了也是真的。把这两三个月剩下的几块钱——都是现洋——轻轻的拿出来，一块一块的翻弄，怕出响声；现洋是那么白亮，厚实，起眼，他更觉得万不可撒手，除非是拿去买车。各人有各人的办法，他不便全随着高妈。

原先在一家姓方的家里，主人全家大小，连仆人，都在邮局有个储金折子。方太太也劝过祥子：“一块钱就可以立折子，你怎么不立一个呢？俗言说得好，常将有日思无日，莫到无时盼有时；年轻轻的，不乘着年轻力壮剩下几个，一年三百六十天不能天天是晴天大日头。这又不费事，又牢靠，又有利钱，哪时别住还可以提点儿用，还要怎么方便呢？去，去要个单子来，你不会写，我给你填上，一片好心！”

祥子知道她是好心，而且知道厨子王六和奶妈子秦妈都有折子，他真想试一试。可是有一天方大小姐叫他去给放进十块钱，他细细看了看那个小折子，上面有字，有小红印；通共，哼，也就有一小打手纸那么沉吧。把钱交进去，人家又在折子上画了几个字，打上了个小印。他觉得这不是骗局，也得是骗局；白花花的现洋放进去，凭人家三画五画就算完事，祥子不上这个当。他怀疑方家是跟邮局这个买卖——他总以为邮局是个到处有分号的买卖，大概字号还很老，至少也和瑞蚨祥、鸿记差不多——有关系，所以才这样热心给拉生意。即使事实不是这样，现钱在手里到底比在小折子上强，强的多！折子上的钱只是几个字！

对于银行银号，他只知道那是出“座儿”的地方，假若巡警不阻止在那儿搁车的话，准能拉上“买卖”。至于里面作些什么事，他猜不透。不错，这里必是有很多的钱；但是为什么单到这里来鼓逗钱，他不明白；他自己反正不容易与它们发生关系，那么也就不便操心去想了。城里有许多许多的事他不明白，听朋友们在茶馆里议论更使他发糊涂，因为一人一个说法，而且都说的不到家。他不愿再去听，也不愿去多想，他知道假若去打抢的话，顶好是抢银行；既然不想去作土匪，那么自己拿着自己的钱好了，不用管别的。他以为这是最老到的办法。

高妈知道他是红着心想买车，又给他出了主意：

“祥子，我知道你不肯放账，为是好早早买上自己的车，也是个主意！我要是个男的，要是也拉车，我就得拉自己的车；自拉自唱，万事不求人！能这么着，给我个知县我也不换！拉车是苦事，可是我要是男的，有把子力气，我愣拉车也不去当巡警；冬夏常青，老在街上站着，一月才挣那俩钱，没个外钱，没个自由；一留胡子还是就吹，简直的没一点起色。我是说，对了，你要是想快快买上车的话，我给你个好主意：起上一只会，十来个人，至多二十个人，一月每人两块钱，你使头一会；这不是马上就有四十来的块？你横是多少也有个积蓄，凑吧凑吧就弄辆车拉拉，干脆大局！车到了手，你干上一只黑签儿会，又不出利，又是体面事，准得对你的心路！你真要请会的话，我来一只，决不含糊！怎样？”

这真让祥子的心跳得快了些！真要凑上三四十块，再加上刘四爷手里那三十多，和自己现在有的那几块，岂不就是八十来的？虽然不够买十成新的车，八成新的总可以办到了！况且这么一来，他就可以去向刘四爷把钱要回，省得老这么搁着，不像回事儿。八成新就八成新吧，好歹的拉着，等有了富余再换。

可是，上哪里找这么二十位人去呢？即使能凑上，这是个面子事，自己等钱用么就请会，赶明儿人家也约自己来呢？起会，在这个穷年月，常有哗啦了的时候！好汉不求人；干脆，自己有命买得上车，买；不求人！

看祥子没动静，高妈真想俏皮他一顿，可是一想他的直诚劲儿，又不大好意思了："你真行！'小胡同赶猪——直来直去'；也好！"

祥子没说什么，等高妈走了，对自己点了点头，似乎是承认自己的一把死拿值得佩服，心中怪高兴的。

已经是初冬天气，晚上胡同里叫卖糖炒栗子，落花生之外，加上了低悲的"夜壶呕"。夜壶挑子上带着瓦的闷葫芦罐儿，祥子买了个大号的。头一号买卖，卖夜壶的找不开钱，祥子心中一活便，看那个顶小的小绿夜壶非常有趣，绿汪汪的，也撅着小嘴，"不用找钱了，我来这么一个！"

放下闷葫芦罐，他把小绿夜壶送到里边去："少爷没睡哪？送你个好玩艺！"

大家都正看着小文——曹家的小男孩——洗澡呢，一见这个玩艺都憋不住的笑了。曹氏夫妇没说什么，大概觉得这个玩艺虽然蠢一些，可是祥子的善意是应当领受的，所以都向他笑着表示谢意。高妈的嘴可不会闲着：

"你看，真是的，祥子！这么大个子了，会出这么高明的主意，多么不顺眼！"

小文很喜欢这个玩艺，登时用手捧澡盆里的水往小壶里灌：

"这小茶壶，嘴大！"

大家笑得更加了劲。祥子整着身子——因为一得意就不知怎么好了——走出来。他很高兴，这是向来没有经验过的事，大家的笑脸全朝着他自己，仿佛他是个很重要的人似的。微笑着，又把那几块现洋搬运出来，轻轻的一块一块往闷葫芦罐里放，心里说："这比什么都牢靠！多咱够了数，多咱往墙上一碰；拍喳，现洋比瓦片还得多！

他决定不再求任何人。就是刘四爷那么可靠，究竟有时候显着别扭，钱是丢不了哇，在刘四爷手里，不过总有点不放心。钱这个东西像戒指，总是在自己手上好。这个决定使他痛快，觉得好像自己的腰带又杀紧了一扣，使胸口能挺得更直更硬。

天是越来越冷了，祥子似乎没觉到。心中有了一定的主意，眼前便增多了光明；在光明中不会觉得寒冷。地上初见冰凌，连便道上的土都凝固起来，处处显出干燥，结实，黑土的颜色已微微发些黄，像已把潮气散尽。特别是在一清早，被大车轧起的土棱上镶着几条霜边，小风尖溜溜的把早霞吹散，露出极高极蓝极爽快的天；祥子愿意早早的拉车跑一趟，凉风飕进他的袖口，使他全身像洗冷水澡似的一哆嗦，一痛快。有时候起了狂风，把他打得出不来气，可是他低着头，咬着牙，向前钻，像一条浮着逆水的大鱼；风越大，他的抵抗也越大，似乎是和狂风决一死战。猛的一股风顶得他透不出气，闭住口，半天，打出一个嗝，仿佛是在水里扎了一个猛子。打出这个嗝，他继续往前奔走，往前冲进，没有任何东西能阻止住这个巨人；他全身的筋肉没有一处松懈，像被蚂蚁围攻的绿虫，全身摇动着抵御。这一身汗！等到放下车，直一直腰，吐出一口长气，抹去嘴角的黄沙，他觉得他是无敌的；看着那裹着灰沙的风从他面前扫过去，他点点头。风吹弯了路旁的树木，撕碎了店户的布幌，揭净了墙上的报单，遮昏了太阳，唱着，叫着，吼着，回荡着；忽然直驰，像惊狂了的大精灵，扯天扯地的疾走；忽然慌乱，四面八方的乱卷，像不知怎好而决定乱撞的恶魔；忽然横扫，乘其不备的袭击着地上的一切，扭折了树枝，吹掀了屋瓦，撞断了电线；可是，祥子在那里看着；他刚从风里出来，风并没能把他怎样了！胜利是祥子的！及至遇上顺风，他只须拿稳了车把，自己不用跑，风会替他推转了车轮，像个很好的朋友。

自然，他既不瞎，必定也看见了那些老弱的车夫。他们穿着一阵小风就打透的，一阵大风就吹碎了的，破衣；脚上不知绑了些什么。在车口上，他们哆嗦着，眼睛像贼似的溜着，不论从什么地方钻出个人来，他们都争着问，“车?!”拉上个买卖，他们暖和起来，汗湿透了那点薄而破的衣裳。一停住，他们的汗在背上结成了冰。遇上风，他们一步也不能抬，而生生的要曳着车走；风从上面砸下来，他们要把头低到胸口里去；风从下面来，他们的脚便找不着了地；风从前面来，手一扬就要放风筝；风从后边来，他们没法管束住车与自己。但是他们设尽了方法，用尽了力气，死曳活曳得把车拉到了地方，为几个铜子得破出一条命。一趟车拉下来，灰土被汗合成了泥，糊在脸上，只露着眼与嘴三个冻红了的圈。天是那么短，那么冷，街上没有多少人；这样苦奔一天，未必就能挣上一顿饱饭；可是年老的，家里还有老婆孩子；年小的，有父母弟妹！冬天，他们整个的是在地狱里，比鬼多了一口活气，而没有鬼那样清闲自在；鬼没有他们这么多的吃累！像条狗似的死在街头，是他们最大的平安自在；冻死鬼，据说，脸上有些笑容！

祥子怎能没看见这些呢。但是他没工夫为他们忧虑思索。他们的罪孽也就是他的，不过他正在年轻力壮，受得起辛苦，不怕冷，不怕风；晚间有个干净的住处，白天有件整齐的衣裳，所以他觉得自己与他们并不能相提并论，他现在虽是与他们一同受苦，可是受苦的程度到底不完全一样；现在他少受着罪，将来他还可以从这里逃出去；他想自己要是到了老年，决不至于还拉着辆破车去挨饿受冻。他相信现在的优越可以保障将来的胜利。正如在饭馆或宅门外遇上驶汽车的，他们不肯在一块儿闲谈；驶汽车的觉得有失身分，要是和洋车夫说有什么来往。汽车夫对洋车夫的态度，正有点像祥子的对那些老弱残兵；同是在地狱里，可是层次不同。他们想不到大家须立在一块儿，而是各走各的路，个人的希望与努力蒙住了各个人的眼，每个人都觉得赤手空拳可以成家立业，在黑暗中各自去摸索个人的路。祥子不想别人，不管别人，他只想着自己的钱与将来的成功。

街上慢慢有些年下的气象了。在晴明无风的时候，天气虽是干冷，可是路旁增多了颜色：年画，纱灯，红素蜡烛，绢制的头花，大小蜜供，都陈列出来，使人心中显着快活，可又有点不安；因为无论谁对年节都想到快乐几天，可是大小也都有些困难。祥子的眼增加了亮光，看见路旁的年货，他想到曹家必定该送礼了；送一份总有他几毛酒钱。节赏固定的是两块钱，不多；可是来了贺年的，他去送一送，每一趟也得弄个两毛三毛的。凑到一块就是个数儿；不怕少，只要零碎的进手；他的闷葫芦罐是不会冤人的！晚间无事的时候，他钉坑儿看着这个只会吃钱而不愿吐出来的瓦朋友，低声的劝告：“多多的吃，多多的吃，伙计！多咱你吃够了，我也就行了！”

年节越来越近了，一晃儿已是腊八。欢喜或忧惧强迫着人去计划，布置；还是二十四小时一天，可是这些天与往常不同，它们不许任何人随便的度过，必定要作些什么，而且都得朝着年节去作，好像时间忽然有了知觉，有了感情，使人们随着它思索，随着它忙碌。祥子是立在高兴那一面的，街上的热闹，叫卖的声音，节赏与零钱的希冀，新年的休息，好饭食的想象……都使他像个小孩子似的欢喜，盼望。他想好，破出块儿八毛的，得给刘四爷买点礼物送去。礼轻人意重，他必须拿着点东西去，一来为是道歉，他这些日子没能去看老头儿，因为宅里很忙；二来可以就手要出那三十多块钱来。破费一块来钱而能要回那一笔款，是上算的事。这么想好，他轻轻的摇了摇那个扑满，想象着再加进三十多块去应当响得多么沉重好听。是的，只要一索回那笔款来，他就没有不放心的事了！

一天晚上，他正要再摇一摇那个聚宝盆，高妈喊了他一声："祥子！门口有位小姐找你；我正从街上回来，她跟我直打听你。"等祥子出来，她低声找补了句："她像个大黑塔！怪怕人的！"

祥子的脸忽然红得像包着一团火，他知道事情要坏！

九

祥子几乎没有力量迈出大门坎去。昏头打脑的，脚还在门坎内，借着街上的灯光，已看见了刘姑娘。她的脸上大概又擦了粉，被灯光照得显出点灰绿色，像黑枯了的树叶上挂着层霜。祥子直不敢正眼看她。

虎妞脸上的神情很复杂：眼中带出些渴望看到他的光儿；嘴可是张着点，露出点儿冷笑；鼻子纵起些纹缕，折叠着些不屑与急切；眉棱棱着，在一脸的怪粉上显出妖媚而霸道。看见祥子出来，她的嘴唇撇了几撇，脸上的各种神情一时找不到个适当的归束。她咽了口吐沫，把复杂的神气与情感似乎镇押下去，拿出点由刘四爷得来的外场劲儿，半恼半笑，假装不甚在乎的样子打了句哈哈：

“你可倒好！肉包子打狗，一去不回头啊！”她的嗓门很高，和平日在车厂与车夫们吵嘴时一样。说出这两句来，她脸上的笑意一点也没有了，忽然的仿佛感到一种羞愧与下贱，她咬上了嘴唇。

“别嚷！”祥子似乎把全身的力量都放在唇上，爆裂出这两个字，音很小，可是极有力。

“哼！我才怕呢！”她恶意的笑了，可是不由她自己似的把声音稍放低了些。“怨不得你躲着我呢，敢情这儿有个小妖精似的小老妈儿；我早就知道你不是玩艺，别看傻大黑粗的，鞑子拔烟袋，不傻假充傻！”她的声音又高了起去。

“别嚷！”祥子唯恐怕高妈在门里偷着听话儿。“别嚷！这边来！”他一边说一边往马路上走。

“上哪边我也不怕呀，我就是这么大嗓儿！”嘴里反抗着，她可是跟了过来。

过了马路，来到东便道上，贴着公园的红墙，祥子——还没忘了在乡间的习惯——蹲下了。“你干吗来了？”

“我？哼，事儿可多了！”她左手插在腰间，肚子努出些来。低头看了他一眼，想了会儿，仿佛是发了些善心，可怜他了：“祥子！我找你有事，要紧的事！”

这声低柔的“祥子”把他的怒气打散了好些，他抬起头来，看着她，她还是没有什么可爱的地方，可是那声“祥子”在他心中还微微的响着，带着温柔亲切，似乎在哪儿曾经听见过，唤起些无可否认的，欲断难断的，情分。他还是低声的，但是温和了些：“什么事？”

“祥子！”她往近凑了凑：“我有啦！”

“有了什么？”他一时蒙住了。

“这个！”她指了指肚子。“你打主意吧！”

愣头磕脑的，他“啊”了一声，忽然全明白了。一万样他没想到过的事都奔了心中去，来得是这么多，这么急，这么乱，心中反猛的成了块空白，像电影片忽然断了那样。街上非常的清静，天上有些灰云遮住了月，地上时时有些小风，吹动着残枝枯叶，远处有几声尖锐的猫叫。祥子的心里由乱而空白，连这些声音也没听见；手托住腮下，呆呆的看着地，把地看得似乎要动；想不出什么，也不愿想什么；只觉得自己越来越小，可又不能完全缩入地中去，整个的生命似乎都立在这点难受上；别的，什么也没有！他这才觉出冷来，连嘴唇都微微的颤着。

“别紧自蹲着，说话呀！你起来！”她似乎也觉出冷来，愿意活动几步。

他僵不吃的立起来，随着她往北走，还是找不到话说，混身都有些发木，像刚被冻醒了似的。

“你没主意呀？”她瞭了祥子一眼，眼中带出怜爱他的神气。

他没话可说。

“赶到二十七呀，老头子的生日，你得来一趟。”

“忙，年底下！”祥子在极乱的心中还没忘了自己的事。

“我知道你这小子吃硬不吃软，跟你说好的算白饶！”她的嗓门又高起去，街上的冷静使她的声音显着特别的清亮，使祥子特别的难堪。“你当我怕谁是怎着？你打算怎样？你要是不愿意听我的，我正没工夫跟你费吐沫玩！说翻了的话，我会堵着你的宅门骂三天三夜！你上哪儿我也找得着！我还是不论秧子！”

“别嚷行不行？”祥子躲开她一步。

“怕嚷啊，当初别贪便宜呀！你是了味啦，教我一个人背黑锅，你也不挣开死××皮看看我是谁！”

“你慢慢说，我听！”祥子本来觉得很冷，被这一顿骂骂得忽然发了热，热气要顶开冻僵巴的皮肤，混身有些发痒痒，头皮上特别的刺闹得慌。

“这不结啦！甭找不自在！”她撇开嘴，露出两个虎牙来。“不屈心，我真疼你，你也别不知好歹！跟我犯牛脖子，没你的好儿，告诉你！”

“不……”祥子想说“不用打一巴掌揉三揉”，可是没有想齐全；对北平的俏皮话儿，他知道不少，只是说不利落；别人说，他懂得，他自己说不上来。

“不什么？”

“说你的！”

“我给你个好主意，”虎姑娘立住了，面对面的对他说：“你看，你要是托个媒人去说，老头子一定不答应。他是拴车的，你是拉车的，他不肯往下走亲戚。我不论，我喜欢你，喜欢就得了吗，管它娘的别的干什么！谁给我说媒也不行，一去提亲，老头子就当是算计着他那几十辆车呢；比你高着一等的人物都不行。这个事非我自己办不可，我就挑上了你，咱们是先斩后奏；反正我已经有了，咱们俩谁也跑不了啦！可是，咱们就这么直入公堂的去说，还是不行。老头子越老越糊涂，咱俩一露风声，他会去娶个小媳妇，把我硬撵出来。老头子棒着呢，别看快七十岁了，真要娶个小媳妇，多了不敢说，我敢保还能弄出两三个小孩来，你爱信不信！"

"走着说。"祥子看站岗的巡警已经往这边走了两趟，觉得不是劲儿。

"就在这儿说，谁管得了！"她顺着祥子的眼光也看见了那个巡警："你又没拉着车，怕他干吗？他还能无因白故的把谁的××咬下来？那才透着邪行呢？咱们说咱们的！你看，我这么想：赶二十七老头子生日那天，你去给他磕三个头。等一转过年来，你再去拜个年，讨他个喜欢。我看他一喜欢，就弄点酒什么的，让他喝个痛快。看他喝到七八成了，就热儿打铁，你干脆认他作干爹。日后，我再慢慢的教他知道我身子不方便了。他必审问我，我给他个'徐庶入曹营——一语不发'。等他真急了的时候，我才说出个人来，就说是新近死了的那个乔二——咱们东边杠房的二掌柜的。他无亲无故的，已经埋在了东直门外义地里，老头子由哪儿究根儿去？老头子没了主意，咱们再慢慢的吹风儿，顶好把我给了你，本来是干儿子，再作女婿，反正差不很多；顺水推舟，省得大家出丑。你说我想的好不好？"

祥子没言语。

觉得把话说到了一个段落，虎妞开始往北走，低着点头，既像欣赏着自己的那片话，又仿佛给祥子个机会思索思索。这时，风把灰云吹裂开一块，露出月光，二人已来到街的北头。御河的水久已冻好，静静的，灰亮的，坦平的，坚固的，托着那禁城的红墙。禁城内一点声响也没有，那玲珑的角楼，金碧的牌坊，丹朱的城门，景山上的亭阁，都静悄悄的好似听着一些很难再听到的声音。小风吹过，似一种悲叹，轻轻的在楼台殿阁之间穿过，像要道出一点历史的消息。虎妞往西走，祥子跟到了金鳌玉蛛。桥上几乎没有了行人，微明的月光冷寂的照着桥左右的两大幅冰场，远处亭阁暗淡的带着些黑影，静静的似冻在湖上，只有顶上的黄瓦闪着点儿微光。树木微动，月色更显得微茫；白塔却高耸到云间，傻白傻白的把一切都带得冷寂萧索，整个的三海在人工的雕琢中显出北地的荒寒。到了桥头上，两面冰上的冷气使祥子哆嗦了一下，他不愿再走。平日，他拉着车过桥，把精神全放在脚下，唯恐出了错，一点也顾不得向左右看。现在，他可以自由的看一眼了，可是他心中觉得这个景色有些可怕：那些灰冷的冰，微动的树影，惨白的高塔，都寂寞的似乎要忽然的狂喊一声，或狂走起来！就是脚下这座大白石桥，也显着异常的空寂，特别的白净，连灯光都有点凄凉。他不愿再走，不愿再看，更不愿再陪着她；他真想一下子跳下去，头朝下，砸破了冰，沉下去，像个死鱼似的冻在冰里。

“明儿个见了！”他忽然转身往回走。

“祥子！就那么办啦，二十七见！”她朝着祥子的宽直的脊背说。说完，她瞭了白塔一眼，叹了口气，向西走去。

祥子连头也没回，像有鬼跟着似的，几出溜便到了团城，走得太慌，几乎碰在了城墙上。一手扶住了墙，他不由的要哭出来。愣了会儿，桥上叫："祥子！祥子！这儿来！祥子！"虎妞的声音！

他极慢的向桥上挪了两步，虎妞仰着点身儿正往下走，嘴张着点儿："我说祥子，你这儿来；给你！"他还没挪动几步，她已经到了身前："给你，你存的三十多块钱；有几毛钱的零儿，我给你补足了一块。给你！不为别的，就为表表我的心，我惦念着你，疼你，护着你！别的都甭说，你别忘恩负义就得了！给你！好好拿着，丢了可别赖我！"

祥子把钱——一打儿钞票——接过来，愣了会儿，找不到话说。

"得，咱们二十七见！不见不散！"她笑了笑。"便宜是你的，你自己细细的算算得了！"她转身往回走。

他攥着那打儿票子，呆呆的看着她，一直到桥背把她的头遮下去。灰云又把月光掩住；灯更亮了，桥上分外的白，空，冷。他转身，放开步，往回走，疯了似的；走到了街门，心中还存着那个惨白冷落的桥影，仿佛只隔了一眨眼的工夫似的。

到屋中，他先数了数那几张票子；数了两三遍，手心的汗把票子攥得发黏，总数不利落。数完，放在了闷葫芦罐儿里。坐在床沿上，呆呆的看着这个瓦器，他打算什么也不去想；有钱便有办法，他很相信这个扑满会替他解决一切，不必再想什么。御河，景山，白塔，大桥，虎妞，肚子……都是梦；梦醒了，扑满里却多了三十几块钱，真的！

看够了，他把扑满藏好，打算睡大觉，天大的困难也能睡过去，明天再说！

躺下，他闭不上眼！那些事就像一窝蜂似的，你出来，我进去，每个肚子尖上都有个刺！

不愿意去想，也实在因为没法儿想，虎妞已把道儿都堵住，他没法脱逃。

最好是跺脚一走。祥子不能走。就是让他去看守北海的白塔去，他也乐意；就是不能下乡！上别的都市？他想不出比北平再好的地方。他不能走，他愿死在这儿。

既然不想走，别的就不用再费精神去思索了。虎妞说得出来，就行得出来；不依着她的道儿走，她真会老跟着他闹哄；只要他在北平，她就会找得着！跟她，得说真的，不必打算要滑。把她招急了，她还会抬出刘四爷来，刘四爷要是买出一两个人——不用往多里说——在哪个僻静的地方也能要祥子的命！

把虎妞的话从头至尾想了一遍，他觉得像掉在个陷阱里，手脚而且全被夹子夹住，决没法儿跑。他不能一个个的去批评她的主意，所以就找不出她的缝子来，他只感到她撒的是绝户网，连个寸大的小鱼也逃不出去！既不能一一的细想，他便把这一切作成个整个的，像千斤闸那样的压迫，全压到他的头上来。在这个无可抵御的压迫下，他觉出一个车夫的终身的气运是包括在两个字里——倒霉！一个车夫，既是一个车夫，便什么也不要作，连娘儿们也不要去粘一粘；一粘就会出天大的错儿。刘四爷仗着几十辆车，虎妞会仗着个臭×，来欺侮他！他不用细想什么了；假若打算认命，好吧，去磕头认干爹，而后等着娶那个臭妖怪。不认命，就得破出命去！

想到这儿，他把虎妞和虎妞的话都放在一边去；不，这不是她的厉害，而是洋车夫的命当如此，就如同一条狗必定挨打受气，连小孩子也会无缘无故的打它两棍子。这样的一条命，要它干吗呢？豁上就豁上吧！

他不睡了，一脚踢开了被子，他坐了起来。他决定去打些酒，喝个大醉；什么叫事情，哪个叫规矩，×你们的姥姥！喝醉，睡！二十七？二十八也不去磕头，看谁怎样得了祥子！披上大棉袄，端起那个当茶碗用的小饭碗，他跑出去。

风更大了些，天上的灰云已经散开，月很小，散着寒光。祥子刚从热被窝里出来，不住的吸溜气儿。街上简直已没了行人，路旁还只有一两辆洋车，车夫的手捂在耳朵上，在车旁跺着脚取暖。祥子一气跑到南边的小铺，铺中为保存暖气，已经上了门，由个小窗洞收钱递货。祥子要了四两白干，三个大子儿的落花生。平端着酒碗，不敢跑，而像轿夫似的疾走，回到屋中。急忙钻入被窝里去，上下牙磕打了一阵，不愿再坐起来。酒在桌上发着辛辣的味儿，他不很爱闻，就是对那些花生似乎也没心程去动。这一阵寒气仿佛是一盆冷水把他浇醒，他的手懒得伸出来，他的心也不再那么热。

躺了半天，他的眼在被子边上又看了看桌上的酒碗。不，他不能为那点缠绕而毁坏了自己，不能从此破了酒戒。事情的确是不好办，但是总有个缝子使他钻过去。即使完全无可脱逃，他也不应当先自己往泥塘里滚；他得睁着眼，清清楚楚的看着，到底怎样被别人把他推下去。

灭了灯，把头完全盖在被子里，他想就这么睡去。还是睡不着，掀开被看看，窗纸被院中的月光映得发青，像天要亮的样子。鼻尖觉到屋中的寒冷，寒气中带着些酒味。他猛的坐起来，摸住酒碗，吞了一大口！

十

个别的解决，祥子没那么聪明。全盘的清算，他没那个魄力。于是，一点儿办法没有，整天际圈着满肚子委屈。正和一切的生命同样，受了损害之后，无可如何的只想由自己去收拾残局。那抖落了大腿的蟋蟀，还想用那些小腿儿爬。祥子没有一定的主意，只想慢慢的一天天，一件件的挨过去，爬到哪儿算哪儿，根本不想往起跳了。

离二十七还有十多天，他完全注意到这一天上去，心里想的，口中念道的，梦中梦见的，全是二十七。仿佛一过了二十七，他就有了解决一切的办法，虽然明知道这是欺骗自己。有时候他也往远处想，譬如拿着手里的几十块钱到天津去；到了那里，碰巧还许改了行，不再拉车。虎妞还能追到他天津去？在他的心里，凡是坐火车去的地方必是很远，无论怎样她也追不了去。想得很好，可是他自己良心上知道这只是万不得已的办法，再分能在北平，还是在北平！这样一来，他就又想到二十七那一天，还是这样想近便省事，只要混过这一关，就许可以全局不动而把事儿闯过去；即使不能干脆的都摆脱清楚，到底过了一关是一关。

怎样混过这一关呢？他有两个主意：一个是不理她那回事，干脆不去拜寿。另一个是按照她所嘱咐的去办。这两个主意虽然不同，可是结果一样：不去呢，她必不会善罢甘休；去呢，她也不会饶了他。他还记得初拉车的时候，摹仿着别人，见小巷就钻，为是抄点近儿，而误入了罗圈胡同；绕了个圈儿，又绕回到原处。现在他又入了这样的小胡同，仿佛是：无论走哪一头儿，结果是一样的。

在没办法之中，他试着往好里想，就干脆要了她，又有什么不可以呢？可是，无论从哪方面想，他都觉着憋气。想想她的模样，他只能摇头。不管模样吧，想想她的行为；哼！就凭自己这样要强，这样规矩，而娶那么个破货，他不能再见人，连死后都没脸见父母！谁准知道她肚子里的小孩是他的不是呢？不错，她会带过几辆车来；能保准吗？刘四爷并非是好惹的人！即使一切顺利，他也受不了，他能干得过虎妞？她只须伸出个小指，就能把他支使的头晕眼花，不认识了东西南北。他晓得她的厉害！要成家，根本不能要她，没有别的可说的！要了她，便没了他，而他又不是看不起自己的人！没办法！

没方法处置她，他转过来恨自己，很想脆脆的抽自己几个嘴巴子。可是，说真的，自己并没有什么过错。一切都是她布置好的，单等他来上套儿。毛病似乎是在他太老实，老实就必定吃亏，没有情理可讲！

更让他难过的是没地方去诉诉委屈。他没有父母兄弟，没有朋友。平日，他觉得自己是头顶着天，脚踩着地，无牵无挂的一条好汉。现在，他才明白过来，悔悟过来，人是不能独自活着的。特别是对那些同行的，现在都似乎有点可爱。假若他平日交下几个——他想——像他自己一样的大汉，再多有个虎妞，他也不怕；他们会给他出主意，会替他拔创卖力气。可是，他始终是一个人；临时想抓朋友是不大容易的！他感到一点向来没有过的恐惧。照这么下去，谁也会欺侮他；独自一个是顶不住天的！

这点恐惧使他开始怀疑自己。在冬天，遇上主人有饭局，或听戏，他照例是把电石灯的水筒儿揣在怀里；因为放在车上就会冻上。刚跑了一身的热汗，把那个冰凉的小水筒往胸前一贴，让他立刻哆嗦一下；不定有多大时候，那个水筒才会有点热和劲儿。可是在平日，他并不觉得这有什么说不过去；有时候揣上它，他还觉得这是一种优越，那些拉破车的根本就用不上电石灯。现在，他似乎看出来，一月只挣那么些钱，而把所有的苦处都得受过来，连个小水筒也不许冻上，而必得在胸前抱着，自己的胸脯多么宽，仿佛还没有个小筒儿值钱。原先，他以为拉车是他最理想的事，由拉车他可以成家立业。现在他暗暗摇头了。不怪虎妞欺侮他，他原来不过是个连小水筒也不如的人！

在虎妞找他的第三天上，曹先生同着朋友去看夜场电影，祥子在个小茶馆里等着，胸前揣着那像块冰凉的小筒。天极冷，小茶馆里的门窗都关得严严的，充满了煤气，汗味，与贱臭的烟卷的干烟；饶这么样，窗上还冻着一层冰花。喝茶的几乎都是拉包月车的，有的把头靠在墙上，借着屋中的暖和气儿，闭上眼打盹。有的拿着碗白干酒，让让大家，而后慢慢的喝，喝完一口，上面咂着嘴，下面很响的放凉气。有的攥着卷儿大饼，一口咬下半截，把脖子撑得又粗又红。有的绷着脸，普遍的向大家抱怨，他怎么由一清早到如今，还没停过脚，身上已经湿了又干，干了又湿，不知有多少回！其余的人多数是彼此谈着闲话，听到这两句，马上都静了一会儿，而后像鸟儿炸了巢似的都想起一日间的委屈，都想讲给大家听。连那个吃着大饼的也把口中匀出能调动舌头的空隙，一边儿咽饼，一边儿说话，连头上的筋都跳了起来：“你当他妈的拉包月的就不蘑菇哪?!我打他妈的——嗝！——两点起到现在还水米没打牙！竟说前门到平则门——嗝！——我拉他妈的三个来回了！这个天，把屁眼都他妈的冻裂了，一劲的放气！”转圈看了大家一眼，点了点头，又咬了一截饼。

这，把大家的话又都转到天气上去，以天气为中心各自道出辛苦。祥子始终一语未发，可是很留心他们说了什么。大家的话，虽然口气，音调，事实，各有不同，但都是咒骂与不平。这些话，碰到他自己心上的委屈，就像一些雨点儿落在干透了的土上，全都吃了进去。他没法，也不会，把自己的话有头有尾的说给大家听；他只能由别人的话中吸收些生命的苦味，大家都苦恼，他也不是例外；认识了自己，也想同情于大家。大家说到悲苦的地方，他皱上眉；说到可笑的地方，他也撇撇嘴。这样，他觉得他是和他们打成一气，大家都是苦朋友，虽然他一言不发，也没大关系。从前，他以为大家是贫嘴恶舌，凭他们一天到晚穷说，就发不了财。今天仿佛是头一次觉到，他们并不是穷说，而是替他说呢，说出他与一切车夫的苦处。

大家正说得热闹中间，门忽然开了，进来一阵冷气。大家几乎都怒目的往外看，看谁这么不得人心，把门推开。大家越着急，门外的人越慢，似乎故意的磨烦。茶馆的伙计半急半笑的喊："快着点吧，我一个人的大叔！别把点热气儿都给放了！"

这话还没说完，门外的人进来了，也是个拉车的。看样子已有五十多岁，穿着件短不够短，长不够长，莲蓬篓儿似的棉袄，襟上肘上已都露了棉花。脸似乎有许多日子没洗过，看不出肉色，只有两个耳朵冻得通红，红得像要落下来的果子。惨白的头发在一顶破小帽下杂乱的髭髭着；眉上，短须上，都挂着些冰珠。一进来，摸住条板凳便坐下了，扎挣着说了句："沏一壶。"

这个茶馆一向是包月车夫的聚处，像这个老车夫，在平日，是决不会进来的。

大家看着他，都好像感到比刚才所说的更加深刻的一点什么意思，谁也不想再开口。在平日，总会有一两个不很懂事的少年，找几句俏皮话来拿这样的茶客取取笑，今天没有一个出声的。

茶还没有沏来，老车夫的头慢慢的往下低，低着低着，全身都出溜下去。

大家马上都立了起来："怎啦！怎啦？"说着，都想往前跑。

"别动！"茶馆掌柜的有经验，拦住了大家。他独自过去，把老车夫的脖领解开，就地扶起来，用把椅子戗在背后，用手勒着双肩："白糖水，快！"说完，他在老车夫的脖子那溜儿听了听，自言自语的："不是痰！"

大家谁也没动，可谁也没再坐下，都在那满屋子的烟中，眨巴着眼，向门儿这边看。大家好似都不约而同的心里说："这就是咱们的榜样！到头发惨白了的时候，谁也有一个跟头摔死的行市！"

糖水刚放在老车夫的嘴边上，他哼哼了两声。还闭着眼，抬起右手——手黑得发亮，像漆过了似的——用手背抹了下儿嘴。

"喝点水！"掌柜的对着他耳朵说。

"啊？"老车夫睁开了眼。看见自己是坐在地上，腿蜷了蜷，想立起来。

"先喝点水，不用忙。"掌柜的说，松开了手。

大家几乎都跑了过来。

"哎！哎！"老车夫向四围看了一眼，双手捧定了茶碗，一口口的吸糖水。

慢慢的把糖水喝完，他又看了大家一眼："哎，劳诸位的驾！"说得非常的温柔亲切，绝不像是由那个胡子拉碴的口中说出来的。说完，他又想往起立，过去三四个人忙着往起搀他。他脸上有了点笑意，又那么温和的说："行，行，不碍！我是又冷又饿，一阵儿发晕！不要紧！"他脸上虽然是那么厚的泥，可是那点笑意教大家仿佛看到一个温善白净的脸。

大家似乎全动了心。那个拿着碗酒的中年人，已经把酒喝净，眼珠子通红，而且此刻带着些泪：“来，来二两！”等酒来到，老车夫已坐在靠墙的一把椅子上。他有一点醉意，可是规规矩矩的把酒放在老车夫面前：“我的请，您喝吧！我也四十望外了，不瞒您说，拉包月就是凑合事，一年是一年的事，腿知道！再过二三年，我也得跟您一样！您横是快六十了吧？”

“还小呢，五十五！”老车夫喝了口酒。“天冷，拉不上座儿。我呀，哎，肚子空；就有几个子儿我都喝了酒，好暖和点呀！走在这儿，我可实在撑不住了，想进来取个暖。屋里太热，我又没食，横是晕过去了。不要紧，不要紧！劳诸位哥儿们的驾！”

这时候，老者的干草似的灰发，脸上的泥，炭条似的手，和那个破帽头与棉袄，都像发着点纯洁的光，如同破庙里的神像似的，虽然破碎，依然尊严。大家看着他，仿佛唯恐他走了。祥子始终没言语，呆呆的立在那里。听到老车夫说肚子里空，他猛的跑出去，飞也似又跑回来，手里用块白菜叶儿托着十个羊肉馅的包子。一直送到老者的眼前，说了声：“吃吧！”然后，坐在原位，低下头去，仿佛非常疲倦。

“哎！”老者像是乐，又像是哭，向大家点着头。“到底是哥儿们哪！拉座儿，给他卖多大的力气，临完多要一个子儿都怪难的！”说着，他立了起来，要往外走。

“吃呀！”大家几乎是一齐的喊出来。

“我叫小马儿去！我的小孙子，在外面看着车呢！”

“我去，您坐下！”那个中年的车夫说，“在这儿丢不了车，您自管放心，对过儿就是巡警阁子。”他开开了点门缝：“小马儿！小马儿！你爷爷叫你哪！把车放在这儿来！”

老者用手摸了好儿回包子，始终没往起拿。小马儿刚一进门，他拿起来一个：“小马儿，乖乖，给你！”

小马儿也就是十二三岁，脸上挺瘦，身上可是穿得很圆，鼻子冻得通红，挂着两条白鼻涕，耳朵上戴着一对破耳帽儿。立在老者的身旁，右手接过包子来，左手又自动的拿起来一个，一个上咬了一口。

“哎！慢慢的！”老者一手扶在孙子的头上，一手拿起个包子，慢慢的往口中送。“爷爷吃两个就够，都是你的！吃完了，咱们收车回家，不拉啦。明儿个要是不这么冷呀，咱们早着点出车。对不对，小马儿？”

小马儿对着包子点了点头，吸溜了一下鼻子：“爷爷吃三个吧，剩下都是我的。我回头把爷爷拉回家去！”

“不用！”老者得意的向大家一笑：“回头咱们还是走着，坐在车上冷啊。”

老者吃完自己的份儿，把杯中的酒喝干，等着小马儿吃净了包子。掏出块破布来，擦了擦嘴，他又向大家点了点头：“儿子当兵去了，一去不回头；媳妇——”

“别说那个！”小马儿的腮撑得像俩小桃，连吃带说的拦阻爷爷。

“说说不要紧！都不是外人！”然后向大家低声的：“孩子心重，甭提多么要强啦！媳妇也走了。我们爷儿俩就吃这辆车；车破，可是我们自己的，就仗着天天不必为车份儿着急。挣多挣少，我们爷儿俩苦混，无法！无法！”

“爷爷，”小马儿把包子吃得差不离了，拉了拉老者的袖子，“咱们还得拉一趟，明儿个早上还没钱买煤呢！都是你，刚才二十子儿拉后门，依着我，就拉，你偏不去！明儿早上没有煤，看你怎样办！”

“有法子，爷爷会去赊五斤煤球。”

“还饶点劈柴？”

“对呀！好小子，吃吧；吃完，咱们该溜达着了！”说着，老者立起来，绕着圈儿向大家说：“劳诸位哥儿们的驾啦！”伸手去拉小马儿，小马儿把未吃完的一个包子整个的塞在口中。

大家有的坐着没动，有的跟出来。祥子头一个跟出来，他要看看那辆车。

一辆极破的车，扶车板上的漆已经裂了口，车把上已经磨得露出木纹，一只唏哩哗啷响的破灯，车棚子的支棍儿用麻绳儿捆着。小马儿在耳朵帽里找出根洋火，在鞋底儿上划着，用两只小黑手捧着，点着了灯。老者往手心上吐了口唾沫，哎了一声，抄起车把来，“明儿见啦，哥儿们！”

祥子呆呆的立在门外，看着这一老一少和那辆破车。老者一边走还一边说话，语声时高时低；路上的灯光与黑影，时明时暗。祥子听着，看着，心中感到一种向来没有过的难受。在小马儿身上，他似乎看见了自己的过去；在老者身上，似乎看到了自己的将来！他向来没有轻易撒手过一个钱，现在他觉得很痛快，为这一老一少买了十个包子。直到已看不见了他们，他才又进到屋中。大家又说笑起来，他觉得发乱，会了茶钱，又走了出来，把车拉到电影园门外去等候曹先生。

天真冷。空中浮着些灰沙，风似乎是在上面疾走，星星看不甚真，只有那几个大的，在空中微颤。地上并没有风，可是四下里发着寒气，车辙上已有几条冻裂的长缝子，土色灰白，和冰一样凉，一样坚硬。祥子在电影园外立了一会儿，已经觉出冷来，可是不愿再回到茶馆去。他要静静的独自想一想。那一老一少似乎把他的最大希望给打破——老者的车是自己的呀！自从他头一天拉车，他就决定买上自己的车，现在还是为这个志愿整天的苦奔；有了自己的车，他以为，就有了一切。哼，看看那个老头子！

他不肯要虎妞，还不是因为自己有买车的愿望？买上车，省下钱，然后一清二白的娶个老婆；哼，看看小马儿，自己有了儿子，未必不就是那样。

这样一想，对虎妞的要胁，似乎不必反抗了；反正自己跳不出圈儿去，什么样的娘儿们不可以要呢？况且她还许带过几辆车来呢，干吗不享几天现成的福！看透了自己，便无须小看别人，虎妞就是虎妞吧，什么也甭说了！

电影散了，他急忙的把小水筒安好，点着了灯。连小棉袄也脱了，只剩了件小褂，他想飞跑一气，跑忘了一切，摔死也没多大关系！

十一

一想到那个老者与小马儿，祥子就把一切的希望都要放下，而想乐一天是一天吧，干吗成天际咬着牙跟自己过不去呢?！穷人的命，他似乎看明白了，是枣核儿两头尖：幼小的时候能不饿死，万幸；到老了能不饿死，很难。只有中间的一段，年轻力壮，不怕饥饱劳碌，还能像个人儿似的。在这一段里，该快活快活的时候还不敢去干，地道的傻子；过了这村便没有这店！这么一想，他连虎妞的那回事儿都不想发愁了。

及至看到那个闷葫芦罐儿，他的心思又转过来。不，不能随便；只差几十块钱就能买上车了，不能前功尽弃；至少也不能把罐儿里那点积蓄瞎扔了，那么不容易省下来的！还是得往正路走，一定！可是，虎妞呢？还是没办法，还是得为那个可恨的二十七发愁。

愁到了无可如何，他抱着那个瓦罐儿自言自语的嘀咕：爱怎样怎样，反正这点钱是我的！谁也抢不了去！有这点钱，祥子什么也不怕！招急了我，我会躲脚一跑；有钱，腿就会活动！

街上越来越热闹了，祭灶的糖瓜摆满了街，走到哪里也可以听到"扶糖来，扶糖"的声音。祥子本来盼着过年，现在可是一点也不起劲，街上越乱，他的心越紧，那可怕的二十七就在眼前了！他的眼陷下去，连脸上那块疤都有些发暗。拉着车，街上是那么乱，地上是那么滑，他得分外的小心。心事和留神两气夹攻，他觉得精神不够用的了，想着这个便忘了那个，时常忽然一惊，身上痒刺刺的像小孩儿在夏天炸了痱子似的。

祭灶那天下午，溜溜的东风带来一天黑云。天气忽然暖了一些。到快掌灯的时候，风更小了些，天上落着稀疏的雪花。卖糖瓜的都着了急，天暖，再加上雪花，大家一劲儿往糖上洒白土子，还怕都粘在一处。雪花落了不多，变成了小雪粒，刷刷的轻响，落白了地。七点以后，铺户与人家开始祭灶，香光炮影之中夹着密密的小雪，热闹中带出点阴森的气象。街上的人都显出点惊急的样子，步行的，坐车的，都急于回家祭神，可是地上湿滑，又不敢放开步走。卖糖的小贩急于把应节的货物轰出去，上气不接下气的喊叫，听着怪震心的。

大概有九点钟了，祥子拉着曹先生由西城回家。过了西单牌楼那一段热闹街市，往东入了长安街，人马渐渐稀少起来。坦平的柏油马路上铺着一层薄雪，被街灯照得有点闪眼。偶尔过来辆汽车，灯光远射，小雪粒在灯光里带着点黄亮，像洒着万颗金砂。快到新华门那一带，路本来极宽，加上薄雪，更教人眼宽神爽，而且一切都仿佛更严肃了些。“长安牌楼”，新华门的门楼，南海的红墙，都戴上了素冠，配着朱柱红墙，静静的在灯光下展示着故都的尊严。此时此地，令人感到北平仿佛并没有居民，真是一片琼宫玉宇，只有些老松默默的接着雪花。祥子没工夫看这些美景，一看眼前的“玉路”，他只想一步便跑到家中；那直，白，冷静的大路似乎使他的心眼中一直的看到家门。可是他不能快跑，地上的雪虽不厚，但是拿脚，一会儿鞋底上就粘成一厚层；跺下去，一会儿又粘上了。霰粒非常的小，可是沉重有分量，既拿脚，又迷眼，他不能飞快的跑。雪粒打在身上也不容易化，他的衣肩上已积了薄薄的一层，虽然不算什么，可是湿渌渌的使他觉得别扭。这一带没有什么铺户，可是远处的炮声还继续不断，时时的在黑空中射起个双响或五鬼闹判儿。火花散落，空中越发显着黑，黑得几乎可怕。他听着炮声，看见空中的火花与黑暗，他想立刻到家。可是他不敢放开了腿，别扭！

更使他不痛快的是由西城起，他就觉得后面有辆自行车儿跟着他。到了西长安街，街上清静了些，更觉出后面的追随——车辆轧着薄雪，虽然声音不大，可是觉得出来。祥子，和别的车夫一样，最讨厌自行车。汽车可恶，但是它的声响大，老远的便可躲开。自行车是见缝子就钻，而且东摇西摆，看着就眼晕。外带着还是别出错儿，出了错儿总是洋车夫不对，巡警们心中的算盘是无论如何洋车夫总比骑车的好对付，所以先派洋车夫的不是。好几次，祥子很想抽冷子闸住车，摔后头这小子一跤。但是他不敢，拉车的得到处忍气。每当要跺一跺鞋底儿的时候，他得喊声："闸住！"到了南海前门，街道是那么宽，那辆脚踏车还紧紧的跟在后面。祥子更上了火，他故意的把车停住了，掸了掸肩上的雪。他立住，那辆自行车从车旁蹭了过去。车上的人还回头看了看。祥子故意的磨烦，等自行车走出老远才抄起车把来，骂了句："讨厌！"

曹先生的"人道主义"使他不肯安那御风的棉车棚子，就是那帆布车棚也非到赶上大雨不准支上，为是教车夫省点力气。这点小雪，他以为没有支起车棚的必要，况且他还贪图着看看夜间的雪景呢。他也注意到这辆自行车，等祥子骂完，他低声的说，"要是他老跟着，到家门口别停住，上黄化门左先生那里去；别慌！"

祥子有点慌。他只知道骑自行车的讨厌，还不晓得其中还有可怕的——既然曹先生都不敢家去，这个家伙一定来历不小！他跑了几十步，便追上了那个人；故意的等着他与曹先生呢。自行车把祥子让过去，祥子看了车上的人一眼。一眼便看明白了，侦缉队上的。他常在茶馆里碰到队里的人，虽然没说过话儿，可是晓得他们的神气与打扮。这个的打扮，他看着眼熟：青大袄，呢帽，帽子戴得很低。

到了南长街口上，祥子乘着拐弯儿的机会，向后溜了一眼，那个人还跟着呢。他几乎忘了地上的雪，脚底下加了劲。直长而白亮的路，只有些冷冷的灯光，背后追着个侦探！祥子没有过这种经验，他冒了汗。到了公园后门，他回了回头，还跟着呢！到了家门口，他不敢站住，又有点舍不得走；曹先生一声也不响，他只好继续往北跑。一气跑到北口，自行车还跟着呢！他进了小胡同，还跟着！出了胡同，还跟着！上黄化门去，本不应当进小胡同，直到他走到胡同的北口才明白过来，他承认自己是有点迷头，也就更生气。

跑到景山背后，自行车往北向后门去了。祥子擦了把汗。雪小了些，可是雪粒中又有了几片雪花。祥子似乎喜爱雪花，大大方方的在空中飞舞，不像雪粒那么使人别气。他回头问了声："上哪儿，先生？"

"还到左宅。有人跟你打听我，你说不认识！"

"是啦！"祥子心中打开了鼓，可是不便细问。

到了左家，曹先生叫祥子把车拉进去，赶紧关上门。曹先生还很镇定，可是神色不大好看。嘱咐完了祥子，他走进去。祥子刚把车拉进门洞来，放好，曹先生又出来了，同着左先生；祥子认识，并且知道左先生是宅上的好朋友。

"祥子，"曹先生的嘴动得很快，"你坐汽车回去。告诉太太我在这儿呢。教她们也来，坐汽车来，另叫一辆，不必教你坐去的这辆等着。明白？好！告诉太太带着应用的东西，和书房里那几张画儿。听明白了？我这就给太太打电话，为是再告诉你一声，怕她一着急，把我的话忘了，你好提醒她一声。"

"我去好不好？"左先生问了声。

"不必！刚才那个人未必一定是侦探，不过我心里有那回事儿，不能不防备一下。你先叫辆汽车来好不好？"

左先生去打电话叫车。曹先生又嘱咐了祥子一遍："汽车来到，我这给了钱。教太太快收拾东西；别的都不要紧，就是千万带着小孩子的东西，和书房里那几张画，那几张画！等太太收拾好，教高妈打电要辆车，上这儿来。这都明白了？等她们走后，你把大门锁好，搬到书房去睡，那里有电话。你会打电？”

“不会往外打，会接。”其实祥子连接电话也不大喜欢，不过不愿教曹先生着急，只好这么答应下。

“那就行！”曹先生接着往下说，说得还是很快：“万一有个动静，你别去开门！我们都走了，剩下你一个，他们决不放手你！见事不好的话，你灭了灯，打后院跳到王家去。王家的人你认得？对！在王家藏会儿再走。我的东西，你自己的东西都不用管，跳墙就走，省得把你拿了去！你若丢了东西，将来我赔上。先给你这五块钱拿着。好，我去给太太打电话，回头你再对她说一遍。不必说拿人，刚才那个骑车的也许是侦探，也许不是；你也先别着慌！”

祥子心中很乱，好像有许多要问的话，可是因急于记住曹先生所嘱咐的，不敢再问。

汽车来了，祥子愣头磕脑的坐进去。雪不大不小的落着，车外边的东西看不大真，他直挺着腰板坐着，头几乎顶住车棚。他要思索一番，可是眼睛只顾看车前的红箭头，红得那么鲜灵可爱。驶车的面前的那把小刷子，自动的左右摆着，刷去玻璃上的哈气，也颇有趣。刚似乎把这看腻了，车已到了家门，心中怪不得劲的下了车。

刚要按街门的电铃，像从墙里钻出个人来似的，揪住他的腕子。祥子本能的想往出夺手，可是已经看清那个人，他不动了，正是刚才骑自行车的那个侦探。

“祥子，你不认识我了？”侦探笑着松了手。

祥子咽了口气，不知说什么好。

“你不记得当初你教我们拉到西山去？我就是那个孙排长。想起来了吧？”

“啊，孙排长！”祥子想不起来。他被大兵们拉到山上去的时候，顾不得看谁是排长，还是连长。

“你不记得我，我可记得你；你脸上那块疤是个好记号。我刚才跟了你半天，起初也有点不敢认你，左看右看，这块疤不能有错！”

“有事吗？”祥子又要去按电铃。

“自然是有事，并且是要紧的事！咱们进去说好不好？”孙排长——现在是侦探——伸手按了铃。

“我有事！”祥子的头上忽然冒了汗，心里发着狠儿说：“躲他还不行呢，怎能往里请呢！”

“你不用着急，我来是为你好！”侦探露出点狡猾的笑意。赶到高妈把门开开，他一脚迈进去：“劳驾劳驾！”没等祥子和高妈过一句话，扯着他便往里走，指着门房：“你在这儿住？”进了屋，他四下里看了一眼：“小屋还怪干净呢！你的事儿不坏！”

“有事吗？我忙！”祥子不能再听这些闲盘儿。

“没告诉你吗，有要紧的事！”孙侦探还笑着，可是语气非常的严厉。“干脆对你说吧，姓曹的是乱党，拿住就枪毙，他还是跑不了！咱们总算有一面之交，在兵营里你伺候过我；再说咱们又都是街面上的人，所以我担着好大的处分来给你送个信！你要是晚跑一步，回来是堵窝儿掏，谁也跑不了。咱们卖力气吃饭，跟他们打哪门子挂误官司？这话对不对？”

“对不起人呀！”祥子还想着曹先生所嘱托的话。

“对不起谁呀？”孙侦探的嘴角上带笑，而眼角棱棱着。“祸是他们自己闯的，你对不起谁呀？他们敢作敢当，咱们跟着受罪，才合不着！不用说别的，把你圈上三个月，你野鸟似的惯了，愣教你坐黑屋子，你受得了受不了？再说，他们下狱，有钱打点，受不了罪；你呀，我的好兄弟，手里没硬的，准拴在尿桶上！这还算小事，碰巧了他们花钱一运动，闹个几年徒刑；官面上交待不下去，要不把你垫了背才怪。咱们不招谁不惹谁的，临完上天桥吃黑枣，冤不冤？你是明白人，明白人不吃眼前亏。对得起人喽，又！告诉你吧，好兄弟，天下就没有对得起咱们苦哥儿们的事！”

祥子害了怕。想起被大兵拉去的苦处，他会想象到下狱的滋味。“那么我得走，不管他们？”

“你管他们，谁管你呢？！”

祥子没话答对。愣了会儿，连他的良心也点了头：“好，我走！”

“就这么走吗？”孙侦探冷笑了一下。

祥子又迷了头。

“祥子，我的好伙计！你太傻了！凭我作侦探的，肯把你放了走？”

“那——”祥子急得不知说什么好了。

“别装傻！”孙侦探的眼钉住祥子的：“大概你也有个积蓄，拿出来买条命！我一个月还没你挣的多，得吃得穿得养家，就仗着点外找儿，跟你说知心话！你想想，我能一撒巴掌把你放了不能？哥儿们的交情是交情，没交情我能来劝你吗？可是事情是事情，我不图点什么，难道教我一家子喝西北风？外场人用不着费话，你说真的吧！”

“得多少？”祥子坐在了床上。

“有多少拿多少，没准价儿！”

“我等着坐狱得了！”

“这可是你说的？可别后悔？”孙侦探的手伸入棉袍中，“看这个，祥子！我马上就可以拿你，你要拒捕的话，我开枪！我要马上把你带走，不要说钱呀，连你这身衣裳都一进狱门就得剥下来。你是明白人，自己合计合计得了！”

“有工夫挤我，干吗不挤挤曹先生？”祥子吭哧了半天才说出来。

"那是正犯，拿住呢有点赏，拿不住担'不是'。你，你呀，我的傻兄弟，把你放了像放个屁；把你杀了像抹个臭虫！拿钱呢，你走你的；不拿，好，天桥见！别磨烦，来干脆的，这么大的人！再说，这点钱也不能我一个人独吞了，伙计们都得沾补点儿，不定分上几个子儿呢。这么便宜买条命还不干，我可就没了法！你有多少钱？"

祥子立起来，脑筋跳起多高，攥上了拳头。

"动手没你的，我先告诉你，外边还有一大帮人呢！快着，拿钱！我看面子，你别不知好歹！"孙侦探的眼神非常的难看了。

"我招谁惹谁了？！"祥子带着哭音，说完又坐在床沿上。

"你谁也没招，就是碰在点儿上了！人就是得胎里富，咱们都是底儿上的。什么也甭再说了！"孙侦探摇了摇头，似有无限的感慨。"得了，自当是我委屈了你，别再磨烦了！"

祥子又想了会儿，没办法。他的手哆嗦着，把闷葫芦罐儿从被子里掏了出来。

"我看看！"孙侦探笑了，一把将瓦罐接过来，往墙上一碰。

祥子看着那些钱洒在地上，心要裂开。

"就是这点？"

祥子没出声，只剩了哆嗦。

"算了吧！我不赶尽杀绝，朋友是朋友。你可也得知道，这些钱儿买一条命，便宜事儿！"

祥子还没出声，哆嗦着要往起裹被褥。

"那也别动！"

"这么冷的……"祥子的眼瞪得发了火。

"我告诉你别动，就别动！滚！"

祥子咽了口气，咬了咬嘴唇，推门走出来。

雪已下了寸多厚，祥子低着头走。处处洁白，只有他的身后留着些大黑脚印。

十二

祥子想找个地方坐下，把前前后后细想一遍，哪怕想完只能哭一场呢，也好知道哭的是什么；事情变化得太快了，他的脑子已追赶不上。没有地方给他坐，到处是雪。小茶馆们已都上了门，十点多了；就是开着，他也不肯进去，他愿意找个清静地方，他知道自己眼眶中转着的泪随时可以落下来。

既没地方坐一坐，只好慢慢的走吧；可是，上哪里去呢？这个银白的世界，没有他坐下的地方，也没有他的去处；白茫茫的一片，只有饿着肚子的小鸟，与走投无路的人，知道什么叫作哀叹。

上哪儿去呢？这就成个问题，先不用想到别的了！下小店？不行！凭他这一身衣服，就能半夜里丢失点什么，先不说店里的虱子有多么可怕。上大一点的店？去不起，他手里只有五块钱，而且是他的整部财产。上澡堂子？十二点上门，不能过夜。没地方去。

因为没地方去，才越觉得自己的窘迫。在城里混了这几年了，只落得一身衣服，和五块钱；连被褥都混没了！由这个，他想到了明天，明天怎办呢？拉车，还去拉车，哼，拉车的结果只是找不到个住处，只是剩下点钱被人家抢了去！作小买卖，只有五块钱的本钱，而连挑子扁担都得现买，况且哪个买卖准能挣出嚼谷呢？拉车可以平地弄个三毛四毛的，作小买卖既要本钱，而且没有准能赚出三餐的希望。等把本钱都吃进去，再去拉车，还不是脱了裤子放屁，白白赔上五块钱？这五块钱不能轻易放手一角一分，这是最后的指望！当仆人去，不在行：伺候人，不会；

洗衣裳作饭，不会！什么也不行，什么也不会，自己只是个傻大黑粗的废物！

不知不觉的，他来到了中海。到桥上，左右空旷，一眼望去，全是雪花。他这才似乎知道了雪还没住，摸一摸头上，毛线织的帽子上已经很湿。桥上没人，连岗警也不知躲在哪里去了，有几盏电灯被雪花打的仿佛不住的眨眼。祥子看看四外的雪，心中茫然。

他在桥上立了许久，世界像是已经死去，没一点声音，没一点动静，灰白的雪花似乎得了机会，慌乱的，轻快的，一劲儿往下落，要人不知鬼不觉的把世界埋上。在这种静寂中，祥子听见自己的良心的微语。先不要管自己吧，还是得先回去看看曹家的人。只剩下曹太太与高妈，没一个男人！难道那最后的五块钱不是曹先生给的么？不敢再思索，他拔起腿就往回走，非常的快。

门外有些脚印，路上有两条新印的汽车道儿。难道曹太太已经走了吗？那个姓孙的为什么不拿她呢？

不敢过去推门，恐怕又被人捉住。左右看，没人，他的心跳起来，试试看吧，反正也无家可归，被人逮住就逮住吧。轻轻推了推门，门开着呢。顺着墙根走了两步，看见了自己屋中的灯亮儿，自己的屋子！他要哭出来。弯着腰走过去，到窗外听了听，屋内咳嗽了一声，高妈的声音！他拉开了门。

“谁？哟，你！可吓死我了！”高妈捂着心口，定了定神，坐在了床上。“祥子，怎么回事呀？”

祥子回答不出，只觉得已经有许多年没见着她了似的，心中堵着一团热气。

“这是怎么啦？”高妈也要哭的样子的问：“你还没回来，先生打来电，叫我们上左宅，还说你马上就来。你来了，不是我给你开的门吗？我一瞧，你还同着个生人，我就一言没发呀，赶紧进去帮助太太收拾东西。你始终也没进去。黑灯瞎火的教我和太太瞎抓，少爷已经睡得香香的，生又从热被窝里往外抱。包好了包，又上书房去摘画儿，你是始终不照面儿，你是怎么啦？我问你！糙糙的收拾好了，我出来看你，好，你没影儿啦！太太气得——一半也是急得——直哆嗦。我只好打电叫车吧。可是我们不能就这么‘空城计’，全走了哇。好，我跟太太横打了鼻梁，我说太太走吧，我看着。祥子回来呢，我马上赶到左宅去；不回来呢，我认了命！这是怎会说的！你是怎回事，说呀！”

祥子没的说。

“说话呀！愣着算得了事吗？到底是怎回事？”

“你走吧！”祥子好容易找到了一句话：“走吧！”

“你看家？”高妈的气消了点。

“见了先生，你就说，侦探逮住了我，可又，可又，没逮住我！”

“这像什么话呀？”高妈气得几乎要笑。

“你听着！”祥子倒挂了气：“告诉先生快跑，侦探说了，准能拿住先生。左宅也不是平安的地方。快跑！你走了，我跳到王家去，睡一夜。我把这块的大门锁上。明天，我去找我的事。对不起曹先生！

“越说我越糊涂！”高妈叹了口气。“得啦，我走，少爷还许冻着了呢，赶紧看看去！见了先生，我就说祥子说啦，教先生快跑。今个晚上祥子锁上大门，跳到王家去睡；明天他去找事。是这么着不是？”

祥子万分惭愧的点了点头。

高妈走后，祥子锁好大门，回到屋中。破闷葫芦罐还在地上掷着，他拾起块瓦片看了看，照旧掷在地上。床上的铺盖并没有动。奇怪，到底是怎回事呢？难道孙侦探并非真的侦探？不能！曹先生要是没看出点危险来，何至于弃家逃走？不明白！不明白！他不知不觉的坐在了床沿上。刚一坐下，好似惊了似的又立起来。不能在此久停！假若那个姓孙的再回来呢?！心中极快的转了转：对不住曹先生，不过高妈带回信去教他快跑，也总算过得去了。论良心，祥子并没立意欺人，而且自己受着委屈。自己的钱先丢了，没法再管曹先生的。自言自语的，他这样一边叨唠，一边儿往起收拾铺盖。

打起铺盖，灭了灯，他奔了后院。把铺盖放下，手扒住墙头低声的叫："老程！老程！"老程是王家的车夫。没人答应，祥子下了决心，先跳过去再说。把铺盖掷过去，落在雪上，没有什么声响。他的心跳了一阵。紧跟着又爬上墙头，跳了过去。在雪地上拾起铺盖，轻轻的去找老程。他知道老程的地方。大家好像都已睡了，全院中一点声儿也没有。祥子忽然感到作贼并不是件很难的事，他放了点胆子，脚踏实地的走，雪很瓷实，发着一点点响声。找到了老程的屋子，他咳嗽了一声。老程似乎是刚躺下："谁？"

"我，祥子！你开开门！"祥子说得非常的自然，柔和，好像听见了老程的声音，就像听见个亲人的安慰似的。

老程开了灯，披着件破皮袄，开了门："怎么啦？祥子！三更半夜的！"

祥子进去，把铺盖放在地上，就势儿坐在上面，又没了话。

老程有三十多岁，脸上与身上的肉都一疙瘩一块的，硬得出棱儿。平日，祥子与他并没有什么交情，不过是见面总点头说话儿。有时候，王太太与曹太太一同出去上街，他俩更有了在一处喝茶与休息的机会。祥子不十分佩服老程，老程跑得很快，可是慌里慌张，而且手老拿不稳车把似的。在为人上，老程虽然怪好的，可是有了这个缺点，祥子总不能完全钦佩他。

今天，祥子觉得老程完全可爱了。坐在那儿，说不出什么来，心中可是感激，亲热。刚才，立在中海的桥上；现在，与个熟人坐在屋里；变动的急剧，使他心中发空；同时也发着些热气。

老程又钻到被窝中去，指着破皮袄说："祥子抽烟吧，兜儿里有，别野的。"别墅牌的烟自从一出世就被车夫们改为"别野"的。

祥子本不吸烟，这次好似不能拒绝，拿了支烟放在唇间吧唧着。

"怎么啦？"老程问："辞了工？"

"没有，"祥子依旧坐在铺盖上，"出了乱子！曹先生一家子全跑啦，我也不敢独自看家！"

"什么乱子？"老程又坐起来。

"说不清呢，反正乱子不小，连高妈也走了！"

"四门大开，没人管？"

"我把大门给锁上了！"

"哼！"老程寻思了半天，"我告诉王先生一声儿去好不好？"说着，就要披衣裳。

"明天再说吧，事情简直说不清！"祥子怕王先生盘问他。

祥子说不清的那点事是这样：曹先生在个大学里教几点钟功课。学校里有个叫阮明的学生，一向跟曹先生不错，时常来找他谈谈。曹先生是个社会主义者，阮明的思想更激烈，所以二人很说得来。不过，年纪与地位使他们有点小冲突：曹先生以教师的立场看，自己应当尽心的教书，而学生应当好好的交待功课，不能因为私人的感情而在成绩上马马虎虎。在阮明看呢，在这种破乱的世界里，一个有志的青年应当作些革命的事业，功课好坏可以暂且不管。他和曹先生来往，一来是为彼此还谈得来，二来是希望因为感情而可以得到够升级的分数，不论自己的考试成绩坏到什么地步。乱世的志士往往有些无赖，历史上有不少这样可原谅的例子。

到考试的时候，曹先生没有给阮明及格的分数。阮明的成绩，即使曹先生给他及格，也很富余的够上了停学。可是他特别的恨曹先生。他以为曹先生太不懂面子；面子，在中国是与革命有同等价值的。因为急于作些什么，阮明轻看学问。因为轻看学问，慢慢他习惯于懒惰，想不用任何的劳力而获得大家的钦佩与爱护；无论怎说，自己的思想是前进的呀！曹先生没有给他及格的分数，分明是不了解一个有志的青年；那么，平日可就别彼此套近乎呀！既然平日交情不错，而到考试的时候使人难堪，他以为曹先生为人阴险。成绩是无可补救了，停学也无法反抗，他想在曹先生身上泄泄怒气。既然自己失了学，那么就拉个教员来陪绑。这样，既能有些事作，而且可以表现出自己的厉害。阮明不是什么好惹的！况且，若是能由这回事而打入一个新团体去，也总比没事可作强一些。

他把曹先生在讲堂上所讲的，和平日与他闲谈的，那些关于政治与社会问题的话编辑了一下，到党部去告发——曹先生在青年中宣传过激的思想。

曹先生也有个耳闻，可是他觉得很好笑。他知道自己的那点社会主义是怎样的不彻底，也晓得自己那点传统的美术爱好是怎样的妨碍着激烈的行动。可笑，居然落了个革命的导师的称号！可笑，所以也就不大在意，虽然学生和同事的都告诉他小心一些。镇定并不能——在乱世——保障安全。

寒假是肃清学校的好机会，侦探们开始忙着调查与逮捕。曹先生已有好几次觉得身后有人跟着。身后的人影使他由嬉笑改为严肃。他须想一想了：为造声誉，这是个好机会；下几天狱比放个炸弹省事，稳当，而有同样的价值。下狱是作要人的一个资格。可是，他不肯。他不肯将计就计的为自己造成虚假的名誉。凭着良心，他恨自己不能成个战士；凭着良心，他也不肯作冒牌的战士。他找了左先生去。

左先生有主意："到必要的时候，搬到我这儿来，他们还不至于搜查我来！"左先生认识人；人比法律更有力。"你上这儿来住几天，躲避躲避。总算我们怕了他们。然后再去疏通，也许还得花上俩钱。面子足，钱到手，你再回家也就没事了。"

孙侦探知道曹先生常上左宅去，也知道一追紧了的时候他必定到左宅去。他们不敢得罪左先生，而得吓吓就吓吓曹先生。多咱把他赶到左宅去，他们才有拿钱的希望，而且很够面子。敲祥子，并不在侦探们的计划内，不过既然看见了祥子，带手儿的活，何必不先拾个十头八块的呢？

对了，祥子是遇到了"点儿"上，活该。谁都有办法，哪里都有缝子，只有祥子跑不了，因为他是个拉车的。一个拉车的吞的是粗粮，冒出来的是血；他要卖最大的力气，得最低的报酬；要立在人间的最低处，等着一切人一切法一切困苦的击打。

把一支烟烧完，祥子还是想不出道理来，他像被厨子提在手中的鸡，只知道缓一口气就好，没有别的主意。他很愿意和老程谈一谈，可是没话可说，他的话不够表现他的心思的，他领略了一切苦处，他的口张不开，像个哑吧。买车，车丢了；省钱，钱丢了；自己一切的努力只为别人来欺侮！谁也不敢招惹，连条野狗都得躲着，临完还是被人欺侮得出不来气！

先不用想过去的事吧，明天怎样呢？曹宅是不能再回去，上哪里去呢？“我在这儿睡一夜，行吧？”他问了句，好像条野狗找到了个避风的角落，暂且先忍一会儿；不过就是这点事也得要看明白了，看看妨碍别人与否。

“你就在这儿吧，冰天雪地的上哪儿去？地上行吗？上来挤挤也行呀！”

祥子不肯上去挤，地上就很好。

老程睡去，祥子来回的翻腾，始终睡不着。地上的凉气一会儿便把褥子冰得像一张铁，他蜷着腿，腿肚子似乎还要转筋。门缝子进来的凉风，像一群小针似的往头上刺。他狠狠的闭着眼，蒙上了头，睡不着。听着老程的呼声，他心中急躁，恨不能立起来打老程一顿才痛快。越来越冷，冻得嗓子中发痒，又怕把老程咳嗽醒了。

睡不着，他真想偷偷的起来，到曹宅再去看看。反正事情是吹了，院中又没有人，何不去拿几件东西呢？自己那么不容易省下的几个钱，被人抢去，为曹宅的事而被人抢去，为什么不可以去偷些东西呢。为曹宅的事丢了钱，再由曹宅给赔上，不是正合适么？这么一想，他的眼亮起来，登时忘记了冷；走哇！那么不容易得到的钱，丢了，再这么容易得回来，走！

已经坐起来，又急忙的躺下去，好像老程看着他呢！心中跳了起来。不，不能当贼，不能！刚才为自己脱干净，没去作到曹先生所嘱咐的，已经对不起人；怎能再去偷他呢？不能去！穷死，不偷！

怎知道别人不去偷呢？那个姓孙的拿走些东西又有谁知道呢？他又坐了起来。远处有个狗叫了几声。他又躺下去。还是不能去，别人去偷，偷吧，自己的良心无愧。自己穷到这样，不能再教心上多个黑点儿！

再说，高妈知道他到王家来，要是夜间丢了东西，是他也得是他，不是他也得是他！他不但不肯去偷了，而且怕别人进去了。真要是在这一夜里丢了东西，自己跳到黄河里也洗不清！他不冷了，手心上反倒见了点汗。怎办呢？跳回宅里去看着？不敢。自己的命是拿钱换出来的，不能再自投罗网。不去，万一丢了东西呢？

想不出主意来。他又坐起来，弓着腿坐着，头几乎挨着了膝。头很沉，眼也要闭上，可是不敢睡。夜是那么长，只没有祥子闭一闭眼的时间。

坐了不知多久，主意不知换了多少个。他忽然心中一亮，伸手去推老程："老程！老程！醒醒！"

"干吗？"老程非常的不愿睁开眼："撒尿，床底下有夜壶。"

"你醒醒！开开灯！"

"有贼是怎着？"老程迷迷糊糊的坐起来。

"你醒明白了？"

"嗯！"

"老程，你看看！这是我的铺盖，这是我的衣裳，这是曹先生给的五块钱；没有别的了？"

"没了；干吗？"老程打了个哈欠。

"你醒明白了？我的东西就是这些，我没拿曹家一草一木？"

"没有！咱哥儿们，久吃宅门的，手儿粘赘还行吗？干得着，干；干不着，不干；不能拿人家东西！就是这个事呀？"

"你看明白了？"

老程笑了："没错儿！我说，你不冷呀？"

"行！"

十三

因有雪光，天仿佛亮得早了些。快到年底，不少人家买来鸡喂着，鸡的鸣声比往日多了几倍。处处鸡啼，大有些丰年瑞雪的景况。祥子可是一夜没睡好。到后半夜，他忍了几个盹儿，迷迷糊糊的，似睡不睡的，像浮在水上那样忽起忽落，心中不安。越睡越冷，听到了四外的鸡叫，他实在撑不住了。不愿惊动老程，他蜷着腿，用被子堵上嘴咳嗽，还不敢起来。忍着，等着，心中非常的焦躁。好容易等到天亮，街上有了大车的轮声与赶车人的呼叱，他坐了起来。坐着也是冷，他立起来，系好了纽扣，开开一点门缝向外看了看。雪并没有多么厚，大概在半夜里就不下了；天似乎已晴，可是灰渌渌的看不甚清，连雪上也有一层很淡的灰影似的。一眼，他看到昨夜自己留下的大脚印，虽然又被雪埋上，可是一坑坑的还看得很真。

一来为有点事作，二来为消灭痕迹，他一声没出，在屋角摸着把笤帚，去扫雪。雪沉，不甚好扫，一时又找不到大的竹帚，他把腰弯得很低，用力去刮揸；上层的扫去，贴地的还留下一些雪粒，好像已抓住了地皮。直了两回腰，他把整个的外院全扫完，把雪都堆在两株小柳树的底下。他身上见了点汗，暖和，也轻松了一些。跺了跺脚，他吐了口长气，很长很白。

进屋，把笤帚放在原处，他想往起收拾铺盖。老程醒了，打了个哈欠，口还没并好，就手就说了话：“不早啦吧？”说得音调非常的复杂。说完，擦了擦泪，顺手向皮袄袋里摸出支烟来。吸了两口烟，他完全醒明白了。“祥子，你先别走！等我去打点开水，咱们热热的来壶茶喝。这一夜横是够你受的！”

“我去吧？”祥子也递个和气。但是，刚一说出，他便想起昨夜的恐怖，心中忽然堵成了一团。

“不；我去！我还得请请你呢！”说着，老程极快的穿上衣裳，纽扣通体没扣，只将破皮袄上拢了根褡包，叼着烟卷跑出去：“喝！院子都扫完了？你真成！请请你！”

祥子稍微痛快了些。

待了会儿，老程回来了，端着两大碗甜浆粥，和不知多少马蹄烧饼与小焦油炸鬼。“没沏茶，先喝点粥吧，来，吃吧；不够，再去买；没钱，咱赊得出来；干苦活儿，就是别缺着嘴，来！”

天完全亮了，屋中冷清清的明亮，二人抱着碗喝起来，声响很大而甜美。谁也没说话，一气把烧饼油鬼吃净。

“怎样？”老程剔着牙上的一个芝麻。

“该走了！”祥子看着地上的铺盖卷。

“你说说，我到底还没明白是怎回子事！”老程递给祥子一支烟，祥子摇了摇头。

想了想，祥子不好意思不都告诉给老程了。结结巴巴的，他把昨夜晚的事说了一遍，虽然很费力，可是说得不算不完全。

老程撇了半天嘴，似乎想过点味儿来。“依我看哪，你还是找曹先生去。事情不能就这么搁下，钱也不能就这么丢了！你刚才不是说，曹先生嘱咐了你，教你看事不好就跑？那么，你一下车就教侦探给堵住，怪谁呢？不是你不忠心哪，是事儿来得太邪，你没法儿不先顾自己的命！教我看，这没有什么对不起人的地方。你去，找曹先生去，把前后的事一五一十都对他实说，我想，他必不能怪你，碰巧还许赔上你的钱！你走吧，把铺盖放在这儿，早早的找他去。天短，一出太阳就得八点，赶紧走你的！”

祥子活了心，还有点觉得对不起曹先生，可是老程说得也很近情理——侦探拿枪堵住自己，怎能还顾得曹家的事呢？

“走吧！”老程又催了句。“我看昨个晚上你是有点绕住了；遇上急事，谁也保不住迷头。我现在给你出的道儿准保不错，我比你岁数大点，总多经过些事儿。走吧，这不是出了太阳？”

朝阳的一点光，借着雪，已照明了全城。蓝的天，白的雪，天上有光，雪上有光，蓝白之间闪起一片金花，使人痛快得睁不开眼！祥子刚要走，有人敲门。老程出去看，在门洞儿里叫：“祥子！找你的！”

左宅的王二，鼻子冻得滴着清水，在门洞儿里跺去脚上的雪。老程见祥子出来，让了句：“都里边坐！”三个人一同来到屋中。

“那什么，”王二搓着手说，“我来看房，怎么进去呀，大门锁着呢。那什么，雪后寒，真冷！那什么，曹先生，曹太太，都一清早就走了；上天津，也许是上海，我说不清。左先生嘱咐我来看房。那什么，可真冷！”

祥子忽然的想哭一场！刚要依着老程的劝告，去找曹先生，曹先生会走了。愣了半天，他问了句：“曹先生没说我什么？”

“那什么，没有。天还没亮，就都起来了，简直顾不得说话了。火车是，那什么，七点四十分就开！那什么，我怎么过那院去？”王二急于要过去。

“跳过去！”祥子看了老程一眼，仿佛是把王二交给了老程，他拾起自己的铺盖卷来。

“你上哪儿？”老程问。

“人和厂子，没有别的地方可去！”这一句话说尽了祥子心中的委屈，羞愧，与无可如何。他没别的办法，只好去投降！一切的路都封上了，他只能在雪白的地上去找那黑塔似的虎妞。他顾体面，要强，忠实，义气；都没一点用处，因为有条“狗”命！

老程接了过来：“你走你的吧。这不是当着王二，你一草一木也没动曹宅的！走吧。到这条街上来的时候，进来聊会子，也许我打听出来好事，还给你荐呢。你走后，我把王二送到那边去。有煤呀？”

“煤，劈柴，都在后院小屋里。”祥子扛起来铺盖。

街上的雪已不那么白了，马路上的被车轮轧下去，露出点冰的颜色来。土道上的，被马踏的已经黑一块白一块，怪可惜的。祥子没有想什么，只管扛着铺盖往前走。一气走到了人和车厂。他不敢站住，只要一站住，他知道就没有勇气进去。他一直的走进去，脸上热得发烫。他编好了一句话，要对虎妞说：“我来了，瞧着办吧！怎办都好，我没了法儿！”及至见了她，他把这句话在心中转了好几次，始终说不出来，他的嘴没有那么便利。

虎妞刚起来，头发髭髭着，眼胞儿浮肿着些，黑脸上起着一层小白的鸡皮疙瘩，像拔去毛的冻鸡。

“哟！你回来啦！”非常的亲热，她的眼中笑得发了些光。

“赁给我辆车！”祥子低着头看鞋头上未化净的一些雪。

“跟老头子说去。”她低声的说，说完向东间一努嘴。

刘四爷正在屋里喝茶呢，面前放着个大白炉子，火苗有半尺多高。见祥子进来，他半恼半笑的说：“你这小子还活着哪?！忘了我啦！算算，你有多少天没来了？事情怎样？买上车没有?”

祥子摇了摇头，心中刺着似的疼。“还得给我辆车拉，四爷!”

“哼，事又吹了！好吧，自己去挑一辆!”刘四爷倒了碗茶，“来，先喝一碗。”

祥子端起碗来，立在火炉前面，大口的喝着。茶非常的烫，火非常的热，他觉得有点发困。把碗放下，刚要出来，刘四爷把他叫住了。

“等等走，你忙什么？告诉你：你来得正好。二十七是我的生日，我还要搭个棚呢，请请客。你帮几天忙好了，先不必去拉车。他们，”刘四爷向院中指了指，“都不可靠，我不愿意教他们吊儿啷当的瞎起哄。你帮帮好了。该干什么就干，甭等我说。先去扫扫雪，晌午我请你吃火锅。”

“是了，四爷！”祥子想开了，既然又回到这里，一切就都交给刘家父女吧；他们爱怎么调动他，都好，他认了命！

“我说是不是？”虎姑娘拿着时候进来了，“还是祥子，别人都差点劲儿。”

刘四爷笑了。祥子把头低得更往下了些。

“来，祥子！”虎妞往外叫他，“给你钱，先去买扫帚，要竹子的，好扫雪。得赶紧扫，今天搭棚的就来。”走到她的屋里，她一边给祥子数钱，一边低声的说：“精神着点！讨老头子的喜欢！咱们的事有盼望！”

祥子没言语，也没生气。他好像是死了心，什么也不想，给它个混一天是一天。有吃就吃，有喝就喝，有活儿就作，手脚不闲着，几转就是一天，自己顶好学拉磨的驴，一问三不知，只会拉着磨走。

他可也觉出来，自己无论如何也不会很高兴。虽然不肯思索，不肯说话，不肯发脾气，但是心中老堵一块什么，在工作的时候暂时忘掉，只要有会儿闲工夫，他就觉出来这块东西——绵软，可是老那么大；没有什么一定的味道，可是噎得慌，像块海绵似的。心中堵着这块东西，他强打精神去作事，为是把自己累得动也不能动，好去闷睡。把夜里的事交给梦，白天的事交给手脚，他仿佛是个能干活的死人。他扫雪，他买东西，他去定煤气灯，他刷车，他搬桌椅，他吃刘四爷的犒劳饭，他睡觉，他什么也不知道，口里没话，心里没思想，只隐隐的觉到那块海绵似的东西！

地上的雪扫净，房上的雪渐渐化完，棚匠“喊高儿”上了房，支起棚架子。讲好的是可着院子的暖棚，三面挂檐，三面栏杆，三面玻璃窗户。棚里有玻璃隔扇，挂画屏，见木头就包红布。正门旁门一律挂彩子，厨房搭在后院。刘四爷，因为庆九，要热热闹闹的办回事，所以第一要搭个体面的棚。天短，棚匠只扎好了棚身，上了栏杆和布，棚里的花活和门上的彩子，得到第二天早晨来挂。刘四爷为这个和棚匠大发脾气，气得脸上飞红。因为这个，他派祥子去催煤气灯，厨子，千万不要误事。其实这两件绝不会误下，可是老头子不放心。祥子为这个刚跑回来，刘四爷又教他去给借麻将牌，借三四副，到日子非痛痛快快的赌一下不可。借来牌，又被派走去借留声机，作寿总得有些响声儿。祥子的腿没停住一会儿，一直跑到夜里十一点。拉惯了车，空着手儿走比跑还累得慌；末一趟回来，他，连他，也有点抬不起脚来了。

“好小子！你成！我要有你这么个儿子，少教我活几岁也是好的！歇着去吧，明天还有事呢！”

虎妞在一旁，向祥子挤了挤眼。

第二天早上，棚匠来找补活。彩屏悬上，画的是“三国”里的战景，三战吕布，长坂坡，火烧连营，等等，大花脸二花脸都骑马持着刀枪。刘老头子仰着头看了一遍，觉得很满意。紧跟着家伙铺来卸家伙：棚里放八个座儿，围裙椅垫凳套全是大红绣花的。一份寿堂，放在堂屋，香炉蜡扦都是景泰蓝的，桌前放了四

寿

块红毡子。刘老头子马上教祥子去请一堂苹果，虎妞背地里掖给他两块钱，教他去叫寿桃寿面，寿桃上要一份儿八仙人，作为是祥子送的。苹果买到，马上摆好；待了不大会儿，寿桃寿面也来到，放在苹果后面，大寿桃点着红嘴，插着八仙人，非常大气。

“祥子送的，看他多么有心眼！”虎妞堵着爸爸的耳根子吹嘘，刘四爷对祥子笑了笑。

寿堂正中还短着个大寿字，照例是由朋友们赠送，不必自己预备。现在还没有人送来，刘四爷性急，又要发脾气：“谁家的红白事，我都跑到前面，到我的事情上了，给我个干撂台，×他妈妈的！”

“明天二十六，才落座儿，忙什么呀？”虎妞喊着劝慰。

“我愿意一下子全摆上；这么零零碎碎的看着揪心！我说祥子，水月灯今天就得安好，要是过四点还不来，我剐了他们！”

“祥子，你再去催！”虎妞故意倚重他，总在爸的面前喊祥子作事。祥子一声不出，把话听明白就走。

“也不是我说，老爷子，”她撇着点嘴说，“要是有儿子，不像我就得像祥子！可惜我错投了胎。那可也无法。其实有祥子这么个干儿子也不坏！看他，一天连个屁也不放，可把事都作了！”

刘四爷没答茬儿，想了想：“话匣子呢？唱唱！”

不知道由哪里借来的破留声机，每一个声音都像踩了猫尾巴那么叫得钻心！刘四爷倒不在乎，只要有点声响就好。

到下午，一切都齐备了，只等次日厨子来落座儿。刘四爷各处巡视了一番，处处花红柳绿，自己点了点头。当晚，他去请了天顺煤铺的先生给管账，先生姓冯，山西人，管账最仔细。冯先生马上过来看了看，叫祥子去买两份红账本，和一张顺红笺。把红笺裁开，他写了些寿字，贴在各处。刘四爷觉得冯先生真是心细，当时要再约两手，和冯先生打几圈麻将。冯先生晓得刘四爷的厉害，没敢接茬儿。

牌没打成，刘四爷挂了点气，找来几个车夫，“开宝，你们有胆子没有？”

大家都愿意来，可是没胆子和刘四爷来，谁不知道他从前开过宝局！

“你们这群玩艺，怎么活着来的！”四爷发了脾气。“我在你们这么大岁数的时候，兜里没一个小钱也敢干，输了再说；来！”

“来铜子儿的？”一个车夫试着步儿问。

“留着你那铜子吧，刘四不哄孩子玩！”老头子一口吞了一杯茶，摸了摸秃脑袋。“算了，请我来也不来了！我说，你们去告诉大伙儿：明天落座儿，晚半天就有亲友来，四点以前都收车，不能出来进去的拉着车乱挤！明天的车份儿不要了，四点收车。白教你们拉一天车，都心里给我多念道点吉祥话儿，别没良心！后天正日子，谁也不准拉车。早八点半，先给你们摆，六大碗，两七寸，四个便碟，一个锅子；对得起你们！都穿上大褂，谁短撅撅的进来把谁踢出去！吃完，都给我滚，我好招待亲友。亲友们吃三个海碗，六个冷荤，六个炒菜，四大碗，一个锅子。我先交待明白了，别看着眼馋。亲友是亲友；我不要你们什么。有人心的给我出十大枚的礼，我不嫌少；一个子儿不拿，干给我磕三个头，我也接着。就是得规规矩矩，明白了没有？晚上愿意还吃我，六点以后回来，剩多剩少全是你们的；早回来可不行！听明白了没有？”

“明天有拉晚儿的，四爷，”一个中年的车夫问，“怎能四点就收车呢？”

“拉晚的十一点以后再回来！反正就别在棚里有人的时候乱

挤！你们拉车，刘四并不和你们同行，明白？”

大家都没的可说了，可是找不到个台阶走出去，立在那里又怪发僵；刘四爷的话使人人心中窝住一点气愤不平。虽然放一天车份是个便宜，可是谁肯白吃一顿，至少还不得出上四十铜子的礼；况且刘四的话是那么难听，仿佛他办寿，他们就得老鼠似的都藏起去。再说，正日子二十七不准大家出车，正赶上年底有买卖的时候，刘四牺牲得起一天的收入，大家陪着“泡”一天可受不住呢！大家敢怒而不敢言的在那里立着，心中并没有给刘四爷念着吉祥话儿。

虎妞扯了祥子一下，祥子跟她走出来。

大家的怒气仿佛忽然找到了出路，都瞪着祥子的后影。这两天了，大家都觉得祥子是刘家的走狗，死命的巴结，任劳任怨的当碎催。祥子一点也不知道这个，帮助刘家作事，为是支走心中的烦恼；晚上没话和大家说，因为本来没话可说。他们不知道他的委屈，而以为他是巴结上了刘四爷，所以不屑于和他们交谈。虎妞的照应祥子，在大家心中特别的发着点酸味，想到目前的事，刘四爷不准他们在喜棚里来往，可是祥子一定可以吃一整天好的；同是拉车的，为什么有三六九等呢？看，刘姑娘又把祥子叫出去！大家的眼跟着祥子，腿也想动，都搭讪着走出来。刘姑娘正和祥子在煤气灯底下说话呢，大家彼此点了点头。

十四

刘家的事办得很热闹。刘四爷很满意有这么多人来给他磕头祝寿。更足以自傲的是许多老朋友也赶着来贺喜。由这些老友，他看出自己这场事不但办得热闹，而且“改良”。那些老友的穿戴已经落伍，而四爷的皮袍马褂都是新作的。以职业说，有好几位朋友在当年都比他阔，可是现在——经过这二三十年来的变迁——已越混越低，有的已很难吃上饱饭。看着他们，再看看自己的喜棚，寿堂，画着长坂坡的挂屏，与三个海碗的席面，他觉得自己确是高出他们一头，他“改了良”。连赌钱，他都预备下麻将牌，比押宝就透着文雅了许多。

可是，在这个热闹的局面中，他也感觉到一点凄凉难过。过惯了独身的生活，他原想在寿日来的人不过是铺户中的掌柜与先生们，和往日交下的外场光棍。没想到会也来了些女客。虽然虎妞能替他招待，可是他忽然感到自家的孤独，没有老伴儿，只有个女儿，而且长得像个男子。假若虎妞是男子，当然早已成了家，有了小孩，即使自己是个老鳏夫，或者也就不这么孤苦伶仃的了。是的，自己什么也不缺，只缺个儿子。自己的寿数越大，有儿子的希望便越小，祝寿本是件喜事，可是又似乎应落泪。不管自己怎样改了良，没人继续自己的事业，一切还不是白饶？

上半天，他非常的喜欢，大家给他祝寿，他大模大样的承受，仿佛觉出自己是鳌里夺尊的一位老英雄。下半天，他的气儿塌下点去。看着女客们携来的小孩子们，他又羡慕，又忌妒，又不敢和孩子们亲近，不亲近又觉得自己别扭。他要闹脾气，又不肯登时发作，他知道自己是外场人，不能在亲友面前出丑。他愿意快快把这一天过去，不再受这个罪。

还有点美中不足的地方，早晨给车夫们摆饭的时节，祥子几乎和人打起来。

八点多就摆了饭，车夫们都有点不愿意。虽然昨天放了一天的车份儿，可是今天谁也没空着手来吃饭，一角也罢，四十子儿也罢，大小都有份儿礼金。平日，大家是苦汉，刘四是厂主；今天，据大家看，他们是客人，不应当受这种待遇。况且，吃完就得走，还不许拉出车去，大年底下的！

祥子准知道自己不在吃完就滚之列，可是他愿意和大家一块儿吃。一来是早吃完好去干事，二来是显着和气。和大家一齐坐下，大家把对刘四的不满意都挪到他身上来。刚一落座，就有人说了："哎，您是贵客呀，怎和我们坐在一处？"祥子傻笑了一下，没有听出来话里的意味。这几天了，他自己没开口说过闲话，所以他的脑子也似乎不大管事了。

大家对刘四不敢发作，只好多吃他一口吧；菜是不能添，酒可是不能有限制，喜酒！他们不约而同的想拿酒杀气。有的闷喝，有的猜开了拳；刘老头子不能拦着他们猜拳。祥子看大家喝，他不便太不随群，也就跟着喝了两盅。喝着喝着，大家的眼睛红起来，嘴不再受管辖。有的就说："祥子，骆驼，你这差事美呀！足吃一天，伺候着老爷小姐！赶明儿你不必拉车了，顶好跟包去！"祥子听出点意思来，也还没往心中去；从他一进人和厂，他就决定不再充什么英雄好汉，一切都听天由命。谁爱说什么，就说什么。他纳住了气。有的又说了："人家祥子是另走一路，咱们凭力气挣钱，人家祥子是内功！"大家全哈哈的笑起来。祥子觉出大家是"咬"他，但是那么大的委屈都受了，何必管这几句闲话呢，他还没出声。邻桌的人看出便宜来，有的伸着脖子叫："祥子，赶明儿你当了厂主，别忘了哥儿们哪！"祥子还没言语，本桌上的人又说了："说话呀，骆驼！"

祥子的脸红起来，低声说了句："我怎能当厂主?!"

"哼，你怎么不能呢，眼看着就咚咚嚓啦！"

祥子没绕搭过来，"咚咚嚓"是什么意思，可是直觉的猜到那是指着他与虎妞的关系而言。他的脸慢慢由红而白，把以前所受过的一切委屈都一下子想起来，全堵在心上。几天的容忍缄默似乎不能再维持，像憋足了的水，遇见个出口就要激冲出去。正当这个工夫，一个车夫又指着他的脸说："祥子，我说你呢，你才真是'哑吧吃扁食——心里有数儿'呢。是不是，你自己说，祥子?祥子?"

祥子猛的立了起来，脸上煞白，对着那个人问："出去说，你敢不敢?"

大家全愣住了。他们确是有心"咬"他，撇些闲盘儿，可是并没预备打架。

忽然一静，像林中的啼鸟忽然看见一只老鹰。祥子独自立在那里，比别人都高着许多，他觉出自己的孤立。但是气在心头，他仿佛也深信就是他们大家都动手，也不是他的对手。他补了一句："有敢出去的没有?"

大家忽然想过味儿来，几乎是一齐的："得了，祥子，逗着你玩呢！"

刘四爷看见了："坐下，祥子！"然后向大家，"别瞧谁老实就欺侮谁，招急了我把你们全踢出去！快吃！"

祥子离了席。大家用眼梢儿撩着刘老头子，都拿起饭来。不大一会儿，又喊喊喳喳的说起来，像危险已过的林鸟，又轻轻的啾啾。

祥子在门口蹲了半天，等着他们。假若他们之中有敢再说闲话的，揍！自己什么都没了，给它个不论秧子吧！

可是大家三五成群的出来，并没再找寻他。虽然没打成，他到底多少出了点气。继而一想，今天这一举，可是得罪了许多人。平日，自己本来就没有知己的朋友，所以才有苦无处去诉；怎能再得罪人呢？他有点后悔。刚吃下去的那点东西在胃中横着，有点发痛。他立起来，管它呢，人家那三天两头打架闹饥荒的不也活得怪有趣吗？老实规矩就一定有好处吗？这么一想，他心中给自己另画出一条路来，在这条路上的祥子，与以前他所希望的完全不同了。这是个见人就交朋友，而处处占便宜，喝别人的茶，吸别人的烟，借了钱不还，见汽车不躲，是个地方就撒尿，成天际和巡警们耍骨头，拉到“区”里去住两三天不算什么。是的，这样的车夫也活着，也快乐，至少是比祥子快乐。好吧，老实，规矩，要强，既然都没用，变成这样的无赖也不错。不但是不错，祥子想，而且是有些英雄好汉的气概，天不怕，地不怕，绝对不低着头吃哑吧亏。对了！应当这么办！坏嘎嘎是好人削成的。

反倒有点后悔，这一架没能打成。好在不忙，从今以后，对谁也不再低头。

刘四爷的眼里不揉沙子。把前前后后所闻所见的都搁在一处，他的心中已明白了八九成。这几天了，姑娘特别的听话，哼，因为祥子回来了！看她的眼，老跟着他。老头子把这点事存在心里，就更觉得凄凉难过。想想看吧，本来就没有儿子，不能火火炽炽的凑起个家庭来；姑娘再跟人一走！自己一辈子算是白费了心机！祥子的确不错，但是提到儿婿两当，还差得多呢；一个臭拉车的！自己奔波了一辈子，打过群架，跪过铁锁，临完教个乡下脑袋连女儿带产业全搬了走？没那个便宜事！就是有，也甭想由刘四这儿得到！刘四自幼便是放屁崩坑儿的人！

下午三四点钟还来了些拜寿的，老头子已觉得索然无味，客人越称赞他硬朗有造化，他越觉得没什么意思。

到了掌灯以后，客人陆续的散去，只有十几位住得近的和交情深的还没走，凑起麻将来。看着院内的空棚，被水月灯照得发青，和撤去围裙的桌子，老头子觉得空寂无聊，仿佛看到自己死了的时候也不过就是这样，不过是把喜棚改作白棚而已。棺材前没有儿孙们穿孝跪灵，只有些不相干的人们打麻将守夜！他真想把现在未走的客人们赶出去；乘着自己有口活气，应当发发威！可是，到底不好意思拿朋友杀气。怒气便拐了弯儿，越看姑娘越不顺眼。祥子在棚里坐着呢，人模狗样的，脸上的疤被灯光照得像块玉石。老头子怎看这一对儿，怎别扭！

虎姑娘一向野调无腔惯了，今天头上脚下都打扮着，而且得装模作样的应酬客人，既为讨大家的称赞，也为在祥子面前露一手儿。上半天倒觉得这怪有个意思，赶到过午，因有点疲乏，就觉出讨厌，也颇想找谁叫骂一场。到了晚上，她连半点耐性也没有了，眉毛自己较着劲，老直立着。

七点多钟了，刘四爷有点发困，可是不服老，还不肯去睡。大家请他加入打几圈儿牌，他不肯说精神来不及，而说打牌不痛快，押宝或牌九才合他的脾味。大家不愿中途改变，他只好在一旁坐着。为打起点精神，他还要再喝几盅，口口声声说自己没吃饱，而且抱怨厨子赚钱太多了，菜并不丰满。由这一点上说起，他把白天所觉到的满意之处，全盘推翻：棚，家伙座儿，厨子，和其他的一切都不值那么些钱，都捉了他的大头，都冤枉！

管账的冯先生，这时候，已把账杀好：进了二十五条寿幛，三堂寿桃寿面，一坛儿寿酒，两对寿烛，和二十来块钱的礼金。号数不少，可是多数的是给四十铜子或一毛大洋。

听到这个报告，刘四爷更火啦。早知道这样，就应该预备“炒菜面”！三个海碗的席吃着，就出一毛钱的人情？这简直是拿老头子当冤大脑袋！从此再也不办事，不能赔这份窝囊钱！不用说，大家连亲带友，全想白吃他一口；六十九岁的人了，反倒聪明一世，糊涂一时，教一群猴儿王八蛋给吃了！老头子越想越气，连白天所感到的满意也算成了自己的糊涂；心里这么想，嘴里就念道着，带着许多街面上已不通行了的咒骂。

朋友们还没走净，虎妞为顾全大家的面子，想拦拦父亲的撒野。可是，一看大家都注意手中的牌，似乎并没理会老头子叨唠什么，她不便于开口，省得反把事儿弄明了。由他叨唠去吧，都给他个装聋，也就过去了。

哪知道，老头子说着说着绕到她身上来。她决定不吃这一套！他办寿，她跟着忙乱了好几天，反倒没落出好儿来，她不能容让！六十九，七十九也不行！也得讲理！她马上还了回去：

“你自己要花钱办事，碍着我什么啦？”

老头子遇到了反攻，精神猛然一振，“碍着你什么了？简直的就跟你！你当我的眼睛不管闲事哪？”

“你看见什么啦？我受了一天的累，临完拿我杀气呀，先等等！说吧，你看见了什么？”虎姑娘的疲乏也解了，嘴非常的灵便。

“你甭看着我办事，你眼儿热！看见？我早就全看见了，哼！”

“我干吗眼儿热呀?!”她摇晃着头说。“你到底看见了什么？”

“那不是?!”刘四往棚里一指——祥子正弯着腰扫地呢。

“他呀？”虎妞心里哆嗦了一下，没想到老头的眼睛会这么尖。“哼！他怎样？”

“不用揣着明白的，说糊涂的！”老头子立了起来。“要他没我，要我没他，干脆的告诉你得了。我是你爸爸！我应当管！”

虎妞没想到事情破的这么快，自己的计划才使了不到一半，而老头子已经点破了题！怎办呢？她的脸红起来，黑红，加上半残的粉，与青亮的灯光，好像一块煮老了的猪肝，颜色复杂而难看。她有点疲乏；被这一激，又发着肝火，想不出主意，心中很乱。她不能就这么窝回去，心中乱也得马上有办法。顶不妥当的主意也比没主意好，她向来不在任何人面前服软！好吧，爽性来干脆的吧，好坏都凭这一锤子了！

“今儿个都说清了也好，就打算是这么笔账儿吧，你怎样呢？我倒要听听！这可是你自己找病，别说我有心气你！”

打牌的人们似乎听见他们父女吵嘴，可是舍不得分心看别的，为抵抗他们的声音，大家把牌更摔得响了一些，而且嘴里叫唤着红的，碰——

祥子把事儿已听明白，照旧低着头扫地，他心中有了底：说翻了，揍！

“你简直的是气我吗！”老头子的眼已瞪得极圆。“把我气死，你好去倒贴儿？甭打算，我还得活些年呢！”

“甭摆闲盘，你怎办吧？”虎妞心里噗通，嘴里可很硬。

“我怎办？不是说过了，有他没我，有我没他！我不能都便宜了个臭拉车的！”

祥子把笤帚掷了，直起腰来，看准了刘四，问：“说谁呢？”

刘四狂笑起来：“哈哈，你这小子要造反吗？说你哪，说谁！你给我马上滚！看着你不错，赏你脸，你敢在太岁头上动土，我是干什么的，你也不打听打听！滚！永远别再教我瞧见你，上他妈的这儿找便宜来啦，啊？”

老头子的声音过大了，招出几个车夫来看热闹。打牌的人们以为刘四爷又和个车夫吵闹，依旧不肯抬头看看。

祥子没有个便利的嘴，想要说的话很多，可是一句也不到舌头上来。他呆呆的立在那里，直着脖子咽吐沫。

“给我滚！快滚！上这儿来找便宜？我往外掏坏的时候还没有你呢，哼！”老头子有点纯为唬吓祥子而唬吓了，他心中恨祥子并不像恨女儿那么厉害，就是生着气还觉得祥子的确是个老实人。

“好了，我走！”祥子没话可说，只好赶紧离开这里；无论如何，斗嘴他是斗不过他们的。

车夫们本来是看热闹，看见刘四爷骂祥子，大家还记着早晨那一场，觉得很痛快。及至听到老头子往外赶祥子，他们又向着他了——祥子受了那么多的累，过河拆桥，老头子翻脸不认人，他们替祥子不平。有的赶过来问：“怎么了，祥子？”祥子摇了摇头。

“祥子你等等走！”虎妞心中打了个闪似的，看清楚：自己的计划是没多大用处了，急不如快，得赶紧抓住祥子，别鸡也飞蛋也打了！“咱们俩的事，一条绳拴着两蚂蚱，谁也跑不了！你等等，等我说明白了！”她转过头来，冲着老头子：“干脆说了吧，我已经有了，祥子的！他上哪儿我也上哪儿！你是把我给他呢？还是把我们俩一齐赶出去？听你一句话！”

虎妞没想到事情来得这么快，把最后的一招这么早就拿出来。刘四爷更没想到事情会弄到了这步天地。但是，事已至此，他不能服软，特别是在大家面前。“你真有脸往外说，我这个老脸都替你发烧！”他打了自己个嘴巴。“呸！好不要脸！”

打牌的人们把手停住了，觉出点不大是味来，可是糊里糊涂，不知是怎回事，搭不上嘴；有的立起来，有的呆呆的看着自己的牌。

话都说出来，虎妞反倒痛快了："我不要脸？别教我往外说你的事儿，你什么屎没拉过？我这才是头一回，还都是你的错儿：男大当娶，女大当聘，你六十九了，白活！这不是当着大众，"她向四下里一指，"咱们弄清楚了顶好，心明眼亮！就着这个喜棚，你再办一通儿事得了！"

"我？"刘四爷的脸由红而白，把当年的光棍劲儿全拿了出来："我放把火把棚烧了，也不能给你用！"

"好！"虎妞的嘴唇哆嗦上了，声音非常的难听，"我卷起铺盖一走，你给我多少钱？"

"钱是我的，我爱给谁才给！"老头子听女儿说要走，心中有些难过，但是为斗这口气，他狠了心。

"你的钱？我帮你这些年了；没我，你想想，你的钱要不都填给野娘儿们才怪，咱们凭良心吧！"她的眼又找到祥子，"你说吧！"

祥子直挺挺的立在那里，没有一句话可说。

十五

讲动武，祥子不能打个老人，也不能打个姑娘。他的力量没地方用。耍无赖，只能想想，耍不出。论虎妞这个人，他满可以跺脚一跑。为目前这一场，她既然和父亲闹翻，而且愿意跟他走；骨子里的事没人晓得，表面上她是为祥子而牺牲；当着大家面前，他没法不拿出点英雄气儿来。他没话可说，只能立在那里，等个水落石出；至少他得作到这个，才能像个男子汉。

刘家父女只剩了彼此瞪着，已无话可讲；祥子是闭口无言。车夫们，不管向着谁吧，似乎很难插嘴。打牌的人们不能不说话了，静默得已经很难堪。不过，大家只能浮面皮的敷衍几句，劝双方不必太挂火，慢慢的说，事情没有过不去的。他们只能说这些，不能解决什么，也不想解决什么。见两方面都不肯让步，那么，清官难断家务事，有机会便溜了吧。

没等大家都溜净，虎姑娘抓住了天顺煤厂的冯先生："冯先生，你们铺子里不是有地方吗？先让祥子住两天。我们的事说办就快，不能长占住你们的地方。祥子你跟冯先生去，明天见，商量商量咱们的事。告诉你，我出回门子，还是非坐花轿不出这个门！冯先生，我可把他交给你了，明天跟你要人！"

冯先生直吸气，不愿负这个责任。祥子急于离开这里，说了句："我跑不了！"

虎姑娘瞪了老头子一眼，回到自己屋中，谴娽着嗓子哭起来，把屋门从里面锁上。

冯先生们把刘四爷也劝进去，老头子把外场劲儿又拿出来，请大家别走，还得喝几盅："诸位放心，从此她是她，我是我，再也不吵嘴。走她的，只当我没有过这么个丫头。我外场一辈子，脸教她给丢净！倒退二十年，我把她们俩全活劈了！现在，随她去；打算跟我要一个小铜钱，万难！一个子儿不给！不给！看她怎么活着！教她尝尝，她就晓得了，到底是爸爸好，还是野汉子好！别走！再喝一盅！”

大家敷衍了几句，都急于躲避是非。

祥子上了天顺煤厂。

事情果然办得很快。虎妞在毛家湾一个大杂院里租到两间小北房；马上找了裱糊匠糊得四白落地；求冯先生给写了几个喜字，贴在屋中。屋子糊好，她去讲轿子：一乘满天星的轿子，十六个响器，不要金灯，不要执事。一切讲好，她自己赶了身红绸子的上轿衣；在年前赶得，省得不过破五就动针。喜日定的是大年初六，既是好日子，又不用忌门。她自己把这一切都办好，告诉祥子去从头至脚都得买新的：“一辈子就这么一回！”

祥子手中只有五块钱！

虎妞又瞪了眼：“怎么？我交给你那三十多块呢？”

祥子没法不说实话了，把曹宅的事都告诉了她。她眨巴着眼似信似疑的：“好吧，我没工夫跟你吵嘴，咱们各凭良心吧！给你这十五块钱！你要是到日子不打扮得像个新人，你可提防着！”

初六，虎妞坐上了花轿。没和父亲过一句话，没有弟兄的护送，没有亲友的祝贺；只有那些锣鼓在新年后的街上响得很热闹，花轿稳稳的走过西安门，西四牌楼，也惹起穿着新衣的人们——特别是铺户中的伙计——一些羡慕，一些感触。

祥子穿着由天桥买来的新衣，红着脸，戴着三角钱一顶的缎小帽。他仿佛忘了自己，而傻傻乎乎的看着一切，听着一切，连自己好似也不认识了。他由一个煤铺迁入裱糊得雪白的新房，不

知道是怎回事：以前的事正如煤厂里，一堆堆都是黑的；现在茫然的进到新房，白得闪眼，贴着几个血红的喜字。他觉到一种嘲弄，一种白的，渺茫的，闷气。屋里，摆着虎妞原有的桌椅与床；火炉与菜案却是新的；屋角里插着把五色鸡毛的掸子。他认识那些桌椅，可是对火炉，菜案，与鸡毛掸子，又觉得生疏。新旧的器物合在一处，使他想起过去，又担心将来。一切任人摆布，他自己既像个旧的，又像是个新的，一个什么摆设，什么奇怪的东西；他不认识了自己。他想不起哭，也想不起笑，他的大手大脚在这小而暖的屋中活动着，像小木笼里一只大兔子，眼睛红红的看着外边，看着里边，空有能飞跑的腿，跑不出去！虎妞穿着红袄，脸上抹着白粉与胭脂，眼睛溜着他。他不敢正眼看她。她也是既旧又新的一个什么奇怪的东西，是姑娘，也是娘儿们；像女的，又像男的；像人，又像什么凶恶的走兽！这个走兽，穿着红袄，已经捉到他，还预备着细细的收拾他。谁都能收拾他，这个走兽特别的厉害，要一刻不离的守着他，向他瞪眼，向他发笑，而且能紧紧的抱住他，把他所有的力量吸尽。他没法脱逃。他摘了那顶缎小帽，呆呆的看着帽上的红结子，直到看得眼花——一转脸，墙上全是一颗颗的红点，飞旋着，跳动着，中间有一块更大的，红的，脸上发着丑笑的虎妞！

婚夕，祥子才明白：虎妞并没有怀了孕。像变戏法的，她解释给他听："要不这么冤你一下，你怎会死心塌地的点头呢！我在裤腰上塞了个枕头！哈哈，哈哈！"她笑得流出泪来："你个傻东西！甭提了，反正我对得起你；你是怎个人，我是怎个人？我愣和爸爸吵了，跟着你来，你还不谢天谢地？"

第二天，祥子很早就出去了。多数的铺户已经开了市，可是还有些家关着门。门上的春联依然红艳，黄的挂钱却有被风吹碎了的。街上很冷静，洋车可不少，车夫们也好似比往日精神了一些，差不离的都穿着双新鞋，车背后还有贴着块红纸儿的。祥子很羡慕这些车夫，觉得他们倒有点过年的样子，而自己是在个葫芦里憋闷了这好几天；他们都安分守己的混着，而他没有一点营生，在大街上闲晃。他不安于游手好闲，可是打算想明天的事，就得去和虎妞——他的老婆——商议；他是在老婆——这么个老婆！——手里讨饭吃。空长了那么高的身量，空有那么大的力气，没用。他第一得先伺候老婆，那个红袄虎牙的东西，吸人精血的东西；他已不是人，而只是一块肉。他没了自己，只在她的牙中挣扎着，像被猫叼住的一个小鼠。他不想跟她去商议，他得走；想好了主意，给她个不辞而别。这没有什么对不起人的地方，她是会拿枕头和他变戏法的女怪！他窝心，他不但想把那身新衣扯碎，也想把自己从内到外放在清水里洗一回，他觉得混身都粘着些不洁净的，使人恶心的什么东西，教他从心里厌烦。他愿永远不再见她的面！

上哪里去呢？他没有目的地。平日拉车，他的腿随着别人的嘴走；今天，他的腿自由了，心中茫然。顺着西四牌楼一直往南，他出了宣武门：道是那么直，他的心更不会拐弯。出了城门，还往南，他看见个澡堂子。他决定去洗个澡。

脱得光光的，看着自己的肢体，他觉得非常的羞愧。下到池子里去，热水把全身烫得有些发木，他闭上了眼，身上麻麻酥酥的仿佛往外放射着一些积存的污浊。他几乎不敢去摸自己，心中空空的，头上流下大汗珠来。一直到呼吸已有些急促，他才懒懒的爬上来，混身通红，像个初生下来的婴儿。他似乎不敢就那么走出来，围上条大毛巾，他还觉得自己丑陋；虽然汗珠劈嗒啪嗒的往下落，他还觉得自己不干净——心中那点污秽仿佛永远也洗不掉：在刘四爷眼中，在一切知道他的人眼中，他永远是个偷娘儿们的人！

汗还没完全落下去，他急忙的穿上衣服，跑了出来。他怕大家看他的赤身！出了澡堂，被凉风一飕，他觉出身上的轻松。街上也比刚才热闹的多了。响晴的天空，给人人脸上一些光华。祥子的心还是揪揪着，不知上哪里去好。往南，往东，再往南，他奔了天桥去。新年后，九点多钟，铺户的徒弟们就已吃完早饭，来到此地。各色的货摊，各样卖艺的场子，都很早的摆好占好。祥子来到，此处已经围上一圈圈的人，里边打着锣鼓。他没心去看任何玩艺，他已经不会笑。

平日，这里的说相声的，耍狗熊的，变戏法的，数来宝的，唱秧歌的，说鼓书的，练把式的，都能供给他一些真的快乐，使他张开大嘴去笑。他舍不得北平，天桥得算一半儿原因。每逢望到天桥的席棚，与那一圈一圈儿的人，他便想起许多可笑可爱的事。现在他懒得往前挤，天桥的笑声里已经没了他的份儿。他躲开人群，向清静的地方走，又觉得舍不得！不，他不能离开这个热闹可爱的地方，不能离开天桥，不能离开北平。走？无路可走！他还是得回去跟她——跟她！——去商议。他不能走，也不能闲着，他得退一步想，正如一切人到了无可如何的时候都得退一步想。什么委屈都受过了，何必单在这一点上较真儿呢？他没法矫正过去的一切，那么只好顺着路儿往下走吧。

他站定了，听着那杂乱的人声，锣鼓响；看着那来来往往的人，车马，忽然想起那两间小屋。耳中的声音似乎没有了，眼前的人物似乎不见了，只有那两间白，暖，贴着红喜字的小屋，方方正正的立在面前。虽然只住过一夜，但是非常的熟习亲密，就是那个穿红袄的娘儿们仿佛也并不是随便就可以舍弃的。立在天桥，他什么也没有，什么也不是；在那两间小屋里，他有了一切。回去，只有回去才能有办法。明天的一切都在那小屋里。羞愧，怕事，难过，都没用；打算活着，得找有办法的地方去。

他一气走回来，进了屋门，大概也就刚交十一点钟。虎妞已把午饭作好。馏的馒头，熬白菜加肉丸子，一碟虎皮冻，一碟酱萝卜。别的都已摆好，只有白菜还在火上煨着，发出些极美的香味。她已把红袄脱去，又穿上平日的棉裤棉袄，头上可是戴着一小朵绒作的红花，花上还有个小金纸的元宝。祥子看了她一眼，她不像个新妇。她的一举一动都像个多年的媳妇，麻利，老到，还带着点自得的劲儿。虽然不像个新妇，可是到底使他觉出一点新的什么来；她作饭，收拾屋子；屋子里那点香味，暖气，都是他所未曾经验过的。不管她怎样，他觉得自己是有了家。一个家总有它的可爱处。他不知怎样好了。

“上哪儿啦？你！”她一边去盛白菜，一边问。

“洗澡去了。”他把长袍脱下来。

“啊！以后出去，言语一声！别这么大咧咧的甩手一走！”

他没言语。

“会哼一声不会？不会，我教给你！”

他哼了一声，没法子！他知道娶来一位母夜叉，可是这个夜叉会作饭，会收拾屋子，会骂他也会帮助他，教他怎样也不是味儿！他吃开了馒头。饭食的确是比平日的可口，热火；可是吃着不香，嚼里嚼着，心里觉不出平日狼吞虎咽的那种痛快，他吃不出汗来。

吃完饭，他躺在了炕上，头枕着手心，眼看着棚顶。

“嗨！帮着刷家伙！我不是谁的使唤丫头！”她在外间屋里叫。

很懒的他立起来，看了她一眼，走过去帮忙。他平日非常的勤紧，现在他憋着口气来作事。在车厂子的时候，他常帮她的忙，现在越看她越讨厌，他永远没恨人像恨她这么厉害，他说不上是为了什么。有气，可是不肯发作，全圈在心里；既不能和她一刀两断，吵架是没意思的。在小屋里转转着，他感到整个的生命是一部委屈。

收拾完东西，她四下里扫了一眼，叹了口气。紧跟着笑了笑。“怎样？”

“什么？”祥子蹲在炉旁，烤着手；手并不冷，因为没地方安放，只好烤一烤。这两间小屋的确像个家，可是他不知道往哪里放手放脚好。

“带我出去玩玩？上白云观？不，晚点了；街上蹓蹓去？”她要充分的享受新婚的快乐。虽然结婚不成个样子，可是这么无拘无束的也倒好，正好和丈夫多在一块儿，痛痛快快的玩儿天。在娘家，她不缺吃，不缺穿，不缺零钱；只是没有个知心的男子。现在，她要捞回来这点缺欠，要大摇大摆的在街上，在庙会上，同着祥子去玩。

祥子不肯去。第一他觉得满世界带着老婆逛是件可羞的事，第二他以为这么来的一个老婆，只可以藏在家中；这不是什么体面的事，越少在大家眼前显摆越好。还有，一出去，哪能不遇上熟人，西半城的洋车夫们谁不晓得虎妞和祥子；他不能去招大家在他背后嘀嘀咕咕。

“商量商量好不好？”他还是蹲在那里。

“有什么可商量的？”她凑过来，立在炉子旁边。

他把手拿下去，放在膝上，呆呆的看着火苗。愣了好久，他说出一句来：“我不能这么闲着！”

“受苦的命！”她笑了一声。“一天不拉车，身上就痒痒，是不是？你看老头子，人家玩了一辈子，到老了还开上车厂子。他也不拉车，也不卖力气，凭心路吃饭。你也得学着点，拉一辈子车又算老几？咱们先玩几天再说，事情也不单忙在这几天上，奔什么命？这两天我不打算跟你拌嘴，你可也别成心气我！”

“先商量商量！”祥子决定不让步。既不能跺脚一走，就得想办法作事，先必得站一头儿，不能打秋千似的来回晃悠。

“好吧，你说说！”她搬过个凳子来，坐在火炉旁。

“你有多少钱？”他问。

“是不是？我就知道你要问这个嘛！你不是娶媳妇呢，是娶那点钱，对不对？”

祥子像被一口风噎住，往下连咽了好几口气。刘老头子，和人和厂的车夫，都以为他是贪财，才勾搭上虎妞；现在，她自己这么说出来了！自己的车，自己的钱，无缘无故的丢掉，而今被压在老婆的几块钱底下；吃饭都得顺脊梁骨下去！他恨不能双手掐住她的脖子，掐！掐！掐！一直到她翻了白眼！把一切都掐死，而后自己抹了脖子。他们不是人，得死；他自己不是人，也死；大家不用想活着！

祥子立起来，想再出去走走；刚才就不应当回来。

看祥子的神色不对，她又软和了点儿：“好吧，我告诉你。我手里一共有五百来块钱。连轿子，租房——三份儿——，糊棚，作衣裳，买东西，带给你，归了包堆花了小一百，还剩四百来块。我告诉你，你不必着急。咱们给它个得乐且乐。你呢，成年际拉车出臭汗，也该漂漂亮亮的玩几天；我呢，当了这么些年老姑娘，也该痛快几天。等到快把钱花完，咱们还是求老头子去。我呢，那天要是不跟他闹翻了，决走不出来。现在我气都消了，爸爸到底是爸爸。他呢，只有我这么个女儿，你又是他喜爱的人，咱们服个软，给他陪个‘不是’，大概也没有过不去的事。这多么现成！他有钱，咱们正当正派的承受过来，一点没有不合理的地方；强似你去给人家当牲口！过两天，你就先去一趟；他也许不见你。一次不见，再去第二次；面子都给他，他也就不能不回心转意了。然后我再去，好歹的给他几句好听的，说不定咱们就能都搬回去。咱们一搬回去，管保挺起胸脯，谁也不敢斜眼看咱们；咱们要是老在这儿忍着，就老是一对黑人儿，你说是不是？”

祥子没有想到过这个。自从虎妞到曹宅找他，他就以为娶过她来，用她的钱买上车，自己去拉。虽然用老婆的钱不大体面，但是他与她的关系既是种有口说不出的关系，也就无可如何了。他没想到虎妞还有这么一招。把长脸往下一拉呢，自然这的确是个主意，可是祥子不是那样的人。前前后后的一想，他似乎明白了点：自己有钱，可以教别人白白的抢去，有冤无处去诉。赶到别人给你钱呢，你就非接受不可；接受之后，你就完全不能再拿自己当个人，你空有心胸，空有力量，得去当人家的奴隶：作自己老婆的玩物，作老丈人的奴仆。一个人仿佛根本什么也不是，只是一只鸟，自己去打食，便会落到网里。吃人家的粮米，便得老老实实的在笼儿里，给人家啼叫，而随时可以被人卖掉！

他不肯去找刘四爷。跟虎妞，是肉在肉里的关系；跟刘四，没有什么关系。已经吃了她的亏，不能再去央告她的爸爸！“我不愿意闲着！”他只说了这么一句，为是省得费话与吵嘴。

“受累的命吗！”她敲着撩着的说。“不爱闲着，作个买卖去。”

“我不会！赚不着钱！我会拉车，我爱拉车！”祥子头上的筋都跳起来。

“告诉你吧，就是不许你拉车！我就不许你混身臭汗，臭烘烘的上我的炕！你有你的主意，我有我的主意，看吧，看谁别扭得过谁！你娶老婆，可是我花的钱，你没往外掏一个小钱。想想吧，咱俩是谁该听谁的？”

祥子又没了话。

十六

闲到元宵节，祥子没法再忍下去了。

虎妞很高兴。她张罗着煮元宵，包饺子，白天逛庙，晚上逛灯。她不许祥子有任何主张，可是老不缺着他的嘴，变法儿给他买些作些新鲜的东西吃。大杂院里有七八户人家，多数的都住着一间房；一间房里有的住着老少七八口。这些人有的拉车，有的作小买卖，有的当巡警，有的当仆人。各人有各人的事，谁也没个空闲，连小孩子们也都提着小筐，早晨去打粥，下午去拾煤核。只有那顶小的孩子才把屁股冻得通红的在院里玩耍或打架。炉灰尘土脏水就都倒在院中，没人顾得去打扫，院子当中间儿冻满了冰，大孩子拾煤核回来拿这当作冰场，嚷闹着打冰出溜玩。顶苦的是那些老人与妇女。老人们无衣无食，躺在冰凉的炕上，干等着年轻的挣来一点钱，好喝碗粥。年轻卖力气的也许挣得来钱，也许空手回来，回来还要发脾气，找着缝儿吵嘴。老人们空着肚子得拿眼泪当作水，咽到肚中去。那些妇人们，既得顾着老的，又得顾着小的，还得敷衍年轻挣钱的男人。她们怀着孕也得照常操作，只吃着窝窝头与白薯粥；不，不但要照常工作，还得去打粥，兜揽些活计——幸而老少都吃饱了躺下，她们得抱着个小煤油灯给人家洗，作，缝缝补补。屋子是那么小，墙是那么破，冷风从这面的墙缝钻进来，一直的从那面出去，把所有的一点暖气都带了走。她们的身上只挂着些破布，肚子盛着一碗或半碗粥，或者还有个六七个月的胎。她们得工作，得先尽着老的少的吃饱。她们浑身都是病，不到三十岁已脱了头发，可是一时一刻不能闲着，从病中走到死亡；死了，棺材得去向“善人”们募化。那些姑娘们，十六七岁了，没有裤子，只能围着块什么破东西在屋中——天然的监狱——帮着母亲作事，赶活。要到茅房去，她们得看准了院中无人才敢贼也似的往外跑；一冬天，她们没有见过太阳与青天。那长得丑的，将来承袭她们妈妈的一切；那长得有个模样的，连自己也知道，早晚是被父母卖出，“享福去”！

就是在个这样的杂院里，虎妞觉得很得意。她是唯一的有吃有穿，不用着急，而且可以走走逛逛的人。她高扬着脸，出来进去，既觉出自己的优越，并且怕别人沾惹她，她不理那群苦人。来到这里作小买卖的，几乎都是卖那顶贱的东西，什么刮骨肉，冻白菜，生豆汁，驴马肉，都来这里找照顾主。自从虎妞搬来，什么卖羊头肉的，熏鱼的，硬面饽饽的，卤煮炸豆腐的，也在门前吆喊两声。她端着碗，扬着脸，往屋里端这些零食，小孩子们都把铁条似的手指伸在口里看着她，仿佛她是个什么公主似的。她是来享受，她不能，不肯，也不愿，看别人的苦处。

祥子第一看不上她的举动，他是穷小子出身，晓得什么叫困苦。他不愿吃那些零七八碎的东西，可惜那些钱。第二，更使他难堪的，是他琢磨出点意思来：她不许他去拉车，而每天好菜好饭的养着他，正好像养肥了牛好往外挤牛奶！他完全变成了她的玩艺儿。他看见过：街上的一条瘦老的母狗，当跑腿的时候，也选个肥壮的男狗。想起这个，他不但是厌恶这种生活，而且为自己担心。他晓得一个卖力气的汉子应当怎样保护身体，身体是一切。假若这么活下去，他会有一天成为一个干骨头架子，还是这么大，而腔儿里全是空的。他哆嗦起来。打算要命，他得马上去拉车，出去跑，跑一天，回来倒头就睡，人事不知；不吃她的好东西，也就不伺候着她玩。他决定这么办，不能再让步；她愿出钱买车呢，好；她不愿意，他会去赁车拉。一声没出，他想好就去赁车了。

十七那天，他开始去拉车，赁的是“整天儿”。拉过两个较长的买卖，他觉出点以前未曾有过的毛病，腿肚子发紧，胯骨轴儿发酸。他晓得自己的病源在哪里，可是为安慰自己，他以为这大概也许因为二十多天没拉车，把腿撂生了；跑过几趟来，把腿蹓开，或者也就没事了。

又拉上个买卖，这回是帮儿车，四辆一同走。抄起车把来，大家都让一个四十多岁的高个子在前头走。高个子笑了笑，依了实，他知道那三辆车都比他自己“棒”。他可是卖了力气，虽然明知跑不过后面的三个小伙子，可是不肯倚老卖老。跑出一里多地，后面夸了他句：“怎么着，要劲儿吗？还真不离！”他喘着答了句：“跟你们哥儿们走车，慢了还行！？”他的确跑得不慢，连祥子也得掏七八成劲儿才跟得上他。他的跑法可不好看：高个子，他塌不下腰去，腰和背似乎是块整的木板，所以他的全身得整个的往前扑着；身子向前，手就显着靠后；不像跑，而像是拉着点东西往前钻。腰死板，他的胯骨便非活动不可；脚几乎是拉拉在地上，加紧的往前扭。扭得真不慢，可是看着就知道他极费力。到拐弯抹角的地方，他整着身子硬拐，大家都替他攥着把汗；他老像是只管身子往前钻，而不管车过得去过不去。

拉到了，他的汗劈嗒啪嗒的从鼻尖上，耳朵唇上，一劲儿往下滴嗒。放下车，他赶紧直了直腰，咧了咧嘴。接钱的时候，手都哆嗦得要拿不住东西似的。

在一块儿走过一趟车便算朋友，他们四个人把车放在了一处。祥子们擦擦汗，就照旧说笑了。那个高个子独自蹓了半天，哽哽的干嗽了一大阵，吐出许多白沫子来，才似乎缓过点儿来，开始跟他们说话儿：

“完了！还有那个心哪；腰，腿，全不给劲喽！无论怎么提腰，腿抬不起来；干着急！”

“刚才那两步就不离，你当是慢哪！”一个二十多岁矮身量的小伙子接过来："不屈心，我们三个都够棒的，谁没出汗？"

高个子有点得意，可又惭愧似的，叹了口气。

"就说你这个跑法，差不离的还真得教你给撅了，你信不信？"另一个小伙子说。"岁数了，不是说着玩的。"

高个子微笑着，摇了摇头："也还不都在乎岁数，哥儿们！我告诉你一句真的，干咱们这行儿的，别成家，真的！"看大家都把耳朵递过来，他放小了点声儿："一成家，黑天白日全不闲着，玩完！瞧瞧我的腰，整的，没有一点活软气！还是别跑紧了，一咬牙就咳嗽，心口窝辣蒿蒿的！甭说了，干咱们这行儿的就得他妈的打一辈子光棍儿！连他妈的小家雀儿都一对一对儿的，不许咱们成家！还有一说，成家以后，一年一个孩子，我现在有五个了！全张着嘴等着吃！车份大，粮食贵，买卖苦，有什么法儿呢！不如打一辈子光棍，犯了劲上白房子，长上杨梅大疮，认命！一个人，死了就死了！这玩艺一成家，连大带小，好几口儿，死了也不能闭眼！你说是不是？"他问祥子。

祥子点了点头，没说出话来。

这阵儿，来了个座儿，那个矮子先讲的价钱，可是他让了，叫着高个子："老大哥，你拉去吧！这玩艺家里还有五个孩子呢！"

高个子笑了："得，我再奔一趟！按说可没有这么办的！得了，回头好多带回几个饼子去！回头见了，哥儿们！"

看着高个子走远了，矮子自言自语的说："混他妈的一辈子，连个媳妇都摸不着！人家他妈的宅门里，一人搂着四五个娘儿们！"

"先甭提人家，"另个小伙子把话接过去。"你瞧干这个营生的，还真得留神，高个子没说错。你就这么说吧，成家为干吗？能摆着当玩艺儿看？不能！好，这就是楼子！成天啃窝窝头，两气夹攻，多么棒的小伙子也得趴下！"

听到这儿，祥子把车拉了起来，搭讪着说了句："往南放放，这儿没买卖。”

“回见!”那两个年轻的一齐说。

祥子仿佛没有听见。一边走一边踢腿，胯骨轴的确还有点发酸!本想收车不拉了，可是简直没有回家的勇气。家里的不是个老婆，而是个吸人血的妖精!

天已慢慢长起来，他又转晃了两三趟，才刚到五点来钟。他交了车，在茶馆里又耗了会儿。喝了两壶茶，他觉出饿来，决定在外面吃饱再回家。吃了十二两肉饼，一碗红豆小米粥，一边打着响嗝一边慢慢往家走。准知道家里有个雷等着他呢，可是他很镇定;他下了决心:不跟她吵，不跟她闹，倒头就睡，明天照旧出来拉车，她爱怎样怎样!

一进屋门，虎妞在外间屋里坐着呢，看了他一眼，脸沉得要滴下水来。祥子打算合合稀泥，把长脸一拉，招呼她一声。可是他不惯作这种事，他低着头走进里屋去。她一声没响，小屋里静得像个深山古洞似的。院中街坊的咳嗽，说话，小孩子哭，都听得极真，又像是极远，正似在山上听到远处的声音。

俩人谁也不肯先说话，闭着嘴先后躺下了，像一对永不出声的大龟似的。睡醒一觉，虎妞说了话，语音带出半恼半笑的意思:“你干什么去了?整走了一天!”

“拉车去了!”他似睡似醒的说，嗓子里仿佛堵着点什么。

“呕!不出臭汗去，心里痒痒，你个贱骨头!我给你炒下的菜，你不回来吃，绕世界胡塞去舒服?你别把我招翻了，我爸爸是光棍出身，我什么事都作得出来!明天你敢再出去，我就上吊给你看看，我说得出来，就行得出来!”

“我不能闲着!”

“你不会找老头子去?”

“不去!”

“真豪横！”

祥子真挂了火，他不能还不说出心中的话，不能再忍：“拉车，买上自己的车，谁拦着我，我就走，永不回来了！”

“嗯——”她鼻中旋转着这个声儿，很长而曲折。在这个声音里，她表示出自傲与轻视祥子的意思来，可是心中也在那儿绕了个弯儿。她知道祥子是个——虽然很老实——硬汉。硬汉的话是向不说着玩的。好容易捉到他，不能随便的放手。他是理想的人：老实，勤俭，壮实；以她的模样年纪说，实在不易再得个这样的宝贝。能刚能柔才是本事，她得瀎泧他一把儿：“我也知道你是要强啊，可是你也得知道我是真疼你。你要是不肯找老头子去呢，这么办：我去找。反正我是他的女儿，丢个脸也没什么的。”

“老头要咱们，我也还得去拉车！”祥子愿把话说到了家。

虎妞半天没言语。她没想到祥子会这么聪明。他的话虽然是这么简单，可是显然的说出来他不再上她的套儿，他并不是个蠢驴。因此，她才越觉得有点意思，她颇得用点心思才能拢得住这个急了也会尥蹶子的大人，或是大东西。她不能太逼紧了，找这么个大东西不是件很容易的事。她得松一把，紧一把，教他老逃不出她的手心儿去。“好吧，你爱拉车，我也无法。你得起誓，不能去拉包车，天天得回来；你瞧，我要是一天看不见你，我心里就发慌！答应我，你天天晚上准早早的回来！”

祥子想起白天高个子的话！睁着眼看看黑暗，看见了一群拉车的，作小买卖的，卖苦力气的，腰背塌不下去，拉拉着腿。他将来也是那个样。可是他不便于再别扭她，只要能拉车去，他已经算得到一次胜利。“我老拉散座！”他答应下来。

虽然她那么说，她可是并不很热心找刘四爷去。父女们在平日自然也常拌嘴，但是现在的情形不同了，不能那么三说两说就一天云雾散，因为她已经不算刘家的人。出了嫁的女人跟娘家父母总多少疏远一些。她不敢直入公堂的回去。万一老头子真翻脸不认人呢，她自管会闹，他要是死不放手财产，她一点法儿也没有。就是有人在一旁调解着，到了无可如何的时候，也只能劝她回来，她有了自己的家。

祥子照常去拉车，她独自在屋中走来走去，几次三番的要穿好衣服找爸爸去，心想到而手懒得动。她为了难。为自己的舒服快乐，非回去不可；为自己的体面，以不去为是。假若老头子消了气呢，她只要把祥子拉到人和厂去，自然会教他有事作，不必再拉车，而且稳稳当当的能把爸爸的事业拿过来。她心中一亮。假若老头子硬到底呢？她丢了脸，不，不但丢了脸，而且就得认头作个车夫的老婆了；她，哼！和杂院里那群妇女没有任何分别了。她心中忽然漆黑。她几乎后悔嫁了祥子；不管他多么要强，爸爸不点头，他一辈子是个拉车的。想到这里，她甚至想独自回娘家，跟祥子一刀两断，不能为他而失去自己的一切。继而一想，跟着祥子的快活，又不是言语所能形容的。她坐在炕头上，呆呆的，渺茫的，追想婚后的快乐；这点快乐也不在这儿，也不在那儿，只是那么一点说不上来的什么意思，全身像一朵大的红花似的，香暖的在阳光下开开。不，舍不得祥子。任凭他去拉车，他去要饭，也得永远跟着他。看，看院里那些妇女，她们要是能受，她也就能受。散了，她不想到刘家去了。

祥子，自从离开人和厂，不肯再走西安门大街。这两天拉车，他总是出门就奔东城，省得西城到处是人和厂的车，遇见怪不好意思的。这一天，可是，收车以后，他故意的由厂子门口过，不为别的，只想看一眼。虎妞的话还在他心中，仿佛他要试验试验有没有勇气回到厂中来，假若虎妞能跟老头子说好了的话：在回到厂子以前，先试试敢走这条街不敢。把帽子往下拉了拉，他老远的就溜着厂子那边，唯恐被熟人看见。远远的看见了车门的灯光，他心中不知怎的觉得非常的难过。想起自己初到这里来的光景，想起虎妞的诱惑，想起寿日晚间那一场。这些，都非常的清楚，像一些图画浮在眼前。在这些图画之间，还另外有一些，清楚而简短的夹在这几张中间：西山，骆驼，曹宅，侦探……都分明的，可怕的，联成一片。这些图画是那么清楚，他心中反倒觉得有些茫然，几乎像真是看着几张画儿，而忘了自己也在里边。及至想到自己与它们的关系，他的心乱起来，它们忽然上下左右的旋转，零乱而迷糊，他无从想起到底为什么自己应当受这些折磨委屈。这些场面所占的时间似乎是很长，又似乎是很短，他闹不清自己是该多大岁数了。他只觉得自己——比起初到人和厂的时候来——老了许多许多。那时候，他满心都是希望；现在，一肚子都是忧虑。不明白是为什么，可是这些图画决不会欺骗他。

眼前就是人和厂了，他在街的那边立住，呆呆的看着那盏极明亮的电灯。看着看着，猛然心里一动。那灯下的四个金字——人和车厂——变了样儿！他不识字，他可是记得头一个字是什么样子：像两根棍儿联在一处，既不是个叉子，又没作成个三角，那么个简单而奇怪的字。由声音找字，那大概就是“人”。这个“人”改了样儿，变成了“仁”——比“人”更奇怪的一个字。他想不出什么道理来。再看东西间——他永远不能忘了的两间屋子——都没有灯亮。

立得他自己都不耐烦了，他才低着头往家走。一边走着一边寻思，莫非人和厂倒出去了？他得慢慢的去打听，先不便对老婆说什么。回到家中，虎妞正在屋里嗑瓜子儿解闷呢。

“又这么晚！”她的脸上没有一点好气儿。“告诉你吧，这么着下去我受不了！你一出去就是一天，我连窝儿不敢动，一院子穷鬼，怕丢了东西。一天到晚连句话都没地方说去，不行，我不是木头人。你想主意得了，这么着不行!”

祥子一声没出。

“你说话呀！成心逗人家的火是怎么着？你有嘴没有？有嘴没有？”她的话越说越快，越脆，像一挂小炮似的连连的响。

祥子还是没有话说。

“这么着得了，”她真急了，可是又有点无可如何他的样子，脸上既非哭，又非笑，那么十分焦躁而无法尽量的发作。“咱们买两辆车赁出去，你在家里吃车份儿行不行？行不行？”

“两辆车一天进上三毛钱，不够吃的！赁出一辆，我自己拉一辆，凑合了!”祥子说得很慢，可是很自然；听说买车，他把什么都忘了。

“那还不是一样？你还是不着家儿!”

“这么着也行，”祥子的主意似乎都跟着车的问题而来，“把一辆赁出去，进个整天的份儿。那一辆，我自己拉半天，再赁出半天去。我要是拉白天，一早儿出去，三点钟就回来；要拉晚儿呢，三点才出去，夜里回来。挺好!”

她点了点头。“等我想想吧，要是没有再好的主意，就这么办啦。”

祥子心中很高兴。假若这个主意能实现，他算是又拉上了自己的车。虽然是老婆给买的，可是慢慢的攒钱，自己还能再买车。直到这个时候，他才觉出来虎妞也有点好处，他居然向她笑了笑，一个天真的，发自内心的笑，仿佛把以前的困苦全一笔勾销，而笑着换了个新的世界，像换一件衣服那么容易，痛快!

十七

祥子慢慢的把人和厂的事打听明白：刘四爷把一部分车卖出去，剩下的全倒给了西城有名的一家车主。祥子能猜想得出，老头子的岁数到了，没有女儿帮他的忙，他弄不转这个营业，所以干脆把它收了，自己拿着钱去享福。他到哪里去了呢？祥子可是没有打听出来。

对这个消息，他说不上是应当喜欢，还是不喜欢。由自己的志向与豪横说，刘四爷既决心弃舍了女儿，虎妞的计划算是全盘落了空；他可以老老实实的去拉车挣饭吃，不依赖着任何人。由刘四爷那点财产说呢，又实在有点可惜；谁知道刘老头子怎样把钱攮出去呢，他和虎妞连一个铜子也没沾润着。

可是，事已至此，他倒没十分为它思索，更说不到动心。他是这么想，反正自己的力气是自己的，自己肯卖力挣钱，吃饭是不成问题的。他一点没带着感情，简单的告诉了虎妞。

她可动了心。听到这个，她马上看清楚了自己的将来——完了！什么全完了！自己只好作一辈子车夫的老婆了！她永远逃不出这个大杂院去！她想到爸爸会再娶上一个老婆，而决没想到会这么抖手一走。假若老头子真娶上个小老婆，虎妞会去争财产，说不定还许联络好了继母，而自己得点好处……主意有的是，只要老头子老开着车厂子。决没想到老头子会这么坚决，这么毒辣，把财产都变成现钱，偷偷的藏起去！原先跟他闹翻，她以为不过是一种手段，必会不久便言归于好，她晓得人和厂非有她不行；谁能想到老头子会撤手了车厂子呢?!

春已有了消息，树枝上的鳞苞已显着红肥。但在这个大杂院里，春并不先到枝头上，这里没有一棵花木。在这里，春风先把院中那块冰吹得起了些小麻子坑儿，从秽土中吹出一些腥臊的气味，把鸡毛蒜皮与碎纸吹到墙角，打着小小的旋风。杂院里的人们，四时都有苦恼。那老人们现在才敢出来晒晒暖；年轻的姑娘们到现在才把鼻尖上的煤污减去一点，露出点红黄的皮肤来；那些妇女们才敢不甚惭愧的把孩子们赶到院中去玩玩；那些小孩子们才敢扯着张破纸当风筝，随意的在院中跑，而不至把小黑手儿冻得裂开几道口子。但是，粥厂停了锅，放赈的停了米，行善的停止了放钱；把苦人们仿佛都交给了春风与春光！正是春麦刚绿如小草，陈粮缺欠的时候，粮米照例的涨了价钱。天又加长，连老人们也不能老早的就躺下，去用梦欺骗着饥肠。春到了人间，在这大杂院里只增多了困难。长老了的虱子——特别的厉害——有时爬到老人或小儿的棉花疙瘩外，领略一点春光！

虎妞看着院中将化的冰，与那些破碎不堪的衣服，闻着那复杂而微有些热气的味道，听着老人们的哀叹与小儿哭叫，心中凉了半截。在冬天，人都躲在屋里，脏东西都冻在冰上；现在，人也出来，东西也显了原形，连碎砖砌的墙都往下落土，似乎预备着到了雨天便塌倒。满院花花绿绿，开着穷恶的花，比冬天要更丑陋着好几倍。哼，单单是在这时候，她觉到她将永远住在此地；她那点钱有花完的时候，而祥子不过是个拉车的！

叫祥子看家，她上南苑去找姑妈，打听老头子的消息。姑妈说四爷确是到她家来过一趟，大概是正月十二那天吧，一来是给她道谢，二来为告诉她，他打算上天津，或上海，玩玩去。他说：混了一辈子而没出过京门，到底算不了英雄，乘着还有口气儿，去各处见识见识。再说，他自己也没脸再在城里混，因为自己的女儿给他丢了人。姑妈的报告只是这一点，她的评断就更简单：老头子也许真出了外，也许光这么说说，而在什么僻静地方藏着呢；谁知道！

回到家，她一头扎在炕上，门门的哭起来，一点虚伪狡诈也没有的哭了一大阵，把眼泡都哭肿。

哭完，她抹着泪对祥子说："好，你豪横！都得随着你了！我这一宝押错了地方。嫁鸡随鸡，什么也甭说了。给你一百块钱，你买车拉吧！"

在这里，她留了个心眼：原本想买两辆车，一辆让祥子自拉，一辆赁出去。现在她改了主意，只买一辆，教祥子去拉；其余的钱还是在自己手中拿着。钱在自己的手中，势力才也在自己身上，她不肯都掏出来；万一祥子——在把钱都买了车之后——变了心呢？这不能不防备！再说呢，刘老头子这样一走，使她感到什么也不可靠，明天的事谁也不能准知道，顶好是得乐且乐，手里得有俩钱，爱吃口什么就吃口，她一向是吃惯了零嘴的。拿祥子挣来的——他是头等的车夫——过日子，再有自己的那点钱垫补着自己零花，且先顾眼前欢吧。钱有花完的那一天，人可是也不会永远活着！嫁个拉车的——虽然是不得已——已经是委屈了自己，不能再天天手背朝下跟他要钱，而自己袋中没一个铜子。这个决定使她又快乐了点，虽然明知将来是不得了，可是目前总不会立刻就头朝了下；仿佛是走到日落的时候，远处已然暗淡，眼前可是还有些亮儿，就趁着亮儿多走几步吧。

祥子没和她争辩，买一辆就好，只要是自己的车，一天好歹也能拉个六七毛钱，可以够嚼谷。不但没有争辩，他还觉得有些高兴。过去所受的辛苦，无非为是买上车。现在能再买上，那还有什么可说呢？自然，一辆车而供给两个人儿吃，是不会剩下钱的；这辆车有拉旧了的时候，而没有再制买新车的预备，危险！

可是，买车既是那么不易，现在能买上也就该满意了，何必想到那么远呢！

杂院里的二强子正要卖车。二强子在去年夏天把女儿小福子——十九岁——卖给了一个军人。卖了二百块钱。小福子走后，二强子颇阔气了一阵，把当都赎出来，还另外作了几件新衣，全家都穿得怪齐整的。二强嫂是全院里最矮最丑的妇人，嚎脑门，大腮帮，头上没有什么头发，牙老露在外边，脸上被雀斑占满，看着令人恶心。她也红着眼皮，一边哭着女儿，一边穿上新蓝大衫。二强子的脾气一向就暴，卖了女儿之后，常喝几盅酒；酒后眼泪在眼圈里，就特别的好找毛病。二强嫂虽然穿上新大衫，也吃口饱饭，可是乐不抵苦，挨揍的次数比以前差不多增加了一倍。二强子四十多了，打算不再去拉车。于是买了副筐子，弄了个杂货挑子，瓜果梨桃，花生烟卷，货很齐全。作了两个月的买卖，粗粗的一搂账，不但是赔，而且赔得很多。拉惯了车，他不会对付买卖；拉车是一冲一撞的事，成就成，不成就拉倒；作小买卖得苦对付，他不会。拉车的人晓得怎么赊东西，所以他磨不开脸不许熟人们欠账；欠下，可就不容易再要回来。这样，好照顾主儿拉不上，而与他交易的都贪着赊了不给，他没法不赔钱。赔了钱，他难过；难过就更多喝酒。醉了，在外面时常和巡警们吵，在家里拿老婆孩子杀气。得罪了巡警，打了老婆，都因为酒。酒醒过来，他非常的后悔，苦痛。再一想，这点钱是用女儿换来的，白白的这样赔出去，而且还喝酒打人，他觉得自己不是人。在这种时候，他能懊睡一天，把苦恼交给了梦。

他决定放弃了买卖，还去拉车，不能把那点钱全白白的糟践了。他买上了车。在他醉了的时候，他一点情理不讲。在他清醒的时候，他顶爱体面。因为爱体面，他往往摆起穷架子，事事都有个谱儿。买了新车，身上也穿得很整齐，他觉得他是高等的车夫，他得喝好茶叶，拉体面的座儿。他能在车口上，亮着自己的车，和身上的白裤褂，和大家谈天，老不屑于张罗买卖。他一会儿啪啪的用新蓝布掸子抽抽车，一会儿跺跺自己的新白底双脸鞋，一会儿眼看着鼻尖，立在车旁微笑，等着别人来夸奖他的车，然后就引起话头，说上没完。他能这样白“泡”一两天。及至他拉上了个好座儿，他的腿不给他的车与衣服作劲，跑不动！这个，又使他非常的难过。一难过就想到女儿，只好去喝酒。这么样，他的钱全白垫出去，只剩下那辆车。

在立冬前后吧，他又喝醉。一进屋门，两个儿子——一个十三，一个十一岁——就想往外躲。这个招翻了他，给他们一人一脚。二强嫂说了句什么，他奔了她去，一脚踹在小肚子上，她躺在地上半天没出声。两个孩子急了，一个拿起煤铲，一个抄起擀面杖，和爸爸拼了命。三个打在一团，七手八脚的又踩了二强嫂几下。街坊们过来，好容易把二强子按倒在炕上，两个孩子抱着妈妈哭起来。二强嫂醒了过来，可是始终不能再下地。到腊月初三，她的呼吸停止了，穿着卖女儿时候作的蓝大衫。二强嫂的娘家不答应，非打官司不可。经朋友们死劝活劝，娘家的人们才让了步，二强子可也答应下好好的发送她，而且给她娘家人十五块钱。他把车押出去，押了六十块钱。转过年来，他想出手那辆车，他没有自己把它赎回来的希望。在喝醉的时候，他倒想卖个儿子，但是绝没人要。他也曾找过小福子的丈夫，人家根本不承认他这么个老丈人，别的话自然不必再说。

祥子晓得这辆车的历史，不很喜欢要它，车多了去啦，何必单买这一辆，这辆不吉祥的车，这辆以女儿换来，而因打死老婆才出手的车！虎妞不这么看，她想用八十出头买过来，便宜！车才拉过半年来的，连皮带的颜色还没怎么变，而且地道是西城的名厂德成家造的。买辆七成新的，还不得个五六十块吗？她舍不得这个便宜。她也知道过了年不久，处处钱紧，二强子不会卖上大价儿，而又急等着用钱。她亲自去看了车，亲自和二强子讲了价，过了钱；祥子只好等着拉车，没说什么，也不便说什么，钱既不是他自己的。把车买好，他细细看了看，的确骨力硬棒。可是他总觉得有点别扭。最使他不高兴的是黑漆的车身，而配着一身白铜活，在二强子打这辆车的时候，原为黑白相映，显着漂亮；祥子老觉得这有点丧气，像穿孝似的。他很想换一份套子，换上土黄或月白色儿的，或者足以减去一点素净劲儿。可是他没和虎妞商议，省得又招她一顿闲话。

拉出这辆车去，大家都特别注意，有人竟自管它叫作"小寡妇"。祥子心里不痛快。他变着法儿不去想它，可是车是一天到晚的跟着自己，他老毛毛咕咕的，似乎不知哪时就要出点岔儿。有时候忽然想起二强子，和二强子的遭遇，他仿佛不是拉着辆车，而是拉着口棺材似的。在这辆车上，他时时看见一些鬼影，仿佛是。

可是，自从拉上这辆车，并没有出什么错儿，虽然他心中嘀嘀咕咕的不安。天是越来越暖和了，脱了棉的，几乎用不着夹衣，就可以穿单裤单褂了；北平没有多少春天。天长得几乎使人不耐烦了，人人觉得困倦。祥子一清早就出去，转转到四五点钟，已经觉得卖够了力气。太阳可是还老高呢。他不愿再跑，可又不肯收车，犹疑不定的打着长而懒的哈欠。

天是这么长，祥子若是觉得疲倦无聊，虎妞在家中就更寂寞。冬天，她可以在炉旁取暖，听着外边的风声，虽然苦闷，可是总还有点"不出去也好"的自慰。现在，火炉搬到檐下，在屋里简直无事可作。院里又是那么脏臭，连棵青草也没有。到街上去，又不放心街坊们，就是去买趟东西也得直去直来，不敢多散逛一会儿。她好像圈在屋里的一个蜜蜂，白白的看着外边的阳光而飞不出去。跟院里的妇女们，她谈不到一块儿。她们所说的是家长里短，而她是野调无腔的惯了，不爱说，也不爱听，这些个。她们的委屈是由生活上的苦痛而来，每一件小事都可以引下泪来；她的委屈是一些对生活的不满意，她无泪可落，而是想骂谁一顿，出出闷气。她与她们不能彼此了解，所以顶好各干各的，不必过话。

一直到了四月半，她才有了个伴儿。二强子的女儿小福子回来了。小福子的"人"是个军官。他到处都安一份很简单的家，花个一百二百的弄个年轻的姑娘，再买份儿大号的铺板与两张椅子，便能快乐的过些日子。等军队调遣到别处，他撒手一走，连人带铺板放在原处。花这么一百二百的，过一年半载，并不吃亏，单说缝缝洗洗衣服，作饭，等等的小事，要是雇个仆人，连吃带挣的月间不也得花个十块八块的吗？这么娶个姑娘呢，既是仆人，又能陪着睡觉，而且准保干净没病。高兴呢，给她裁件花布大衫，块儿多钱的事。不高兴呢，教她光眼子在家里蹲着，她也没什么办法。等到他开了差呢，他一点也不可惜那份铺板与一两把椅子，因为欠下的两个月房租得由她想法子给上，把铺板什么折卖了还许不够还这笔账的呢。

小福子就是把铺板卖了，还上房租，只穿着件花洋布大衫，戴着一对银耳环，回到家中来的。

二强子在卖了车以后，除了还上押款与利钱，还剩下二十来块。有时候他觉得是中年丧妻，非常的可怜；别人既不怜惜他，他就自己喝盅酒，喝口好东西，自怜自慰。在这种时候，他仿佛跟钱有仇似的、拼命的乱花。有时候他又以为更应当努力去拉车，好好的把两个男孩拉扯大了，将来也好有点指望。在这么想到儿子的时候，他就嘎七马八的买回一大堆食物，给他们俩吃。看他俩狼吞虎咽的吃那些东西，他眼中含着泪，自言自语的说："没娘的孩子！苦命的孩子！爸爸去苦奔，奔的是孩子！我不屈心，我吃饱吃不饱不算一回事，得先让孩子吃足！吃吧！你们长大成人别忘了我就得了！"在这种时候，他的钱也不少花。慢慢的二十来块钱就全垫出去了。

没了钱，再赶上他喝了酒，犯了脾气，他一两天不管孩子们吃了什么。孩子们无法，只好得自己去想主意弄几个铜子，买点东西吃。他们会给办红白事的去打执事，会去跟着土车拾些碎铜烂纸，有时候能买上几个烧饼，有时候只能买一斤麦茬白薯，连皮带须子都吞了下去，有时候俩人才有一个大铜子，只好买了落花生或铁蚕豆，虽然不能挡饥，可是能多嚼一会儿。

小福子回来了，他们见着了亲人，一人抱着她一条腿，没有话可说，只流着泪向她笑。妈妈没有了，姐姐就是妈妈！

二强子对女儿回来，没有什么表示。她回来，就多添了个吃饭的。可是，看着两个儿子那样的欢喜，他也不能不承认家中应当有个女的，给大家作作饭，洗洗衣裳。他不便于说什么，走到哪儿算哪儿吧。

小福子长得不难看。虽然原先很瘦小，可是自从跟了那个军官以后，很长了些肉，个子也高了些。圆脸，眉眼长得很匀调，没有什么特别出色的地方，可是结结实实的并不难看。上唇很短，无论是要生气，还是要笑，就先张了唇，露出些很白而齐整的牙来。那个军官就是特别爱她这些牙。露出这些牙，她显出一些呆傻没主意的样子，同时也仿佛有点娇憨。这点神气使她——

正如一切贫而不难看的姑娘——像花草似的，只要稍微有点香气或颜色，就被人挑到市上去卖掉。

虎妞，一向不答理院中的人们，可是把小福子看成了朋友。小福子第一是长得有点模样，第二是还有件花洋布的长袍，第三是虎妞以为她既嫁过了军官，总得算见过了世面，所以肯和她来往。妇女们不容易交朋友，可是要交往就很快；没有几天，她俩已成了密友。虎妞爱吃零食，每逢弄点瓜子儿之类的东西，总把小福子喊过来，一边说笑，一边吃着。在说笑之中，小福子愚傻的露出白牙，告诉好多虎妞所没听过的事。随着军官，她并没享福，可是军官高了兴，也带她吃回饭馆，看看戏，所以她很有些事情说，说出来教虎妞羡慕。她还有许多说不出口的事；在她，这是蹂躏；在虎妞，这是些享受。虎妞央告着她说，她不好意思讲，可是又不好意思拒绝。她看过春宫，虎妞就没看见过。诸如此类的事，虎妞听了一遍，还爱听第二遍。她把小福子看成个最可爱，最可羡慕，也值得嫉妒的人。听完这个，再看自己的模样，年岁，与丈夫，她觉得这一辈子太委屈。她没有过青春，而将来也没有什么希望，现在呢，祥子又是那么死砖头似的一块东西！越不满意祥子，她就越爱小福子，小福子虽然是那么穷，那么可怜，可是在她眼中是个享过福，见过阵式的，就是马上死了也不冤。在她看，小福子就足代表女人所应有的享受。

小福子的困苦，虎妞好像没有看见。小福子什么也没有带回来，她可是得——无论爸爸是怎样的不要强——顾着两个兄弟。她哪儿去弄钱给他俩预备饭呢？

二强子喝醉，有了主意：“你要真心疼你的兄弟，你就有法儿挣钱养活他们！都指着我呀，我成天际去给人家当牲口，我得先吃饱；我能空着肚子跑吗？教我一个跟头摔死，你看着可乐是怎着？你闲着也是闲着，有现成的，不卖等什么？”

看看醉猫似的爸爸，看看自己，看看两个饿得像老鼠似的弟弟，小福子只剩了哭。眼泪感动不了父亲，眼泪不能喂饱了弟弟，她得拿出更实在的来。为教弟弟们吃饱，她得卖了自己的肉。搂着小弟弟，她的泪落在他的头发上，他说：“姐姐，我饿！”姐姐！姐姐是块肉，得给弟弟吃！

虎妞不但不安慰小福子，反倒愿意帮她的忙：虎妞愿意拿出点资本，教她打扮齐整，挣来钱再还给她。虎妞愿意借给她地方，因为她自己的屋子太脏，而虎妞的多少有个样子，况且是两间，大家都有个转身的地方。祥子白天既不会回来，虎妞乐得的帮忙朋友，而且可以多看些，多明白些，自己所缺乏的，想作也作不到的事。每次小福子用房间，虎妞提出个条件，须给她两毛钱。朋友是朋友，事情是事情，为小福子的事，她得把屋子收拾得好好的，既须劳作，也得多花些钱，难道置买笤帚簸箕什么的不得花钱么？两毛钱绝不算多，因为彼此是朋友，所以才能这样见情面。

小福子露出些牙来，泪落在肚子里。

祥子什么也不知道，可是他又睡不好觉了。虎妞“成全”了小福子，也要在祥子身上找到失去了的青春。

十八

到了六月，大杂院里在白天简直没什么人声。孩子们抓早儿提着破筐去拾所能拾到的东西；到了九点，毒花花的太阳已要将他们的瘦脊背晒裂，只好拿回来所拾得的东西，吃些大人所能给他们的食物。然后，大一点的要是能找到世界上最小的资本，便去连买带拾，凑些冰核去卖。若找不到这点资本，便结伴出城到护城河里去洗澡，顺手儿在车站上偷几块煤，或捉些蜻蜓与知了儿卖与那富贵人家的小儿。那小些的，不敢往远处跑，都到门外有树的地方，拾槐虫，挖“金钢”什么的去玩。孩子都出去，男人也都出去，妇女们都赤了背在屋中，谁也不肯出来；不是怕难看，而是因为院中的地已经晒得烫脚。

直到太阳快落，男人与孩子们才陆续的回来，这时候院中有了墙影与一些凉风，而屋里圈着一天的热气，像些火笼；大家都在院中坐着，等着妇女们作饭。此刻，院中非常的热闹，好像是个没有货物的集市。大家都受了一天的热，红着眼珠，没有好脾气；肚子又饿，更个个急叉白脸。一句话不对路，有的便要打孩子，有的便要打老婆；即使打不起来，也骂个痛快。这样闹哄，一直到大家都吃过饭。小孩有的躺在院中便睡去，有的到街上去撒欢。大人们吃饱之后，脾气和平了许多，爱说话的才三五成团，说起一天的辛苦。那吃不上饭的，当已无处去当，卖已无处去卖——即使有东西可当或卖——因为天色已黑上来。男的不管屋中怎样的热，一头扎在炕上，一声不出，也许大声的叫骂。女的含着泪向大家去通融，不定碰多少钉子，才借到一张二十枚的破纸票。攥着这张宝贝票子，她出去弄点杂合面来，勾一锅粥给大家吃。

虎妞与小福子不在这个生活秩序中。虎妞有了孕，这回是真的。祥子清早就出去，她总得到八九点钟才起来；怀孕不宜多运动是传统的错谬信仰，虎妞既相信这个，而且要借此表示出一些身分：大家都得早早的起来操作，唯有她可以安闲自在的爱躺到什么时候就躺到什么时候。到了晚上，她拿着个小板凳到街门外有风的地方去坐着，直到院中的人差不多都睡了才进来，她不屑于和大家闲谈。

小福子也起得晚，可是她另有理由。她怕院中那些男人们斜着眼看她，所以等他们都走净，才敢出屋门。白天，她不是找虎妞来，便是出去走走，因为她的广告便是她自己。晚上，为躲着院中人的注目，她又出去在街上转，约摸着大家都躺下，她才偷偷的溜进来。

在男人里，祥子与二强子是例外。祥子怕进这个大院，更怕往屋里走。院里众人的穷说，使他心里闹得慌，他愿意找个清静的地方独自坐着。屋里呢，他越来越觉得虎妞像个母老虎。小屋里是那么热，憋气，再添上那个老虎，他一进去就仿佛要出不来气。前些日子，他没法不早回来，为是省得虎妞吵嚷着跟他闹。近来，有小福子作伴儿，她不甚管束他了，他就晚回来一些。

二强子呢，近来几乎不大回家来了。他晓得女儿的营业，没脸进那个街门。但是他没法拦阻她，他知道自己没力量养活着儿女们。他只好不再回来，作为眼不见心不烦。有时候他恨女儿，假若小福子是个男的，管保不用这样出丑；既是个女胎，干吗投到他这里来！有时候他可怜女儿，女儿是卖身养着两个弟弟！恨吧疼吧，他没办法。赶到他喝了酒，而手里没了钱，他不恨了，也不可怜了，他回来跟她要钱。在这种时候，他看女儿是个会挣钱的东西，他是作爸爸的，跟她要钱是名正言顺。这时候他也想起体面来：大家不是轻看小福子吗，她的爸爸也没饶了她呀，他逼着她拿钱，而且骂骂咧咧，似乎是骂给大家听——二强子没有错儿，小福子天生的不要脸。

他吵，小福子连大气也不出。倒是虎妞一半骂一半劝，把他对付走，自然他手里得多少拿去点钱。这种钱只许他再去喝酒，因为他要是清醒着看见它们，他就会去跳河或上吊。

六月十五那天，天热得发了狂。太阳刚一出来，地上已像下了火。一些似云非云，似雾非雾的灰气低低的浮在空中，使人觉得憋气。一点风也没有。祥子在院中看了看那灰红的天，打算去拉晚——过下午四点再出去；假若挣不上钱的话，他可以一直拉到天亮：夜间无论怎样也比白天好受一些。

虎妞催着他出去，怕他在家里碍事，万一小福子拉来个客人呢。“你当在家里就好受哪？屋子里一到晌午连墙都是烫的！”

他一声没出，喝了瓢凉水，走了出去。

街上的柳树，像病了似的，叶子挂着层灰土在枝上打着卷；枝条一动也懒得动的，无精打采的低垂着。马路上一个水点也没有，干巴巴的发着些白光。便道上尘土飞起多高，与天上的灰气联接起来，结成一片毒恶的灰沙阵，烫着行人的脸。处处干燥，处处烫手，处处憋闷，整个的老城像烧透的砖窑，使人喘不出气，狗趴在地上吐出红舌头，骡马的鼻孔张得特别的大，小贩们不敢吆喝，柏油路化开；甚至于铺户门前的铜牌也好像要被晒化。街上异常的清静，只有铜铁铺里发出使人焦躁的一些单调的叮叮当当。拉车的人们，明知不活动便没有饭吃，也懒得去张罗买卖；有的把车放在有些阴凉的地方，支起车棚，坐在车上打盹；有的钻进小茶馆去喝茶；有的根本没拉出车来，而来到街上看看，看看有没有出车的可能。那些拉着买卖的，即使是最漂亮的小伙子，也居然甘于丢脸，不敢再跑，只低着头慢慢的走。每一个井台都成了他们的救星，不管刚拉了几步，见井就奔过去；赶不上新汲的水，便和驴马们同在水槽里灌一大气。还有的，因为中了暑，或是发痧，走着走着，一头栽在地上，永不起来。

连祥子都有些胆怯了！拉着空车走了几步，他觉出由脸到脚都被热气围着，连手背上都流了汗。可是，见了座儿，他还想拉，以为跑起来也许倒能有点风。他拉上了个买卖，把车拉起来，他才晓得天气的厉害已经到了不允许任何人工作的程度。一跑，便喘不过气来，而且嘴唇发焦，明知心里不渴，也见水就想喝。不跑呢，那毒花花的太阳把手和脊背都要晒裂。好歹的拉到了地方，他的裤褂全裹在了身上。拿起芭蕉扇搧搧，没用，风是热的。他已经不知喝了几气凉水，可是又跑到茶馆去。两壶热茶喝下去，他心里安静了些。茶由口中进去，汗马上由身上出来，好像身上已是空膛的，不会再藏储一点水分。他不敢再动了。

坐了好久，他心中腻烦了。既不敢出去，又没事可作，他觉得天气仿佛成心跟他过不去。不，他不能服软。他拉车不止一天了，夏天这也不是头一遭，他不能就这么白白的“泡”一天。想出去，可是腿真懒得动，身上非常的软，好像洗澡没洗痛快那样，汗虽出了不少，而心里还不畅快。又坐了会儿，他再也坐不住了，反正坐着也是出汗，不如爽性出去试试。

一出来，才晓得自己的错误。天上那层灰气已散，不甚憋闷了，可是阳光也更厉害了许多：没人敢抬头看太阳在哪里，只觉得到处都闪眼，空中，屋顶上，墙壁上，地上，都白亮亮的，白里透着点红；由上至下整个的像一面极大的火镜，每一条光都像火镜的焦点，晒得东西要发火。在这个白光里，每一个颜色都刺目，每一个声响都难听，每一种气味都混含着由地上蒸发出来的腥臭。街上仿佛已没了人，道路好像忽然加宽了许多，空旷而没有一点凉气，白花花的令人害怕。祥子不知怎么是好了，低着头，拉着车，极慢的往前走，没有主意，没有目的，昏昏沉沉的，身上挂着一层粘汗，发着馊臭的味儿。走了会儿，脚心和鞋袜粘在一块，好像踩着块湿泥，非常的难过。本来不想再喝水，可是见了井不由的又过去灌了一气，不为解渴，似乎专为享受井水那点凉气，由口腔到胃中，忽然凉了一下，身上的毛孔猛的一收缩，打个冷战，非常舒服。喝完，他连连的打嗝，水要往上漾！

走一会儿，坐一会儿，他始终懒得张罗买卖。一直到了正午，他还觉不出饿来。想去照例的吃点什么，看见食物就要恶心。胃里差不多装满了各样的水，有时候里面会轻轻的响，像骡马似的喝完水肚子里光光光的响动。

拿冬与夏相比，祥子总以为冬天更可怕。他没想到过夏天这么难受。在城里过了不止一夏了，他不记得这么热过。是天气比往年热呢，还是自己的身体虚呢？这么一想，他忽然的不那么昏昏沉沉的了，心中仿佛凉了一下。自己的身体，是的，自己的身体不行了！他害了怕，可是没办法。他没法赶走虎妞，他将要变成二强子，变成那回遇见的那个高个子，变成小马儿的祖父。祥子完了！

正在午后一点的时候，他又拉上个买卖。这是一天里最热的时候，又赶上这一夏里最热的一天，可是他决定去跑一趟。他不管太阳下是怎样的热了：假若拉完一趟而并不怎样呢，那就证明自己的身子并没坏；设若拉不下来这个买卖呢，那还有什么可说的，一个跟头栽死在那发着火的地上也好！

刚走了几步，他觉到一点凉风，就像在极热的屋里由门缝进来一点凉气似的。他不敢相信自己；看看路旁的柳枝，的确是微微的动了两下。街上突然加多了人，铺户中的人争着往外跑，都攥着把蒲扇遮着头，四下里找：“有了凉风！有了凉风！凉风下来了！”大家几乎要跳起来嚷着。路旁的柳树忽然变成了天使似的，传达着上天的消息：“柳条儿动了！老天爷，多赏点凉风吧！”

还是热，心里可镇定多了，凉风——即使是一点点——给了人们许多希望。几阵凉风过去，阳光不那么强了，一阵亮，一阵稍暗，仿佛有片飞沙在上面浮动似的。风忽然大起来，那半天没有动作的柳条像猛的得到什么可喜的事，飘洒的摇摆，枝条都像长出一截儿来。一阵风过去，天暗起来，灰尘全飞到半空。尘土落下一些，北面的天边见了墨似的乌云。祥子身上没了汗，向北边看了一眼，把车停住，上了雨布，他晓得夏天的雨是说来就来，不容工夫的。

刚上好了雨布，又是一阵风，黑云滚似的已遮黑半边天。地上的热气与凉风掺合起来，夹杂着腥臊的干土，似凉又热；南边的半个天响晴白日，北边的半个天乌云如墨，仿佛有什么大难来临，一切都惊慌失措。车夫急着上雨布，铺户忙着收幌子，小贩们慌手忙脚的收拾摊子，行路的加紧往前奔。又一阵风。风过去，街上的幌子，小摊，与行人，仿佛都被风卷了走，全不见了，只剩下柳枝随着风狂舞。

云还没铺满了天，地上已经很黑，极亮极热的晴午忽然变成黑夜了似的。风带着雨星，像在地上寻找什么似的，东一头西一头的乱撞。北边远处一个红闪，像把黑云掀开一块，露出一大片血似的。风小了，可是利飕有劲，使人颤抖。一阵这样的风过去，一切都不知怎好似的，连柳树都惊疑不定的等着点什么。又一个闪，正在头上，白亮亮的雨点紧跟着落下来，极硬的砸起许多尘土，土里微带着雨气。大雨点砸在祥子的背上几个，他哆嗦了两下。雨点停了，黑云铺匀了满天。又一阵风，比以前的更厉害，柳枝横着飞，尘土往四下里走，雨道往下落；风，土，雨，混在一处，联成一片，横着竖着都灰茫茫冷飕飕，一切的东西都被裹在里面，辨不清哪是树，哪是地，哪是云，四面八方全乱，全响，全迷糊。风过去了，只剩下直的雨道，扯天扯地的垂落，看不清一条条的，只是那么一片，一阵，地上射起了无数的箭头，房屋上落下万千条瀑布。几分钟，天地已分不开，空中的河往下落，地上的河横流，成了一个灰暗昏黄，有时又白亮亮的，一个水世界。

祥子的衣服早已湿透，全身没有一点干松地方；隔着草帽，他的头发已经全湿。地上的水过了脚面，已经很难迈步；上面的雨直砸着他的头与背，横扫着他的脸，裹着他的裆。他不能抬头，不能睁眼，不能呼吸，不能迈步。他像要立定在水中，不知道哪是路，不晓得前后左右都有什么，只觉得透骨凉的水往身上各处浇。他什么也不知道了，只心中茫茫的有点热气，耳旁有一片雨声。他要把车放下，但是不知放在哪里好。想跑，水裹住他的腿。他就那么半死半活的，低着头一步一步的往前曳。坐车的仿佛死在了车上，一声不出的任着车夫在水里挣命。

雨小了些，祥子微微直了直脊背，吐出一口气："先生，避避再走吧！"

"快走！你把我扔在这儿算怎回事？"坐车的跺着脚喊。

祥子真想硬把车放下，去找个地方避一避。可是，看看身上，已经全往下流水，他知道一站住就会哆嗦成一团。他咬上了牙，蹚着水不管高低深浅的跑起来。刚跑出不远，天黑了一阵，紧跟着一亮，雨又迷住他的眼。

拉到了，坐车的连一个铜板也没多给。祥子没说什么，他已顾不过命来。

雨住一会儿，又下一阵儿，比以前小了许多。祥子一气跑回了家。抱着火，烤了一阵，他哆嗦得像风雨中的树叶。虎妞给他冲了碗姜糖水，他傻子似的抱着碗一气喝完。喝完，他钻了被窝，什么也不知道了，似睡非睡的，耳中刷刷的一片雨声。

到四点多钟，黑云开始显出疲乏来，绵软无力的放着不甚红的闪。一会儿，西边的云裂开，黑的云峰镶上金黄的边，一些白气在云下奔走；闪都到南边去，曳着几声不甚响亮的雷。又待了一会儿，西边的云缝露出来阳光，把带着雨水的树叶照成一片金绿。东边天上挂着一双七色的虹，两头插在黑云里，桥背顶着一块青天。虹不久消散了，天上已没有一块黑云，洗过了的蓝空与洗过了的一切，像由黑暗里刚生出一个新的，清凉的，美丽的世界。连大杂院里的水坑上也来了几个各色的蜻蜓。

可是，除了孩子们赤着脚追逐那些蜻蜓，杂院里的人们并顾不得欣赏这雨后的晴天。小福子屋的后檐墙塌了一块，姐儿三个忙着把炕席揭起来，堵住窟窿。院墙塌了好几处，大家没工夫去管，只顾了收拾自己的屋里：有的台阶太矮，水已灌到屋中，大家七手八脚的拿着簸箕破碗往外淘水。有的倒了山墙，设法去填堵。有的屋顶漏得像个喷壶，把东西全淋湿，忙着往出搬运，放在炉旁去烤，或搁在窗台上去晒。在正下雨的时候，大家躲在那随时可以塌倒而把他们活埋了的屋中，把命交给了老天；雨后，他们算计着，收拾着，那些损失；虽然大雨过去，一斤粮食也许落一半个铜子，可是他们的损失不是这个所能偿补的。他们花着房钱，可是永远没人来修补房子；除非塌得无法再住人，才来一两个泥水匠，用些素泥碎砖稀松的堵砌上——预备着再塌。房钱交不上，全家便被撵出去，而且扣了东西。房子破，房子可以砸死人，没人管。他们那点钱，只能租这样的屋子；破，危险，都活该！

最大的损失是被雨水激病。他们连孩子带大人都一天到晚在街上找生意，而夏天的暴雨随时能浇在他们的头上。他们都是卖力气挣钱，老是一身热汗，而北方的暴雨是那么急，那么凉，有时夹着核桃大的冰雹；冰凉的雨点，打在那开张着的汗毛眼上，至少教他们躺在炕上，发一两天烧。孩子病了，没钱买药；一场雨，催高了田中的老玉米与高粱，可是也能浇死不少城里的贫苦儿女。大人们病了，就更了不得；雨后，那诗人们吟咏着荷珠与双虹；穷人家——大人病了——便全家挨了饿。一场雨，也许多添几个妓女或小贼，多有些人下到监狱去；大人病了，儿女们作贼作娼也比饿着强！雨下给富人，也下给穷人；下给义人，也下给不义的人。其实，雨并不公道，因为下落在一个没有公道的世界上。

祥子病了。大杂院里的病人并不止于他一个。

十九

祥子昏昏沉沉的睡了两昼夜，虎妞着了慌。到娘娘庙，她求了个神方：一点香灰之外，还有两三味草药。给他灌下去，他的确睁开眼看了看，可是待了一会儿又睡着了，嘴里唧唧咕咕的不晓得说了些什么。虎妞这才想起去请大夫。扎了两针，服了剂药，他清醒过来，一睁眼便问："还下雨吗？"

第二剂药煎好，他不肯吃。既心疼钱，又恨自己这样的不济，居然会被一场雨给激病，他不肯喝那碗苦汁子。为证明他用不着吃药，他想马上穿起衣裳就下地。可是刚一坐起来，他的头像有块大石头赘着，脖子一软，眼前冒了金花，他又倒下了。什么也无须说了，他接过碗来，把药吞下去。

他躺了十天。越躺着越起急，有时候他爬在枕头上，有泪无声的哭。他知道自己不能去挣钱，那么一切花费就都得由虎妞往外垫；多咱把她的钱垫完，多咱便全仗着他的一辆车了；凭虎妞的爱花爱吃，他供给不起，况且她还有了孕呢！越起不来越爱胡思乱想，越想越愁得慌，病也就越不容易好。

刚顾过命来，他就问虎妞："车呢？"

"放心吧，赁给丁四拉着呢！"

"啊！"他不放心他的车，唯恐被丁四——或任何人——给拉坏。可是自己既不能下地，当然得赁出去，还能闲着吗？他心里计算：自己拉，每天好歹一背拉总有五六毛钱的进项。房钱，煤米柴炭，灯油茶水，还先别算添衣服，也就将够两个人用的，还得处处抠搜，不能像虎妞那么满不在乎。现在，每天只进一毛多钱的车租，得干赔上四五毛，还不算吃药。假若病老不好，该怎办呢？是的，不怪二强子喝酒，不怪那些苦朋友们胡作非为，拉车这条路是死路！不管你怎样卖力气，要强，你可就别成家，别生病，别出一点岔儿。哼！他想起来，自己的头一辆车，自己攒下的那点钱，又招谁惹谁了？不因生病，也不是为成家，就那么无情无理的丢了！好也不行，歹也不行，这条路上只有死亡，而且说不定哪时就来到，自己一点也不晓得。想到这里，由忧愁改为颓废，嗐，干它的去，起不来就躺着，反正是那么回事！他什么也不想了，静静的躺着。不久他又忍不下去了，想马上起来，还得去苦奔，道路是死的，人心是活的，在入棺材以前总是不断的希望着。可是，他立不起来。只好无聊的，乞怜的，要向虎妞说几句话：

"我说那辆车不吉祥，真不吉祥！"

"养你的病吧！老说车，车迷！"

他没再说什么。对了，自己是车迷！自从一拉车，便相信车是一切，敢情……

病刚轻了些，他下了地。对着镜子看了看，他不认得镜中的人了：满脸胡子拉碴，太阳与腮都瘪进去，眼是两个深坑，那块疤上有好多皱纹！屋里非常的热闷，他不敢到院中去，一来是腿软得像没了骨头，二来是怕被人家看见他。不但在这个院里，就是东西城各车口上，谁不知道祥子是头顶头的棒小伙子。祥子不能就是这个样的病鬼！他不肯出去。在屋里，又憋闷得慌。他恨不能一口吃壮起来，好出去拉车。可是，病是毁人的，它的来去全由着它自己。

歇了有一个月，他不管病完全好了没有，就拉上车。把帽子戴得极低，为是教人认不出来他，好可以缓着劲儿跑。"祥子"与"快"是分不开的，他不能大模大样的慢慢蹭，教人家看不起。

身子本来没好利落，又贪着多拉几号，好补上病中的亏空，拉了几天，病又回来了。这回添上了痢疾。他急得抽自己的嘴巴，没用，肚皮似乎已挨着了腰，还泻。好容易痢疾止住了，他的腿连蹲下再起来都费劲，不用说想去跑一阵了。他又歇了一个月！他晓得虎妞手中的钱大概快垫完了！

到八月十五，他决定出车；这回要是再病了，他起了誓，他就去跳河！

在他第一次病中，小福子时常过来看看。祥子的嘴一向干不过虎妞，而心中又是那么憋闷，所以有时候就和小福子说几句。这个，招翻了虎妞。祥子不在家，小福子是好朋友；祥子在家，小福子是——按照虎妞的想法——“来吊棒！好不要脸！”她力逼着小福子还上欠着她的钱，“从此以后，不准再进来！”

小福子失去了招待客人的地方，而自己的屋里又是那么破烂——炕席堵着后檐墙——她无可如何，只得到“转运公司”去报名。可是，“转运公司”并不需要她这样的货。人家是介绍女学生与“大家闺秀”的，门路高，用钱大，不要她这样的平凡人物。她没了办法。想去下窑子，既然没有本钱，不能混自家的买卖，当然得押给班儿里。但是，这样办就完全失去自由，谁照应着两个弟弟呢？死是最简单容易的事，活着已经是在地狱里。她不怕死，可也不想死，因为她要作些比死更勇敢更伟大的事。她要看着两个弟弟都能挣上钱，再死也就放心了。自己早晚是一死，但须死一个而救活了俩！想来想去，她只有一条路可走：贱卖。肯进她那间小屋的当然不肯出大价钱，好吧，谁来也好吧，给个钱就行。这样，倒省了衣裳与脂粉；来找她的并不敢希望她打扮得怎么够格局，他们是按钱数取乐的；她年纪很轻，已经是个便宜了。

虎妞的身子已不大方便，连上街买趟东西都怕有些失闪，而祥子一走就是一天，小福子又不肯过来，她寂寞得像个被拴在屋里的狗。越寂寞越恨，她以为小福子的减价出售是故意的气她。她才不能吃这个瘪子；坐在外间屋，敞开门，她等着。有人往小福子屋走，她便扯着嗓子说闲话，教他们难堪，也教小福子吃不住。小福子的客人少了，她高了兴。

小福子晓得这么下去，全院的人慢慢就会都响应虎妞，而把自己撵出去。她只是害怕，不敢生气，落到她这步田地的人晓得把事实放在气和泪的前面。她带着小弟弟过来，给虎妞下了一跪。什么也没说，可是神色也带出来：这一跪要还不行的话，她自己不怕死，谁可也别想活着！最伟大的牺牲是忍辱，最伟大的忍辱是预备反抗。

虎妞倒没了主意。怎想怎不是味儿，可是带着那么个大肚子，她不敢去打架。武的既拿不出来，只好给自己个台阶：她是逗着小福子玩呢，谁想弄假成真，小福子的心眼太死。这样解释开，她们又成了好友，她照旧给小福子维持一切。

自从中秋出车，祥子处处加了谨慎，两场病教他明白了自己并不是铁打的。多挣钱的雄心并没完全忘掉，可是屡次的打击使他认清楚了个人的力量是多么微弱；好汉到时候非咬牙不可，但咬上牙也会吐了血！痢疾虽然已好，他的肚子可时时的还疼一阵。有时候腿脚正好蹓开了，想试着步儿加点速度，肚子里绳绞似的一拧，他缓了步，甚至于忽然收住脚，低着头，缩着肚子，强忍一会儿。独自拉着座儿还好办，赶上拉帮儿车的时候，他猛孤仃的收住步，使大家莫名其妙，而他自己非常的难堪。自己才二十多岁，已经这么闹笑话，赶到三四十岁的时候，应当怎样呢？这么一想，他轰的一下冒了汗！

为自己的身体，他很愿再去拉包车。到底是一工儿活有个缓气的时候；跑的时候要快，可是休息的工夫也长，总比拉散座儿轻闲。他可也准知道，虎妞绝对不会放手他，成了家便没了自由，而虎妞又是特别的厉害。他认了背运。

半年来的，由秋而冬，他就那么一半对付，一半挣扎，不敢大意，也不敢偷懒，心中憋憋闷闷的，低着头苦奔。低着头，他不敢再像原先那么愣葱似的，什么也不在乎了。至于挣钱，他还是比一般的车夫多挣着些。除非他的肚子正绞着疼，他总不肯空放走一个买卖，该拉就拉，他始终没染上恶习。什么故意的绷大价，什么中途倒车，什么死等好座儿，他都没学会。这样，他多受了累，可是天天准进钱。他不取巧，所以也就没有危险。

可是，钱进得太少，并不能剩下。左手进来，右手出去，一天一个干净。他连攒钱都想也不敢想了。他知道怎样省着，虎妞可会花呢。虎妞的“月子”是转过年二月初的。自从一入冬，她的怀已显了形，而且爱故意的往外腆着，好显出自己的重要。看着自己的肚子，她简直连炕也懒得下。作菜作饭全托付给了小福子，自然那些剩汤腊水的就得教小福子拿去给弟弟们吃。这个，就费了许多。饭菜而外，她还得吃零食，肚子越显形，她就觉得越须多吃好东西；不能亏着嘴。她不但随时的买零七八碎的，而且嘱咐祥子每天给她带回点儿来。祥子挣多少，她花多少，她的要求随着他的钱涨落。祥子不能说什么。他病着的时候，花了她的钱，那么一还一报，他当然也得给她花。祥子稍微紧一紧手，她马上会生病，“怀孕就是害九个多月的病，你懂得什么？”她说的也是真话。

到过新年的时候，她的主意就更多了。她自己动不了窝，便派小福子一趟八趟的去买东西。她恨自己出不去，又疼爱自己而不肯出去，不出去又憋闷的慌，所以只好多买些东西来看着还舒服些。她口口声声不是为她自己买而是心疼祥子：“你苦奔了一年，还不吃一口哪？自从病后，你就没十分足壮起来；到年底下还不吃，等饿得像个瘪臭虫哪？”祥子不便辩驳，也不会辩驳；及至把东西作好，她一吃便是两三大碗。吃完，又没有运动，她撑得慌，抱着肚子一定说是犯了胎气！

过了年，她无论如何也不准祥子在晚间出去，她不定哪时就生养，她害怕。这时候，她才想起自己的实在岁数来，虽然还不肯明说，可是再也不对他讲“我只比你大‘一点’”了。她这么闹哄，祥子迷了头。生命的延续不过是生儿养女，祥子心里不由的有点喜欢，即使一点也不需要一个小孩，可是那个将来到自己身上，最简单而最玄妙的“爸”字，使铁心的人也得要闭上眼想一想，无论怎么想，这个字总是动心的。祥子，笨手笨脚的，想不到自己有什么好处和可自傲的地方；一想到这个奇妙的字，他忽然觉出自己的尊贵，仿佛没有什么也没关系，只要有了小孩，生命便不会是个空的。同时，他想对虎妞尽自己所能的去供给，去伺候，她现在已不是“一”个人；即使她很讨厌，可是在这件事上她有一百成的功劳。不过，无论她有多么大的功劳，她的闹腾劲儿可也真没法受。她一会儿一个主意，见神见鬼的乱哄，而祥子必须出去挣钱，需要休息，即使钱可以乱花，他总得安安顿顿的睡一夜，好到明天再去苦曳。她不准他晚上出去，也不准他好好的睡觉，他一点主意也没有，成天际晕晕乎乎的，不知怎样才好。有时候欣喜，有时候着急，有时候烦闷，有时候为欣喜而又要惭愧，有时候为着急而又要自慰，有时候为烦闷而又要欣喜，感情在他心中绕着圆圈，把个最简单的人闹得不知道了东西南北。有一回，他竟自把座儿拉过了地方，忘了人家雇到哪里！

灯节左右，虎妞决定教祥子去请收生婆，她已支持不住。收生婆来到，告诉她还不到时候，并且说了些要临盆时的征象。她忍了两天，就又闹腾起来。把收生婆又请了来，还是不到时候。她哭着喊着要去寻死，不能再受这个折磨。祥子一点办法没有，为表明自己尽心，只好依了她的要求，暂不去拉车。

一直闹到月底，连祥子也看出来，这是真到了时候，她已经不像人样了。收生婆又来到，给祥子一点暗示，恐怕要难产。虎妞的岁数，这又是头胎，平日缺乏运动，而胎又很大，因为孕期里贪吃油腻；这几项合起来，打算顺顺当当的生产是希望不到的。况且一向没经过医生检查过，胎的部位并没有矫正过；收生婆没有这份手术，可是会说：就怕是横生逆产呀！

在这杂院里，小孩的生与母亲的死已被大家习惯的并为一谈。可是虎妞比别人都更多着些危险，别个妇人都是一直到临盆那一天还操作活动，而且吃得不足，胎不会很大，所以倒能容易产生。她们的危险是在产后的失调，而虎妞却与她们正相反。她的优越正是她的祸患。

祥子，小福子，收生婆，连着守了她三天三夜。她把一切的神佛都喊到了，并且许下多少誓愿，都没有用。最后，她嗓子已哑，只低唤着“妈哟！妈哟！”。收生婆没办法，大家都没办法，还是她自己出的主意，叫祥子到德胜门外去请陈二奶奶——顶着一位虾蟆大仙。陈二奶奶非五块钱不来，虎妞拿出最后的七八块钱来：“好祥子，快快去吧！花钱不要紧！等我好了，我乖乖的跟你过日子！快去吧！”

陈二奶奶带着“童儿”——四十来岁的一位黄脸大汉——快到掌灯的时候才来到。她有五十来岁，穿着蓝绸子袄，头上戴着红石榴花，和全份的镀金首饰。眼睛直勾勾的，进门先净了手，而后上了香；她自己先磕了头，然后坐在香案后面，呆呆的看着香苗。忽然连身子都一摇动，打了个极大的冷战，垂下头，闭上眼，半天没动静。屋中连落个针都可以听到，虎妞也咬上牙不敢出声。慢慢的，陈二奶奶抬起头来，点着头看了看大家；“童儿”扯了扯祥子，教他赶紧磕头。祥子不知道自己信神不信，只觉得磕头总不会出错儿。迷迷糊糊的，他不晓得磕了几个头。立起来，他看着那对直勾勾的“神”眼，和那烧透了的红亮香苗，闻着香烟的味道，心中渺茫的希望着这个阵式里会有些好处，呆呆的，他手心上出着凉汗。

虾蟆大仙说话老声老气的，而且有些结巴：“不，不，不要紧！画道催，催，催生符！”

“童儿”急忙递过黄绵纸，大仙在香苗上抓了几抓，而后沾着吐沫在纸上画。

画完符，她又结结巴巴的说了几句：大概的意思是虎妞前世里欠这孩子的债，所以得受些折磨。祥子晕头打脑的没甚听明白，可是有些害怕。

陈二奶奶打了个长大的哈欠，闭目愣了会儿，仿佛是大梦初醒的样子睁开了眼。“童儿”赶紧报告大仙的言语。她似乎很喜欢：“今天大仙高兴，爱说话！”然后她指导着祥子怎样教虎妞喝下那道神符，并且给她一丸药，和神符一同服下去。

陈二奶奶热心的等着看看神符的效验，所以祥子得给她预备点饭。祥子把这个托付给小福子去办。小福子给买来热芝麻酱烧饼和酱肘子；陈二奶奶还嫌没有盅酒吃。

虎妞服下去神符，陈二奶奶与“童儿”吃过了东西，虎妞还是翻滚的闹。直闹了一点多钟，她的眼珠已慢慢往上翻。陈二奶奶还有主意，不慌不忙的叫祥子跪一股高香。祥子对陈二奶奶的信心已经剩不多了，但是既花了五块钱，爽性就把她的方法都试验试验吧；既不肯打她一顿，那么就依着她的主意办好了，万一有些灵验呢！

直挺挺的跪在高香前面，他不晓得求的是什么神，可是他心中想要虔诚。看着香火的跳动，他假装在火苗上看见了一些什么形影，心中便祷告着。香越烧越矮，火苗当中露出些黑道来，他把头低下去，手扶在地上，迷迷糊糊的有些发困，他已两三天没得好好的睡了。脖子忽然一软，他唬了一跳，再看，香已烧得剩了不多。他没管到了该立起来的时候没有，拄着地就慢慢立起来，腿已有些发木。

陈二奶奶和“童儿”已经偷偷的溜了。

祥子没顾得恨她，而急忙过去看虎妞，他知道事情到了极不好办的时候。虎妞只剩了大口的咽气，已经不会出声。收生婆告诉他，想法子到医院去吧，她的方法已经用尽。

祥子心中仿佛忽然的裂了，张着大嘴哭起来。小福子也落着泪，可是处在帮忙的地位，她到底心里还清楚一点。“祥哥！先别哭！我去上医院问问吧？”

没管祥子听见了没有，她抹着泪跑出去。

她去了有一点钟。跑回来，她已喘得说不上来话。扶着桌子，她干嗽了半天才说出来：医生来一趟是十块钱，只是看看，并不管接生。接生是二十块。要是难产的话，得到医院去，那就得几十块了。“祥哥！你看怎办呢？！”

祥子没办法，只好等着该死的就死吧！

愚蠢与残忍是这里的一些现象；所以愚蠢，所以残忍，却另有原因。

虎妞在夜里十二点，带着个死孩子，断了气。

二十

祥子的车卖了！

钱就和流水似的，他的手已拦不住；死人总得抬出去，连开张殃榜也得花钱。

祥子像傻了一般，看着大家忙乱，他只管往外掏钱。他的眼红得可怕，眼角堆着一团黄白的眵目糊；耳朵发聋，愣愣磕磕的随着大家乱转，可不知道自己作的是什么。

跟着虎妞的棺材往城外走，他这才清楚了一些，可是心里还顾不得思索任何事情。没有人送殡，除了祥子，就是小福子的两个弟弟，一人手中拿着薄薄的一打儿纸钱，沿路撒给那拦路鬼。

愣愣磕磕的，祥子看着杠夫把棺材埋好，他没有哭。他的胸中像烧着一把烈火，把泪已烧干，想哭也哭不出。呆呆的看着，他几乎不知那是干什么呢。直到“头儿”过来交待，他才想起回家。

屋里已被小福子给收拾好。回来，他一头倒在炕上，已经累得不能再动。眼睛干巴巴的闭不上，他呆呆的看着那有些雨漏痕迹的顶棚。既不能睡去，他坐了起来。看了屋中一眼，他不敢再看。心中不知怎样好。他出去买了包“黄狮子”烟来。坐在炕沿上，点着了一支烟；并不爱吸。呆呆的看着烟头上那点蓝烟，忽然泪一串串的流下来，不但想起虎妞，也想起一切。到城里来了几年，这是他努力的结果，就是这样，就是这样！他连哭都哭不出声来！车，车，车是自己的饭碗。买，丢了；再买，卖出去；三起三落，像个鬼形，永远抓不牢，而空受那些辛苦与委屈。没了，什么都没了，连个老婆也没了！虎妞虽然厉害，但是没了她怎能成个家呢？看着屋中的东西，都是她的，她本人可是埋在了城外！越想越恨，泪被怒火截住，他狠狠的吸那支烟，越不爱吸越偏要吸。把烟吸完，手捧着头，口中与心中都发辣，要狂喊一阵，把心中的血都喷出来才痛快。

不知道什么工夫，小福子进来了，立在外间屋的菜案前，呆呆的看着他。

他猛一抬头，看见了她，泪极快的又流下来。此时，就是他看见只狗，他也会流泪；满心的委屈，遇见个活的东西才想发泄；他想跟她说说，想得到一些同情。可是，话太多，他的嘴反倒张不开了。

“祥哥！”她往前凑了凑，“我把东西都收拾好了。”

他点了点头，顾不及谢谢她；悲哀中的礼貌是虚伪。

“你打算怎办呢？”

“啊？”他好像没听明白，但紧跟着他明白过来，摇了摇头——他顾不得想办法。

她又往前走了两步，脸上忽然红起来，露出几个白牙，可是话没能说出。她的生活使她不能不忘掉羞耻，可是遇到正经事，她还是个有真心的女人：女子的心在羞耻上运用着一大半。“我想……”她只说出这么点来。她心中的话很多；脸一红，它们全忽然跑散，再也想不起来。

人间的真话本来不多，一个女子的脸红胜过一大片话；连祥子也明白了她的意思。在他的眼里，她是个最美的女子，美在骨头里，就是她满身都长了疮，把皮肉都烂掉，在他心中她依然很美。她美，她年轻，她要强，她勤俭。假若祥子想再娶，她是个理想的人。他并不想马上就续娶，他顾不得想任何的事。可是她既然愿意，而且是因为生活的压迫不能不马上提出来，他似乎没有法子拒绝。她本人是那么好，而且帮了他这么多的忙，他只能点头，他真想过去抱住她，痛痛快快的哭一场，把委屈都哭净，而后与她努力同心的再往下苦奔。在她身上，他看见了一个男人从女子所能得的与所应得的安慰。他的口不大爱说话，见了她，他愿意随便的说；有她听着，他的话才不至于白说；她的一点头，或一笑，都是最美满的回答，使他觉得真是成了“家”。

正在这个时候，小福子的二弟弟进来了：“姐姐！爸爸来了！”

她皱了皱眉。她刚推开门，二强子已走到院中。

“你上祥子屋里干什么去了？”二强子的眼睛瞪圆，两脚拌着蒜，东一晃西一晃的扑过来：“你卖还卖不够，还得白叫祥子玩？你个不要脸的东西！”

祥子，听到自己的名子，赶了出来，立在小福子的身后。

“我说祥子，”二强子歪歪拧拧的想挺起胸脯，可是连立也立不稳：“我说祥子，你还算人吗？你占谁的便宜也罢，单占她的便宜？什么玩艺！”

祥子不肯欺负个醉鬼，可是心中的积郁使他没法管束住自己的怒气。他赶上一步去。四只红眼睛对了光，好像要在空气中激触，发出火花。祥子一把扯住二强子的肩，就像提拉着个孩子似的，掷出老远。

良心的谴责，借着点酒，变成狂暴：二强子的醉本来多少有些假装。经这一摔，他醒过来一半。他想反攻，可是明知不是祥子的对手。就这么老老实实的出去，又十分的不是味儿。他坐在地上，不肯往起立，又不便老这么坐着。心中十分的乱，嘴里只好随便的说了：“我管教儿女，与你什么相干？揍我？你姥姥！你也得配！”

祥子不愿还口，只静静的等着他反攻。

小福子含着泪，不知怎样好。劝父亲是没用的，看着祥子打他也于心不安。她将全身都摸搜到了，凑出十几个铜子儿来，交给了弟弟。弟弟平日绝不敢挨近爸爸的身，今天看爸爸是被揍在地上，胆子大了些。“给你，走吧！”

二强子棱棱着眼把钱接过去，一边往起立，一边叨唠：“放着你们这群丫头养的！招翻了太爷，妈的弄刀全宰了你们！”快走到街门了，他喊了声“祥子！搁着这个碴儿，咱们外头见！”

二强子走后，祥子和小福子一同进到屋中。

“我没法子！”她自言自语的说了这么句，这一句总结了她一切的困难，并且含着无限的希望——假如祥子愿意要她，她便有了办法。

祥子，经过这一场，在她的身上看出许多黑影来。他还喜欢她，可是负不起养着她两个弟弟和一个醉爸爸的责任！他不敢想虎妞一死，他便有了自由；虎妞也有虎妞的好处，至少是在经济上帮了他许多。他不敢想小福子是要死吃他一口，可是她这一家人都不会挣饭吃也千真万确。爱与不爱，穷人得在金钱上决定，“情种”只生在大富之家。

他开始收拾东西。

“你要搬走吧？”小福子连嘴唇全白了。

“搬走！”他狠了心，在没有公道的世界里，穷人仗着狠心维持个人的自由，那很小很小的一点自由。

看了他一眼，她低着头走出去。她不恨，也不恼，只是绝望。

虎妞的首饰与好一点的衣服，都带到棺材里去。剩下的只是一些破旧的衣裳，几件木器，和些盆碗锅勺什么的。祥子由那些衣服中捡出几件较好的来，放在一边；其余的连衣服带器具全卖。他叫来个“打鼓儿的”，一口价卖了十几块钱。他急于搬走，急于打发了这些东西，所以没心思去多找几个人来慢慢的绷着价儿。“打鼓儿的”把东西收拾了走，屋中只剩下他的一份铺盖和那几件挑出来的衣服，在没有席的炕上放着。屋中全空，他觉得痛快了些，仿佛摆脱开了许多缠绕，而他从此可以远走高飞了似的。可是，不大一会儿，他又想起那些东西。桌子已被搬走，桌腿儿可还留下一些痕迹——一堆堆的细土，贴着墙根形成几个小四方块。看着这些印迹，他想起东西，想起人，梦似的都不见了。不管东西好坏，不管人好坏，没了他们，心便没有地方安放。他坐在了炕沿上，又掏出支“黄狮子”来。

随着烟卷，他带出一张破毛票儿来。有意无意的他把钱全掏了出来；这两天了，他始终没顾到算一算账。掏出一堆来，洋钱，毛票，铜子票，铜子，什么也有。堆儿不小，数了数，还不到二十块。凑上卖东西的十几块，他的财产全部只是三十多块钱。

把钱放在炕砖上，他瞪着它们，不知是哭好，还是笑好。屋里没有人，没有东西，只剩下他自己与这一堆破旧霉污的钱。这是干什么呢？

长叹了一声，无可如何的把钱揣在怀里，然后他把铺盖和那几件衣服抱起来，去找小福子。

“这几件衣裳，你留着穿吧！把铺盖存在这一会儿，我先去找好车厂子，再来取。”不敢看小福子，他低着头一气说完这些。

她什么也没说，只答应了两声。

祥子找好车厂，回来取铺盖，看见她的眼已哭肿。他不会说什么，可是设尽方法想出这么两句：“等着吧！等我混好了，我来！一定来！”

她点了点头，没说什么。

祥子只休息了一天，便照旧去拉车。他不像先前那样火着心拉买卖了，可也不故意的偷懒，就那么淡而不厌的一天天的混。

这样混过了一个来月，他心中觉得很平静。他的脸臌满起来一些，可是不像原先那么红扑扑的了；脸色发黄，不显着足壮，也并不透出瘦弱。眼睛很明，可没有什么表情，老是那么亮亮的似乎挺有精神，又似乎什么也没看见。他的神气很像风暴后的树，静静的立在阳光里，一点不敢再动。原先他就不喜欢说话，现在更不爱开口了。天已很暖，柳枝上已挂满嫩叶，他有时候向阳放着车，低着头自言自语的嘴微动着，有时候仰面承受着阳光，打个小盹；除了必须开口，他简直的不大和人家过话。

烟卷可是已吸上了瘾。一坐在车上，他的大手便向脚垫下面摸去。点着了支烟，他极缓慢的吸吐，眼随着烟圈儿向上看，呆呆的看着，然后点点头，仿佛看出点意思来似的。

拉起车来，他还比一般的车夫跑得麻利，可是他不再拼命的跑。在拐弯抹角和上下坡儿的时候，他特别的小心。几乎是过度的小心。有人要跟他赛车，不论是怎样的逗弄激发，他低着头一声也不出，依旧不快不慢的跑着。他似乎看透了拉车是怎回事，不再想从这里得到任何的光荣与称赞。

在厂子里，他可是交了朋友；虽然不大爱说话，但是不出声的雁也喜欢群飞。再不交朋友，他的寂寞恐怕就不是他所能忍受的了。他的烟卷盒儿，只要一掏出来，便绕着圈儿递给大家。有时候人家看他的盒里只剩下一支，不好意思伸手，他才简截的说：“再买！”赶上大家赌钱，他不像从前那样躲在一边，也过来看看，并且有时候押上注，输赢都不在乎的，似乎只为向大家表示他很合群，很明白大家奔忙了几天之后应当快乐一下。他们喝酒，他也陪着；不多喝，可是自己出钱买些酒菜让大家吃。以前他所看不上眼的事，现在他都觉得有些意思——自己的路既走不过，便没法不承认别人作得对。朋友之中若有了红白事，原先他不懂得行人情，现在他也出上四十铜子的份子，或随个“公议儿”。不但是出了钱，他还亲自去吊祭或庆贺，因为他明白了这些事并非是只为糟蹋钱，而是有些必须尽到的人情。在这里人们是真哭或真笑，并不是瞎起哄。

那三十多块钱，他可不敢动。弄了块白布，他自己笨手八脚的拿个大针把钱缝在里面，永远放在贴着肉的地方。不想花，也不想再买车，只是带在身旁，作为一种预备——谁知道将来有什么灾患呢！病，意外的祸害，都能随时的来到自己身上，总得有个预备。人并不是铁打的，他明白过来。

快到立秋，他又拉上了包月。这回，比以前所混过的宅门里的事都轻闲；要不是这样，他就不会应下这个事来。他现在懂得选择事情了，有合适的包月才干；不然，拉散座也无所不可，不像原先那样火着心往宅门里去了。他晓得了自己的身体是应该保重的，一个车夫而想拼命——像他原先那样——只有丧了命而得不到任何好处。经验使人知道怎样应当油滑一些，因为命只有一条啊！

这回他上工的地方是在雍和宫附近。主人姓夏，五十多岁，知书明礼；家里有太太和十二个儿女。最近娶了个姨太太，不敢让家中知道，所以特意的挑个僻静地方另组织了个小家庭。在雍和宫附近的这个小家庭，只有夏先生和新娶的姨太太；此外还有一个女仆，一个车夫——就是祥子。

祥子很喜欢这个事。先说院子吧，院中一共才有六间房，夏先生住三间，厨房占一间，其余的两间作为下房。院子很小，靠着南墙根有棵半大的小枣树，树尖上挂着十几个半红的枣儿。祥子扫院子的时候，几乎两三笤帚就由这头扫到那头，非常的省事。没有花草可浇灌，他很想整理一下那棵枣树，可是他晓得枣树是多么任性，歪歪拧拧的不受调理，所以也就不便动手。

别的工作也不多。夏先生早晨到衙门去办公，下午五点才回来，祥子只须一送一接；回到家，夏先生就不再出去，好像避难似的。夏太太倒常出去，可是总在四点左右就回来，好让祥子去接夏先生——接回他来，祥子一天的工作就算交待了。再说，夏太太所去的地方不过是东安市场与中山公园什么的，拉到之后，还有很大的休息时间。这点事儿，祥子闹着玩似的就都作了。

夏先生的手很紧，一个小钱也不肯轻易撒手；出来进去，他目不旁视，仿佛街上没有人，也没有东西。太太可手松，三天两头的出去买东西；若是吃的，不好吃便给了仆人；若是用品，等到要再去买新的时候，便先把旧的给了仆人，好跟夏先生交涉要钱。夏先生一生的使命似乎就是鞠躬尽瘁的把所有的精力与金钱全敬献给姨太太；此外，他没有任何生活与享受。他的钱必须借着姨太太的手才会出去，他自己不会花，更说不到给人——据说，他的原配夫人与十二个儿女住在保定，有时候连着四五个月得不到他的一个小钱。

祥子讨厌这位夏先生：成天际弯弯着腰，缩缩着脖，贼似的出入，眼看着脚尖，永远不出声，不花钱，不笑，连坐在车上都像个瘦猴；可是偶尔说一两句话，他会说得极不得人心，仿佛谁都是混账，只有他自己是知书明礼的君子人。祥子不喜欢这样的人。可是他把“事”看成了“事”，只要月间进钱，管别的干什么呢?！况且太太还很开通，吃的用的都常得到一些；算了吧，直当是拉着个不通人情的猴子吧。

对于那个太太，祥子只把她当作个会给点零钱的女人，并不十分喜爱她。她比小福子美多了，而且香粉香水的沤着，绫罗绸缎的包着，更不是小福子所能比上的。不过，她虽然长得美，打扮得漂亮，可是他不知为何一看见她便想起虎妞来；她的身上老有些地方像虎妞，不是那些衣服，也不是她的模样，而是一点什么态度或神味，祥子找不到适当的字来形容。只觉得她与虎妞是，用他所能想出的字，一道货。她很年轻，至多也就是二十二三岁，可是她的气派很老到，绝不像个新出嫁的女子，正像虎妞那样永远没有过少女的腼腆与温柔。她烫着头，穿着高跟鞋，衣服裁得正好能帮忙她扭得有棱有角的。连祥子也看得出，她虽然打扮得这样入时，可是她没有一般的太太们所有的气度。但是她又不像是由妓女出身。祥子摸不清她是怎回事。他只觉得她有些可怕，像虎妞那样可怕。不过，虎妞没有她这么年轻，没有她这么美好；所以祥子就更怕她，仿佛她身上带着他所尝受过的一切女性的厉害与毒恶。他简直不敢正眼看她。

在这儿过了些日子，他越发的怕她了。拉着夏先生出去，祥子没见过他花什么钱；可是，夏先生也有时候去买东西——到大药房去买药。祥子不晓得他买的是什么药；不过，每逢买了药来，他们夫妇就似乎特别的喜欢，连大气不出的夏先生也显着特别的精神。精神了两三天，夏先生又不大出气了，而且腰弯得更深了些，很像由街上买来的活鱼，乍放在水中欢炽一会儿，不久便又老实了。一看到夏先生坐在车上像个死鬼似的，祥子便知道又到了上药房的时候。他不喜欢夏先生，可是每逢到药房去，他不由的替这个老瘦猴难过。赶到夏先生拿着药包回到家中，祥子便想起虎妞，心中说不清的怎么难受。他不愿意怀恨着死鬼，可是看看自己，看看夏先生，他没法不怨恨她了；无论怎说，他的身体是不像从前那么结实了，虎妞应负着大部分的责任。

他很想辞工不干了。可是，为这点不靠边的事而辞工，又仿佛不像话；吸着“黄狮子”，他自言自语的说，“管别人的闲事干吗?!”

二十一

菊花下市的时候，夏太太因为买了四盆花，而被女仆杨妈摔了一盆，就和杨妈吵闹起来。杨妈来自乡间，根本以为花草算不了什么重要的东西；不过，既是打了人家的物件，不管怎么不重要，总是自己粗心大意，所以就一声没敢出。及至夏太太闹上没完，村的野的一劲儿叫骂，杨妈的火儿再也按不住，可就还了口。乡下人急了，不会拿着尺寸说话，她抖着底儿把最粗野的骂出来。夏太太跳着脚儿骂了一阵，教杨妈马上卷铺盖滚蛋。

祥子始终没过来劝解，他的嘴不会劝架，更不会劝解两个妇人的架。及至他听到杨妈骂夏太太是暗门子，千人骑万人摸的臭×，他知道杨妈的事必定吹了。同时也看出来，杨妈要是吹了，他自己也得跟着吹；夏太太大概不会留着个知道她的历史的仆人。杨妈走后，他等着被辞；算计着，大概新女仆来到就是他该卷铺盖的时候了。他可是没为这个发愁，经验使他冷静的上工辞工，犯不着用什么感情。

可是，杨妈走后，夏太太对祥子反倒非常的客气。没了女仆，她得自己去下厨作饭。她给祥子钱，教他出去买菜。买回来，她嘱咐他把什么该剥了皮，把什么该洗一洗。他剥皮洗菜，她就切肉煮饭，一边作事，一边找着话跟他说。她穿着件粉红的卫生衣，下面衬着条青裤子，脚上趿拉着双白缎子绣花的拖鞋。祥子低着头笨手笨脚的工作，不敢看她，可是又想看她，她的香水味儿时时强烈的流入他的鼻中，似乎是告诉他非看看她不可，像香花那样引逗蜂蝶。

祥子晓得妇女的厉害，也晓得妇女的好处；一个虎妞已足使任何人怕女子，又舍不得女子。何况，夏太太又远非虎妞所能比得上的呢。祥子不由的看了她两眼，假若她和虎妞一样的可怕，她可是有比虎妞强着许多倍使人爱慕的地方。

这要搁在二年前，祥子决不敢看她这么两眼。现在，他不大管这个了：一来是经过妇女引诱过的，没法再管束自己。二来是他已经渐渐入了“车夫”的辙：一般车夫所认为对的，他现在也看着对；自己的努力与克己既然失败，大家的行为一定是有道理的，他非作个“车夫”不可，不管自己愿意不愿意；与众不同是行不开的。那么，拾个便宜是一般的苦人认为正当的，祥子干吗见便宜不捡着呢？他看了这个娘儿们两眼，是的，她只是个娘儿们！假如她愿意呢，祥子没法拒绝。他不敢相信她就能这么下贱，可是万一呢？她不动，祥子当然不动；她要是先露出点意思，他没主意。她已经露出点意思来了吧？要不然，干吗散了杨妈而不马上去雇人，单叫祥子帮忙作饭呢？干吗下厨房还擦那么多香水呢？祥子不敢决定什么，不敢希望什么，可是心里又微微的要决定点什么，要有点什么希望。他好像是作着个不实在的好梦，知道是梦，又愿意继续往下作。生命有种热力逼着他承认自己没出息，而在这没出息的事里藏着最大的快乐——也许是最大的苦恼，谁管它！

一点希冀，鼓起些勇气；一些勇气激起很大的热力；他心中烧起火来。这里没有一点下贱，他与她都不下贱，欲火是平等的！

一点恐惧，唤醒了理智；一点理智浇灭了心火；他几乎想马上逃走。这里只有苦恼，上这条路的必闹出笑话！

忽然希冀，忽然惧怕，他心中像发了疟疾。这比遇上虎妞的时候更加难过；那时候，他什么也不知道，像个初次出来的小蜂落在蛛网上；现在，他知道应当怎样的小心，也知道怎样的大胆，他莫名其妙的要往下淌，又清清楚楚的怕掉下去！

他不轻看这位姨太太，这位暗娼，这位美人，她是一切，又什么也不是。假若他也有些可以自解的地方，他想，倒是那个老瘦猴似的夏先生可恶，应当得些恶报。有他那样的丈夫，她作什么也没过错。有他那样的主人，他——祥子——作什么也没关系。他胆子大起来。

可是，她并没理会他看了她没有。作得了饭，她独自在厨房里吃；吃完，她喊了声祥子："你吃吧。吃完可得把家伙刷出来。下半天你接先生去的时候，就手儿买来晚上的菜，省得再出去了。明天是星期，先生在家，我出去找老妈子去。你有熟人没有，给荐一个？老妈子真难找！好吧，先吃去吧，别凉了！"

她说得非常的大方，自然。那件粉红的卫生衣忽然——在祥子眼中——仿佛素净了许多。他反倒有些失望，由失望而感到惭愧，自己看明白自己已不是要强的人，不仅是不要强的人，而且是坏人！糊糊涂涂的扒搂了两碗饭，他觉得非常的无聊。洗了家伙，到自己屋中坐下，一气不知道吸了多少根"黄狮子"！

到下午去接夏先生的时候，他不知为什么非常的恨这个老瘦猴。他真想拉得欢欢的，一撒手，把这老家伙摔个半死。他这才明白过来，先前在一个宅门里拉车，老爷的三姨太太和大少爷不甚清楚，经老爷发觉了以后，大少爷怎么几乎把老爷给毒死；他先前以为大少爷太年轻不懂事，现在他才明白过来那个老爷怎么该死。可是，他并不想杀人，他只觉得夏先生讨厌，可恶，而没有法子惩治他。他故意的上下颠动车把，摇这个老猴子几下。老猴子并没说什么，祥子反倒有点不得劲儿。他永远没作过这样的事，偶尔有理由的作出来也不能原谅自己。后悔使他对一切都冷淡了些，干吗故意找不自在呢？无论怎说，自己是个车夫，给人家好好作事就结了，想别的有什么用？

他心中平静了，把这场无结果的事忘掉；偶尔又想起来，他反觉有点可笑。

第二天，夏太太出去找女仆。出去一会儿就带回来个试工的。祥子死了心，可是心中怎想怎不是味儿。

星期一午饭后，夏太太把试工的老妈子打发了，嫌她太不干净。然后，她叫祥子去买一斤栗子来。

买了斤热栗子回来，祥子在屋门外叫了声。

“拿进来吧。”她在屋中说。

祥子进去，她正对着镜子擦粉呢，还穿着那件粉红的卫生衣，可是换了一条淡绿的下衣。由镜子中看到祥子进来，她很快的转过身来，向他一笑。祥子忽然在这个笑容中看见了虎妞，一个年轻而美艳的虎妞。他木在了那里。他的胆气，希望，恐惧，小心，都没有了，只剩下可以大可以小的一口热气，撑着他的全体。这口气使他进就进，退便退，他已没有主张。

次日晚上，他拉着自己的铺盖，回到厂子去。

平日最怕最可耻的一件事，现在他打着哈哈似的泄露给大家——他撒不出尿来了！

大家争着告诉他去买什么药，或去找哪个医生。谁也不觉得这可耻，都同情的给他出主意，并且红着点脸而得意的述说自己这种的经验。好几位年轻的曾经用钱买来过这种病，好几位中年的曾经白拾过这个症候，好几位拉过包月的都有一些分两不同而性质一样的经验，好几位拉过包月的没有亲自经验过这个，而另有些关于主人们的故事，颇值得述说。祥子这点病使他们都打开了心，和他说些知己的话。他自己忘掉羞耻，可也不以这为荣，就那么心平气和的忍受着这点病，和受了点凉或中了些暑并没有多大分别。到疼痛的时候，他稍微有点后悔；舒服一会儿，又想起那点甜美。无论怎样呢，他不着急；生活的经验教他看轻了生命，着急有什么用呢。

这么点药，那么个偏方，揍出他十几块钱去；病并没有除了根。马马虎虎的，他以为是好了便停止住吃药。赶到阴天或换节气的时候，他的骨节儿犯疼，再临时服些药，或硬挺过去，全不拿它当作一回事。命既苦到底儿，身体算什么呢？把这个想开了，连个苍蝇还会在粪坑上取乐呢，何况这么大的一个活人。

病过去之后，他几乎变成另一个人。身量还是那么高，可是那股正气没有了，肩头故意的往前松着些，搭拉着嘴，唇间叼着支烟卷。有时候也把半截烟放在耳朵上夹着，不为那个地方方便，而专为耍个飘儿。他还是不大爱说话，可是要张口的时候也勉强的要点俏皮，即使说得不圆满利落，好歹是那么股子劲儿。心里松懈，身态与神气便吊儿啷当。

不过，比起一般的车夫来，他还不能算是很坏。当他独自坐定的时候，想起以前的自己，他还想要强，不甘心就这么溜下去。虽然要强并没有用处，可是毁掉自己也不见得高明。在这种时候，他又想起买车。自己的三十多块钱，为治病已花去十多块，花得冤枉！但是有二十来块打底儿，他到底比别人的完全扎空枪更有希望。这么一想，他很想把未吸完的半盒“黄狮子”扔掉，从此烟酒不动，咬上牙攒钱。由攒钱想到买车，由买车便想到小福子。他觉得有点对不起她，自从由大杂院出来，始终没去看看她，而自己不但没往好了混，反倒弄了一身脏病！

及至见了朋友们，他照旧吸着烟，有机会也喝点酒，把小福子忘得一干二净。和朋友们在一块，他并不挑着头儿去干什么，不过别人要作点什么，他不能不陪着。一天的辛苦与一肚子的委屈，只有和他们说说玩玩，才能暂时忘掉。眼前的舒服驱逐走了高尚的志愿，他愿意快乐一会儿，而后混天地黑的睡个大觉；谁不喜欢这样呢，生活既是那么无聊，痛苦，无望！生活的毒疮只能借着烟酒妇人的毒药麻木一会儿，以毒攻毒，毒气有朝一日必会归了心，谁不知道这个呢，可又谁能有更好的主意代替这个呢?!

越不肯努力便越自怜。以前他什么也不怕，现在他会找安闲自在：刮风下雨，他都不出车；身上有点酸痛，也一歇就是两三天。自怜便自私，他那点钱不肯借给别人一块，专为留着风天雨天自己垫着用。烟酒可以让人，钱不能借出去，自己比一切人都娇贵可怜。越闲越懒，无事可作又闷得慌，所以时时需要些娱乐，或吃口好东西。及至想到不该这样浪费光阴与金钱，他的心里永远有句现成的话，由多少经验给他铸成的一句话："当初咱倒要强过呢，有一丁点好处没有?"这句话没人能够驳倒，没人能把它解释开；那么，谁能拦着祥子不往低处去呢?!

懒，能使人脾气大。祥子现在知道怎样对人瞪眼。对车座儿，对巡警，对任何人，他决定不再老老实实的敷衍。当他勤苦卖力的时候，他没得到过公道。现在，他知道自己的汗是怎样的宝贵，能少出一滴便少出一滴；有人要占他的便宜，休想。随便的把车放下，他懒得再动，不管那是该放车的地方不是。巡警过来干涉，他动嘴不动身子，能延宕一会儿便多停一会儿。赶到看见非把车挪开不可了，他的嘴更不能闲着，他会骂。巡警要是不肯挨骂，那么，打一场也没什么，好在祥子知道自己的力气大，先把巡警揍了，再去坐狱也不吃亏。在打架的时候，他又觉出自己的力气与本事，把力气都砸在别人的肉上，他见了光明，太阳好像特别的亮起来。攒着自己的力气好预备打架，他以前连想也没想到过，现在居然成为事实了，而且是件可以使他心中痛快一会儿的事；想起来，多么好笑呢！

不要说是个赤手空拳的巡警，就是那满街横行的汽车，他也不怕。汽车迎头来了，卷起地上所有的灰土，祥子不躲，不论汽车的喇叭怎样的响，不管坐车的怎样着急。汽车也没了法，只好放慢了速度。它慢了，祥子也躲开了，少吃许多尘土。汽车要是由后边来，他也用这一招。他算清楚了，反正汽车不敢伤人，那么为什么老早的躲开，好教它把尘土都带起来呢？巡警是专为给汽车开道的，唯恐它跑得不快与带起来的尘土不多，祥子不是巡警，就不许汽车横行。在巡警眼中，祥子是头等的“刺儿头”，可是他们也不敢惹“刺儿头”。苦人的懒是努力而落了空的自然结果，苦人的耍刺儿含着一些公理。

对于车座儿，他绝对不客气。讲到哪里拉到哪里，一步也不多走。讲到胡同口“上”，而教他拉到胡同口“里”，没那个事！座儿瞪眼，祥子的眼瞪得更大。他晓得那些穿洋服的先生们是多么怕脏了衣裳，也知道穿洋服的先生们——多数的——是多么强横而吝啬。好，他早预备好了；说翻了，过去就是一把，抓住他们五六十块钱一身的洋服的袖子，至少给他们印个大黑手印！赠给他们这么个手印儿，还得照样的给钱，他们晓得那只大手有多么大的力气，那一把已将他们的小细胳臂攥得生疼。

他跑得还不慢，可是不能白白的特别加快。座儿一催，他的大脚便蹭了地：“快呀，加多少钱？”没有客气，他卖的是血汗。他不再希望随他们的善心多赏儿个了，一分钱一分货，得先讲清楚了再拿出力气来。

对于车，他不再那么爱惜了。买车的心既已冷淡，对别人家的车就漠不关心。车只是辆车，拉着它呢，可以挣出嚼谷与车份便算完结了一切；不拉着它呢，便不用交车份，那么只要手里有够吃一天的钱，就无须往外拉它。人与车的关系不过如此。自然，他还不肯故意的损伤了人家的车，可是也不便分外用心的给保护着。有时候无心中的被别个车夫给碰伤了一块，他决不急里蹦跳的和人家吵闹，而极冷静的拉回厂子去，该赔五毛的，他拿出两毛来，完事。厂主不答应呢，那好办，最后的解决总出不去起打；假如厂主愿意打呢，祥子陪着！

经验是生活的肥料，有什么样的经验便变成什么样的人，在沙漠里养不出牡丹来。祥子完全入了辙，他不比别的车夫好，也不比他们坏，就是那么个车夫样的车夫。这么着，他自己觉得倒比以前舒服，别人也看他顺眼；老鸦是一边黑的，他不希望独自成为白毛儿的。

冬天又来到，从沙漠吹来的黄风一夜的工夫能冻死许多人。听着风声，祥子把头往被子里埋，不敢再起来。直到风停止住那狼嚎鬼叫的响声，他才无可如何的起来，打不定主意是出去好呢，还是歇一天。他懒得去拿那冰凉的车把，怕那噎得使人恶心的风。狂风怕日落，直到四点多钟，风才完全静止，昏黄的天上透出些夕照的微红。他强打精神，把车拉出来。揣着手，用胸部顶着车把的头，无精打采的慢慢的晃，嘴中叼着半根烟卷。一会儿，天便黑了，他想快拉上俩买卖，好早些收车。懒得去点灯，直到沿路的巡警催了他四五次，才把它们点上。

在鼓楼前，他在灯下抢着个座儿，往东城拉。连大棉袍也没脱，就那么稀里胡芦的小跑着。他知道这不像样儿，可是，不像样就不像样吧；像样儿谁又多给几个子儿呢？这不是拉车，是混；头上见了汗，他还不肯脱长衣裳，能凑合就凑合。进了小胡同，一条狗大概看穿长衣拉车的不甚顺眼，跟着他咬。他停住了车，倒攥着布掸子，拼命的追着狗打。一直把狗赶没了影，他还又等了会儿，看它敢回来不敢。狗没敢回来，祥子痛快了些："妈妈的！当我怕你呢！"

"你这算哪道拉车的呀？亏我问你！"车上的人没有好气儿的问。

祥子的心一动，这个语声听着耳熟。胡同里很黑，车灯虽亮，可是光都在下边，他看不清车上的是谁。车上的人戴着大风帽，连嘴带鼻子都围在大围脖之内，只露着两个眼。祥子正在猜想，车上的人又说了话：

"你不是祥子吗？"

祥子明白了，车上的是刘四爷！他轰的一下，全身热辣辣的，不知怎样才好。

"我的女儿呢？"

"死了！"祥子呆呆的在那里立着，不晓得是自己，还是另一个人说了这两个字。

"什么？死了？"

"死了！"

"落在他妈的你手里，还有个不死？！"

祥子忽然找到了自己："你下来！下来！你太老了，经不住我揍；下来！"

刘四爷的手颤着，按着支车棍儿哆嗦着下来。"埋在了哪儿？我问你！"

"管不着！"祥子拉起车来就走。

他走出老远，回头看了看，老头子——一个大黑影似的——还在那儿站着呢。

二十二

祥子忘了是往哪里走呢。他昂着头，双手紧紧握住车把，眼放着光，迈着大步往前走；只顾得走，不管方向与目的地。他心中痛快，身上轻松，仿佛把自从娶了虎妞之后所有的倒霉一股拢总都喷在刘四爷身上。忘了冷，忘了张罗买卖，他只想往前走，仿佛走到什么地方他必能找回原来的自己，那个无牵无挂，纯洁，要强，处处努力的祥子。想起胡同中立着的那块黑影，那个老人，似乎什么也不必再说了，战胜了刘四便是战胜了一切。虽然没打这个老家伙一拳，没踹他一脚，可是老头子失去唯一的亲人，而祥子反倒逍遥自在；谁说这不是报应呢！老头子气不死，也得离死差不远！刘老头子有一切，祥子什么也没有；而今，祥子还可以高高兴兴的拉车，而老头子连女儿的坟也找不到！好吧，随你老头子有成堆的洋钱，与天大的脾气，你治不服这个一天现混两个饱的穷光蛋！

越想他越高兴，他真想高声的唱几句什么，教世人都听到这凯歌——祥子又活了，祥子胜利了！晚间的冷气削着他的脸，他不觉得冷，反倒痛快。街灯发着寒光，祥子心中觉得舒畅的发热，处处是光，照亮了自己的将来。半天没吸烟了，不想再吸，从此烟酒不动，祥子要重打鼓另开张，照旧去努力自强，今天战胜了刘四，永远战胜刘四；刘四的诅咒适足以教祥子更成功，更有希望。一口恶气吐出，祥子从此永吸着新鲜的空气。看看自己的手脚，祥子不还是很年轻么？祥子将要永远年轻，教虎妞死，刘四死，而祥子活着，快活的，要强的，活着——恶人都会遭报，都会死，那抢他车的大兵，不给仆人饭吃的杨太太，欺骗他压迫他的虎妞，轻看他的刘四，诈他钱的孙侦探，愚弄他的陈二奶奶，诱惑他的夏太太……都会死，只有忠诚老实的祥子活着，永远活着！

“可是，祥子你得从此好好的干哪！”他嘱咐着自己。“干吗不好好的干呢？我有志气，有力量，年纪轻！”他替自己答辩：“心中一痛快，谁能拦得住祥子成家立业呢？把前些日子的事搁在谁身上，谁能高兴，谁能不往下溜？那全过去了，明天你们会看见一个新的祥子，比以前的还要好，好的多！”

嘴里咕哝着，脚底下便更加了劲，好像是为自己的话作见证——不是瞎说，我确是有个身子骨儿。虽然闹过病，犯过见不起人的症候，有什么关系呢。心一变，马上身子也强起来，不成问题！出了一身的汗，口中觉得渴，想喝口水，他这才觉出已到了后门。顾不得到茶馆去，他把车放在城门西的“停车处”，叫过提着大瓦壶，拿着黄砂碗的卖茶的小孩来，喝了两碗刷锅水似的茶；非常的难喝，可是他告诉自己，以后就得老喝这个，不能再都把钱花在好茶好饭上。这么决定好，爽性再吃点东西——不好往下咽的东西——就作为勤苦耐劳的新生活的开始。他买了十个煎包儿，里边全是白菜梆子，外边又“皮”又牙碜。不管怎样难吃，也都把它们吞下去。吃完，用手背抹了抹嘴。上哪儿去呢？

可以投奔的，可依靠的，人，在他心中，只有两个。打算努力自强，他得去找这两个——小福子与曹先生。曹先生是圣人，必能原谅他，帮助他，给他出个好主意。顺着曹先生的主意去作事，而后再有小福子的帮助；他打外，她打内，必能成功，必能成功，这是无可疑的！

谁知道曹先生回来没有呢？不要紧，明天到北长街去打听；

那里打听不着，他会上左宅去问。只要找着曹先生，什么便都好办了。好吧，今天先去拉一晚上，明天去找曹先生；找到了他，再去看小福子，告诉她这个好消息：祥子并没混好，可是决定往好里混，咱们一同齐心努力的往前奔吧！

这样计划好，他的眼亮得像个老鹰的眼，发着光向四外扫射，看见个座儿，他飞也似跑过去，还没讲好价钱便脱了大棉袄。跑起来，腿确是不似先前了，可是一股热气支撑着全身，他拼了命！祥子到底是祥子，祥子拼命跑，还是没有别人的份儿。见一辆，他开一辆，好像发了狂。汗痛快的往外流。跑完一趟，他觉得身上轻了许多，腿又有了那种弹力，还想再跑，像名马没有跑足，立定之后还踢腾着蹄儿那样。他一直跑到夜里一点才收车。回到厂中，除了车份，他还落下九毛多钱。

一觉，他睡到了天亮；翻了个身，再睁开眼，太阳已上来老高。疲乏后的安息是最甜美的享受，起来伸了个懒腰，骨节都轻脆的响，胃中像完全空了，极想吃点什么。

吃了点东西，他笑着告诉厂主："歇一天，有事。"心中计算好：歇一天，把事情都办好，明天开始新的生活。

一直的他奔了北长街去，试试看，万一曹先生已经回来了呢。一边走，一边心里祷告着：曹先生可千万回来了，别教我扑个空！头一样儿不顺当，样样儿就都不顺当！祥子改了，难道老天爷还不保佑么？

到了曹宅门外，他的手哆嗦着去按铃。等着人来开门，他的心要跳出来。对这个熟识的门，他并没顾得想过去的一切，只希望门一开，看见个熟识的脸。他等着，他怀疑院里也许没有人，要不然为什么这样的安静呢，安静得几乎可怕。忽然门里有点响动，他反倒吓了一跳，仿佛夜间守灵，忽然听见棺材响了一声那样。门开了，门的响声里夹着一声最可宝贵，最亲热可爱的“哟！”高妈！

“祥子？可真少见哪！你怎么瘦了？”高妈可是胖了一些。

“先生在家？”祥子顾不得说别的。

“在家呢。你可倒好，就知道有先生，仿佛咱们就谁也不认识谁！连个好儿也不问！你真成，永远是客（怯）木匠——一锯（句）！进来吧！你混得倒好哇？”她一边往里走，一边问。

“哼！不好！”祥子笑了笑。

“那什么，先生，”高妈在书房外面叫，“祥子来了！”

曹先生正在屋里赶着阳光移动水仙呢：“进来！”

“唉，你进去吧，回头咱们再说话儿；我去告诉太太一声；我们全时常念道你！傻人有个傻人缘，你倒别瞧！”高妈叨唠着走进去。

祥子进了书房：“先生，我来了！”想要问句好，没说出来。

“啊，祥子！”曹先生在书屋里立着，穿着短衣，脸上怪善净的微笑。“坐下！那——”他想了会儿：“我们早就回来了，听老程说，你在——对，人和厂。高妈还去找了你一趟，没找到。坐下！你怎样？事情好不好？”

祥子的泪要落下来。他不会和别人谈心，因为他的话都是血作的，窝在心的深处。镇静了半天，他想要把那片血变成的简单的字，流泻出来。一切都在记忆中，一想便全想起来，他得慢慢的把它们排列好，整理好。他是要说出一部活的历史，虽然不晓得其中的意义，可是那一串委屈是真切的，清楚的。

曹先生看出他正在思索，轻轻的坐下，等着他说。

祥子低着头愣了好大半天，忽然抬头看看曹先生，仿佛若是找不到个人听他说，就不说也好似的。

“说吧！”曹先生点了点头。

祥子开始说过去的事，从怎么由乡间到城里说起。本来不想说这些没用的事，可是不说这些，心中不能痛快，事情也显着不齐全。他的记忆是血汗与苦痛砌成的，不能随便说着玩，一说起来也不愿掐头去尾。每一滴汗，每一滴血，都是由生命中流出去的，所以每一件事都有值得说的价值。

进城来，他怎样作苦工，然后怎样改行去拉车。怎样攒钱买上车，怎样丢了……一直说到他现在的情形。连他自己也觉着奇怪，为什么他能说得这么长，而且说得这么畅快。事情，一件挨着一件，全想由心中跳出来。事情自己似乎会找到相当的字眼，一句挨着一句，每一句都是实在的，可爱的，可悲的。他的心不能禁止那些事往外走，他的话也就没法停住。没有一点迟疑，混乱，他好像要一口气把整个的心都拿出来。越说越痛快，忘了自己，因为自己已包在那些话中，每句话中都有他，那要强的，委屈的，辛苦的，堕落的，他。说完，他头上见了汗，心中空了，空得舒服，像晕倒过去而出了凉汗那么空虚舒服。

“现在教我给你出主意？”曹先生问。

祥子点了点头；话已说完，他似乎不愿再张口了。

“还得拉车？”

祥子又点了点头。他不会干别的。

“既是还得去拉车，”曹先生慢慢的说，“那就出不去两条路。一条呢是凑钱买上车，一条呢是暂且赁车拉着，是不是？你手中既没有积蓄，借钱买车，得出利息，还不是一样？莫如就先赁车拉着。还是拉包月好，事情整重，吃住又都靠盘儿。我看你就还上我这儿来好啦；我的车卖给了左先生，你要来的话，得赁一辆来；好不好？”

"那敢情好!"祥子立了起来。"先生不记着那回事了?"

"哪回事?"

"那回，先生和太太都跑到左宅去!"

"呕!"曹先生笑起来。"谁记得那个!那回，我有点太慌。和太太到上海住了几个月，其实满可以不必。左先生早给说好了，那个阮明现在也作了官，对我还不错。那，大概你不知道这点儿;算了吧，我一点也没记着它。还说咱们的吧:你刚才说的那个小福子，她怎么办呢?"

"我没主意!"

"我给你想想看:你要是娶了她，在外面租间房，还是不上算;房租，煤灯炭火都是钱，不够。她跟着你去作工，哪能又那么凑巧，你拉车，她作女仆，不易找到!这倒不好办!"曹先生摇了摇头。"你可别多心，她到底可靠不可靠呢?"

祥子的脸红起来，哽吃了半天才说出来:"她没法子才作那个事，我敢下脑袋，她很好!她……"他心中乱开了:许多不同的感情凝成了一团，又忽然要裂开，都要往外跑;他没了话。

"要是这么着呀，"曹先生迟疑不决的说，"除非我这儿可以将就你们。你一个人占一间房，你们俩也占一间房;住的地方可以不发生问题。不知道她会洗洗作作的不会，假若她能作些事呢，就让她帮助高妈;太太不久就要生小孩，高妈一个人也太忙点。她呢，白吃我的饭，我可就也不给她工钱，你看怎样?"

"那敢情好!"祥子天真的笑了。

"不过，这我可不能完全作主，得跟太太商议商议!"

"没错!太太要不放心，我把她带来，教太太看看!"

"那也好，"曹先生也笑了，没想到祥子还能有这么个心眼。"这么着吧，我先和太太提一声，改天你把她带来;太太点了头，咱们就算成功!”

“那么先生，我走吧?”祥子急于去找小福子，报告这个连希望都没敢希望过的好消息。

祥子出了曹宅，大概有十一点左右吧，正是冬季一天里最可爱的时候。这一天特别的晴美，蓝天上没有一点云，日光从干凉的空气中射下，使人感到一些爽快的暖气。鸡鸣犬吠，和小贩们的吆喝声，都能传达到很远，隔着街能听到些响亮清脆的声儿，像从天上落下的鹤唳。洋车都打开了布棚，车上的铜活闪着黄光。便道上骆驼缓慢稳当的走着，街心中汽车电车疾驰，地上来往着人马，天上飞着白鸽，整个的老城处处动中有静，乱得痛快，静得痛快，一片声音，万种生活，都覆在晴爽的蓝天下面，到处静静的立着树木。

祥子的心要跳出来，一直飞到空中去，与白鸽们一同去盘旋！什么都有了：事情，工钱，小福子，在几句话里美满的解决了一切，想也没想到呀！看这个天，多么晴爽干燥，正像北方人那样爽直痛快。人遇到喜事，连天气也好了，他似乎没见过这样可爱的冬晴。为更实际的表示自己的快乐，他买了个冻结实了的柿子，一口下去，满嘴都是冰凌！扎牙根的凉，从口中慢慢凉到胸部，使他全身一颤。几口把它吃完，舌头有些麻木，心中舒服。他扯开大步，去找小福子。心中已看见了那个杂院，那间小屋，与他心爱的人；只差着一对翅膀把他一下送到那里。只要见了她，以前的一切可以一笔勾销，从此另辟一个天地。此刻的急切又超过了去见曹先生的时候，曹先生与他的关系是朋友，主仆，彼此以好换好。她不仅是朋友，她将把她的一生交给他，两个地狱中的人将要抹去泪珠而含着笑携手前进。曹先生的话能感动他，小福子不用说话就能感动他。他对曹先生说了真实的话，他将要对小福子说些更知心的话，跟谁也不能说的话都可以对她说。她，现在，就是他的命，没有她便什么也算不了一回事。他不能仅为自己的吃喝努力，他必须把她从那间小屋救拔出来，而后与他一同住在一间干净暖和的屋里，像一对小鸟似的那么快活，体面，亲热！她可以不管二强子，也可以不管两个弟弟，她必须来帮助祥子。二强子本来可以自己挣饭吃，那两个弟弟也可以对付着去俩人拉一辆车，或作些别的事了；祥子，没她可不行。他的身体，精神，事情，没有一处不需要她的。她也正需要他这么个男人。

越想他越急切，越高兴；天下的女人多了，没有一个像小福子这么好，这么合适的！他已娶过，偷过；已接触过美的和丑的，年老的和年轻的；但是她们都不能挂在他的心上，她们只是妇女，不是伴侣。不错，她不是他心目中所有的那个一清二白的姑娘，可是正因为这个，她才更可怜，更能帮助他。那傻子似的乡下姑娘也许非常的清白，可是绝不会有小福子的本事与心路。况且，他自己呢？心中也有许多黑点呀！那么，他与她正好是一对儿，谁也不高，谁也不低，像一对都有破纹，而都能盛水的罐子，正好摆在一处。

无论怎想，这是件最合适的事。想过这些，他开始想些实际的：先和曹先生支一月的工钱，给她买件棉袍，齐理齐理鞋脚，然后再带她去见曹太太。穿上新的，素净的长棉袍，头上脚下都干干净净的，就凭她的模样，年岁，气派，一定能拿得出手去，一定能讨曹太太的喜欢。没错儿！

走到了地方，他满身是汗。见了那个破大门，好像见了多年未曾回来过的老家：破门，破墙，门楼上的几棵干黄的草，都非常可爱。他进了大门，一直奔了小福子的屋子去。顾不得敲门，顾不得叫一声，他一把拉开了门。一拉开门，他本能的退了回来。炕上坐着个中年的妇人，因屋中没有火，她围着条极破的被子。祥子愣在门外，屋里出了声："怎么啦？报丧哪？怎么不言语一声愣往人家屋里走啊?！你找谁？"

祥子不想说话。他身上的汗全忽然落下去，手扶着那扇破门，他又不敢把希望全都扔弃了："我找小福子！"

"不知道！赶明儿你找人的时候，先问一声再拉门！什么小福子大福子的！"

坐在大门口，他愣了好大半天，心中空了，忘了他是干什么呢。慢慢的他想起一点来，这一点只有小福子那么大小，小福子在他心中走过来，又走过去，像走马灯上的纸人，老那么来回的走，没有一点作用，他似乎忘了他与她的关系。慢慢的，小福子的形影缩小了些，他的心多了一些活动。这才知道了难过。

在不准知道事情的吉凶的时候，人总先往好里想。祥子猜想着，也许小福子搬了家，并没有什么更大的变动。自己不好，为什么不常来看看她呢？惭愧令人动作，好补补自己的过错。最好是先去打听吧。他又进了大院，找住个老邻居探问了一下。没得到什么正确的消息。还不敢失望，连饭也不顾得吃，他想去找二强子；找到那两个弟弟也行。这三个男人总在街面上，不至于难找。

见人就问，车口上，茶馆中，杂院里，尽着他的腿的力量走了一天，问了一天，没有消息。

晚上，他回到车厂，身上已极疲乏，但是还不肯忘了这件事。一天的失望，他不敢再盼望什么了。苦人是容易死的，苦人死了是容易被忘掉的。莫非小福子已经不在了么？退一步想，即使她没死！二强子又把她卖掉，卖到极远的地方去，是可能的；这比死更坏！

烟酒又成了他的朋友。不吸烟怎能思索呢？不喝醉怎能停止住思索呢？

二十三

祥子在街上丧胆游魂的走，遇见了小马儿的祖父。老头子已不拉车，身上的衣裳比以前更薄更破，扛着根柳木棍子，前头挂着个大瓦壶，后面悬着个破元宝筐子，筐子里有些烧饼油鬼和一大块砖头。他还认识祥子。

说起话来，祥子才知道小马儿已死了半年多，老人把那辆破车卖掉，天天就弄壶茶和些烧饼果子在车口儿上卖。老人还是那么和气可爱，可是腰弯了许多，眼睛迎风流泪，老红着眼皮像刚哭完似的。

祥子喝了他一碗茶，把心中的委屈也对他略略说了几句。

“你想独自混好？”老人评断着祥子的话：“谁不是那么想呢？可是谁又混好了呢？当初，我的身子骨儿好，心眼好，一直混到如今了，我落到现在的样儿！身子好？铁打的人也逃不出去咱们这个天罗地网。心眼好？有什么用呢！善有善报，恶有恶报，并没有这么八宗事！我当年轻的时候，真叫作热心肠儿，拿别人的事当自己的作。有用没有？没有！我还救过人命呢，跳河的，上吊的，我都救过，有报应没有？没有！告诉你，我不定哪天就冻死，我算是明白了，干苦活儿的打算独自一个人混好，比登天还难。一个人能有什么蹦儿？看见过蚂蚱吧？独自一个儿也蹦得怪远的，可是教个小孩子逮住，用线儿拴上，连飞也飞不起来。赶到成了群，打成阵，哼，一阵就把整顷的庄稼吃净，谁也没法儿治它们！你说是不是？我的心眼倒好呢，连个小孙子都守不住。他病了，我没钱给他买好药，眼看着他死在我的怀里！甭说了，什么也甭说了！茶来！谁喝碗热的？”

祥子真明白了：刘四，杨太太，孙侦探……并不能因为他的咒骂就得了恶报；他自己，也不能因为要强就得了好处。自己，专仗着自己，真像老人所说的，就是被小孩子用线拴上的蚂蚱，有翅膀又怎样呢？

他根本不想上曹宅去了。一上曹宅，他就得要强，要强有什么用呢？就这么大咧咧的瞎混吧：没饭吃呢，就把车拉出去；够吃一天的呢，就歇一天，明天再说明天的。这不但是个办法，而且是唯一的办法。攒钱，买车，都给别人预备着来抢，何苦呢？何不得乐且乐呢？

再说，设若找到了小福子，他也还应当去努力；不为自己，还不为她吗？既然找不到她，正像这老人死了孙子，为谁混呢？他把小福子的事也告诉了老人，他把老人当作了真的朋友。

“谁喝碗热的？”老人先吆喝了声，而后替祥子来想：“大概据我这么猜呀，出不去两条道儿：不是教二强子卖给人家当小啊，就是押在了白房子。哼，多半是下了白房子！怎么说呢？小福子既是，像你刚才告诉我的，嫁过人，就不容易再有人要；人家买姨太太的要整货。那么，大概有八成，她是下了白房子。我快六十岁了，见过的事多了去啦：拉车的壮实小伙子要是有个一两天不到街口上来，你去找吧，不是拉上包月，准在白房子爬着呢；咱们拉车人的姑娘媳妇要是忽然不见了，总有七八成也是上那儿去了。咱们卖汗，咱们的女人卖肉，我明白，我知道！你去上那里找找看吧，不盼着她真在那里，不过，——茶来！谁喝碗热的?!”

祥子一气跑到西直门外。

一出了关厢，马上觉出空旷，树木削瘦的立在路旁，枝上连只鸟也没有。灰色的树木，灰色的土地，灰色的房屋，都静静的立在灰黄色的天下；从这一片灰色望过去，看见那荒寒的西山。

铁道北，一片树林，林外几间矮屋，祥子算计着，这大概就是白房子了。看看树林，没有一点动静；再往北看，可以望到万牲园外的一些水地，高低不平的只剩下几棵残蒲败苇。小屋子外没有一个人，没动静。远近都这么安静，他怀疑这是否那个出名的白房子了。他大着胆往屋子那边走，屋门上都挂着草帘子，新挂上的，都黄黄的有些光泽。他听人讲究过，这里的妇人，在夏天，都赤着背，在屋外坐着，招呼着行人。那来照顾她们的，还老远的要唱着窑调，显出自己并不是外行。为什么现在这么安静呢？难道冬天此地都不作买卖了么？

他正在这么猜疑，靠边的那一间的草帘子动了一下，露出个女人头来。祥子吓了一跳，那个人头，猛一看，非常像虎妞的。他心里说："来找小福子，要是找到了虎妞，才真算见鬼！"

"进来吧，傻乖乖！"那个人头说了话，语音可不像虎妞的；嗓子哑着，很像他常在天桥听见的那个卖野药的老头子，哑而显着急切。

屋子里什么也没有，只有那个妇人和一铺小炕，炕上没有席，可是炕里烧着点火，臭气烘烘的非常的难闻。炕上放着条旧被子，被子边儿和炕上的砖一样，都油亮油亮的。妇人有四十来岁，蓬着头，还没洗脸。她下边穿着条夹裤，上面穿着件青布小棉袄，没系钮扣。祥子大低头才对付着走进去，一进门就被她搂住了。小棉袄本没扣着，脸前露出一对极长极大的奶来。

祥子坐在了炕沿上，因为立着便不能伸直了脖子。他心中很喜欢遇上了她，常听人说，白房子有个"白面口袋"，这必定是她。"白面口袋"这个外号来自她那两个大奶——能一撩就放在肩头上。游客们来照顾她的，都附带的教她表演这个。可是，她的出名还不仅因为这一对异常的大乳房。她是这里的唯一的自由人。她自己甘心上这儿来混。她嫁过五次，男人都不久便像瘪臭虫似的死去，所以她停止了嫁人，而来到这里享受。因为她自由，所以她敢说话。想探听点白房子里面的事，非找她不可；别个妇人绝对不敢泄露任何事。因此，谁都知道“白面口袋”，也不断有人来打听事儿。自然，打听事儿也得给“茶钱”，所以她的生意比别人好，也比别人轻松。祥子晓得这个，他先付了“茶钱”。“白面口袋”明白了祥子的意思，也就不再往前企扈。祥子开门见山的问她看见个小福子没有？她不晓得。祥子把小福子的模样形容了一番，她想起来了：

“有，有这么个人！年纪不大，好露出几个白牙，对，我们都管她叫小嫩肉。”

“她在哪屋里呢？”祥子的眼忽然睁得带着杀气。

“她？早完了！”“白面口袋”向外一指，“吊死在树林里了！”

“怎么？”

“小嫩肉到这儿以后，人缘很好。她可是有点受不了，身子挺单薄。有一天，掌灯的时候，我还记得真真的，因为我同着两三个娘儿们正在门口坐着呢。唉，就是这么个时候，来了个逛的，一直奔了她屋里去；她不爱同我们坐在门口，刚一来的时候还为这个挨过打，后来她有了名，大伙儿也就让她独自个儿在屋里，好在来逛她的决不去找别人。待了有一顿饭的工夫吧，客人走了，一直就奔了那个树林去。我们什么也没看出来，也没人到屋里去看她。赶到老叉杆跟她去收账的时候，才看见屋里躺着个男人，赤身露体，睡得才香呢。他原来是喝醉了。小嫩肉把客人的衣裳剥下来，自己穿上，逃了。她真有心眼。要不是天黑了，要命她也逃不出去。天黑，她又女扮男装，把大伙儿都给蒙了。马上老叉杆派人四处去找，哼，一进树林，她就在那儿挂着呢。

摘下来，她已断了气，可是舌头并没吐出多少，脸上也不难看，到死的时候她还讨人喜欢呢！这么几个月了，树林里到晚上一点事儿也没有，她不出来唬吓人，多么仁义！……”

祥子没等她说完，就晃晃悠悠的走出来。走到一块坟地，四四方方的种着些松树，树当中有十几个坟头。阳光本来很微弱，松林中就更暗淡。他坐在地上，地上有些干草与松花。什么声音也没有，只有树上的几个山喜鹊扯着长声悲叫。这绝不会是小福子的坟，他知道，可是他的泪一串一串的往下落。什么也没有了，连小福子也入了土！他是要强的，小福子是要强的，他只剩下些没有作用的泪，她已作了吊死鬼！一领席，埋在乱死岗子，这就是努力一世的下场头！

回到车厂，他懊睡了两天。决不想上曹宅去了，连个信儿也不必送，曹先生救不了祥子的命。睡了两天，他把车拉出去，心中完全是块空白，不再想什么，不再希望什么，只为肚子才出来受罪，肚子饱了就去睡，还用想什么呢，还用希望什么呢？看着一条瘦得出了棱的狗在白薯挑子旁边等着吃点皮和须子，他明白了他自己就跟这条狗一样，一天的动作只为捡些白薯皮和须子吃。将就着活下去是一切，什么也无须乎想了。

人把自己从野兽中提拔出，可是到现在人还把自己的同类驱逐到野兽里去。祥子还在那文化之城，可是变成了走兽。一点也不是他自己的过错。他停止住思想，所以就是杀了人，他也不负什么责任。他不再有希望，就那么迷迷糊糊的往下坠，坠入那无底的深坑。他吃，他喝，他嫖，他赌，他懒，他狡猾，因为他没了心，他的心被人家摘了去。他只剩下那个高大的肉架子，等着溃烂，预备着到乱死岗子去。

冬天过去了，春天的阳光是自然给一切人的衣服，他把棉衣卷巴卷巴全卖了。他要吃口好的，喝口好的，不必存着冬衣，更根本不预备着再看见冬天；今天快活一天吧，明天就死！管什么冬天不冬天呢！不幸，到了冬天，自己还活着，那就再说吧。原先，他一思索，便想到一辈子的事；现在，他只顾眼前。经验告诉了他，明天只是今天的继续，明天承继着今天的委屈。卖了棉衣，他觉得非常的痛快，拿着现钱作什么不好呢，何必留着等那个一阵风便噎死人的冬天呢？

慢慢的，不但是衣服，什么他也想卖，凡是暂时不用的东西都马上出手。他喜欢看自己的东西变成钱，被自己花了；自己花用了，就落不到别人手中，这最保险。把东西卖掉，到用的时候再去买；假若没钱买呢，就干脆不用。脸不洗，牙不刷，原来都没大关系，不但省钱，而且省事。体面给谁看呢？穿着破衣，而把烙饼卷酱肉吃在肚中，这是真的！肚子里有好东西，就是死了也有些油水，不至于像个饿死的老鼠。

祥子，多么体面的祥子，变成个又瘦又脏的低等车夫。脸，身体，衣服，他都不洗，头发有时候一个多月不剃一回。他的车也不讲究了，什么新车旧车的，只要车份儿小就好。拉上买卖，稍微有点甜头，他就中途倒出去。坐车的不答应，他会瞪眼，打起架来，到警区去住两天才不算一回事！独自拉着车，他走得很慢，他心疼自己的汗。及至走上帮儿车，要是高兴的话，他还肯跑一气，专为把别人落在后边。在这种时候，他也很会掏坏，什么横切别的车，什么故意拐硬弯，什么别扭着后面的车，什么抽冷子搡前面的车一把，他都会。原先他以为拉车是拉着条人命，一不小心便有摔死人的危险。现在，他故意的耍坏；摔死谁也没大关系，人都该死！

他又恢复了他的静默寡言。一声不出的，他吃，他喝，他掏坏。言语是人类彼此交换意见与传达感情的，他没了意见，没了希望，说话干吗呢？除了讲价儿，他一天到晚老闭着口；口似乎专为吃饭喝茶与吸烟预备的。连喝醉了他都不出声，他会坐在僻静的地方去哭。几乎每次喝醉他必到小福子吊死的树林里去落泪；哭完，他就在白房子里住下。酒醒过来，钱净了手，身上中了病。他并不后悔；假若他也有后悔的时候，他是后悔当初他干吗那么要强，那么谨慎，那么老实。该后悔的全过去了，现在没有了可悔的事。

现在，怎能占点便宜，他就怎办。多吸人家一支烟卷，买东西使出个假铜子去，喝豆汁多吃几块咸菜，拉车少卖点力气而多争一两个铜子，都使他觉到满意。他占了便宜，别人就吃了亏，对，这是一种报复！慢慢的再把这个扩大一点，他也学会跟朋友们借钱，借了还是不想还；逼急了他可以撒无赖。初一上来，大家一点也不怀疑他，都知道他是好体面讲信用的人，所以他一张嘴，就把钱借到。他利用着这点人格的残余到处去借，借着如白捡，借到手便顺手儿花去。人家要债，他会作出极可怜的样子去央求宽限；这样还不成，他会去再借二毛钱，而还上一毛五的债，剩下五分先喝了酒再说。一来二去，他连一个铜子也借不出了，他开始去骗钱花。凡是以前他所混过的宅门，他都去拜访，主人也好，仆人也好，见面他会编一套谎，骗几个钱；没有钱，他央求赏给点破衣服，衣服到手马上也变了钱，钱马上变了烟酒。他低着头思索，想坏主意，想好一个主意就能进比拉一天车还多的钱；省了力气，而且进钱，他觉得非常的上算。他甚至于去找曹宅的高妈。远远的等着高妈出来买东西，看见她出来，他几乎是一步便赶过去，极动人的叫她一声高大嫂。

“哟！吓死我了！我当是谁呢？祥子啊！你怎这么样了？”高妈把眼都睁得圆了，像看见一个怪物。

“甭提了！”祥子低下头去。

“你不是跟先生都说好了吗？怎么一去不回头了？我还和老程打听你呢，他说没看见你，你到底上哪儿啦？先生和太太都直不放心！”

“病了一大场，差点死了！你和先生说说，帮我一步，等我好利落了再来上工！”祥子把早已编好的话，简单的，动人的，说出。

“先生没在家，你进来见见太太好不好？”

“甭啦！我这个样儿！你给说说吧！”

高妈给他拿出两块钱来：“太太给你的，嘱咐你快吃点药！”

“是了！谢谢太太！”祥子接过钱来，心里盘算着上哪儿开发了它。高妈刚一转脸，他奔了天桥，足玩了一天。

慢慢的把宅门都串净，他又串了个第二回，这次可就已经不很灵验了。他看出来，这条路子不能靠长，得另想主意，得想比拉车容易挣钱的主意。在先前，他唯一的指望便是拉车；现在，他讨厌拉车。自然他一时不能完全和车断绝关系，可是只要有法子能暂时对付三餐，他便不肯去摸车把。他的身子懒，而耳朵很尖，有个消息，他就跑到前面去。什么公民团咧，什么请愿团咧，凡是有人出钱的事，他全干。三毛也好，两毛也好，他乐意去打一天旗子，随着人群乱走。他觉得这无论怎样也比拉车强，挣钱不多，可是不用卖力气呢。打着面小旗，他低着头，嘴里叼着烟卷，似笑非笑的随着大家走，一声也不出。到非喊叫几声不可的时候，他会张开大嘴，而完全没声，他爱惜自己的嗓子。对什么事他也不想用力，因为以前卖过力气而并没有分毫的好处。在这种打旗呐喊的时候，设若遇见点什么危险，他头一个先跑开，而且跑得很快。他的命可以毁在自己手里，再也不为任何人牺牲什么。为个人努力的也知道怎样毁灭个人，这是个人主义的两端。

二十四

又到了朝顶进香的时节，天气暴热起来。

卖纸扇的好像都由什么地方忽然一齐钻出来，挎着箱子，箱上的串铃哗啷哗啷的引人注意。道旁，青杏已论堆儿叫卖，樱桃照眼的发红，玫瑰枣儿盆上落着成群的金蜂，玻璃粉在大瓷盆内放着层乳光，扒糕与凉粉的挑子收拾得非常的利落，摆着各样颜色的作料，人们也换上浅淡而花哨的单衣，街上突然增加了许多颜色，像多少道长虹散落在人间。清道夫们加紧的工作，不住的往道路上泼洒清水，可是轻尘依旧往起飞扬，令人烦躁。轻尘中却又有那长长的柳枝，与轻巧好动的燕子，使人又不得不觉到爽快。一种使人不知怎样好的天气，大家打着懒长的哈欠，疲倦而又痛快。

秧歌，狮子，开路，五虎棍，和其他各样的会，都陆续的往山上去。敲着锣鼓，挑着箱笼，打着杏黄旗，一当儿跟着一当儿，给全城一些异常的激动，给人们一些渺茫而又亲切的感触，给空气中留下些声响与埃尘。赴会的，看会的，都感到一些热情，虔诚，与兴奋。乱世的热闹来自迷信，愚人的安慰只有自欺。这些色彩，这些声音，满天的晴云，一街的尘土，教人们有了精神，有了事作：上山的上山，逛庙的逛庙，看花的看花……至不济的还可以在街旁看看热闹，念两声佛。

天这么一热，似乎把故都的春梦唤醒，到处可以游玩，人人想起点事作，温度催着花草果木与人间享乐一齐往上增长。南北海里的绿柳新蒲，招引来吹着口琴的少年，男男女女把小船放到柳荫下，或荡在嫩荷间，口里吹着情歌，眉眼也会接吻。公园里的牡丹芍药，邀来骚人雅士，缓步徘徊，摇着名贵的纸扇；走乏了，便在红墙前，绿松下，饮几杯足以引起闲愁的清茶，偷眼看着来往的大家闺秀与南北名花。就是那向来冷静的地方，也被和风晴日送来游人，正如送来蝴蝶。崇效寺的牡丹，陶然亭的绿苇，天然博物院的桑林与水稻，都引来人声伞影，甚至于天坛，孔庙，与雍和宫，也在严肃中微微有些热闹。好远行的与学生们，到西山去，到温泉去，到颐和园去，去旅行，去乱跑，去采集，去在山石上乱画些字迹。寒苦的人们也有地方去，护国寺，隆福寺，白塔寺，土地庙，花儿市，都比往日热闹：各种的草花都鲜艳的摆在路旁，一两个铜板就可以把“美”带到家中去。豆汁摊上，咸菜鲜丽得像朵大花，尖端上摆着焦红的辣椒。鸡子儿正便宜，炸蛋角焦黄稀嫩的惹人咽着唾液。天桥就更火炽，新席造起的茶棚，一座挨着一座，洁白的桌布，与妖艳的歌女，遥对着天坛墙头上的老松。锣鼓的声音延长到七八小时，天气的爽燥使锣鼓特别的轻脆，击乱了人心。妓女们容易打扮了，一件花洋布单衣便可以漂亮的摆出去，而且显明的露出身上的曲线。好清静的人们也有了去处，积水潭前，万寿寺外，东郊的窑坑，西郊的白石桥，都可以垂钓，小鱼时时碰得嫩苇微微的动。钓完鱼，野茶馆里的猪头肉，卤煮豆腐，白干酒与盐水豆儿，也能使人醉饱；然后提着钓竿与小鱼，沿着柳岸，踏着夕阳，从容的进入那古老的城门。

到处好玩，到处热闹，到处有声有色。夏初的一阵暴热像一道神符，使这老城处处带着魔力。它不管死亡，不管祸患，不管困苦，到时候它就施展出它的力量，把百万的人心都催眠过去，作梦似的唱着它的赞美诗。它污浊，它美丽，它衰老，它活泼，它杂乱，它安闲，它可爱，它是伟大的夏初的北平。

正是在这个时节，人们才盼着有些足以解闷的新闻，足以念两三遍而不厌烦的新闻，足以读完报而可以亲身去看到的新闻，天是这么长而晴爽啊！

这样的新闻来了！电车刚由厂里开出来，卖报的小儿已扯开尖嗓四下里追着人喊："枪毙阮明的新闻，九点钟游街的新闻！"一个铜板，一个铜板，又一个铜板，都被小黑手接了去。电车上，铺户中，行人的手里，一张一张的全说的是阮明：阮明的像片，阮明的历史，阮明的访问记，大字小字，插图说明，整页的都是阮明。阮明在电车上，在行人的眼里，在交谈者的口中，老城里似乎已没有了别人，只有阮明；阮明今天游街，今日被枪毙！有价值的新闻，理想的新闻，不但口中说着阮明，待一会儿还可看见他。妇女们赶着打扮；老人们早早的就出去，唯恐腿脚慢，落在后边；连上学的小孩们也想逃半天学，去见识见识。到八点半钟，街上已满了人，兴奋，希冀，拥挤，喧嚣，等着看这活的新闻。车夫们忘了张罗买卖，铺子里乱了规矩，小贩们懒得吆喝，都期待着囚车与阮明。历史中曾有过黄巢，张献忠，太平天国的民族，会挨杀，也爱看杀人。枪毙似乎太简单，他们爱听凌迟，砍头，剥皮，活埋，听着像吃了冰激凌似的，痛快得微微的哆嗦。可是这一回，枪毙之外，还饶着一段游街，他们几乎要感谢那出这样主意的人，使他们会看到一个半死的人捆在车上，热闹他们的眼睛；即使自己不是监斩官，可也差不多了。这些人的心中没有好歹，不懂得善恶，辨不清是非，他们死攥着一些礼教，愿被称为文明人；他们却爱看千刀万剐他们的同类，像小儿割宰一只小狗那么残忍与痛快。一朝权到手，他们之中的任何人也会去屠城，把妇人的乳与脚割下堆成小山，这是他们的快举。他们没得到这个威权，就不妨先多看些杀猪宰羊与杀人，过一点瘾。连这个要是也摸不着看，他们会对个孩子也骂千刀杀，万刀杀，解解心中的恶气。

响晴的蓝天，东边高高的一轮红日，几阵小东风，路旁的柳条微微摆动。东便道上有一大块阴影，挤满了人：老幼男女，丑俊胖瘦，有的打扮得漂亮近时，有的只穿着小褂，都谈笑着，盼望着，时时向南或向北探探头。一人探头，大家便跟着，心中一齐跳得快了些。这样，越来越往前拥，人群渐渐挤到马路边上，成了一座肉壁，只有高低不齐的人头乱动。巡警成队的出来维持秩序，他们拦阻，他们叱呼，他们有时也抓出个泥块似的孩子砸巴两拳，招得大家哈哈的欢笑。等着，耐心的等着，腿已立酸，还不肯空空回去；前头的不肯走，后面新来的便往前拥，起了争执，手脚不动，专凭嘴战，彼此诟骂，大家喊好。孩子不耐烦了，被大人打了耳光；扒手们得了手，失了东西的破口大骂。喧嚣，叫闹，吵成一片，谁也不肯动，人越增多，越不肯动，表示一致的喜欢看那半死的囚徒。

忽然，大家安静了，远远的来了一队武装的警察。“来了！”有人喊了声。紧跟着人声嘈乱起来，整群的人像机器似的一齐向前拥了一寸，又一寸，来了！来了！眼睛全发了光，嘴里都说着些什么，一片人声，整街的汗臭，礼教之邦的人民热烈的爱看杀人呀。

阮明是个小矮个儿，倒捆着手，在车上坐着，像个害病的小猴子；低着头，背后插着二尺多长的白招子。人声就像海潮般的前浪催着后浪，大家都撇着点嘴批评，都有些失望：就是这么个小猴子呀！就这么稀松没劲呀！低着头，脸煞白，就这么一声不响呀！有的人想起主意，要逗他一逗：“哥儿们，给他喊个好儿呀！”紧跟着，四面八方全喊了“好！”像给戏台上的坤伶喝彩似的，轻蔑的，恶意的，讨人嫌的，喊着。阮明还是不出声，连头也没抬一抬。有的人真急了，真看不上这样软的囚犯，挤到马路边上呸呸的啐了他几口。阮明还是不动，没有任何的表现。大家越看越没劲，也越舍不得走开；万一他忽然说出句“再过二十年又是一条好汉”呢？万一他要向酒店索要两壶白干，一碟酱肉呢？谁也不肯动，看他到底怎样。车过去了，还得跟着，他现在没什么表现，焉知道他到单牌楼不缓过气来而高唱几句《四郎探母》呢？跟着！有的一直跟到天桥；虽然他始终没作出使人佩服与满意的事，可是人们眼瞧着他吃了枪弹，到底可以算不虚此行。

在这么热闹的时节，祥子独自低着头在德胜门城根慢慢的走。走到积水潭，他四下看了看。没有人，他慢慢的，轻手蹑脚的往湖边上去。走到湖边，找了棵老树，背倚着树干，站了一会儿。听着四外并没有人声，他轻轻的坐下。苇叶微动，或一只小鸟忽然叫了一声，使他急忙立起来，头上见了汗。他听，他看，四下里并没有动静，他又慢慢的坐下。这么好几次，他开始看惯了苇叶的微动，听惯了鸟鸣，决定不再惊慌。呆呆的看着湖外的水沟里，一些小鱼，眼睛亮得像些小珠，忽聚忽散，忽来忽去；有时候头顶着一片嫩萍，有时候口中吐出一些泡沫。靠沟边，一些已长出腿的蝌蚪，直着身儿，摆动那黑而大的头。水忽然流得快一些，把小鱼与蝌蚪都冲走，尾巴歪歪着顺流而下，可是随着水也又来了一群，挣扎着想要停住。一个水蝎极快的跑过去。水流渐渐的稳定，小鱼又结成了队，张开小口去啃一个浮着的绿叶，或一段小草。稍大些的鱼藏在深处，偶尔一露背儿，忙着转身下去，给水面留下个旋涡与一些碎纹。翠鸟像箭似的由水面上擦过去，小鱼大鱼都不见了，水上只剩下浮萍。祥子呆呆的看着这些，似乎看见，又似乎没看见，无心中的拾起块小石，投在水里，溅起些水花，击散了许多浮萍，他猛的一惊，吓得又要立起来。

坐了许久，他偷偷的用那只大的黑手向腰间摸了摸。点点头，手停在那里；待了会，手中拿出一落儿钞票，数了数，又极慎重的藏回原处。

他的心完全为那点钱而活动着：怎样花费了它，怎样不教别人知道，怎样既能享受而又安全。他已不是为自己思索，他已成为钱的附属物，一切要听它的支配。

这点钱的来头已经决定了它的去路。这样的钱不能光明正大的花出去。这点钱，与拿着它们的人，都不敢见阳光。人们都在街上看阮明，祥子藏在那清静的城根，设法要到更清静更黑暗的地方去。他不敢再在街市上走，因为他卖了阮明。就是独自对着静静的流水，背靠着无人迹的城根，他也不敢抬头，仿佛有个鬼影老追随着他。在天桥倒在血迹中的阮明，在祥子心中活着，在他腰间的一些钞票中活着。他并不后悔，只是怕，怕那个无处无时不紧跟着他的鬼。

阮明作了官以后，颇享受了一些他以前看作应该打倒的事。钱会把人引进恶劣的社会中去，把高尚的理想撇开，而甘心走入地狱中去。他穿上华美的洋服，去嫖，去赌，甚至于吸上口鸦片。当良心发现的时候，他以为这是万恶的社会陷害他，而不完全是自己的过错；他承认他的行为不对，可是归罪于社会的引诱力太大，他没法抵抗。一来二去，他的钱不够用了，他又想起那些激烈的思想，但是不为执行这些思想而振作；他想利用思想换点钱来。把思想变成金钱，正如同在读书的时候想拿对教员的交往白白的得到及格的分数。懒人的思想不能和人格并立，一切可以换作金钱的都早晚必被卖出去。他受了津贴。急于宣传革命的机关，不能极谨慎的选择战士，愿意投来的都是同志。但是，受津贴的人多少得有些成绩，不管用什么手段作出的成绩；机关里要的是报告。阮明不能只拿钱不作些事。他参加了组织洋车夫的工作。祥子呢，已是作摇旗呐喊的老行家；因此，阮明认识了祥子。

阮明为钱，出卖思想；祥子为钱，接受思想。阮明知道，遇必要的时候，可以牺牲了祥子。祥子并没作过这样的打算，可是到时候就这么作了——出卖了阮明。为金钱而工作的，怕遇到更多的金钱；忠诚不立在金钱上。阮明相信自己的思想，以思想的激烈原谅自己一切的恶劣行为。祥子听着阮明所说的，十分有理，可是看阮明的享受也十分可羡慕——“我要有更多的钱，我也会快乐几天！跟姓阮的一样！”金钱减低了阮明的人格，金钱闪花了祥子的眼睛。他把阮明卖了六十块钱。阮明要的是群众的力量，祥子要的是更多的——像阮明那样的——享受。阮明的血洒在津贴上，祥子把钞票塞在了腰间。

一直坐到太阳平西，湖上的蒲苇与柳树都挂上些金红的光闪，祥子才立起来，顺着城根往西走。骗钱，他已作惯；出卖人命，这是头一遭。何况他听阮明所说的还十分有理呢！城根的空旷，与城墙的高峻，教他越走越怕。偶尔看见垃圾堆上有几个老鸦，他都想绕着走开，恐怕惊起它们，给他几声不祥的啼叫。走到了西城根，他加紧了脚步，一条偷吃了东西的狗似的，他溜出了西直门。晚上能有人陪伴着他，使他麻醉，使他不怕，是理想的去处；白房子是这样的理想地方。

入了秋，祥子的病已不允许他再拉车，祥子的信用已丧失得赁不出车来。他作了小店的照顾主儿。夜间，有两个铜板，便可以在店中躺下。白天，他去作些只能使他喝碗粥的劳作。他不能在街上去乞讨，那么大的个子，没有人肯对他发善心。他不会在身上作些彩，去到庙会上乞钱，因为没受过传授，不晓得怎么把他身上的疮化装成动人的不幸。作贼，他也没那套本事，贼人也有团体与门路啊。只有他自己会给自己挣饭吃，没有任何别的依赖与援助。他为自己努力，也为自己完成了死亡。他等着吸那最后的一口气，他是个还有口气的死鬼，个人主义是他的灵魂。这个灵魂将随着他的身体一齐烂化在泥土中。

北平自从被封为故都，它的排场，手艺，吃食，言语，巡警……已慢慢的向四外流动，去找那与天子有同样威严的人和财力的地方去助威。那洋化的青岛也有了北平的涮羊肉；那热闹的天津在半夜里也可以听到低悲的“硬面——饽饽”；在上海，在汉口，在南京，也都有了说京话的巡警与差役，吃着芝麻酱烧饼；香片茶会由南而北，在北平经过双熏再往南方去；连抬杠的杠夫也有时坐上火车到天津或南京去抬那高官贵人的棺材。

北平本身可是渐渐的失去原有的排场，点心铺中过了九月九还可以买到花糕，卖元宵的也许在秋天就下了市，那二三百年的老铺户也忽然想起作周年纪念，借此好散出大减价的传单……经济的压迫使排场去另找去路，体面当不了饭吃。

不过，红白事情在大体上还保存着旧有的仪式与气派，婚丧嫁娶仿佛到底值得注意，而多少要些排场。婚丧事的执事，响器，喜轿与官罩，到底还不是任何都市所能赶上的。出殡用的松鹤松狮，纸扎的人物轿马，娶亲用的全份执事，与二十四个响器，依旧在街市上显出官派大样，使人想到那太平年代的繁华与气度。

祥子的生活多半仗着这种残存的仪式与规矩。有结婚的，他替人家打着旗伞；有出殡的，他替人家举着花圈挽联；他不喜，也不哭，他只为那十几个铜子，陪着人家游街。穿上杠房或喜轿铺所预备的绿衣或蓝袍，戴上那不合适的黑帽，他暂时能把一身的破布遮住，稍微体面一些。遇上那大户人家办事，教一干人等都剃头穿靴子，他便有了机会使头上脚下都干净利落一回。脏病使他迈不开步，正好举着面旗，或两条挽联，在马路边上缓缓的蹭。

可是，连作这点事，他也不算个好手。他的黄金时代已经过去了，既没从洋车上成家立业，什么事都随着他的希望变成了“那么回事”。他那么大的个子，偏争着去打一面飞虎旗，或一对短窄的挽联；那较重的红伞与肃静牌等等，他都不肯去动。和个老人，小孩，甚至于妇女，他也会去争竞。他不肯吃一点亏。

打着那么个小东西，他低着头，弯着背，口中叼着个由路上拾来的烟卷头儿，有气无力的慢慢的蹭。大家立定，他也许还走；大家已走，他也许多站一会儿；他似乎听不见那施号发令的锣声。他更永远不看前后的距离停匀不停匀，左右的队列整齐不整齐，他走他的，低着头像作着个梦，又像思索着点高深的道理。那穿红衣的锣夫，与拿着绸旗的催押执事，几乎把所有的村话都向他骂去：“孙子！我说你呢，骆驼！你他妈的看齐！”他似乎还没有听见。打锣的过去给了他一锣锤，他翻了翻眼，朦胧的向四外看一下。没管打锣的说了什么，他留神的在地上找，看有没有值得拾起来的烟头儿。

体面的，要强的，好梦想的，利己的，个人的，健壮的，伟大的，祥子，不知陪着人家送了多少回殡；不知道何时何地会埋起他自己来，埋起这堕落的，自私的，不幸的，社会病胎里的产儿，个人主义的末路鬼！

（1939 年 3 月，上海人间书屋初版）

老舍作品（下）
我这一辈子

老 舍 著

中国民族文化出版社
北 京

图书在版编目（CIP）数据

老舍作品. 下, 我这一辈子 / 老舍著. — 北京 : 中国民族文化出版社有限公司, 2022. 2

ISBN 978-7-5122-1550-4

Ⅰ. ①老… Ⅱ. ①老… Ⅲ. ①中篇小说-小说集-中国-现代②短篇小说-小说集-中国-现代 Ⅳ. ①I246

中国版本图书馆 CIP 数据核字（2022）第 014971 号

老舍作品（下）我这一辈子

LAO SHE ZUOPIN（XIA）WO ZHE YIBEIZI

作　　者　老　舍
责任编辑　郝旭辉
责任校对　江　泉
出 版 者　中国民族文化出版社　地址：北京市东城区和平里北街 14 号
　　　　　邮编：100013　联系电话：010-84250639　64211754（传真）
印　　装　德富泰（唐山）印务有限公司
开　　本　880 mm×1230 mm 1/32
印　　张　7
字　　数　181 千
版　　次　2022 年 5 月第 1 版第 1 次印刷
标准书号　ISBN 978-7-5122-1550-4
定　　价　79. 60 元（全 2 册）

目　　录

中篇小说

月　牙　儿

一

是的，我又看见月牙儿了，带着点寒气的一钩儿浅金。多少次了，我看见跟现在这个月牙儿一样的月牙儿；多少次了。它带着种种不同的感情，种种不同的景物，当我坐定了看它，它一次一次的在我记忆中的碧云上斜挂着。它唤醒了我的记忆，像一阵晚风吹破一朵欲睡的花。

二

那第一次，带着寒气的月牙儿确是带着寒气。它第一次在我的云中是酸苦，它那一点点微弱的浅金光儿照着我的泪。那时候我也不过是七岁吧，一个穿着短红棉袄的小姑娘。戴着妈妈给我缝的一顶小帽儿，蓝布的，上面印着小小的花，我记得。我倚着那间小屋的门垛，看着月牙儿。屋里是药味，烟味，妈妈的眼泪，爸爸的病；我独自在台阶上看着月牙，没人招呼我，没人顾得给我作晚饭。我晓得屋里的惨凄，因为大家说爸爸的病……可是我更感觉自己的悲惨，我冷，饿，没人理我。一直的我立到月牙儿落下去。什么也没有了，我不能不哭。可是我的哭声被妈妈的压下去；爸，不出声了，面上蒙了块白布。我要掀开白布，再看看爸，可是我不敢。屋里只有那么点点地方，都被爸占了去。

妈妈穿上白衣，我的红袄上也罩了个没缝襟边的白袍，我记得，因为不断的撕扯襟边上的白丝儿。大家都很忙，嚷嚷的声儿很高，哭得很恸，可是事情并不多，也似乎值不得嚷：爸爸就装入那么一个四块薄板的棺材里，到处都是缝子。然后，五六个人把他抬了走。妈和我在后边哭。我记得爸，记得爸的木匣。那个木匣结束了爸的一切：每逢我想起爸来，我就想到非打开那个木匣不能见着他。但是，那木匣是深深的埋在地里，我明知在城外哪个地方埋着它，可又像落在地上的一个雨点，似乎永难找到。

三

妈和我还穿着白袍，我又看见了月牙儿。那是个冷天，妈妈带我出城去看爸的坟。妈拿着很薄的一落儿纸。妈那天对我特别的好，我走不动便背我一程，到城门上还给我买了一些炒栗子。什么都是凉的，只有这些栗子是热的；我舍不得吃，用它们热我的手。走了多远，我记不清了，总该是很远很远吧。在爸出殡的那天，我似乎没觉得这么远，或者是因为那天人多；这次只是我们娘儿俩，妈不说话，我也懒得出声，什么都是静寂的；那些黄土路静寂得没有头儿。天是短的，我记得那个坟：小小的一堆儿土，远处有一些高土岗儿，太阳在黄土岗儿上头斜着。妈妈似乎顾不得我了，把我放在一旁，抱着坟头儿去哭。我坐在坟头的旁边，弄着手里那几个栗子。妈哭了一阵，把那点纸焚化了，一些纸灰在我眼前卷成一两个旋儿，而后懒懒的落在地上；风很小，可是很够冷的。妈妈又哭起来。我也想爸，可是我不想哭他；我倒是为妈妈哭得可怜而也落了泪。过去拉住妈妈的手：“妈不哭！不哭！”妈妈哭得更恸了。她把我搂在怀里。眼看太阳就落下去，四外没有一个人，只有我们娘儿俩。妈似乎也有点怕了，含着泪，扯起我就走，走出老远，她回头看了看，我也转过身去：爸的坟已经辨不清了；土岗的这边都是坟头，一小堆一小堆，一直摆到土岗底下。妈妈叹了口气。我们紧走慢走，还没有走到城门，我看见了月牙儿。四外漆黑，没有声音，只有月牙儿放出一道儿冷光。我乏了，妈妈抱起我来。怎样进的城，我就不知道了，只记得迷迷糊糊的天上有个月牙儿。

四

刚八岁，我已经学会了去当东西。我知道，若是当不来钱，我们娘儿俩就不要吃晚饭；因为妈妈但凡有点主意，也不肯叫我去。我准知道她每逢交给我个小包，锅里必是连一点粥底儿也看不见了。我们的锅有时干净得像个体面的寡妇。这一天，我拿的是一面镜子。只有这件东西似乎是不必要的，虽然妈妈天天得用它。这是个春天，我们的棉衣都刚脱下来就入了当铺。我拿着这面镜子，我知道怎样小心，小心而且要走得快，当铺是老早就上门的。我怕当铺的那个大红门，那个大高长柜台。一看见那个门，我就心跳。可是我必须进去，几乎是爬进去，那个高门坎儿是那么高。我得用尽了力量，递上我的东西，还得喊："当当！"得了钱和当票，我知道怎样小心的拿着，快快回家，晓得妈妈不放心。可是这一次，当铺不要这面镜子，告诉我再添一号来。我懂得什么叫"一号"。把镜子搂在胸前，我拼命的往家跑。妈妈哭了；她找不到第二件东西。我在那间小屋住惯了，总以为东西不少；及至帮着妈妈一找可当的衣物，我的小心里才明白过来，我们的东西很少，很少。妈妈不叫我去了。可是"妈妈咱们吃什么呢"？妈妈哭着递给我她头上的银簪——只有这一件东西是银的。我知道，她拔下过来几回，都没肯交给我去当。这是妈妈出门子时，姥姥家给的一件首饰。现在，她把这么一件银器给了我，叫我把镜子放下。我尽了我的力量赶回当铺，那可怕的大门已经严严的关好了。我坐在那门礅上，握着那根银簪。不敢高声的哭，我看着天，啊，又是月牙儿照着我的眼泪！哭了好久，妈妈在黑影中来了，她拉住了我手，呕，多么热的手。我忘了一切的苦处，连饿也忘了，只要有妈妈这只热手拉着我就好。我抽抽搭搭的说："妈！咱们回家睡觉吧。明儿早上再来！"妈一声没出。又走了一会儿："妈！你看这个月牙；爸死的那天，它就是这么斜斜着。为什么她老这么斜斜着呢？"妈还是一声没出，她的手有点颤。

五

妈妈整天的给人家洗衣裳。我老想帮助妈妈，可是插不上手。我只好等着妈妈，非到她完了事，我不去睡。有时月牙儿已经上来，她还哼哧哼哧的洗。那些臭袜子，硬牛皮似的，都是铺子里的伙计们送来的。妈妈洗完这些"牛皮"就吃不下饭去。我坐在她旁边，看着月牙，蝙蝠专会在那条光儿底下穿过来穿过去，像银线上穿着个大菱角，极快的又掉到暗处去。我越可怜妈妈，便越爱这个月牙，因为看着它，使我心中痛快一点。它在夏天更可爱，它老有那么点凉气，像一条冰似的。我爱它给地上那点小影子，一会儿就没了；迷迷糊糊的不甚清楚，及至影子没了，地上就特别的黑，星也特别的亮，花也特别的香——我们的邻居有许多花木，那棵高高的洋槐总把花儿落到我们这边来，像一层雪似的。

六

妈妈的手起了层鳞，叫她给搓搓背顶解痒痒了。可是我不敢常劳动她，她的手是洗粗了的。她瘦，被臭袜子熏的常不吃饭。我知道妈妈要想主意了，我知道。她常把衣裳推到一边，愣着。她和自己说话。她想什么主意呢？我可是猜不着。

七

妈妈嘱咐我不叫我别扭，要乖乖的叫“爸”：她又给我找到一个爸。这是另一个爸，我知道，因为坟里已经埋好一个爸了。妈嘱咐我的时候，眼睛看着别处。她含着泪说：“不能叫你饿死!”呕，是因为不饿死我，妈才另给我找了个爸！我不明白多少事，我有点怕，又有点希望——果然不再挨饿的话。多么凑巧呢，离开我们那间小屋的时候，天上又挂着月牙。这次的月牙比哪一回都清楚，都可怕；我是要离开这住惯的小屋了。妈坐了一乘红轿，前面还有几个鼓手，吹打的一点也不好听。轿在前边走，我和一个男人在后边跟着，他拉着我的手。那可怕的月牙放着一点光，仿佛在凉风里颤动。街上没有什么人，只有些野狗追着鼓手们咬；轿子走得很快。上哪去呢？是不是把妈抬到城外去，抬到坟地去？那个男子扯着我走，我喘不过气来，要哭都哭不出来。那男人的手心出了汗，凉得像个鱼似的，我要喊“妈”，可是不敢。一会儿，月牙像个要闭上的一道大眼缝，轿子进了个小巷。

八

我在三四年里似乎没再看见月牙。新爸对我们很好，他有两间屋子，他和妈住在里间，我在外间睡铺板。我起初还想跟妈妈睡，可是几天之后，我反倒爱“我的”小屋了。屋里有白白的墙，还有条长桌，一把椅子。这似乎都是我的。我的被子也比从前的厚实暖和了。妈妈也渐渐胖了点，脸上有了红色，手上的那层鳞也慢慢掉净。我好久没去当当了。新爸叫我去上学。有时候他还跟我玩一会儿。我不知道为什么不爱叫他“爸”，虽然我知道他很可爱。他似乎也知道这个，他常常对我那么一笑！笑的时候他有很好看的眼睛。可是，妈偷偷告诉我叫爸，我也不愿十分的别扭。我心中明白，妈和我现在是有吃喝的，都因为有这个爸，我明白。是的，在这三四年里我想不起曾经看见过月牙儿；也许是看见过而不大记得了。爸死时那个月牙，妈轿子前面那个月牙，我永远忘不了。那一点点光，那一点寒气，老在我心中，比什么都亮，都清凉，像块玉似的，有时候想起来仿佛能用手摸到似的。

九

我很爱上学。我老觉得学校里有不少的花，其实并没有；只是一想起学校就想到花罢了，正像一想起爸的坟就想起城外的月牙儿——在野外的小风里歪歪着。妈妈是很爱花的，虽然买不起，可是有人送给她一朵，她就顶喜欢的戴在头上。我有机会便给他折一两朵来；戴上朵鲜花，妈的后影还很年轻似的。妈喜欢，我也喜欢。在学校里我也很喜欢。也许因为这个，我想起学校便想起花来？

十

当我要在小学毕业那年，妈又叫我去当当了。我不知道为什么新爸忽然走了。他上了哪儿，妈似乎也不晓得。妈妈还叫我上学，她想爸不久就会回来的。他许多日子没回来，连封信也没有。我想妈又该洗臭袜子了，这使我极难受。可是妈妈并没这么打算。她还打扮着，还爱戴花；奇怪！她不落泪，反倒好笑；为什么呢？我不明白！好几次，我下学来，看她在门口儿立着。又隔了不久，我在路上走，有人“嗨”我了：“嗨！给你妈捎个信儿去！”“嗨：你卖不卖呀？小嫩的！”我的脸红得冒出火来，把头低得无可再低。我明白，只是没办法。我不能问妈妈，不能。

她对我很好，而且有时候极郑重的说我："念书！念书！"妈是不识字的，为什么这样催我念书呢？我疑心；又常由疑心而想到妈是为我才作那样的事。妈是没有更好的办法。疑心的时候我恨不能骂妈妈一顿。再一想，我要抱住她，央告她不要再作那个事。我恨自己不能帮助妈妈。所以我也想到：我在小学毕业后又有什么用呢？我和同学们打听过了，有的告诉我，去年毕业的有好几个作姨太太的。有的告诉我，谁当了暗门子。我不大懂这些事，可是由她们的说法，我猜到这不是好事。她们似乎什么都知道，也爱偷偷的谈论她们明知是不正当的事——这些事叫她们的脸红红的而显出得意。我更疑心妈妈了，是不是等我毕业好去作……这么一想，有时候我不敢回家，我怕见妈妈。妈妈有时候给我点心钱，我不肯花，饿着肚子去上体操，常常要晕过去。看着别人吃点心，多么香甜呢！可是我得省着钱，万一妈妈叫我去……我可以跑，假如我手中有钱。我最阔的时候，手中有一毛多钱！在这些时候，即使在白天，我也有时望一望天上，找我的月牙儿呢。我心中的苦处假若可以用个形状比喻起来，必是个月牙儿形的。它无倚无靠的在灰蓝的天上挂着，光儿微弱，不大会儿便被黑暗包住。

十一

叫我最难过的是我慢慢的学会了恨妈妈。可是每当我恨她的时候，我不知不觉的便想起她背着我上坟的光景。想到了这个，我不能恨她了。我又非恨她不可。我的心像——还是像那个月牙儿，只能亮那么一会儿，而黑暗是无限的。妈妈的屋里常有男人来了，她不再躲避着我。他们的眼像狗似的看着我，舌头吐着，垂着涎。我在他们的眼中是更解馋的，我看出来。在很短的期间，我忽然明白了许多的事。我知道得保护我自己，我觉出我身上好像有什么可贵的地方，我闻得出我已有一种什么味道，使我自己害羞，多感。我身上有了些力量，可以保护自己，也可以毁了自己。我有时很硬气，有时候很软。我不知怎样好。我愿爱妈妈，这时候我有好些必要问妈妈的事，需要妈妈的安慰；可是正在这个时候，我得躲着她，我得恨她；要不然我自己便不存在了。当我睡不着的时节，我很冷静的思索，妈妈是可原谅的。她得顾我们俩的嘴。可是这个又使我要拒绝再吃她给我的饭菜。我的心就这么忽冷忽热，像冬天的风，休息一会儿，刮得更要猛；我静候着我的怒气冲来，没法儿止住。

十二

事情不容我想好方法就变得更坏了。妈妈问我，“怎样?”假若我真爱她呢，妈妈说，我应该帮助她。不然呢，她不能再管我了。这不像妈妈能说得出的话，但是她确是这么说了。她说得很清楚：“我已经快老了，再过二年，想白叫人要也没人要了!”这是对的，妈妈近来擦许多的粉，脸上还露出摺子来。她要再走一步，去专伺候一个男人。她的精神来不及伺候许多男人了。为她自己想，这时候能有人要她——是个馒头铺掌柜的愿要她——她该马上就走。可是我已经是个大姑娘了，不像小时候那样容易跟在妈妈轿后走过去了。我得打主意安置自己。假若我愿意“帮助”妈妈呢，她可以不再走这一步，而由我代替她挣钱。代她挣钱，我真愿意；可是那个挣钱方法叫我哆嗦。我知道什么呢，叫我像个半老的妇人那样去挣钱?!妈妈的心是狠的，可是钱更狠。妈妈不逼着我走哪条路，她叫我自己挑选——帮助她，或是我们娘儿俩各走各的。妈妈的眼没有泪，早就干了。我怎么办呢?

十三

我对校长说了。校长是个四十多岁的妇人，胖胖的，不很精明，可是心热。我是真没了主意，要不然我怎会开口述说妈妈的……我并没和校长亲近过。当我对她说的时候，每个字都像烧红了的煤球烫着我的喉，我哑了，半天才能吐出一个字。校长愿意帮助我。她不能给我钱，只能供给我两顿饭和住处——就住在学校和老女仆作伴儿。她叫我帮助书记员写写字，可是不必马上就这么办，因为我的字还需要练习。两顿饭，一个住处，解决了天大的问题。我可以不连累妈妈了。妈妈这回连轿也没坐，只坐了辆洋车，摸着黑走了。我的铺盖，她给了我。临走的时候，妈妈挣扎着不哭，可是心底下的泪到底翻上来了。她知道我不能再找她去，她的亲女儿。我呢，我连哭都忘了怎哭了，我只裂着嘴抽达，泪蒙住了我的脸。我是她的女儿，朋友，安慰。但是我帮助不了她，除非我得作那种我决不肯作的事。在事后一想，我们娘儿俩就像两个没人管的狗，为我们的嘴，我们得受着一切的苦处，好像我们身上没有别的，只有一张嘴。为这张嘴，我们得把其余一切的东西都卖了。我不恨妈妈了，我明白了。不是妈妈的毛病，也不是不该长那张嘴，是粮食的毛病，凭什么没有我们的吃食呢？这个别离，把过去一切的苦楚都压过去了。那最明白我的眼泪怎流的月牙这回没出来，这回只有黑暗，连点萤火的光也没有。妈妈就在暗中像个活鬼似的走了，连个影子也没有。即使她马上死了，恐怕也不会和爸埋在一处了，我连她将来的坟在哪里都不知道。我只有这么个妈妈，朋友。我的世界里剩下我自己。

十四

妈妈永不能相见了，爱死在我心里，像被霜打了的春花。我用心的练字，为是能帮助校长抄抄写写些不要紧的东西。我必须有用，我是吃着别人的饭。我不像那些女同学，她们一天到晚注意别人，别人吃了什么，穿了什么，说了什么；我老注意我自己，我的影子是我的朋友。“我”老在我的心上，因为没人爱我。我爱我自己，可怜我自己，鼓励我自己，责备我自己；我知道我自己，仿佛我是另一个人似的。我身上有一点变化都使我害怕，使我欢喜，使我莫名其妙。我在我自己手中拿着，像捧着一朵娇嫩的花。我只能顾目前，没有将来，也不敢深想。嚼着人家的饭，我知道那是晌午或晚上了，要不然我简直想不起时间来；没有希望，没有时间。我好像钉在个没有日月的地方。想起妈妈，我晓得我曾经活了十几年。对将来，我不像同学们那样盼望放假，过节，过年；假期，节，年，跟我有什么关系呢？可是我的身体是往大了长呢，我觉得出。觉出我又长大了一些，我更渺茫，我不放心我自己。我越往大了长，我越觉得自己好看，这是一点安慰；美使我抬高了自己的身分，可是我根本没身分，安慰是先甜后苦的，苦到末了又使我自傲。穷，可是好看呢！这又使我怕：妈妈也是不难看的。

十五

我又老没看月牙了，不敢去看，虽然想看。我已毕了业，还在学校里住着。晚上，学校里只有两个老仆人，一男一女。他们不知怎样对待我好，我既不是学生，也不是先生，又不是仆人，可有点像仆人。晚上，我一个人在院中走，常被月牙给赶进屋来，我没有胆子去看它。可是在屋里，我会想象它是什么样，特别是在有点小风的时候。微风仿佛会给那点微光吹到我的心上来，使我想起过去，更加重了眼前的悲哀。我的心就好像在月光下的蝙蝠，虽然是在光的下面，可是自己是黑的；黑的东西，即使会飞，也还是黑的，我没有希望。我可是不哭，我只常皱着眉。

十六

我有了点进款：给学生织些东西，她们给我点工钱。校长允许我这么办。可是进不了许多，因为她们也会织。不过她们急于要用，自己赶不来，或是给家中人打双手套或袜子，才来照顾我。虽然是这样，我的心似乎活了一点，我甚至想到：假若妈妈不走那一步，我是可以养活她的。一数我那点钱，我就知道这是梦想，可是这么想使我舒服一点。我很想看看妈妈。假若她看见我，她必能跟我来，我们能有方法活着，我想——不十分相信，可是。我想妈妈，她常到我的梦中来。有一天，我跟着学生们去到城外旅行，回来的时候已经是下午四点多了。为是快点回来，我们抄了个小道。我看见了妈妈！在个小胡同里，有一家卖馒头的，门口放着个元宝筐，筐上插着个顶大的白木头馒头。顺着墙坐着妈妈，身儿一仰一弯的拉风箱呢。从老远我就看见了那个大木馒头与妈妈，我认识她的后影。我要过去抱住她。可是我不敢，我怕学生们笑话我，她们不许我有这样的妈妈。越走越近，我的头低下去，从泪中看了她一眼，她没看见我。我们一群人擦着她的身子走过去，她好像是什么也没看见，专心的拉她的风箱。走出老远，我回头看了看，她还在那儿拉呢。我看不清她的脸，只看到她的头发在额上披散着点。我记住这个小胡同的名儿。

十七

像有个小虫在心中咬我似的，我想去看妈妈，非看见她我心中不能安静。正在这个时候，学校换了校长。胖校长告诉我得打主意，她在这儿一天便有我一天的饭食与住处，可是她不能保险新校长也这么办。我数了数我的钱，一共是两块七毛零几个铜子。这几个钱不会叫我在最近的几天中挨饿，可是我上哪儿呢？我不敢坐在那儿呆呆的发愁，我得想主意。找妈妈去是第一个念头。可是她能收留我吗？假若她不能收留我，而我找了她去，即使不能引起她与那个卖馒头的吵闹，她也必定很难过。我得为她想，她是我的妈妈，又不是我的妈妈，我们母女之间隔着一层用穷作成的障碍。想来想去，我不肯找她去了。我应当自己担着自己的苦处。可是怎么担着自己的苦处呢？我想不起。我觉得世界很小，没有安置我与我的小铺盖卷的地方。我还不如一条狗，狗有个地方便可以躺下睡；街上不准我躺着。是的，我是人，人可以不如狗，假若我扯着脸不走，焉知新校长不往外撵我呢？我不能等着人家往外推。这是个春天。我只看见花儿开了，叶儿绿了，而觉不到一点暖气。红的花只是红的花，绿的叶只是绿的叶，我看见些不同的颜色，只是一点颜色；这些颜色没有任何意义，春在我的心中是个凉的死的东西。我不肯哭，可是泪自己往下流。

十八

我出去找事了。不找妈妈，不依赖任何人，我要自己挣饭吃。走了整整两天，抱着希望出去，带着尘土与眼泪回来。没有事情给我作。我这才真明白了妈妈，真原谅了妈妈。妈妈还洗过臭袜子，我连这个都作不上。妈妈所走的路是唯一的。学校里教给我的本事与道德都是笑话，都是吃饱了没事时的玩艺。同学们不准我有那样的妈妈，她们笑话暗门子；是的，她们得这样看，她们有饭吃。我差不多要决定了：只要有人给我饭吃，什么我也肯干；妈妈是可佩服的。我才不去死，虽然想到过；不，我要活着。我年轻，我好看，我要活着。羞耻不是我造出来的。

十九

这么一想，我好像已经找到了事似的。我敢在院中走了，一个春天的月牙在天上挂着。我看出它的美来。天是暗蓝的，没有一点云。那个月牙清亮而温柔，把一些软光儿轻轻送到柳枝上，院中有点小风，带着南边的花香，把柳条的影子吹到墙角有光的地方来，又吹到无光的地方去；光不强，影儿不重，风微微的吹，都是温柔，什么都有点睡意，可又要轻软的活动着。月牙下边，柳梢上面，有一对星儿好像微笑的仙女的眼，逗着那歪歪的月牙和那轻摆的柳枝。墙那边有棵什么树，开满了白花，月的微光把这团雪照成一半儿白亮，一半儿略带点灰影，显出难以想到的纯净。这个月牙是希望的开始，我心里说。

二十

我又找了胖校长去，她没在家。一个青年把我让进去。他很体面，也很和气。我平素很怕男人，但是这个青年不叫我怕他。他叫我说什么，我便不好意思不说；他那么一笑，我心里就软了。我把找校长的意思对他说了，他很热心，答应帮助我。当天晚上，他给我送了两块钱来，我不肯收，他说这是他婶母——胖校长——给我的。他并且说他的婶母已经给我找好了地方住，第二天就可以搬过去。我要怀疑，可是不敢。他的笑脸好像笑到我的心里去。我觉得我要疑心便对不起人，他是那么温和可爱。

二十一

他的笑唇在我的脸上，从他的头发上我看着那也在微笑的月牙。春风像醉了，吹破了春云，露出月牙与一两对儿春星。河岸上的柳枝轻摆，春蛙唱着恋歌，嫩蒲的香味散在春晚的暖气里。我听着水流，像给嫩蒲一些生力，我想象着蒲梗轻快的往高里长。小蒲公英在潮暖的地上似乎正往叶尖花瓣上灌着白浆。什么都在溶化着春的力量，把春收在那微妙的地方，然后放出一些香味，像花蕊顶破了花瓣。我忘了自己，像四外的花草似的，承受着春的透入；我没了自己，像化在了那点春风与月的微光中。月儿忽然被云掩住，我想起来自己，我觉得他的热力压迫我。我失去那个月牙儿，也失去了自己，我和妈妈一样了！

二十二

我后悔，我自慰，我要哭，我喜欢，我不知道怎样好。我要跑开，永不再见他；我又想他，我寂寞。两间小屋，只有我一个人，他每天晚上来。他永远俊美，老那么温和。他供给我吃喝，还给我作了几件新衣。穿上新衣，我自己看出我的美。可是我也恨这些衣服，又舍不得脱去。我不敢思想，也懒得思想，我迷迷糊糊的，腮上老有那么两块红。我懒得打扮，又不能不打扮，太闲在了，总得找点事作。打扮的时候，我怜爱自己；打扮完了，我恨自己。我的泪很容易下来，可是我设法不哭，眼终日老那么湿润润的，可爱。我有时候疯了似的吻他，然后把他推开，甚至于破口骂他；他老笑。

二十三

我早知道，我没希望；一点云便能把月牙遮住，我的将来是黑暗。果然，没有多久，春便变成了夏，我的春梦作到了头儿。有一天，也就是刚响午吧，来了一个少妇。她很美，可是美得不玲珑，像个瓷人儿似的。她进到屋中就哭了。不用问，我已明白了。看她那个样儿，她不想跟我吵闹，我更没预备着跟她冲突。她是个老实人。她哭，可是拉住我的手：“他骗了咱们俩！”她说。我以为她也只是个“爱人”。不，她是他的妻。她不跟我闹，只口口声声的说：“你放了他吧！”我不知怎么才好，我可怜这个少妇。我答应了她。她笑了。看她这个样儿，我以为她是缺个心眼，她似乎什么也不懂，只知道要她的丈夫。

二十四

我在街上走了半天。很容易答应那个少妇呀，可是我怎么办呢？他给我的那些东西，我不愿意要；既然要离开他，便一刀两断。可是，放下那点东西，我还有什么呢？我上哪儿呢？我怎么能当天就有饭吃呢？好吧，我得要那些东西，无法。我偷偷的搬了走。我不后悔，只觉得空虚，像一片云那样的无倚无靠。搬到一间小屋里，我睡了一天。

二十五

我知道怎样俭省，自幼就晓得钱是好的。凑合着手里还有那点钱，我想马上去找个事。这样，我虽然不希望什么，或者也不会有危险了。事情可是并不因我长了一两岁而容易找到。我很坚决，这并无济于事，只觉得应当如此罢了。妇女挣钱怎这么不容易呢！妈妈是对的，妇人只有一条路走，就是妈妈所走的路。我不肯马上就往那么走，可是知道它在不很远的地方等着我呢。我越挣扎，心中越害怕。我的希望是初月的光，一会儿就要消失。一两个星期过去了，希望越来越小。最后，我去和一排年轻的姑娘们在小饭馆受选用。很小的一个饭馆，很大的一个老板；我们这群都不难看，都是高小毕业的少女们，等皇赏似的，等着那个破塔似的老板挑选。他选了我。我不感谢他，可是当时确有点痛快。那群女孩子们似乎很羡慕我，有的竟自含着泪走去，有的骂声“妈的”！女子够多么不值钱呢！

二十六

我成了小饭馆的第二号女招待。摆菜，端菜，算账，报菜名，我都不在行。我有点害怕。可是“第一号”告诉我不用着急，她也都不会。她说，小顺管一切的事；我们当招待的只要给客人倒茶，递手巾把，和拿账条；别的不用管。奇怪！“第一号”的袖口卷起来很高，袖口的白里子上连一个污点也没有。腕上放着一块白丝手绢，绣着“妹妹我爱你”。她一天到晚往脸上拍粉，嘴唇抹得血瓢似的。给客人点烟的时候，她的膝往人家腿上倚；还给客人斟酒，有时候她自己也喝了一口。对于客人，有的她伺候得非常的周到；有的她连理也不理，她会把眼皮一搭拉，假装没看见。她不招待的，我只好去。我怕男人。我那点经验叫我明白了些，什么爱不爱的，反正男人可怕。特别是在饭馆吃饭的男人们，他们假装义气，打架似的让座让账；他们拼命的猜拳，喝酒；他们野兽似的吞吃，他们不必要而故意的挑剔毛病，骂人。我低头递茶递手巾，我的脸发烧。客人们故意的和我说东说西，招我笑；我没心思说笑。晚上九点多钟完了事，我非常的疲乏了。到了我的小屋，连衣裳没脱，我一直的睡到天亮。醒来，我心中高兴了一些，我现在是自食其力，用我的劳力自己挣饭吃。我很早的就去上工。

二十七

“第一号”九点多才来，我已经去了两点多钟。她看不起我，可也并非完全恶意的教训我：“不用那么早来，谁八点来吃饭？告诉你，丧气鬼，把脸别搭拉得那么长；你是女跑堂的，没让你在这儿送殡玩。低着头，没人多给酒钱；你干什么来了？不为挣子儿吗？你的领子太矮，咱这行全得弄高领子，绸子手绢，人家认这个！”我知道她是好意，我也知道设若我不肯笑，她也得吃挂落，少分酒钱；小账是大家平分的。我也并非看不起她，从一方面看，我实在佩服她，她是为挣钱。妇女挣钱就得这么着，没第二条路。但是，我不肯学她。我仿佛看得很清楚：有朝一日，我得比她还开通，才能挣上饭吃。可是那得到了山穷水尽的时候；“万不得已”老在那儿等我们女子，我只能叫它多等几天。这叫我咬牙切齿，叫我心中冒火，可是妇女的命运不在自己手里。又干了三天，那个大掌柜的下了警告：再试我两天，我要是愿意往长了干呢，得照“第一号”那么办。“第一号”一半嘲弄，一半劝告的说：“已经有人打听你，干吗藏着乖的卖傻的呢？咱们谁不知道谁是怎着？女招待嫁银行经理的，有的是；你当是咱们低贱呢？闯开脸儿干呀，咱们也他妈的坐几天汽车！”这个，逼上我的气来，我问她：“你什么时候坐汽车？”她把红嘴唇撇得要掉下去：“不用你要嘴皮子，干什么说什么；天生下来的香屁股，还不会干这个呢！”我干不了，拿了一块零五分钱，我回了家。

二十八

最后的黑影又向我迈了一步。为躲它，就更走近了它。我不后悔丢了那个事，可我也真怕那个黑影。把自己卖给一个人，我会。自从那回事儿，我很明白了些男女之间的关系。女子把自己放松一些，男人闻着味儿就来了。他所要的是肉，他所给的也是肉。他咬了你，压着你，发散了兽力，你便暂时有吃有穿；然后他也许打你骂你，或者停止了你的供给。女子就这么卖了自己，有时候还很得意，我曾经觉到得意。在得意的时候，说的净是一些天上的话；过了会儿，你觉得身上的疼痛与丧气。不过，卖给一个男人，还可以说些天上的话；卖给大家，连这些也没法说了，妈妈就没说过这样的话。怕的程度不同，使我没法接收“第一号”的劝告；“一个”男人到底使我少怕一点。可是，我并不想卖我自己。我并不需要男人，我还不到二十岁。我当初以为跟男人在一块儿必定有趣，谁知道到了一块他就要求那个我所害怕的事。是的，那时候我像把自己交给了春风，任凭人家摆布；过后一想，他是利用我的无知，畅快他自己。他的甜言蜜语使我走入梦里；醒过来，不过是一个梦，一些空虚；我得到的是两顿饭，几件衣服。我不想再这样挣饭吃，饭是实在的，实在的去挣好了。可是，实在挣不上饭吃，女子得承认自己是女子，得卖肉！一个多月，我找不到事作。

二十九

我遇见几个同学，有的升入了中学，有的在家里作姑娘。我不愿理她们，可是一说起话儿来，我觉得我比她们精明。原先，在学校的时候，我比她们傻；现在，“她们”显着呆傻了。她们似乎还都作梦呢。她们都打扮得很好，像铺子里的货物。她们的眼溜着年轻的男子，心里好像作着爱情的诗。我笑她们。是的，我必定得原谅她们，她们有饭吃，吃饱了当然只好想爱情，男女彼此织成了网，互相捕捉；有钱的，网大一些，捉住几个，然后从容的选择一个。我没有钱，我连个结网的屋角都找不到。我得直接的捉人，或是被捉，我比她们明白一些，实际一些。

三十

有一天，我碰见那个小媳妇，像瓷人似的那个。她拉住了我，倒好像我是她的亲人似的。她有点颠三倒四的样儿。“你是好人！你是好人！我后悔了，”她很诚恳的说，“我后悔了！我叫你放了他，哼，还不如在你手里呢！他又弄了别人，更好了，一去不回头了！”由探问中，我知道她和他也是由恋爱而结的婚，她似乎还很爱他。他又跑了。我可怜这个小妇人，她也是还作着梦，还相信恋爱神圣。我问她现在的情形，她说她得找到他，她得从一而终。要是找不到他呢？我问。她咬上了嘴唇，她有公婆，娘家还有父母，她没有自由，她甚至于羡慕我，我没有人管着。还有人羡慕我，我真要笑了！我有自由，笑话！她有饭吃，我有自由；她没自由，我没饭吃，我俩都是女子。

三十一

自从遇上那个小瓷人，我不想把自己专卖给一个男人了，我决定玩玩了；换句话说，我要浪漫的挣饭吃了。我不再为谁负着什么道德责任，我饿。浪漫足以治饿，正如同吃饱了才浪漫，这是个圆圈，从哪儿走都可以。那些女同学与小瓷人都跟我差不多，她们比我多着一点梦想，我比她们更直爽，肚子饿是最大的真理。是的，我开始卖了。把我所有的一点东西都折卖了，作了一身新行头，我的确不难看。我上了市。

三十二

我想我要玩玩，浪漫。啊，我错了。我还是不大明白世故。男人并不像我想的那么容易勾引。我要勾引文明一些的人，要至多只赔上一两个吻。哈哈，人家不上那个当，人家要初次见面就摸我的乳。还有呢，人家只请我看电影，或逛逛大街，吃杯冰激凌；我还是饿着肚子回家。所谓文明人，懂得问我在哪儿毕业，家里作什么事。那个态度使我看明白，他若是要你，你得给他相当的好处；你若是没有好处可贡献呢，人家只用一角钱的冰激凌换你一个吻。要卖，得痛痛快快的，拿钱来，我陪你睡。我明白了这个。小瓷人们不明白这个。我和妈妈明白，我很想妈了。

三十三

据说有些女人是可以浪漫的挣饭吃，我缺乏资本；也就不必再这样想了。我有了买卖。可是我的房东不许我再住下去，他是讲体面的人。我连瞧他也没瞧，就搬了家，又搬回我妈妈和新爸爸曾经住过的那两间房。这里的人不讲体面，可也更真诚可爱。搬了家以后，我的买卖很不错。连文明人也来了。文明人知道了我是卖，他们是买，就肯来了；这样他们不吃亏，也不丢身分。初干的时候，我很害怕，因为我还不到二十岁。及至作过了几天，我也就不怕了。多咱他们像了一摊泥，他们才觉得上了算，他们满意，还替我作义务的宣传。干过了几个月，我明白的事情更多了，差不多每一见面我就能断定他是怎样的人。有的很有钱，这样的人一开口总是问我的身价，表示他买得起我。他也很嫉妒，总想包了我；逛暗娼他也想独占，因为他有钱。对这样的人，我不大招待。他闹脾气，我不怕，我告诉他，我可以找上他的门去，报告给他的太太。在小学里念了几年书，到底是没白念，他唬不住我。教育是有用的，我相信了。有的人呢，来的时候，手里就攥着一块钱，唯恐上了当。对这种人，我跟他细讲条件，干什么多少钱，干什么多少钱，他就乖乖的回家去拿钱，很有意思。最可恨的是那些油子，不但不肯花钱，反倒要占点便宜走，什么半盒烟卷呀，什么一小瓶雪花膏呀，他们随手拿去。这种人还是得罪不的，他们在地面上很熟，得罪了他们，他们会叫巡警跟我捣乱。我不得罪他们，我喂着他们；及至我认识了警官，才一个个的收拾他们。世界就是狼吞虎咽的世界，谁坏谁就有便宜。顶可怜的是那像中学学生样儿的，袋里装着一块钱，和几十铜子，叮当的直响，鼻子上出着汗。我可怜他们，可是也照常卖给他们。我有什么办法呢！还有老头子呢，都是些规矩人，或者家中已然儿孙成群。对他们，我不知道怎样好；但是我知道他们有钱，想在死前买些快乐，我只好供给他们所需要的。这些经验叫我认识了“钱”与“人”。钱比人更厉害一些，人是兽，钱是兽的胆子。

三十四

我发现了我身上有了病。这叫我非常的苦痛，我觉得已经不必活下去了。我休息了，我到街上走去；无目的，乱走。我想去看看妈，她必能给我一些安慰，我想象着自己已是快死的人了。我绕到那个小巷，希望见着妈妈；我想起她在门外拉风箱的样子。馒头铺已经关了门。打听，没人知道搬到哪里去。这使我更坚决了，我非找到妈妈不可。在街上丧胆游魂的走了几天，没有一点用。我疑心她是死了，或是和馒头铺的掌柜的搬到别处去，也许在千里以外。这么一想，我哭起来。我穿好了衣裳，擦上了脂粉，在床上躺着，等死。我相信我会不久就死去的。可是我没死。门外又敲门了，找我的。好吧，我伺候他，我把病尽力的传给他。我不觉得这对不起人，这根本不是我的过错。我又痛快了些，我吸烟，我喝酒，我好像已是三四十岁的人了。我的眼圈发青，手心很热，我不再管；有钱才能活着，先吃饱再说别的吧。我吃得并不错，谁肯吃坏的呢！我必须给自己一点好吃食，一些好衣裳，这样才稍微对得起自己一点。

三十五

一天早晨，大概有十点来钟吧，我正披着件长袍在屋中坐着，我听见院中有点脚步声。我十点来钟起来，有时候到十二点才想穿好衣裳，我近来非常的懒，能披着件衣服呆坐一两个钟头。我想不起什么，也不愿想什么，就那么独自呆坐。那点脚步声，向我的门外来了，很轻很慢。不久，我看见一对眼睛，从门上那块小玻璃向里面看呢。看了一会儿，躲开了；我懒得动，还在那儿坐着。待了一会儿，那对眼睛又来了。我再也坐不住，我轻轻的开了门。“妈！”

三十六

我们母女怎么进了屋，我说不上来。哭了多久，也不大记得。妈妈已老得不像样儿了。她的掌柜的回了老家，没告诉她，偷偷的走了，没给她留下一个钱。她把那点东西变卖了，辞退了房，搬到一个大杂院里去。她已找了我半个多月。最后，她想到上这儿来，并没希望找到我，只是碰碰看，可是竟自找到了我。她不敢认我了，要不是我叫她，她也许就又走了。哭完了，我发狂似的笑起来：她找到了女儿，女儿已是个暗娼！她养着我的时候，她得那样；现在轮到我养着她了，我得那样！女人的职业是世袭的，是专门的！

三十七

我希望妈妈给我点安慰。我知道安慰不过是点空话，可是我还希望来自妈妈的口中。世上的妈妈都最会骗人，我们把妈妈的诓骗叫作安慰。我的妈妈连这个都忘了。她是饿怕了，我不怪她。她开始检点我的东西，问我的进项与花费，似乎一点也不以这种生意为奇怪。我告诉她，我有了病，希望她劝我休息几天。没有；她只说出去给我买药。“我们老干这个吗？”我问她。她没言语。可是从另一方面看，她确是想保护我，心疼我。她给我作饭，问我身上怎样，还常常的偷看我，像妈妈看睡着了的小孩那样。只是有一层她不肯说，就是叫我不用再干这行了。我心中很明白——虽然有一点不满意她——除了干这个，还想不到第二个事情作。我们母女得吃得穿——这个决定了一切。什么母女不母女，什么体面不体面，钱是无情的。

三十八

妈妈想照应我，可是她得听着看着人家蹂躏我。我想好好的对待她，可是我觉得她有时候讨厌。她什么都要管管，特别是对于钱。她的眼已失去年轻时的光泽，不过看见了钱还能发点光。对于客人，她就自居为仆人，可是当客人给少了钱的时候，她张嘴就骂。这有时候使我很为难。不错，既干这个还不是为钱吗？可是干这个的也似乎不必骂人。我有时候也会慢待人，可是我有我的办法，使客人急不得恼不得。妈妈的方法太笨了，很容易得罪人。看在钱的面上，我们不应当得罪人。我的方法或者出于我还年轻，还幼稚；妈妈便不顾一切的单单站在钱上了，她应当如此，她比我大着好些岁。恐怕再过几年我也就这样了，人老心也跟着老，渐渐的老得和钱一样的硬。是的，妈妈不客气。她有时候劈手就抢客人的皮夹，有时候留下人家的帽子或值钱一点的手套与手杖。我很怕闹出事来，可是妈妈说的好："能多弄一个是一个，咱们是拿十年当作一年活着的，等七老八十还有人要咱们吗？"有时候，客人喝醉了，她便把他架出去，找个僻静地方叫他坐下，连他的鞋都拿回来。说也奇怪，这种人倒没有来找账的，想是已人事不知，说不定也许病一大场。或者事过之后，想过滋味，也就不便再来闹了，我们不怕丢人，他们怕。

三十九

妈妈是说对了：我们是拿十年当一年活着。干了二三年，我觉出自己是变了，我的皮肤粗糙了，我的嘴唇老是焦的，我的眼睛里老灰不溜的带着血丝。我起来的很晚，还觉得精神不够。我觉出这个来，客人们更不是瞎子，熟客渐渐的少起来。对于生客，我更努力的伺候，可是也更厌恶他们，有时候我管不住自己的脾气。我暴躁，我胡说，我已经不是我自己了。我的嘴不由的老胡说，似乎是惯了。这样，那些文明人已不多照顾我，因为我丢了那点“小鸟依人”——他们唯一的诗句——的身段与气味。我得和野鸡学了。我打扮得简直不像个人，这才招得动那不文明的人。我的嘴擦得像个红血瓢，我用力咬他们，他们觉得痛快。有时候我似乎已看见我的死，接进一块钱，我仿佛死了一点。钱是延长生命的，我的挣法适得其反。我看着自己死，等着自己死。这么一想，便把别的思想全止住了。不必想了，一天一天的活下去就是了，我的妈妈是我的影子，我至好不过将来变成她那样，卖了一辈子肉，剩下的只是一些白头发与抽皱的黑皮。这就是生命。

四十

我勉强的笑，勉强的疯狂，我的痛苦不是落几个泪所能减除的。我这样的生命是没什么可惜的，可是它到底是个生命，我不愿撒手。况且我所作的并不是我自己的过错。死假如可怕，那只因为活着是可爱的。我决不是怕死的痛苦，我的痛苦久已胜过了死。我爱活着，而不应当这样活着。我想象着一种理想的生活，像作着梦似的；这个梦一会儿就过去了，实际的生活使我更觉得难过。这个世界不是个梦，是真的地狱。妈妈看出我的难过来，她劝我嫁人。嫁人，我有了饭吃，她可以弄一笔养老金。我是她的希望。我嫁谁呢？

四十一

因为接触的男子很多了，我根本已忘了什么是爱。我爱的是我自己，及至我已爱不了自己，我爱别人干什么呢？但是打算出嫁，我得假装说我爱，说我愿意跟他一辈子。我对好几个人都这样说了，还起了誓；没人接受。在钱的管领下，人都很精明。嫖不如偷，对，偷省钱。我要是不要钱，管保人人说爱我。

四十二

正在这个期间，巡警把我抓了去。我们城里的新官儿非常的讲道德，要扫清了暗门子。正式的妓女倒还照旧作生意，因为她们纳捐；纳捐的便是名正言顺的，道德的。抓了去，他们把我放在了感化院，有人教给我作工。洗，做，烹调，编织，我都会；要是这些本事能挣饭吃，我早就不干那个苦事了。我跟他们这样讲，他们不信，他们说我没出息，没道德。他们教给我工作，还告诉我必须爱我的工作。假如我爱工作，将来必定能自食其力，或是嫁个人。他们很乐观。我可没这个信心。他们最好的成绩，是已经有十几多个女的，经过他们感化而嫁了人。到这儿来领女人的，只须花两块钱的手续费和找一个妥实的铺保就够了。这是个便宜，从男人方面看；据我想，这是个笑话。我干脆就不受这个感化。当一个大官儿来检阅我们的时候，我唾了他一脸吐沫。他们还不肯放了我，我是带危险性的东西。可是他们也不肯再感化我。我换了地方，到了狱中。

四十三

狱里是个好地方，它使人坚信人类的没有起色；在我作梦的时候都见不到这样丑恶的玩艺。自从我一进来，我就不再想出去，在我的经验中，世界比这儿并强不了许多。我不愿死，假若从这儿出去而能有个较好的地方；事实上既不这样，死在哪儿不一样呢。在这里，在这里，我又看见了我的好朋友，月牙儿！多久没见着它了！妈妈干什么呢？我想起来一切。

（原载 1935 年 4 月 1 日、8 日、15 日《国闻周报》第 12 卷 12 期至 15 期，初收《樱海集》）

我这一辈子

一

我幼年读过书，虽然不多，可是足够读《七侠五义》与《三国志演义》什么的。我记得好几段《聊斋》，到如今还能说得很齐全动听，不但听的人都夸奖我的记性好，连我自己也觉得应该高兴。可是，我并念不懂聊斋的原文，那太深了；我所记得的几段，都是由小报上的“评讲聊斋”念来的——把原文变成白话，又添上些逗哏打趣，实在有个意思！

我的字写得也不坏。拿我的字和老年间衙门里的公文比一比，论个儿的匀适，墨色的光润，与行列的齐整，我实在相信我可以作个很好的“笔帖式”。自然我不敢高攀，说我有写奏折的本领，可是眼前的通常公文是准保能写到好处的。

凭我认字与写的本事，我本该去当差。当差虽不见得一定能增光耀祖，但是至少也比作别的事更体面些。况且呢，差事不管大小，多少总有个升腾。我看见不止一位了，官职很大，可是那笔字还不如我的好呢，连句整话都说不出来。这样的人既能作高官，我怎么不能呢？

可是，当我十五岁的时候，家里教我去学徒。五行八作，行行出状元，学手艺原不是什么低搭的事；不过比较当差稍差点劲儿罢了。学手艺，一辈子逃不出手艺人去，即使能大发财源，也高不过大官儿不是？可是我并没和家里闹别扭，就去学徒了；十五岁的人，自然没有多少主意。况且家里老人还说，学满了艺，能挣上钱，就给我说亲事。在当时，我想象着结婚必是件有趣的事。那么，吃上二三年的苦，而后大人似的去耍手艺挣钱，家里再有个小媳妇，大概也很下得去了。

我学的是裱糊匠。在那太平年月，裱匠是不愁没饭吃的。那时候，死一个人不像现在这么省事。这可并不是说，老年间的人要翻来覆去的死好几回，不干脆的一下子断了气。我是说，那时候死人，丧家要拼命的花钱，一点不惜力气与金钱的讲排场。就拿与冥衣铺有关系的事来说吧，就得花上老些个钱。人一断气，马上就得去糊“倒头车”——现在，连这个名词儿也许有好多人不晓得了。紧跟着便是“接三”，必定有些烧活：车轿骡马，墩箱灵人，引魂幡，灵花等等。要是害月子病死的，还必须另糊一头牛，和一个鸡罩。赶到“一七”念经，又得糊楼库，金山银山，尺头元宝，四季衣服，四季花草，古玩陈设，各样木器。及至出殡，纸亭纸架之外，还有许多烧活，至不济也得弄一对“童儿”举着。“五七”烧伞，六十天糊船桥。一个死人到六十天后才和我们裱糊匠脱离关系。一年之中，死那么十来个有钱的人，我们便有了吃喝。

裱糊匠并不专伺候死人，我们也伺候神仙。早年间的神仙不像如今晚儿的这样寒碜，就拿关老爷说吧，早年间每到六月廿四，人们必给他糊黄幡宝盖，马童马匹，和七星大旗什么的。现在，几乎没有人再惦记着关公了！遇上闹“天花”，我们又得为娘娘们忙一阵。九位娘娘得糊九顶轿子，红马黄马各一匹，九份凤冠霞帔，还得预备痘哥哥痘姐姐们的袍带靴帽，和各样执事。如今，医院都施种牛痘，娘娘们无事可作，裱糊匠也就陪着她们闲起来了。此外还有许许多多的“还愿”的事，都要糊点什么东西，可是也都随着破除迷信没人再提了。年头真是变了啊！

除了伺候神与鬼外，我们这行自然也为活人作些事。这叫作“白活”，就是给人家糊顶棚。早年间没有洋房，每遇到搬家，娶媳妇，或别项喜事，总要把房间糊得四白落地，好显出焕然一新的气象。那大富之家，连春秋两季窗子也雇用我们。人是一天穷似一天了，搬家不一定糊棚顶，而那些有钱的呢，房子改为洋式的，棚顶抹灰，一劳永逸；窗子改成玻璃的，也用不着再糊上纸或纱。什么都是洋式好，要手艺的可就没了饭吃。我们自己也不是不努力呀，洋车时行，我们就照样糊洋车；汽车时行，我们就糊汽车，我们知道改良。可是有几家死了人来糊一辆洋车或汽车呢？年头一旦大改良起来，我们的小改良全算白饶，水大漫不过鸭子去，有什么法儿呢！

二

上面交代过了：我若是始终仗着那份儿手艺吃饭，恐怕就早已饿死了。不过，这点本事虽不能永远有用，可是三年的学艺并非没有很大的好处，这点好处教我一辈子享用不尽。我可以撂下家伙，干别的营生去；这点好处可是老跟着我。就是我死后，有人谈到我的为人如何，他们也必须要记得我少年曾学过三年徒。

学徒的意思是一半学手艺，一半学规矩。在初到铺子去的时候，不论是谁也得害怕，铺中的规矩就是委屈。当徒弟的得晚睡早起，得听一切的指挥与使遣，得低三下四的伺候人，饥寒劳苦都得高高兴兴的受着，有眼泪往肚子里咽。像我学艺的所在，铺子也就是掌柜的家；受了师傅的，还得受师母的，夹板儿气！能挺过这么三年，顶倔强的人也得软了，顶软和的人也得硬了；我简直的可以这么说，一个学徒的脾性不是天生带来的，而是被板子打出来的；像打铁一样，要打什么东西便成什么东西。

在当时正挨打受气的那一会儿，我真想去寻死，那种气简直不是人所受得住的！但是，现在想起来，这种规矩与调教实在值金子。受过这种排练，天下便没有什么受不了的事啦。随便提一样吧，比方说教我去当兵，好哇，我可以作个满好的兵。军队的操演有时有会儿，而学徒们是除了睡觉没有任何休息时间的。我抓着工夫去出恭，一边蹲着一边就能打个盹儿，因为遇上赶夜活的时候，我一天一夜只能睡上三四点钟的觉。我能一口吞下去一顿饭，刚端起饭碗，不是师傅喊，就是师娘叫，要不然便是有照顾主儿来定活，我得恭而敬之的招待，并且细心听着师傅怎样论活讨价钱。不把饭整吞下去怎办呢？这种排练教我遇到什么苦处都能硬挺，外带着还是挺和气。读书的人，据我这粗人看，永远不会懂得这个。现在的洋学堂里开运动会，学生跑上两个圈就仿佛有了汗马功劳一般，喝！又是搀着，又是抱着，往大腿上拍火酒，还闹脾气，还坐汽车！这样的公子哥儿哪懂得什么叫作规矩，哪叫排练呢？话往回来说，我所受的苦处给我打下了作事任劳任怨的底子，我永远不肯闲着，作起活来永不晓得闹脾气，要别扭，我能和大兵们一样受苦，而大兵们不能像我这么和气。

再拿件实事来证明这个吧：在我学成出师以后，我和别的耍手艺的一样，为表明自己是凭本事挣钱的人，第一我先买了根烟袋，只要一闲着便捻上一袋吧唧着，仿佛很有身分，慢慢的，我又学了喝酒，时常弄两盅猫尿咂着嘴儿抿几口。嗜好就怕开了头，会了一样就不难学第二样，反正都是个玩艺吧咧。这可也就出了毛病。我爱烟爱酒，原本不算什么稀奇的事，大家伙儿都差不多是这样。可是，我一来二去的学会了吃大烟。那个年月，鸦片烟不犯私，非常的便宜；我先是吸着玩，后来可就上了瘾。不久，我便觉出手紧来了，作事也不似先前那么上劲了。我并没等谁劝告我，不但戒了大烟，而且把汉烟袋也撅了，从此烟酒不动！我入了“理门”。入理门，烟酒都不准动；一旦破戒，必走背运。所以我不但戒了嗜好，而且入了理门；背运在那儿等着我，我怎肯再犯戒呢？这点心胸与硬气，如今想起来，还是由学徒得来的。多大的苦处我都能忍受。初一戒烟戒酒，看着别人吸，别人饮，多么难过呢！心里真像有一千条小虫爬挠那么痒痒触触的难过。但是我不能破戒，怕走背运。其实背运不背运的，都是日后的事，眼前的罪过可是不好受呀！硬挺，只有硬挺才能成功，怕走背运还在其次。我居然挺过来了，因为我学过徒，受过排练呀！

提到我的手艺来，我也觉得学徒三年的光阴并没白费了。凡是一门手艺，都得随时改良，方法是死的，运用可是活的。三十年前的瓦匠，讲究会磨砖对缝，作细工儿活；现在，他得会用洋灰和包镶人造石什么的。三十年前的木匠，讲究会雕花刻木，现在得会造洋式木器。我们这行也如此，不过比别的行业更活动。我们这行讲究看见什么就能糊什么。比方说，人家落了丧事，教我们糊一桌全席，我们就能糊出鸡鸭鱼肉来。赶上人家死了未出阁的姑娘，教我们糊一全份嫁妆，不管是四十八抬，还是三十二抬，我们便能由粉罐油瓶一直糊到衣橱穿衣镜。眼睛一看，手就能模仿下来，这是我们的本事。我们的本事不大，可是得有点聪明，一个心窟窿的人绝不会成个好裱糊匠。

这样，我们作活，一边工作也一边游戏，仿佛是。我们的成败全仗着怎么把各色的纸调动得合适，这是要心路的事儿。以我自己说，我有点小聪明。在学徒时候所挨的打，很少是为学不上活来，而多半是因为我有聪明而好调皮不听话。我的聪明也许一点也显露不出来，假若我是去学打铁，或是拉大锯——老那么打，老那么拉，一点变动没有。幸而我学了裱糊匠，把基本的技能学会了以后，我便开始自出花样，怎么灵巧逼真我怎么作。有时候我白费了许多工夫与材料，而作不出我所想到的东西，可是这更教我加紧的去揣摸，去调动，非把它作成不可。这个，真是个好习惯。有聪明，而且知道用聪明，我必须感谢这三年的学艺，在这三年养成了我会用自己的聪明的习惯。诚然，我一辈子没作过大事，但是无论什么事，只要是平常人能作的，我一瞧就能明白个五六成。我会砌墙，栽树，修理钟表，看皮货的真假，合婚择日，知道五行八作的行话上诀窍……这些，我都没学过，只凭我的眼去看，我的手去试验；我有勤苦耐劳与多看多学的习惯；这个习惯是在冥衣铺学徒三年养成的。到如今我才明白过来——我已是快饿死的人了！——假若我多读上几年书，只抱着书本死啃，像那些秀才与学堂毕业的人们那样，我也许一辈子就糊糊涂涂的下去，而什么也不晓得呢！裱糊的手艺没有给我带来官职和财产，可是它让我活得很有趣；穷，但是有趣，有点人味儿。

刚二十多岁，我就成为亲友中的重要人物了。不因为我有钱与身分，而是因为我办事细心，不辞劳苦。自从出了师，我每天在街口的茶馆里等着同行的来约请帮忙。我成了街面上的人，年轻，利落，懂得场面。有人来约，我便去作活；没人来约，我也闲不住：亲友家许许多多的事都托咐我给办，我甚至于刚结过婚便给别人家作媒了。

给别人帮忙就等于消遣。我需要一些消遣。为什么呢？前面我已说过：我们这行有两种活，烧活和白活。作烧活是有趣而干净的，白活可就不然了。糊顶棚自然得先把旧纸撕下来，这可真够受的。没作过的人万也想不到顶棚上会能有那么多尘土，而且是日积月累攒下来的，比什么土都干，细，钻鼻子，撕完三间屋子的棚，我们就都成了土鬼。及至扎好了秫秸，糊新纸的时候，新银花纸的面子是又臭又挂鼻子。尘土与纸面子就能教人得痨病——现在叫作肺病。我不喜欢这种活儿。可是，在街上等工作，有人来约就不能拒绝，有什么活得干什么活。应下这种活儿，我差不多老在下边裁纸递纸抹浆糊，为得是可以不必上“交手”，而且可以低着头干活儿，少吃点土。就是这样，我也得弄一身灰，我的鼻子也得像烟筒。作完这么几天活，我愿意作点别的，变换变换。那么，有亲友托我办点什么，我是很乐意帮忙的。

再说呢，作烧活吧，作白活吧，这种工作老与人们的喜事或丧事有关系。熟人们找我定活，也往往就手儿托我去讲别项的事，如婚丧事的搭棚，讲执事，雇厨子，定车马等等。我在这些事儿中渐渐找出乐趣，晓得如何能捏住巧处，给亲友们既办得漂亮，又省些钱，不能窝窝囊囊的被人捉了“大头”。我在办这些事儿的时候，得到许多经验，明白了许多人情，久而久之，我成了个很精明的人，虽然还不到三十岁。

三

由前面所说过的去推测，谁也能看出来，我不能老靠着裱糊的手艺挣饭吃。像逛庙会忽然遇上雨似的，年头一变，大家就得往四散里跑。在我这一辈子里，我仿佛是走着下坡路，收不住脚。心里越盼着天下太平，身子越往下出溜。这次的变动，不使人缓气，一变好像就要变到底。这简直不是变动，而是一阵狂风，把人糊糊涂涂的刮得不知上哪里去了。在我小时候发财的行当与事情，许多许多都忽然走到绝处，永远不再见面，仿佛掉在了大海里头似的。裱糊这一行虽然到如今还阴死巴活的始终没完全断了气，可是大概也不会再有抬头的一日了。我老早的就看出这个来。在那太平的年月，假若我愿意的话，我满可以开个小铺，收两个徒弟，安安顿顿的混两顿饭吃。幸而我没那么办。一年得不到一笔大活，只仗着糊一辆车或两间屋子的顶棚什么的，怎能吃饭呢？睁开眼看看，这十几年了，可有过一笔体面的活？我得改行，我算是猜对了。

不过，这还不是我忽然改了行的唯一的原因。年头儿的改变不是个人所能抵抗的，胳臂扭不过大腿去，跟年头儿叫死劲简直是自己找别扭。可是，个人独有的事往往来得更厉害，它能马上教人疯了。去投河觅井都不算新奇，不用说把自己的行业放下，而去干些别的了。个人的事虽然很小，可是一加在个人身上便受不住；一个米粒很小，教蚂蚁去搬运便很费力气。个人的事也是如此。人活着是仗了一口气，多咱有点事儿，把这口气憋住，人就要抽风。人是多么小的玩艺儿呢！

我的精明与和气给我带来背运。乍一听这句话仿佛是不合情理，可是千真万确，一点儿不假，假若这要不落在我自己身上，我也许不大相信天下会有这宗事。它竟自找到了我；在当时，我差不多真成了个疯子。隔了这么二三十年，现在想起那回事儿来，我满可以微微一笑，仿佛想起一个故事来似的。现在我明白了个人的好处不必一定就有利于自己。一个人好，大家都好，这点好处才有用，正是如鱼得水。一个人好，而大家并不都好，个人的好处也许就是让他倒霉的祸根。精明和气有什么用呢！现在，我悟过这点理儿来，想起那件事不过点点头，笑一笑罢了。在当时，我可真有点咽不下去那口气。那时候我还很年轻啊。

哪个年轻的人不爱漂亮呢？在我年轻的时候，给人家行人情或办点事，我的打扮与气派谁也不敢说我是个手艺人。在早年间，皮货很贵，而且不准乱穿。如今晚的人，今天得了马票或奖券，明天就可以穿上狐皮大衣，不管是个十五岁的孩子还是二十岁还没刮过脸的小伙子。早年间可不行，年纪身分决定个人的服装打扮。那年月，在马褂或坎肩上安上一条灰鼠领子就仿佛是很漂亮阔气。我老安着这么条领子，马褂与坎肩都是青大缎的——那时候的缎子也不怎么那样结实，一件马褂至少也可以穿上十来年。在给人家糊棚顶的时候，我是个土鬼；回到家中一梳洗打扮，我立刻变成个漂亮小伙。我不喜欢那个土鬼，所以更爱这个漂亮的青年。我的辫子又黑又长，脑门剃得锃光青亮，穿上带灰鼠领子的缎子坎肩，我的确像个“人儿”！

一个漂亮小伙子所最怕的恐怕就是娶个丑八怪似的老婆吧。我早已有意无意的向老人们透了个口话：不娶倒没什么，要娶就得来个够样儿的。那时候，自然还不时行自由婚，可是已有男女两造对相对看的办法。要结婚的话，我得自己去相看，不能马马虎虎就凭媒人的花言巧语。

二十岁那年，我结了婚，我的妻比我小一岁。把她放在哪里，她也得算个俏式利落的小媳妇；在定婚以前，我亲眼相看的呀。她美不美，我不敢说，我说她俏式利落，因为这四个字就是我择妻的标准；她要是不够这四个字的格儿，当初我决不会点头。在这四个字里很可以见出我自己是怎样的人来。那时候，我年轻，漂亮，作事麻利，所以我一定不能要个笨牛似的老婆。

这个婚姻不能说不是天配良缘。我俩都年轻，都利落，都个子不高；在亲友面前，我们像一对轻巧的陀螺似的，四面八方的转动，招得那年岁大些的人们眼中要笑出一朵花来。我俩竞争着去在大家面前显出个人的机警与口才，到处争强好胜，只为教人夸奖一声我们是一对最有出息的小夫妇。别人的夸奖增高了我俩彼此间的敬爱，颇有点英雄惜英雄，好汉爱好汉的劲儿。

我很快乐，说实话：我的老人没挣下什么财产，可是有一所儿房。我住着不用花租金的房子，院中有不少的树木，檐前挂着一对黄鸟。我呢，有手艺，有人缘，有个可心的年轻女人。不快乐不是自找别扭吗？

对于我的妻，我简直找不出什么毛病来。不错，有时候我觉得她有点太野；可是哪个利落的小媳妇不爽快呢？她爱说话，因为她会说；她不大躲避男人，因为这正是作媳妇所应享的利益，特别是刚出嫁而有些本事的小媳妇，她自然愿意把作姑娘时的腼腆收起一些，而大大方方的自居为“媳妇”。这点实在不能算作毛病。况且，她见了长辈又是那么亲热体贴，殷勤的伺候，那么她对年轻一点的人随便一些也正是理之当然；她是爽快大方，所以对于年老的正像对于年少的，都愿表示出亲热周到来。我没因为她爽快而责备她过。

她有了孕，作了母亲，她更好看了，也更大方了——我简直的不忍再用那个“野”字！世界上还有比怀孕的少妇更可怜，年轻的母亲更可爱的吗？看她坐在门坎上，露着点胸，给小娃娃奶吃，我只能更爱她，而想不起责备她太不规矩。

到了二十四岁，我已有一儿一女。对于生儿养女，作丈夫的有什么功劳呢！赶上高兴，男子把娃娃抱起来，耍巴一回；其余的苦处全是女人的。我不是个糊涂人，不必等谁告诉我才能明白这个。真的，生小孩，养育小孩，男人有时候想去帮忙也归无用；不过，一个懂得点人事的人，自然该使作妻的痛快一些，自由一些；欺侮孕妇或一个年轻的母亲，据我看，才真是混蛋呢！对于我的妻，自从有了小孩之后，我更放任了些；我认为这是当然的合理的。

再一说呢，夫妇是树，儿女是花；有了花的树才能显出根儿深。一切猜忌，不放心，都应该减少，或者完全消灭；小孩子会把母亲拴得结结实实的。所以，即使我觉得她有点野——真不愿用这个臭字——我也不能不放心了，她是个母亲呀。

四

直到如今，我还是不能明白那到底是怎么一回事。

我所不能明白的事也就是当时教我差点儿疯了的事，我的妻跟人家跑了。

我再说一遍，到如今我还不能明白那到底是怎回事。我不是个固执的人，因为我久在街面上，懂得人情，知道怎样找出自己的长处与短处。但是，对于这件事，我把自己的短处都找遍了，也找不出应当受这种耻辱与惩罚的地方来。所以，我只能说我的聪明与和气给我带来祸患，因为我实在找不出别的道理来。

我有位师哥，这位师哥也就是我的仇人。街口上，人们都管他叫作黑子，我也就还这么叫他吧；不便道出他的真名实姓来，虽然他是我的仇人。“黑子”，由于他的脸不白；不但不白，而且黑得特别，所以才有这个外号。他的脸真像个早年间人们揉的铁球，黑，可是非常的亮；黑，可是光润；黑，可是油光水滑的可爱。当他喝下两盅酒，或发热的时候，脸上红起来，就好像落太阳时的一些黑云，黑里透出一些红光。至于他的五官，简直没有什么好看的地方，我比他漂亮多了。他的身量很高，可也不见得怎么魁梧，高大而懈懈松松的。他所以不至教人讨厌他，总而言之，都仗着那一张发亮的黑脸。

我跟他是很好的朋友。他既是我的师哥，又那么傻大黑粗的，即使我不喜爱他，我也不能无缘无故的怀疑他。我的那点聪明不是给我预备着去猜疑人的；反之，我知道我的眼睛里不容砂子，所以我因信任自己而信任别人。我以为我的朋友都不至于偷偷的对我掏坏招数。一旦我认定谁是个可交的人，我便真拿他当个朋友看待。对于我这个师哥，即使他有可猜疑的地方，我也得敬重他，招待他，因为无论怎样，他到底是我的师哥呀。同是一门儿学出来的手艺，又同在一个街口上混饭吃，有活没活，一天至少也得见几面；对这么熟的人，我怎能不拿他当作个好朋友呢？有活，我们一同去作活；没活，他总是到我家来吃饭喝茶，有时候也摸几把索儿胡玩——那时候“麻将”还不十分时兴。我和蔼，他也不客气；遇到什么就吃什么，遇到什么就喝什么，我一向不特别为他预备什么，他也永远不挑剔。他吃的很多，可是不懂得挑食。看他端着大碗，跟着我们吃热汤儿面什么的，真是个痛快的事。他吃得四脖子汗流，嘴里西啦胡噜的响，脸上越来越红，慢慢的成了个半红的大煤球似的；谁能说这样的人能存着什么坏心眼儿呢！

一来二去，我由大家的眼神看出来天下并不很太平。可是，我并没有怎么往心里搁这回事。假若我是个糊涂人，只有一个心眼，大概对这种事不会不听见风就是雨，马上闹个天昏地暗，也许立刻把事情弄个水落石出，也许是望风捕影而弄一鼻子灰。我的心眼多，决不肯这么糊涂瞎闹，我得平心静气的想一想。

先想我自己，想不出我有什么不对的地方来，即使我有许多毛病，反正至少我比师哥漂亮，聪明，更像个人儿。

再看师哥吧，他的长相，行为，财力，都不能教他为非作歹，他不是那种一见面就教女人动心的人。

最后，我详详细细的为我的年轻的妻子想一想：她跟了我已经四五年，我俩在一处不算不快乐。即使她的快乐是假装的，而愿意去跟个她真喜爱的人——这在早年间几乎是不能有的——大概黑子也绝不会是这个人吧？他跟我都是手艺人，他的身分一点不比我高。同样，他不比我阔，不比我漂亮，不比我年轻；那么，她贪图的是什么呢？想不出。就满打说她是受了他的引诱而迷了心，可是他用什么引诱她呢，是那张黑脸，那点本事，那身衣裳，腰里那几吊钱？笑话！哼，我要是有意的话吗，我倒满可以去引诱引诱女人；虽然钱不多，至少我有个样子。黑子有什么呢？再说，就是说她一时迷了心窍，分别不出好歹来，难道她就肯舍得那两个小孩吗？

我不能信大家的话，不能立时疏远了黑子，也不能傻子似的去盘问她。我全想过了，一点缝子没有，我只能慢慢的等着大家明白过来他们是多虑。即使他们不是凭空造谣，我也得慢慢的察看，不能无缘无故的把自己，把朋友，把妻子，都卷在黑土里边。有点聪明的人作事不能鲁莽。

可是，不久，黑子和我的妻子都不见了。直到如今，我没再见过他俩。为什么她肯这么办呢？我非见着她，由她自己吐出实话，我不会明白。我自己的思想永远不够对付这件事的。

我真盼望能再见她一面，专为明白明白这件事。到如今我还是在个葫芦里。

当时我怎样难过，用不着我自己细说。谁也能想到，一个年轻漂亮的人，守着两个没了妈的小孩，在家里是怎样的难过；一个聪明规矩的人，最亲爱的妻子跟师哥跑了，在街面上是怎么难堪。同情我的人，有话说不出，不认识我的人，听到这件事，总不会责备我的师哥，而一直的管我叫“王八”。在咱们这讲孝悌忠信的社会里，人们很喜欢有个王八，好教大家有放手指头的准头。我的口闭上，我的牙咬住，我心中只有他们俩的影儿和一片血。不用教我见着他们，见着就是一刀，别的无须乎再说了。

在当时，我只想拼上这条命，才觉得有点人味儿。现在，事情过去这么多年了，我可以细细的想这件事在我这一辈子里的作用了。

我的嘴并没闲着，到处我打听黑子的消息。没用，他俩真像石沉大海一般。打听不着确实的消息，慢慢的我的怒气消散了一些；说也奇怪，怒气一消，我反倒可怜我的妻子。黑子不过是个手艺人，而这种手艺只能在京津一带大城里找到饭吃，乡间是不需要讲究的烧活的。那么，假若他俩是逃到远处去，他拿什么养活她呢？哼，假若他肯偷好朋友的妻子，难道他就不会把她卖掉吗？这个恐惧时常在我心中绕来绕去。我真希望她忽然逃回来，告诉我她怎样上了当，受了苦处；假若她真跪在我的面前，我想我不会不收下她的，一个心爱的女人，永远是心爱的，不管她作了什么错事。她没有回来，没有消息，我恨她一会儿，又可怜她一会儿，胡思乱想，我有时候整夜的不能睡。

过了一年多，我的这种乱想又轻淡了许多。是的，我这一辈子也不能忘了她，可是我不再为她思索什么了。我承认了这是一段千真万确的事实，不必为它多费心思了。

我到底怎样了呢？这倒是我所要说的，因为这件我永远猜不透的事在我这一辈子里实在是件极大的事。这件事好像是在梦中丢失了我最亲爱的人，一睁眼，她真的跑得无影无踪了。这个梦没法儿明白，可是它的真确劲儿是谁也受不了的。作过这么个梦的人，就是没有成疯子，也得大大的改变；他是丢失了半个命呀！

五

最初，我连屋门也不肯出，我怕见那个又明又暖的太阳。

顶难堪的是头一次上街：抬着头大大方方的走吧，准有人说我天生来的不知羞耻。低着头走，便是自己招认了脊背发软。怎么着也不对。我可是问心无愧，没作过一点对不起人的事。

我破了戒，又吸烟喝酒了。什么背运不背运的，有什么再比丢了老婆更倒霉的呢？我不求人家可怜我，也犯不上成心对谁耍刺儿，我独自吸烟喝酒，把委屈放在心里好了。再没有比不测的祸患更能扫除了迷信的；以前，我对什么神仙都不敢得罪；现在，我什么也不信，连活佛也不信了。迷信，我咂摸出来，是盼望得点意外的好处；赶到遇上意外的难处，你就什么也不盼望，自然也不迷信了。我把财神和灶王的龛——我亲手糊的——都烧了。亲友中很有些人说我成了二毛子的。什么二毛子三毛子的，我再不给谁磕头。人若是不可靠，神仙就更没准儿了。

我并没变成忧郁的人。这种事本来是可以把人愁死的，可是我没往死牛犄角里钻。我原是个活泼的人，好吧，我要打算活下去，就得别丢了我的活泼劲儿。不错，意外的大祸往往能忽然把一个人的习惯与脾气改变了；可是我决定要保持住我的活泼。我吸烟，喝酒，不再信神佛，不过都是些使我活泼的方法。不管我是真乐还是假乐，我乐！在我学艺的时候，我就会这一招，经过这次的变动，我更必须这样了。现在，我已快饿死了，我还是笑着，连我自己也说不清这是真的还是假的笑，反正我笑，多咱死了多咱我并上嘴。从那件事发生了以后，直到如今，我始终还是个有用的人，热心的人，可是我心中有了个空儿。这个空儿是那件不幸的事给我留下的，像墙上中了枪弹，老有个小窟窿似的。我有用，我热心，我爱给人家帮忙，但是不幸而事情没办到好处，或者想不到的扎手，我不着急，也不动气，因为我心中有个空儿。这个空儿会教我在极热心的时候冷静，极欢喜的时候有点悲哀，我的笑常常和泪碰在一处，而分不清哪个是哪个。

这些，都是我心里头的变动，我自己要是不说——自然连我自己也说不大完全——大概别人无从猜到。在我的生活上，也有了变动，这是人人能看到的。我改了行，不再当裱糊匠，我没脸再上街口去等生意，同行的人，认识我的，也必认识黑子；他们只须多看我几眼，我就没法再咽下饭去。在那报纸还不大时行的年月，人们的眼睛是比新闻还要厉害的。现在，离婚都可以上衙门去明说明讲，早年间男女的事儿可不能这么随便。我把同行中的朋友全放下了，连我的师傅师母都懒得去看，我仿佛是要由这个世界一脚跳到另一个世界去。这样，我觉得我才能独自把那桩事关在心里头。年头的改变教裱糊匠们的活路越来越狭，但是要不是那回事，我也不会改行改得这么快，这么干脆。放弃了手艺，没什么可惜；可是这么放弃了手艺，我也不会感谢“那”回事儿！不管怎说吧，我改了行，这是个显然的变动。

决定扔下手艺可不就是我准知道应该干什么去。我得去乱碰，像一只空船浮在水面上，浪头是它的指南针。在前面我已经说过，我认识字，还能抄抄写写，很够当个小差事的。再说呢，当差是个体面的事，我这丢了老婆的人若能当上差，不用说那必能把我的名誉恢复了一些。现在想起来，这个想法真有点可笑；在当时我可是诚心的相信这是最高明的办法。“八”字还没有一撇儿，我觉得很高兴，仿佛我已经很有把握，既得到差事，又能恢复了名誉。我的头又抬得很高了。

哼！手艺是三年可以学成的；差事，也许要三十年才能得上吧！一个钉子跟着一个钉子，都预备着给我碰呢！我说我识字，哼！敢情有好些个能整本背书的人还挨饿呢。我说我会写字，敢情会写字的才不算出奇呢。我把自己看得太高了。可是，我又亲眼看见，那作着很大的官儿的，一天到晚山珍海味的吃着，连自己的姓都不大认得。那么，是不是我的学问又太大了，而超过了作官所需要的呢？我这个聪明人也没法儿不显着糊涂了。

慢慢的，我明白过来。原来差事不是给本事预备着的，想作官第一得有人。这简直没了我的事，不管我有多么大的本事。我自己是个手艺人，所认识的也是手艺人；我爸爸呢，又是个白丁，虽然是很有本事与品行的白丁。我上哪里去找差事当呢？

事情要是逼着一个人走上哪条道儿，他就非去不可，就像火车一样，轨道已摆好，照着走就是了，一出花样准得翻车！我也是如此。决定扔下了手艺，而得不到个差事，我又不能老这么闲着。好啦，我的面前已摆好了铁轨，只准上前，不许退后。

我当了巡警。

巡警和洋车是大城里头给苦人们安好的两条火车道。大字不识而什么手艺也没有的，只好去拉车。拉车不用什么本钱，肯出汗就能吃窝窝头。识几个字而好体面的，有手艺而挣不上饭的，只好去当巡警；别的先不提，挑巡警用不着多大的人情，而且一挑上先有身制服穿着，六块钱拿着；好歹是个差事。除了这条道，我简直无路可走。我既没混到必须拉车去的地步，又没有作高官的舅舅或姐丈，巡警正好不高不低，只要我肯，就能穿上一身铜钮子的制服。当兵比当巡警有起色，即使熬不上军官，至少能有抢劫些东西的机会。可是，我不能去当兵，我家中还有俩没娘的小孩呀。当兵要野，当巡警要文明；换句话说，当兵有发邪财的机会，当巡警是穷而文明一辈子；穷得要命，文明得稀松！

以后这五六十年的经验，我敢说这么一句：真会办事的人，到时候才说话，爱张罗办事的人——像我自己——没话也找话说。我的嘴老不肯闲着，对什么事我都有一片说词，对什么人我都想很恰当的给起个外号。我受了报应：第一件事，我丢了老婆，把我的嘴封起来一二年！第二件是我当了巡警。在我还没当上这个差事的时候，我管巡警们叫作“马路行走”“避风阁大学士”和“臭脚巡”。这些无非都是说巡警们的差事只是站马路，无事忙，跑臭脚。哼！我自己当上“臭脚巡”了！生命简直就是自己和自己开玩笑，一点不假！我自己打了自己的嘴巴，可并不因为我作了什么缺德的事；至多也不过爱多说几句玩笑话罢了。在这里，我认识了生命的严肃，连句玩笑话都说不得的！好在，我心中有个空儿；我怎么叫别人“臭脚巡”，也照样叫自己。这在早年间叫作“抹稀泥”，现在的新名词应叫着什么，我还没能打听出来。

我没法不去当巡警，可是真觉得有点委屈。是呀，我没有什么出众的本事，但是论街面上的事，我敢说我比谁知道的也不少。巡警不是管街面上的事情吗？那么，请看看那些警官儿吧：有的连本地的话都说不上来，二加二是四还是五都得想半天。哼！他是官，我可是“招募警”；他的一双皮鞋够开我半年的饷！他什么经验与本事也没有，可是他作官。这样的官儿多了去啦！上哪儿讲理去呢？记得有位教官，头一天教我们操法的时候，忘了叫“立正”，而叫了“闸住”。用不着打听，这位大爷一定是拉洋车出身。有人情就行，今天你拉车，明天你姑父作了什么官儿，你就可以弄个教官当当；叫“闸住”也没关系，谁敢笑教官一声呢！这样的自然是不多，可是有这么一位教官，也就可以教人想到巡警的操法是怎么稀松二五眼了。内堂的功课自然绝不是这样教官所能担任的，因为至少得认识些个字才能“虎”得下来。我们的内堂的教官大概可以分为两种：一种是老人儿们，多数都有口鸦片烟瘾；他们要是能讲明白一样东西，就凭他们那点人情，大概早就作上大官儿了；唯其什么也讲不明白，所以才来作教官。另一种是年轻的小伙子们，讲的都是洋事，什么东洋巡警怎么样，什么法国违警律如何，仿佛我们都是洋鬼子。这种讲法有个好处，就是他们信口开河瞎扯，我们一边打盹一边听着，谁也不准知道东洋和法国是什么样儿，可不就随他的便说吧。我满可以编一套美国的事讲给大家听，可惜我不是教官罢了。这群年轻的小人们真懂外国事儿不懂，无从知道；反正我准知道他们一点中国事儿也不晓得。这两种教官的年纪上学问上都不同，可是他们有个相同的地方，就是他们都高不成低不就，所以对对付付的只能作教官。他们的人情真不小，可是本事太差，所以来教一群为六块洋钱而一声不敢出的巡警就最合适。

教官如此，别的警官也差不多是这样。想想：谁要是能去作一任知县或税局局长，谁肯来作警官呢？前面我已交代过了，当巡警是高不成低不就，不得已而为之。警官也是这样。这群人由上至下全是“狗熊耍扁担，混碗儿饭吃”。不过呢，巡警一天到晚在街面上，不论怎样抹稀泥，多少得能说会道，见机而作，把大事化小，小事化无；既不多给官面上惹麻烦，又让大家都过得去；真的吧假的吧，这总得算点本事。而作警官的呢，就连这点本事似乎也不必有。阎王好作，小鬼难当，诚然！

六

我再多说几句，或者就没人再说我太狂傲无知了。我说我觉得委屈，真是实话；请看吧：一月挣六块钱，这跟当仆人的一样，而没有仆人们那些“外找儿”；死挣六块钱，就凭这么个大人——腰板挺直，样子漂亮，年轻力壮，能说会道，还得识文断字！这一大堆资格，一共值六块钱！

六块钱饷粮，扣去三块半钱的伙食，还得扣去什么人情公议儿，净剩也就是两块上下钱吧。衣服自然是可以穿官发的，可是到休息的时候，谁肯还穿着制服回家呢；那么，不作不作也得有件大褂什么的。要是把钱作了大褂，一个月就算白混。再说，谁没有家呢？父母——呕，先别提父母吧！就说一夫一妻吧：至少得赁一间房，得有老婆的吃，喝，穿。就凭那两块大洋！谁也不许生病，不许生小孩，不许吸烟，不许吃点零碎东西；连这么着，月月还不够嚼谷！

我就不明白为什么肯有人把姑娘嫁给当巡警的，虽然我常给同事的作媒。当我一到女家提说的时候，人家总对我一撇嘴，虽不明说，但是意思很明显，“哼！当巡警的！”可是我不怕这一撇嘴，因为十回倒有九回是撇完嘴而点了头。难道是世界上的姑娘太多了吗？我不知道。

由哪面儿看，巡警都活该是鼓着腮帮子充胖子而教人哭不得笑不得的。穿起制服来，干净利落，又体面又威风，车马行人，打架吵嘴，都由他管着。他这是差事；可是他一月除了吃饭，净剩两块来钱。他自己也知道中气不足，可是不能不硬挺着腰板，到时候他得娶妻生子，还是仗着那两块来钱。提婚的时候，头一句是说："小人呀当差！"当差的底下还有什么呢？没人愿意细问，一问就糟到底。

是的，巡警们都知道自己怎样的委屈，可是风里雨里他得去巡街下夜，一点懒儿不敢偷；一偷懒就有被开除的危险；他委屈，可不敢抱怨，他劳苦，可不敢偷闲，他知道自己在这里混不出来什么，而不敢冒险搁下差事。这点差事扔了可惜，作着又没劲；这些人也就人儿似的先混过一天是一天，在没劲中要露出劲儿来，像打太极拳似的。

世上为什么应当有这种差事，和为什么有这样多肯作这种差事的人？我想不出来。假若下辈子我再托生为人，而且忘了喝迷魂汤，还记得这一辈子的事，我必定要扯着脖子去喊：这玩艺儿整个的是丢人，是欺骗，是杀人不流血！现在，我老了，快饿死了，连喊这么几句也顾不及了，我还得先为下顿的窝窝头着忙呀！

自然在我初当差的时候，我并没有一下子就把这些都看清楚了，谁也没有那么聪明。反之，一上手当差我倒觉出点高兴来：穿上整齐的制服，靴帽，的确我是漂亮精神，而且心里说：好吧歹吧，这是个差事；凭我的聪明与本事，不久我必有个升腾。我很留神看巡长巡官们制服上的铜星与金道，而想象着我将来也能那样。我一点也没想到那铜星与金道并不按着聪明与本事颁给人们呀。

新鲜劲儿刚一过去，我已经讨厌那身制服了。它不叫任何人尊敬，而只能告诉人："臭脚巡"来了！拿制服的本身说，它也很讨厌：夏天它就像牛皮似的，把人闷得满身臭汗；冬天呢，它一点也不像牛皮了，而倒像是纸糊的；它不许谁在里边多穿一点衣服，只好任着狂风由胸口钻进来，由脊背钻出去，整打个穿堂！再看那双皮鞋，冬冷夏热，永远不教脚舒服一会儿；穿单袜的时候，它好像是两大篓子似的，脚趾脚踵都在里边乱抓弄，而始终找不到鞋在哪里；到穿棉袜的时候，它们忽然变得很紧，不许棉袜与脚一齐伸进去。有多少人因包办制服皮鞋而发了财，我不知道，我只知道我的脚永远烂着，夏天闹湿气，冬天闹冻疮。自然，烂脚也得照常的去巡街站岗，要不然就别挣那六块洋钱！多么热，或多么冷，别人都可以找地方去躲一躲，连洋车夫都可以自由的歇半天，巡警得去巡街，得去站岗，热死冻死都活该，那六块现大洋买着你的命呢！

记得在哪儿看见过这么一句：食不饱，力不足。不管这句在原地方讲的是什么吧，反正拿来形容巡警是没有多大错儿的。最可怜，又可笑的是我们既吃不饱，还得挺着劲儿，站在街上得像个样子！要饭的花子有时不饿也弯着腰，假充饿了三天三夜；反之，巡警却不饱也得鼓起肚皮，假装刚吃完三大碗鸡丝面似的。花子装饿倒有点道理，我可就是想不出巡警假装酒足饭饱有什么理由来，我只觉得这真可笑。

人们都不满意巡警的对付事，抹稀泥。哼！抹稀泥自有它的理由。不过，在细说这个道理之前，我愿先说件极可怕的事。有了这件可怕的事，我再反回头来细说那些理由，仿佛就更顺当，更生动。好！就这样办啦。

七

应当有月亮，可是教黑云给遮住了，处处都很黑。我正在个僻静的地方巡夜。我的鞋上钉着铁掌，那时候每个巡警又须带着一把东洋刀，四下里鸦雀无声，听着我自己的铁掌与佩刀的声响，我感到寂寞无聊，而且几乎有点害怕。眼前忽然跑过一只猫，或忽然听见一声鸟叫，都教我觉得不是味儿，勉强着挺起胸来，可是心中总空空虚虚的，仿佛将有些什么不幸的事情在前面等着我。不完全是害怕，又不完全气粗胆壮，就那么怪不得劲的，手心上出了点凉汗。平日，我很有点胆量，什么看守死尸，什么独自看管一所戏房，都算不了一回事。不知为什么这一晚上我这样胆虚，心里越要耻笑自己，便越觉得不定哪里藏着点危险。我不便放快了脚步，可是心中急切的希望快回去，回到那有灯光与朋友的地方去。

忽然，我听见一排枪！我立定了，胆子反倒壮起来一点；真正的危险似乎倒可以治好了胆虚，惊疑不定才是恐惧的根源。我听着，像夜行的马竖起耳朵那样。又一排枪，又一排枪！没声了，我等着，听着，静寂得难堪。像看见闪电而等着雷声那样，我的心跳得很快。啪，啪，啪，啪，四面八方都响起来了！

我的胆气又渐渐的往下低落了。一排枪，我壮起气来；枪声太多了，真遇到危险了；我是个人，人怕死；我忽然的跑起来，跑了几步，猛的又立住，听一听，枪声越来越密，看不见什么，四下漆黑，只有枪声，不知为什么，不知在哪里，黑暗里只有我一个人，听着远处的枪响。往哪里跑？到底是什么事？应当想一想，又顾不得想；胆大也没用，没有主意就不会有胆量。还是跑吧，糊涂的乱动，总比呆立哆嗦着强。我跑，狂跑，手紧紧的握住佩刀。像受了惊的猫狗，不必想也知道往家里跑。我已忘了我是巡警，我得先同家看看我那没娘的孩子去，要是死就死在一处！

要跑到家，我得穿过好几条大街。刚到了头一条大街，我就晓得不容易再跑了。街上黑黑忽忽的人影，跑得很快，随跑随着放枪。兵！我知道那是些辫子兵。而我才刚剪了发不多日子。我很后悔我没像别人那样把头发盘起去，而是连根儿烂真正剪去了辫子。假若我能马上放下辫子来，虽然这些兵们平素很讨厌巡警，可是因为我有辫子或者不至于把枪口冲着我来。在他们眼中，没有辫子便是二毛子，该杀。我没有了这么条宝贝！我不敢再动，只能藏在黑影里，看事行事。兵们在路上跑，一队跟着一队，枪声不停。我不晓得他们是干什么呢？待了一会儿，兵们好像是都过去了，我往外探了探头，见外面没有什么动静，我就像一只夜鸟儿似的飞过了马路，到了街的另一边。在这极快的穿过马路的一会儿里，我的眼梢撩着一点红光。十字街头起了火。我还藏在黑影里，不久，火光远远的照亮了一片；再探头往外看，我已可以影影绰绰的看到十字街口，所有四面把角的铺户已全烧起来，火影中那些兵们来回的奔跑，放着枪。我明白了，这是兵变。不久，火光更多了，一处接着一处，由光亮的距离我可以断定：凡是附近的十字口与丁字街全烧了起来。

说句该挨嘴巴的话，火是真好看！远远，漆黑的天上，忽然一白，紧跟着又黑了。忽然又一白，猛的冒起一个红团，有一块天像烧红的铁板，红得可怕。在红光里看见了多少股黑烟，和火舌们高低不齐的往上冒，一会儿烟遮住了火苗；一会儿火苗冲破了黑烟。黑烟滚着，转着，千变万化的往上升，凝成一片，罩住下面的火光，像浓雾掩住了夕阳。待一会儿，火光明亮了一些，烟也改成灰白色儿，纯净，旺炽，火苗不多，而光亮结成一片，照明了半个天。那近处的，烟与火中带着种种的响声，烟往高处起，火往四下里奔；烟像些丑恶的黑龙，火像些乱长乱钻的红铁笋。烟裹着火，火裹着烟，卷起多高，忽然离散，黑烟里落下无数的火花，或者三五个极大的火团。火花火团落下，烟像痛快轻松了一些，翻滚着向上冒。火团下降，在半空中遇到下面的火柱，又狂喜的往上跳跃，炸出无数火花。火团远落，遇到可以燃烧的东西，整个的再点起一把新火，新烟掩住旧火，一时变为黑暗；新火冲出了黑烟，与旧火联成一气，处处是火舌，火柱，飞舞，吐动，摇摆，颠狂。忽然哗啦一声，一架房倒下去，火星，焦炭，尘土，白烟，一齐飞扬，火苗压在下面，一齐在底下往横里吐射，像千百条探头吐舌的火蛇。静寂，静寂，火蛇慢慢的，忍耐的，往上翻。绕到上边来，与高处的火接到一处，通明，纯亮，忽忽的响着，要把人的心全照亮了似的。

我看着，不，不但看着，我还闻着呢！在种种不同的味道里，我咂摸着：这是那个金匾黑字的绸缎庄，那是那个山西人开的油酒店。由这些味道，我认识了那些不同的火团，轻而高飞的一定是茶叶铺的，迟笨黑暗的一定是布店的。这些买卖都不是我的，可是我都认得，闻着它们火葬的气味，看着它们火团的起落，我说不上来心中怎样难过。

我看着，闻着，难过，我忘了自己的危险，我仿佛是个不懂事的小孩，只顾了看热闹，而忘了别的一切。我的牙打得很响，不是为自己害怕，而是对这奇惨的美丽动了心。

回家是没希望了。我不知道街上一共有多少兵，可是由各处的火光猜度起来，大概是热闹的街口都有他们。他们的目的是抢劫，可是顺着手儿已经烧了这么多铺户，焉知不就棍打腿的杀些人玩玩呢？我这剪了发的巡警在他们眼中还不和个臭虫一样，只须一搂枪机就完了，并不费多少事。

想到这个，我打算回到“区”里去，“区”离我不算远，只须再过一条街就行了。可是，连这个也太晚了。当枪声初起的时候，连贫带富，家家关了门；街上除了那些横行的兵们，简直成了个死城。及至火一起来，铺户里的人们开始在火影里奔走，胆大一些的立在街旁，看着自己的或别人的店铺燃烧，没人敢去救火，可也舍不得走开，只那么一声不出的看着火苗乱窜。胆小一些的呢，争着往胡同里藏躲，三五成群的藏在巷内，不时向街上探探头，没人出声，大家都哆嗦着。火越烧越旺了，枪声慢慢的稀少下来，胡同里的住户仿佛已猜到是怎么一回事，最先是有人开门向外望望，然后有人试着步往街上走。街上，只有火光人影，没有巡警，被兵们抢过的当铺与首饰店全大敞着门！……这样的街市教人们害怕，同时也教人们胆大起来；一条没有巡警的街正像是没有老师的学房，多么老实的孩子也要闹哄闹哄。一家开门，家家开门，街上人多起来；铺户已有被抢过的了，跟着抢吧！平日，谁能想到那些良善守法的人民会去抢劫呢？哼！机会一到，人们立刻显露了原形。说声抢，壮实的小伙子们首先进了当铺，金店，钟表行。男人们回去一趟，第二趟出来已搀夹上女人和孩子们。被兵们抢过的铺子自然不必费事，进去随便拿就是了；可是紧跟着那些尚未被抢过的铺户的门也拦不住谁了。粮食店，茶叶铺，百货店，什么东西也是好的，门板一律砸开。

我一辈子只看见了这么一回大热闹：男女老幼喊着叫着，狂跑着，拥挤着，争吵着，砸门的砸门，喊叫的喊叫，嗑喳！门板倒下去，一窝蜂似的跑进去，乱挤乱抓，压倒在地的狂号，身体利落的往柜台上蹿，全红着眼，全拼着命，全奋勇前进，挤成一团，倒成一片，散走全街。背着，抱着，扛着，曳着，像一片战胜的蚂蚁，昂首疾走，去而复归，呼妻唤子，前呼后应。

苦人当然出来了，哼！那中等人家也不甘落后呀！

贵重的东西先搬完了，煤米柴炭是第二拨。有的整坛的搬着香油，有的独自扛着两口袋面，瓶子罐子碎了一街，米面洒满了便道，抢啊！抢啊！抢啊！谁都恨自己只长了一双手，谁都嫌自己的腿脚太慢；有的人会推着一坛子白糖，连人带坛在地上滚，像屎壳郎推着个大粪球。

强中自有强中手，人是到处会用脑子的！有人拿出切菜刀来了，立在巷口等着："放下！"刀晃了晃。口袋或衣服，放下了；安然的，不费力的，拿回家去。"放下！"不灵验，刀下去了，把面口袋砍破，下了一阵小雪，二人滚在一团。过路的急走，稍带着说了句："打什么，有的是东西！"两位明白过来，立起来向街头跑去。抢啊，抢啊！有的是东西！

我挤在了一群买卖人的中间，藏在黑影里。我并没说什么，他们似乎很明白我的困难，大家一声不出，而紧紧的把我包围住。不要说我还是个巡警，连他们买卖人也不敢抬起头来。他们无法去保护他们的财产与货物，谁敢出头抵抗谁就是不要命，兵们有枪，人民也有切菜刀呀！是的，他们低着头，好像倒怪羞惭似的。他们唯恐和抢劫的人们——也就是他们平日的照雇主儿——对了脸，羞恼成怒，在这没有王法的时候，杀几个买卖人才不算一回事呢！所以，他们也保护着我。想想看吧，这一带的居民大概不会不认识我吧！我三天两头的到这里来巡逻。平日，他们在墙根撒尿，我都要讨他们的厌，上前干涉；他们怎能不恨恶我呢！现在大家正在兴高采烈的白拿东西，要是遇见我，他们一人给我一砖头，我也就活不成了。即使他们不认识我，反正我是穿着制服，佩着东洋刀呀！在这个局面下，冒而咕咚的出来个巡警，够多么不合适呢！我满可以上前去道歉，说我不该这么冒失，他们能白白的饶了我吗？

街上忽然清静了一些，便道上的人纷纷往胡同里跑，马路当中走着七零八散的兵，都走得很慢；我摘下帽子，从一个学徒的肩上往外看了一眼，看见一位兵士，手里提着一串东西，像一串儿螃蟹似的。我能想到那是一串金银的镯子。他身上还有多少东西，不晓得，不过一定有许多硬货，因为他走得很慢。多么自然，多么可羡慕呢！自自然然的，提着一串镯子，在马路中心缓缓的走，有烧亮的铺户作着巨大的火把，给他们照亮了全城！

兵过去了，人们又由胡同里钻出来。东西已抢得差不多了，大家开始搬铺户的门板，有的去摘门上的匾额。我在报纸上常看见“彻底”这两个字，咱们的良民们打抢的时候才真正彻底呢！

这时候，铺户的人们才有出头喊叫的：“救火呀！救火呀！别等着烧净了呀！”喊得教人一听见就要落泪！我身旁的人们开始活动。我怎么办呢？他们要是都去救火，剩下我这一个巡警，往哪儿跑呢？我拉住了一个屠户！他脱给了我那件满是猪油的大衫。把帽子夹在夹肢窝底下。一手握着佩刀，一手揪着大襟，我擦着墙根，逃回“区”里去。

八

我没去抢，人家所抢的又不是我的东西，这回事简直可以说和我不相干。可是，我看见了，也就明白了。明白了什么？我不会干脆的，恰当的，用一半句话说出来；我明白了点什么意思，这点意思教我几乎改变了点脾气。丢老婆是一件永远忘不了的事，现在它有了伴儿，我也永远忘不了这次的兵变。丢老婆是我自己的事，只须记在我的心里，用不着把家事国事天下事全拉扯上。这次的变乱是多少万人的事，只要我想一想，我便想到大家，想到全城，简直的我可以用这回事去断定许多的大事，就好像报纸上那样谈论这个问题那个问题似的。对了，我找到了一句漂亮的了。这件事教我看出一点意思，由这点意思我咂摸着许多问题。不管别人听得懂这句与否，我可真觉得它不坏。

我说过了：自从我的妻潜逃之后，我心中有了个空儿。经过这回兵变，那个空儿更大了一些，松松通通的能容下许多玩艺儿。还接着说兵变的事吧！把它说完全了，你也就可以明白我心中的空儿为什么大起来了。

当我回到宿舍的时候，大家还全没睡呢。不睡是当然的，可是，大家一点也不显着着急或恐慌，吸烟的吸烟，喝茶的喝茶，就好像有红白事熬夜那样。我的狼狈的样子，不但没引起大家的同情，倒招得他们直笑。我本排着一肚子话要向大家说，一看这个样子也就不必再言语了。我想去睡，可是被排长给拦住了："别睡！待一会儿，天一亮，咱们全得出去弹压地面！"这该轮到我发笑了；街上烧抢到那个样子，并不见一个巡警，等到天亮再去弹压地面，岂不是天大的笑话！命令是命令，我只好等到天亮吧！

还没到天亮，我已经打听出来：原来高级警官们都预先知道兵变的事儿，可是不便于告诉下级警官和巡警们。这就是说，兵变是警察们管不了的事，要变就变吧；下级警官和巡警们呢，夜间糊糊涂涂的照常去巡逻站岗，是生是死随他们去！这个主意够多么活动而毒辣呢！再看巡警们呢，全和我自己一样，听见枪声就往回跑，谁也不傻。这样巡警正好对得起这样警官，自上而下全是瞎打混的当"差事"，一点不假！

虽然很要困，我可是急于想到街上去看看，夜间那一些情景还都在我的心里，我愿白天再去看一眼，好比较比较，教我心中这张画儿有头有尾。天亮得似乎很慢，也许是我心中太急。天到底慢慢的亮起来，我们排上队。我又要笑，有的人居然把盘起来的辫子梳好了放下来，巡长们也作为没看见。有的人在快要排队的时候，还细细刷了刷制服，用布擦亮了皮鞋！街上有那么大的损失，还有人顾得擦亮了鞋呢。我怎能不笑呢！

到了街上，我无论如何也笑不出了！从前，我没真明白过什么叫作“惨”，这回才真晓得了。天上还有几颗懒得下去的大星，云色在灰白中稍微带出些蓝，清凉，暗淡。到处是焦糊的气味，空中游动着一些白烟。铺户全敞着门，没有一个整窗子，大人和小徒弟都在门口，或坐或立，谁也不出声，也不动手收拾什么，像一群没有主儿的傻羊。火已经停止住延烧，可是已被烧残的地方还静静的冒着白烟，吐着细小而明亮的火苗。微风一吹，那烧焦的房柱忽然又亮起来，顺着风摆开一些小火旗。最初起火的几家已成了几个巨大的焦土堆，山墙没有倒，空空的围抱着几座冒烟的坟头。最后燃烧的地方还都立着，墙与前脸全没塌倒，可是门窗一律烧掉，成了些黑洞。有一只猫还在这样的一家门口坐着，被烟熏的连连打嚏，可是还不肯离开那里。

平日最热闹体面的街口变成了一片焦木头破瓦，成群的焦柱静静的立着，东西南北都是这样，懒懒的，无聊的，欲罢不能的冒着些烟。地狱什么样？我不知道。大概这就差不多吧！我一低头，便想起往日街头上的景象，那些体面的铺户是多么华丽可爱。一抬头，眼前只剩了焦糊的那么一片。心中记得的景象与眼前看见的忽然碰到一处，碰出一些泪来。这就叫作“惨”吧？火场外有许多买卖人与学徒们呆呆的立着，手揣在袖里，对着残火发愣。遇见我们，他们只淡淡的看那么一眼，没有任何别的表示，仿佛他们已绝了望，用不着再动什么感情。

过了这一带火场，铺户全敞着门窗，没有一点动静，便道上马路上全是破碎的东西，比那火场更加凄惨。火场的样子叫人一看便知道那是遭了火灾，这一片破碎静寂的铺户与东西使人莫名其妙，不晓得为什么繁华的街市会忽然变成绝大的垃圾堆。我就被派在这里站岗。我的责任是什么呢？不知道。我规规矩矩的立在那里，连动也不敢动，这破烂的街市仿佛有一股凉气，把我吸住。一些妇女和小孩子还在铺子外边拾取一些破东西，铺子的人不作声，我也不便去管；我觉得站在那里简直是多此一举。

太阳出来，街上显着更破了，像阳光下的叫化子那么丑陋。地上的每一个小物件都露出颜色与形状来，花哨的奇怪，杂乱得使人憋气。没有一个卖菜的，赶早市的，卖早点心的，没有一辆洋车，一匹马，整个的街上就是那么破破烂烂，冷冷清清，连刚出来的太阳都仿佛垂头丧气不大起劲，空空洞洞的悬在天上。一个邮差从我身旁走过去，低着头，身后扯着一条长影。我哆嗦了一下。

待了一会儿，段上的巡官下来了。他身后跟着一名巡警，两人都非常的精神在马路当中当当的走，好像得了什么喜事似的。巡官告诉我：注意街上的秩序，大令已经下来了！我行了礼，莫名其妙他说的是什么？那名巡警似乎看出来我的傻气，低声照补了一句：赶开那些拾东西的，大令下来了！我没心思去执行，可是不敢公然违抗命令，我走到铺户外边，向那些妇人孩子们摆了摆手，我说不出话来！

一边这样维持秩序，我一边往猪肉铺走，为是说一声，那件大褂等我给洗好了再送来。屠户在小肉铺门口坐着呢，我没想到这样的小铺也会遭抢，可是竟自成个空铺子了。我说了句什么，屠户连头也没抬。我往铺子里望了望：大小肉墩子，肉钩子，钱筒子，油盘，凡是能拿走的吧，都被人家拿走了，只剩下了柜台和架肉案子的土台！

我又回到岗位，我的头痛得要裂。要是老教我看着这条街，我知道不久就会疯了。

大令真到了。十二名兵，一个长官，捧着就地正法的令牌，枪全上着刺刀。呕！原来还是辫子兵啊！他们抢完烧完，再出来就地正法别人；什么玩艺呢？我还得给令牌行礼呀！

行完礼，我急快往四下里看，看看还有没有捡拾零碎东西的人，好警告他们一声。连屠户的木墩都搬了走的人民，本来值不得同情；可是被辫子兵们杀掉，似乎又太冤枉。

说时迟，那时快，一个十四五岁的男孩子没有走脱。枪刺围住了他，他手中还攥住一块木板与一双旧鞋。拉倒了，大刀亮出来，孩子喊了声“妈！”血溅出去多远，身子还抽动，头已悬在电线杆子上！

我连吐口唾沫的力量都没有了，天地都在我眼前翻转。杀人，看见过，我不怕。我是不平！我是不平！请记住这句，这就是前面所说过的，“我看出一点意思”的那点意思。想想看，把整串的金银镯子提回营去，而后出来杀个拾了双破鞋的孩子，还说就地正“法”呢！天下要有这个“法”，我×“法”的亲娘祖奶奶！请原谅我的嘴这么野，但是这种事恐怕也不大文明吧？

事后，我听人家说，这次的兵变是有什么政治作用，所以打抢的兵在事后还出来弹压地面。连头带尾，一切都是预先想好了的。什么政治作用？咱不懂！咱只想再骂街。可是，就凭咱这么个“臭脚巡”，骂街又有什么用呢！

九

简直我不愿再提这回事了，不过为圆上场面，我总得把问题提出来；提出来放在这里，比我聪明的人有的是，让他们自己去细咂摸吧！

怎么会“政治作用”里有兵变？

若是有意教兵来抢，当初干吗要巡警？

巡警到底是干吗的？是只管在街上小便的，而不管抢铺子的吗？

安善良民要是会打抢，巡警干吗去专拿小偷？

人们到底愿意要巡警不愿意？不愿意吧！为什么刚要打架就喊巡警，而且月月往外拿“警捐”？愿意吧！为什么又喜欢巡警不管事：要抢的好去抢，被抢的也一声不言语？

好吧，我只提出这么几个“样子”来吧！问题还多得很呢！我既不能去解决，也就不便再瞎叨叨了。这几个“样子”就真够教我糊涂的了，怎想怎不对，怎摸不清哪里是哪里，一会儿它有头有尾，一会儿又没头没尾，我这点聪明不够想这么大的事的。

我只能说这么一句老话，这个人民，连官儿，兵丁，巡警，带安善的良民，都“不够本”！所以，我心中的空儿就更大了呀！在这群“不够本”的人们里活着，就是个对付劲儿，别讲究什么“真”事儿，我算是看明白了。

还有个好字眼儿，别忘下：“汤儿事”。谁要是跟我一样，想不出什么好办法来，顶好用这个话，又现成，又恰当，而且可以不至把自己绕糊涂了。“汤儿事”，完了；如若还嫌稍微秃一点呢，再补上“真他妈的”，就挺合适。

十

不须再发什么议论，大概谁也能看清楚咱们国的人是怎回事了。由这个再谈到警察，稀松二五眼正是理之当然，一点也不出奇。就拿抓赌来说吧：早年间的赌局都是由顶有字号的人物作后台老板；不但官面上不能够抄拿，就是出了人命也没有什么了不得的；赌局里打死人是常有的事。赶到有了巡警之后，赌局还照旧开着，敢去抄吗？这谁也能明白，不必我说。可是，不抄吧，又太不像话；怎么办呢？有主意，捡着那老实的办儿案，拿几个老头儿老太太，抄去几打儿纸牌，罚上十头八块的。巡警呢，算交上了差事；社会上呢，大小也有个风声，行了。拿这一件事比方十件事，警察自从一开头就是抹稀泥。它养着一群混饭吃的人，作些个混饭吃的事。社会上既不需要真正的巡警，巡警也犯不上为六块钱卖命。这很清楚。

这次兵变过后，我们的困难增多了一些。年轻的小伙子们，抢着了不少的东西，总算发了邪财。有的穿着两件马褂，有的十个手指头戴着十个戒指，都扬扬得意的在街上扭，斜眼看着巡警，鼻子里哽哽的哼白气。我只好低下头去，本来吗，那么大的阵式，我们巡警都一声没出，事后还能怨人家小看我们吗？赌局到处都是，白抢来的钱，输光了也不折本儿呀！我们不敢去抄，想抄也抄不过来，太多了。我们在墙儿外听见人家里面喊“人九”“对子”，只作为没听见，轻轻的走过去。反正人们在院儿里头耍，不到街上来就行。哼！人们连这点面子也不给咱们留呀！那穿两件马褂的小伙子们偏要显出一点也不怕巡警——他们的祖父，爸爸，就没怕过巡警，也没见过巡警，他们为什么这辈子应当受巡警的气呢？——单要来到街上赌一场。有骰子就能开宝，蹲在地上就玩起活来。有一对石球就能踢，两人也行，五个人也行，“一毛钱一脚，踢不踢？好啦！‘倒回来！’”啪，球碰了球，一毛。耍儿真不小呢，一点钟里也过手好几块。这都在我们鼻子底下，我们管不管呢？管吧！一个人，只佩着连豆腐也切不齐的刀，而赌家老是一群年轻的小伙子。明人不吃眼前亏，巡警得绕着道儿走过去，不管的为是。可是，不幸，遇见了稽察，“你难道瞎了眼，看不见他们聚赌？”回去，至轻是记一过。这份儿委屈上哪儿诉去呢？

这样的事还多得很呢！以我自己说，我要不是佩着那么把破刀，而是拿着把手枪，跟谁我也敢碰碰，六块钱的饷银自然合不着卖命，可是泥人也有个土性，架不住碰在气头儿上。可是，我摸不着手枪，枪在土匪和大兵手里呢。

明明看见了大兵坐了车不给钱，而且用皮带抽洋车夫，我不敢不笑着把他劝了走。他有枪，他敢放，打死个巡警算得了什么呢！有一年，在三等窑子里，大兵们打死了我们三位弟兄，我们连凶手也没要出来。三位弟兄白白的死了，没有一个抵偿的，连一个挨几十军棍的也没有！他们的枪随便放，我们赤手空拳，我们这是文明事儿呀！

总而言之吧，在这么个以蛮横不讲理为荣，以破坏秩序为增光耀祖的社会里，巡警简直是多余。明白了这个，再加上我们前面所说过的食不饱力不足那一套，大概谁也能明白个八九成了。我们不抹稀泥，怎么办呢？我——我是个巡警——并不求谁原谅，我只是愿意这么说出来，心明眼亮，好教大家心里有个谱儿。

爽性我把最泄气的也说了吧：

当过了一二年差事，我在弟兄们中间已经是个了不得的人物。遇见官事，长官们总教我去挡头一阵。弟兄们并不因此而忌妒我，因为对大家的私事我也不走在后边。这样，每逢出个排长的缺，大家总对我咕唧："这回一定是你补缺了！"仿佛他们非常希望要我这么个排长似的。虽然排长并没落在我身上，可是我的才干是大家知道的。

我的办事诀窍，就是从前面那一大堆话中抽出来的。比方说吧，有人来报被窃，巡长和我就去察看。糙糙的把门窗户院看一过儿，顺口搭音就把我们在哪儿有岗位，夜里有几趟巡逻，都说得详详细细，有滋有味，仿佛我们比谁都精细，都卖力气。然后，找门窗不甚严密的地方，话软而意思硬的开始反攻："这扇门可不大保险，得安把洋锁吧？告诉你，安锁要往下安，门坎那溜儿就很好，不容易教贼摸到。屋里养着条小狗也是办法，狗圈在屋里，不管是多么小，有动静就会汪汪，比院里放着三条大狗还有用。先生你看，我们多留点神，你自己也得注点意，两下一凑合，准保丢不了东西了。好吧，我们回去，多派几名下夜的就是了；先生歇着吧！"这一套，把我们的责任卸了，他就赶紧得安锁养小狗；遇见和气的主儿呢，还许给我们泡壶茶喝。这就是我的本事。怎么不负责任，而且不教人看出抹稀泥来，我就怎办。话要说得好听，甜嘴蜜舌的把责任全推到一边去，准保不招灾不惹祸。弟兄们都会这一套，可是他们的嘴与神气差着点劲儿。一句话有多少种说法，把神气弄对了地方，话就能说出去又拉回来，像有弹簧似的。这点，我比他们强，而且他们还是学不了去，这是天生来的才分！

赶到我独自下夜，遇见贼，你猜我怎么办？我呀！把佩刀攥在手里，省得有响声；他爬他的墙，我走我的路，各不相扰。好吗，真要教他记恨上我，藏在黑影儿里给我一砖，我受得了吗？那谁，傻王九，不是瞎了一只眼吗？他还不是为拿贼呢！有一天，他和董志和在街口上强迫给人们剪发，一人手里一把剪刀，见着带小辫的，拉过来就是一剪子。哼！教人家记上了。等傻王九走单了的时候，人家照准了他的眼就是一把石灰："让你剪我的发，×你妈妈的！"他的眼就那么瞎了一只。你说，这差事要不像我那么去当，还活着不活着呢？凡是巡警们以为该干涉的，人们都以为是"狗拿耗子多管闲事"，有什么法子呢？

我不能像傻王九似的，平白无故的丢去一只眼睛，我还留着眼睛看这个世界呢！轻手蹑脚的躲开贼，我的心里并没闲着，我想我那俩没娘的孩子，我算计这一个月的嚼谷。也许有人一五一十的算计，而用洋钱作单位吧？我呀，得一个铜子一个铜子的算。多几个铜子，我心里就宽绰；少几个，我就得发愁。还拿贼，谁不穷呢？穷到无路可走，谁也会去偷，肚子才不管什么叫作体面呢！

十一

这次兵变过后，又有一次大的变动：大清国改为中华民国了。改朝换代是不容易遇上的，我可是并没觉得这有什么意思。说真的，这百年不遇的事情，还不如兵变热闹呢。据说，一改民国，凡事就由人民主管了；可是我没看见。我还是巡警，饷银没有增加，天天出来进去还是那一套。原先我受别人的气，现在我还是受气；原先大官儿们的车夫仆人欺负我们，现在新官儿手底下的人也并不和气。“汤儿事”还是“汤儿事”，倒不因为改朝换代有什么改变。可也别说，街上剪发的人比从前多了一些，总得算作一点进步吧。牌九押宝慢慢的也少起来，贫富人家都玩“麻将”了，我们还是照样的不敢去抄赌，可是赌具不能不算改了良，文明了一些。

民国的民倒不怎样，民国的官和兵可了不得！像雨后的蘑菇似的，不知道哪儿来的这么些官和兵。官和兵本不当放在一块儿说，可是他们的确有些相像的地方。昨天还一脚黄土泥，今天作了官或当了兵，立刻就瞪眼；越糊涂，眼越瞪得大，好像是糊涂灯，糊涂得透亮儿。这群糊涂玩艺儿听不懂哪叫好话，哪叫歹话，无论你说什么，他们总是横着来。他们糊涂得教人替他们难过，可是他们很得意。有时候他们教我都这么想了：我这辈大概作不了文官或是武官啦！因为我糊涂的不够程度！

几乎是个官儿就可以要几名巡警来给看门护院，我们成了一种保镖的，挣着公家的钱，可为私人作事。我便被派到宅门里去。从道理上说，为官员看守私宅简直不能算作差事；从实利上讲，巡警们可都愿意这么被派出来。我一被派出来，就拔升为“三等警”；“招募警”还没有被派出来的资格呢！我到这时候才算入了“等”。再说呢，宅门的事情轻闲，除了站门，守夜，没有别的事可作；至少一年可以省出一双皮鞋来。事情少，而且外带着没有危险；宅里的老爷与太太若打起架来，用不着我们去劝，自然也就不会把我们打在底下面受点误伤。巡夜呢，不过是绕着宅子走两圈，准保遇不上贼；墙高狗厉害，小贼不能来，大贼不便于来——大贼找退职的官儿去偷，既有油水，又不至于引起官面严拿；他们不惹有势力的现任官。在这里，不但用不着去抄赌，我们反倒保护着老爷太太们打麻将。遇到宅里请客玩牌，我们就更轻闲自在：宅门外放着一片车马，宅里到处亮如白昼，仆人来往如梭，两三桌麻将，四五盏烟灯，彻夜的闹哄，绝不会闹贼，我们就睡大觉，等天亮散局的时候，我们再出来站门行礼，给老爷们助威。要赶上宅里有红白事，我们就更合适：喜事唱戏，我们跟着白听戏，准保都是有名的角色，在戏园子里绝听不到这么齐全。丧事呢，虽然没戏可听，可是死人不能一半天就抬出去，至少也得停三四十天，念好几棚经；好了，我们就跟着吃吧；他们死人，咱们就吃犒劳。怕就怕死小孩，既不能开吊，又得听着大家呕呕的真哭。其次是怕小姐偷偷跑了，或姨太太有了什么大错而被休出去，我们捞不着吃喝看戏，还得替老爷太太们怪不得劲儿的！

教我特别高兴的，是当这路差事，出入也随便了许多，我可以常常回家看看孩子们。在“区”里或“段”上，请会儿浮假都好不容易，因为无论是在“内勤”或“外勤”，工作是刻板儿排好了的，不易调换更动。在宅门里，我站完门便没了我的事，只须对弟兄们说一声就可以走半天。这点好处常常教我害怕，怕再调回“区”里去；我的孩子们没有娘，还不多教他们看看父亲吗？

就是我不出去，也还有好处。我的身上既永远不疲乏，心里又没多少事儿，闲着干什么呢？我呀，宅上有的是报纸，闲着就打头到底的念。大报小报，新闻社论，明白吧不明白吧，我全念，老念。这个，帮助我不少，我多知道了许多的事，多识了许多的字。有许多字到如今我还念不出来，可是看惯了，我会猜出它们的意思来，就好像街面上常见着的人，虽然叫不上姓名来，可是彼此怪面善。除了报纸，我还满世界去借闲书看。不过，比较起来，还是念报纸的益处大，事情多，字眼儿杂，看着开心。唯其事多字多，所以才费劲；念到我不能明白的地方，我只好再拿起闲书来了。闲书老是那一套，看了上回，猜也会猜到下回是什么事；正因为它这样，所以才不必费力，看着玩玩就算了。报纸开心，闲书散心，这是我的一点经验。

在门儿里可也有坏处：吃饭就第一成了问题。在“区”里或

“段”上，我们的伙食钱是由饷银里坐地儿扣，好歹不拘，天天到时候就有饭吃。派到宅门里来呢，一共三五个人，绝不能找厨子包办伙食，没有厨子肯包这么小的买卖的。宅里的厨房呢，又不许我们用：人家老爷们要巡警，因为知道可以白使唤几个穿制服的人，并不大管这群人有肚子没有。我们怎办呢？自己起灶，作不到，买一堆盆碗锅勺，知道哪时就又被调了走呢？再说，人家门头上要巡警原为体面好看，好，我们若是给人家弄得盆朝天碗朝地，刀勺乱响，成何体统呢？没法子，只好买着吃。

这可够别扭的。手里若是有钱，不用说，买着吃是顶自由了，爱吃什么就叫什么，弄两盅酒儿伍的，叫俩可口的菜，岂不是个乐子？请别忘了，我可是一月才共总进六块钱！吃的苦还不算什么，一顿一顿想主意可真叫人难过，想着想着我就要落泪。我要省钱，还得变个样儿，不能老啃干馍馍辣饼子，像填鸭子似的。省钱与可口简直永远不能碰到一块，想想钱，我认命吧，还是弄几个干烧饼，和一块老腌萝卜，对付一下吧；想到身子，似乎又不该如此。想，越想越难过，越不能决定；一直饿到太阳平西还没吃上午饭呢！

我家里还有孩子呢！我少吃一口，他们就可以多吃一口，谁不心疼孩子呢？吃着包饭，我无法少交钱；现在我可以自由的吃饭了，为什么不多给孩子们省出一点来呢？好吧，我有八个烧饼才够，就硬吃六个，多喝两碗开水，来个“水饱”！我怎能不落泪呢！

看看人家宅门里吧，老爷挣钱没数儿！是呀，只要一打听就能打听出来他拿多少薪俸，可是人家绝不指着那点固定的进项，就这么说吧，一月挣八百块的，若是干挣八百块，他怎能那么阔气呢？这里必定有文章。这个文章是这样的，你要是一月挣六块钱，你就死挣那个数儿，你兜儿里忽然多出一块钱来，都会有人斜眼看你，给你造些谣言。你要是能挣五百块，就绝不会死挣这个数儿，而且你的钱越多，人们越佩服你。这个文章似乎一点也不合理，可是它就是这么作出来的，你爱信不信！

报纸与宣讲所里常常提倡自由；事情要是等着提倡，当然是原来没有。我原没有自由；人家提倡了会子，自由还没来到我身上，可是我在宅门里看见它了。民国到底是有好处的，自己有自由没有吧，反正看见了也就得算开了眼。

你瞧，在大清国的时候，凡事都有个准谱儿；该穿蓝布大褂的就得穿蓝布大褂，有钱也不行。这个，大概就应叫作专制吧！一到民国来，宅门里可有了自由，只要有钱，你爱穿什么，吃什么，戴什么，都可以，没人敢管你。所以，为争自由，得拼命的去搂钱；搂钱也自由，因为民国没有御史。你要是没在大宅门待过，大概你还不信我的话呢，你去看看好了。现在的一个小官都比老年间的头品大员多享着点福：讲吃的，现在交通方便，山珍海味随便的吃，只要有钱。吃腻了这些还可以拿西餐洋酒换换口味；哪一朝的皇上大概也没吃过洋饭吧？讲穿的，讲戴的，讲看的听的，使的用的，都是如此；坐在屋里你可以享受全世界最好的东西。如今享福的人才真叫作享福，自然如今搂钱也比从前自由的多。别的我不敢说，我准知道宅门里的姨太太擦五十块钱一小盒的香粉，是由什么巴黎来的；巴黎在哪儿？我不知道，反正那里来的粉是很贵。我的邻居李四，把个胖小子卖了，才得到四十块钱，足见这香粉贵到什么地步了，一定是又细又香呀，一定！

好了，我不再说这个了；紧自贫嘴恶舌，倒好像我不赞成自由似的，那我哪敢呢！

我再从另一方面说几句，虽然还是话里套话，可是多少有点变化，好教人听着不俗气厌烦。刚才我说人家宅门里怎样自由，怎样阔气，谁可也别误会了人家作老爷的就整天的大把往外扔洋钱，老爷们才不这么傻呢！是呀，姨太太擦比一个小孩还贵的香粉，但是姨太太是姨太太，姨太太有姨太太的造化与本事。人家作老爷的给姨太太买那么贵的粉，正因为人家有地方可以抠出来。你就这么说吧，好比你作了老爷，我就能按着宅门的规矩告诉你许多诀窍：你的电灯，自来水，煤，电话，手纸，车马，天棚，家具，信封信纸，花草，都不用花钱；最后，你还可以白使唤几名巡警。这是规矩，你要不明白这个，你简直不配作老爷。告诉你一句到底的话吧，作老爷的要空着手儿来，满膛满馅的去，就好像刚惊蛰后的臭虫，来的时候是两张皮，一会儿就变成肚大腰圆，满兜儿血。这个比喻稍粗一点，意思可是不错。自由的搂钱，专制的省钱，两下里一合，你的姨太太就可以擦巴黎的香粉了。这句话也许说得太深奥了一些，随便吧！你爱懂不懂。

这可就该说到我自己了。按说，宅门里白使唤了咱们一年半载，到节了年了的，总该有个人心，给咱们哪怕是顿犒劳饭呢，也大小是个意思。哼！休想！人家作老爷的钱都留着给姨太太花呢，巡警算哪道货？等咱被调走的时候，求老爷给"区"里替我说句好话，咱都得感激不尽。

你看，命令下来，我被调到别处。我把铺盖卷打好，然后恭而敬之的去见宅上的老爷。看吧，人家那股子儿劲大了去啦！带理不理的，倒仿佛我偷了他点东西似的。我托咐了几句：求老爷顺便和"区"里说一声，我的差事当得不错。人家微微的一抬眼皮，连个屁都懒得放。我只好退出来了，人家连个拉铺盖的车钱也不给；我得自己把它扛了走。这就是他妈的差事，这就是他妈的人情！

十二

机关和宅门里的要人越来越多了，我们另成立了警卫队，一共有五百人，专作那义务保镖的事。为是显出我们真能保卫老爷们，我们每人有一杆洋枪，和几排子弹。对于洋枪——这些洋枪——我一点也不感觉兴趣：它又沉，又老，又破，我摸不清这是由哪里找来的一些专为压人肩膀，而一点别的用处没有的玩艺儿。我的子弹老在腰间围着，永远不准往枪里搁；到了什么大难临头，老爷们都逃走了的时候，我们才安上刺刀。

这可并非是说，我可以完全不管那枝破家伙；它虽然是那么破，我可得给它支使着。枪身里外，连刺刀，都得天天擦；即使永远擦不亮，我的手可不能闲着。心到神知！再说，有了枪，身上也就多了些玩艺儿，皮带，刺刀鞘，子弹袋子，全得弄得利落抹腻，不能像猪八戒跨腰刀那么懈懈松松的，还得打裹腿呢！

多出这么些事来，肩膀上添了七八斤的分量，我多挣了一块钱；现在我是一个月挣七块大洋了，感谢天地！

七块钱，扛枪，打裹腿，站门，我干了三年多。由这个宅门串到那个宅门，由这个衙门调到那个衙门；老爷们出来，我行礼；老爷进去，我行礼。这就是我的差事。这种差事才毁人呢：你说没事作吧，又有事；说有事作吧，又没事。还不如上街站岗去呢。在街上，至少得管点事，用用心思。在宅门或衙门，简直永远不用费什么一点脑子。赶到在闲散的衙门或汤儿事的宅子里，连站门的时候都满可以随便，挂着枪立着也行，抱着枪打盹也行。这样的差事教人不起一点儿劲，它生生的把人耗疲了。一个当仆人的可以有个盼望，哪儿的事情甜就想往哪儿去，我们当这份儿差事，明知一点好来头没有，可是就那么一天天的穷耗，耗得连自己都看不起了自己。按说，这么空闲无事，就应当吃得白白胖胖，也总算个体面呀。哼！我们并蹲不出膘儿来。我们一天老绕着那七块钱打算盘，穷得揪心。心要是揪上，还怎么会发胖呢？以我自己说吧，我的孩子已到上学的年岁了，我能不教他去吗？上学就得花钱，古今一理，不算出奇，可是我上哪里找这份钱去呢？作官的可以白占许多许多便宜，当巡警的连孩子白念书的地方也没有。上私塾吧，学费节礼，书籍笔墨，都是钱。上学校吧，制服，手工材料，种种本子，比上私塾还费的多。再说，孩子们在家里，饿了可以掰一块窝窝头吃；一上学，就得给点心钱，即使咱们肯教他揣着块窝窝头去，他自己肯吗？小孩的脸是更容易红起来的。

我简直没办法。这么大个活人，就会干瞪着眼睛看自己的儿女在家里荒荒着！我这辈无望了，难道我的儿女应当更不济吗？看着人家宅门的小姐少爷去上学，喝！车接车送，到门口还有老妈子丫环来接书包，抱进去，手里拿着橘子苹果，和新鲜的玩具。人家的孩子这样，咱的孩子那样；孩子不都是将来的国民吗？我真想辞差不干了。我愣当仆人去，弄两零钱，好教我的孩子上学。

可是人就是别入了辙，入到那条辙上便一辈子拔不出腿来。当了几年的差事——虽然是这样的差事——我事事入了辙，这里有朋友，有说有笑，有经验，它不教我起劲，可是我也仿佛不大能狠心的离开它。再说，一个人的虚荣心每每比金钱还有力量，当惯了差，总以为去当仆人是往下走一步，虽然可以多挣些钱。这可笑，很可笑，可是人就是这么个玩艺儿。我一跟朋友们说这个，大家都摇头。有的说，大家混的都很好的，干吗去改行？有的说，这山望着那山高，咱们这些苦人干什么也发不了财，先忍着吧！有的说，人家中学毕业生还有当“招募警”的呢，咱们有这个差事当，就算不错；何必呢？连巡官都对我说了：好歹混着吧，这是差事；凭你的本事，日后总有升腾！大家这么一说，我的心更活了，仿佛我要是固执起来，倒不大对得住朋友似的。好吧，还往下混吧。小孩念书的事呢？没有下文！

不久，我可有了个好机会。有位冯大人哪，官职大得很，一要就要十二名警卫：四名看门，四名送信跑道，四名作跟随。这四名跟随得会骑马。那时候，汽车还没出世，大官们都讲究坐大马车。在前清的时候，大官坐轿或坐车，不是前有顶马，后有跟班吗？这位冯大人愿意恢复这点官威，马车后得有四名带枪的警卫。敢情会骑马的人不好找，找遍了全警卫队，才找到了三个；三条腿不大像话，连巡官都急得直抓脑袋。我看出便宜来了：骑马，自然得有粮钱哪！为我的小孩念书起见，我得冒下子险，假如从马粮钱里能弄出块儿八毛的来，孩子至少也可以去私塾了。按说，这个心眼不甚好，可是我这是卖着命，我并不会骑马呀！我告诉了巡官，我愿意去。他问我会骑马不会？我没说我会，也没说我不会；他呢，反正找不到别人，也就没究根儿。

有胆子，天下便没难事。当我头一次和马见面的时候，我就合计好了：摔死呢，孩子们入孤儿院，不见得比在家里坏；摔不死呢，好，孩子们可以念书去了。这么一来，我就先不怕马了。我不怕它，它就得怕我，天下的事不都是如此吗？再说呢，我的腿脚利落，心里又灵，跟那三位会骑马的瞎扯巴了一会儿，我已经把骑马的招数知道了不少。找了匹老实的，我试了试，我手心里攥着把汗，可是硬说我有了把握。头几天，我的罪过真不小，混身像散了一般，屁股上见了血。我咬了牙。等到伤好了，我的胆子更大起来，而且觉出来骑马的快乐。跑，跑，车多快，我多快，我算是制服了一种动物！

我把马制服了，可是没把粮草钱拿过来，我白冒了险。冯大人家中有十几匹马呢，另有看马的专人，没有我什么事。我几乎气病了。可是，不久我又高兴了：冯大人的官职是这么大，这么多，他简直没有回家吃饭的工夫。我们跟着他出去，一跑就是一天。他当然喽，到处都有饭吃，我们呢？我们四个人商议了一下，决定跟他交涉，他在哪里吃饭，也得有我们的。冯大人这个人心眼还不错，他很爱马，爱面子，爱手下的人。我们一对他说，他马上答应了。这个，可是个便宜。不用往多里说，我们要是一个月准能在外边白吃半个月的饭，我们不就省下半个月的饭钱吗？我高了兴！

冯大人，我说，很爱面子。当我们去见他交涉饭食的时候，他细细看了看我们。看了半天，他摇了摇头，自言自语的说："这可不行！"我以为他是说我们四个人不行呢，敢情不是。他登时要笔墨，写了个条子："拿这个见总队长去，教他三天内都办好！"把条子拿下来，我们看了看，原来是教队长给我们换制服：

我们平常的制服是斜纹布的，冯大人现在教换呢子的；袖口，裤缝，和帽箍，一律要安金绦子。靴子也换，要过膝的马靴。枪要换上马枪，还另外给一人一把手枪。看完这个条子，连我们自己都觉得不合适：长官们才能穿呢衣，镶金绦，我们四个是巡警，怎能平白无故的穿上这一套呢？自然，我们不能去教冯大人收回条子去，可是我们也怪不好意思去见总队长。总队长要是不敢违抗冯大人，他满可以对我们四个人发发脾气呀！

你猜怎么着？总队长看了条子，连大气没出，照话而行，都给办了。你就说冯大人有多么大的势力吧！喝！我们四个人可抖起来了，真正细黑呢制服，镶着黄澄澄的金绦，过膝的黑皮长靴，靴后带着白亮亮的马刺，马枪背在背后，手枪跨在身旁，枪匣外搭拉着长杏黄穗子。简直可以这么说吧，全城的巡警的威风都教我们四个人给夺过来了。我们在街上走，站岗的巡警全都给我们行礼，以为我们是大官儿呢！

当我作裱糊匠的时候，稍微讲究一点的烧活，总得糊上匹菊花青的大马。现在我穿上这么抖的制服，我到马棚去挑了匹菊花青的马，这匹马非常的闹手，见了人是连啃带踢；我挑了它，因为我原先糊过这样的马，现在我得骑上匹活的；菊花青，多么好看呢！这匹马闹手，可是跑起来真作脸，头一低，嘴角吐着点白沫，长鬃像风吹着一垄春麦，小耳朵立着像俩小瓢儿；我只须一认镫，它就要飞起来。这一辈子，我没有过什么真正得意的事；骑上这匹菊花青大马，我必得说，我觉到了骄傲与得意！

按说，这回的差事总算过得去了，凭那一身衣裳与那匹马还不值得高高兴兴的混吗？哼！新制服还没穿过三个月，冯大人吹了台，警卫队也被解散；我又回去当三等警了。

十三

警卫队解散了。为什么？我不知道。我被调到总局里去当差，并且得了一面铜片的奖章，仿佛是说我在宅门里立下了什么功劳似的。在总局里，我有时候管户口册子，有时候管铺捐的账簿，有时候值班守大门，有时候看管军装库。这么二三年的工夫，我又把局子里的事情全明白了个大概。加上我以前在街面上、衙门口和宅门里的那些经验，我可以算作个百事通了，里里外外的事，没有我不晓得的。要提起警务，我是地道内行。可是一直到这个时候，当了十年的差，我才升到头等警，每月挣大洋九元。

大家伙或者以为巡警都是站街的，年轻轻的好管闲事。其实，我们还有一大群人在区里局里藏着呢。假若有一天举行总检阅，你就可以看见些稀奇古怪的巡警：罗锅腰的，近视眼的，掉了牙的，瘸着腿的，无奇不有。这些怪物才真是巡警中的盐，他们都有资格有经验，认文断字，一切公文案件，一切办事的诀窍，都在他们手里呢。要是没有他们，街上的巡警就非乱了营不可。这些人，可是，永远不会升腾起来；老给大家办事，一点起色也没有，平生连出头露面的体面一次都没有过。他们任劳任怨的办事，一直到他们老得动不了窝，老是头等警，挣九块大洋。多咱你在街上看见：穿着洗得很干净的灰布大褂，脚底下可还穿着巡警的皮鞋，用脚后跟慢慢的走，仿佛支使不动那双鞋似的，那就准是这路巡警。他们有时候也到大“酒缸”上，喝一个“碗酒”，就着十几个花生豆儿，挺有规矩，一边往下咽那点辣水，一边叹着气。头发已经有些白的了，嘴巴儿可还刮得很光，猛看很像个太监。他们很规则，和蔼，会作事，他们连休息的时候还得穿着那双不得人心的鞋！

跟这群人在一处办事，我长了不少的知识。可是，我也有点害怕：莫非我也就这样下去了吗？他们够多么可爱，又多么可怜呢！看着他们，我心中时常忽然凉那么一下，教我半天说不上话来。不错，我比他们都年岁小，也不见得比他们不精明，可是我有希望没有呢？年岁小？我也三十六了！

这几年在局子里可也有一样好处，我没受什么惊险。这几年，正是年年春秋准打仗的时期，旁人受的罪我先不说，单说巡警们就真够瞧的。一打仗，兵们还成了阎王爷，而巡警头朝了下！要粮，要车，要马，要人，要钱，全交派给巡警，慢一点送上去都不行。一说要烙饼一万斤，得，巡警就得挨着家去到切面铺和烙烧饼的地方给要大饼；饼烙得，还得押着清道夫给送到营里去；说不定还挨几个嘴巴回来！

要单是这么伺候着兵老爷们，也还好；不，兵老爷们还横反呢。凡是有巡警的地方，他们非捣乱不可，巡警们管吧不好，不管吧也不好，活受气。世上有糊涂人，我晓得；但是兵们的糊涂令我不解。他们只为逞一时的字号，完全不讲情理；不讲情理也罢，反正得自己别吃亏呀；不，他们连自己吃亏不吃亏都看不出来，你说天下哪里再找这么糊涂的人呢。就说我的表弟吧，他已当过十多年的兵，后来几年还老是排长，按说总该明白点事儿了。哼！那年打仗，他押着十几名俘虏往营里送。喝！他得意非常的在前面领着，仿佛是个皇上似的。他手下的弟兄都看出来，为什么不先解除了俘虏的武装呢？他可就是不这么办，拍着胸膛说一点错儿没有。走到半路上，后面响了枪，也登时就死在了街上。他是我的表弟，我还能盼着他死吗？可是这股子糊涂劲儿，教我也没法抱怨开枪打他的人。有这样一个例子，你也就能明白一点兵们是怎样的难对付了。你要是告诉他，汽车别往墙上开，好啦，他就非去碰碰不可，把他自己碰死倒可以，他就是不能听你的话。

在总局里几年，没别的好处，我算是躲开了战时的危险与受气。自然罗！一打仗，煤米柴炭都涨价儿，巡警们也随着大家一同受罪，不过我可以安坐在公事房里，不必出去对付大兵们，我就得知足。

可是，在局里我又怕一辈子就窝在那里，永没有出头之日，有人情，可以升腾起来；没人情而能在外边拿贼办案，也是个路子，我既没人情，又不到街面上去，打哪儿升高一步呢？我越想越发愁。

十四

到我四十岁那年，大运亨通，我补了巡长！我顾不得想已经当了多少年的差，卖了多少力气，和巡长才挣多少钱；都顾不得想了。我只觉得我的运气来了！

小孩子拾个破东西，就能高兴的玩耍半天，所以小孩子能够快乐。大人们也得这样，或者才能对付着活下去。细细一想，事情就全糟。我升了巡长，说真的，巡长比巡警才多挣几块钱呢？挣钱不多，责任可有多么大呢！往上说，对上司们事事得说出个谱儿来；往下说，对弟兄们得又精明又热诚；对内说，差事得交得过去；对外说，能得不软不硬的办了事。这，比作知县难多了。县长就是一个地方的皇上，巡长没那个身分，他得认真办事，又得敷衍事，真真假假，虚虚实实，哪一点没想到就出蘑菇。出了蘑菇还是真糟，往上升腾不易呀，往下降可不难呢。当过了巡长再降下来，派到哪里去也不吃香：弟兄们咬吃，喝！你这作过巡长的，……这个那个的扯一堆。长官呢，看你是刺儿头，故意的给你小鞋穿，你怎么忍也忍不下去。怎办呢？哼！由巡长而降为巡警，顶好干脆卷铺盖家去，这碗饭不必再吃了。可是，以我说吧，四十岁才升上巡长，真要是卷了铺盖，我干吗去呢？

真要是这么一想，我登时就得白了头发。幸而我当时没这么想，只顾了高兴，把坏事儿全放在了一旁。我当时倒这么想：四十作上巡长，五十——哪怕是五十呢！——再作上巡官，也就算不白当了差。咱们非学校出身，又没有大人情，能作到巡官还算小吗？这么一想，我简直的拼了命，精神百倍的看着我的事，好像看着颗夜明珠似的！

作了二年的巡长，我的头上真见了白头发。我并没细想过一切，可是天天揪着心，唯恐哪件事办错了，担了处分。白天，我老喜笑颜开的打着精神办公；夜间，我睡不实在，忽然想起一件事，我就受了一惊似的，翻来覆去的思索；未必能想出办法来，我的困意可也就不再回来了。

公事而外，我为我的儿女发愁：儿子已经二十了，姑娘十八。福海——我的儿子——上过几天私塾，几天贫儿学校，几天公立小学。字吗，凑在一块儿他大概能念下来第二册国文；坏招儿，他可学会了不少，私塾的，贫儿学校的，公立小学的，他都学来了，到处准能考一百分，假若学校里考坏招数的话。本来吗，自幼失了娘，我又终年在外边瞎混，他可不是爱怎么反就怎么反啵。我不恨铁不成钢去责备他，也不抱怨任何人，我只恨我的时运低，发不了财，不能好好的教育他。我不算对不起他们，我一辈子没给他们弄个后娘，给他们气受。至于我的时运不济，只能当巡警，那并非是我的错儿，人还能大过天去吗？

福海的个子可不小，所以很能吃呀！一顿胡搂三大碗芝麻酱拌面，有时候还说不很饱呢！就凭他这个吃法，他再有我这么两份儿爸爸也不中用！我供给不起他上中学，他那点“秀气”也没法考上。我得给他找事作。哼！他会作什么呢？

从老早，我心里就这么嘀咕：我的儿子愣可去拉洋车，也不去当巡警；我这辈子当够了巡警，不必世袭这份差事了！在福海十二三岁的时候，我教他去学手艺，他哭着喊着的一百个不去。不去就不去吧，等他长两岁再说；对个没娘的孩子不就得格外心疼吗？到了十五岁，我给他找好了地方去学徒，他不说不去，可是我一转脸，他就会跑回家来。几次我送他走，几次他偷跑回来。于是只好等他再大一点吧，等他心眼转变过来也许就行了。哼！从十五到二十，他就愣荒荒过来，能吃能喝。就是不爱干活儿。赶到教我给逼急了：“你到底愿意干什么呢？你说！”他低着脑袋，说他愿意挑巡警！他觉得穿上制服，在街上走，既能挣钱，又能就手儿散心，不像学徒那样永远圈在屋里。我没说什么，心里可刺着痛。我给打了个招呼，他挑上了巡警。我心里痛不痛的，反正他有事作，总比死吃我一口强啊。父是英雄儿好汉，爸爸巡警儿子还是巡警，而且他这个巡警还必定跟不上我。我到四十岁才熬上巡长，他到四十岁，哼！不教人家开革出来就是好事！没盼望！我没续娶过，因为我咬得住牙。他呢，赶明儿个难道不给他成家吗？拿什么养着呢？

是的，儿子当了差，我心中反倒堵上个大疙疸！

再看女儿呀，也十八九了，紧自搁在家里算怎回事呢？当然，早早撮出去的为是，越早越好。给谁呢？巡警，巡警，还得是巡警？一个人当巡警，子孙万代全得当巡警，仿佛掉在了巡警阵里似的。可是，不给巡警还真不行呢：论模样，她没什么模样；论教育，她自幼没娘，只认识几个大字；论赔送，我至多能给她作两件洋布大衫；论本事，她只能受苦，没别的好处。巡警的女儿天生来的得嫁给巡警，八字造定，谁也改不了！

唉！给了就给了啵！撮出她去，我无论怎说也可以心净一会儿。并非是我心狠哪；想想看，把她搁到二十多岁，还许就剩在家里呢。我对谁都想对得起，可是谁又对得起我来着！我并不想唠里唠叨的发牢骚，不过我愿把事情都摞平了，谁是谁非，让大家看。

当她出嫁的那一天，我真想坐在那里痛哭一场。我可是没有哭；这也不是一半天的事了，我的眼泪只会在眼里转两转，简直的不会往下流！

十五

儿子有了事作，姑娘出了阁，我心里说：这我可能远走高飞了！假若外边有个机会，我愣把巡长搁下，也出去见识见识。什么发财不发财的，我不能就窝窝这么一辈子。

机会还真来了。记得那位冯大人呀，他放了外任官。我不是爱看报吗？得到这个消息，就找他去了，求他带我出去。他还记得我，而且愿意这么办。他教我去再约上三个好手，一共四个人随他上任。我留了个心眼，请他自己向局里要四名，作为是拨遣。我是这么想：假若日后事情不见佳呢，既省得朋友们抱怨我，而且还可以回来交差，有个退身步。他看我的办法不错，就指名向局里调了四个人。

这一喜可非同小喜。就凭我这点经验知识，管保说，到哪儿我也可以作个很好的警察局局长，一点不是瞎吹！一条狗还有得意的那一天呢，何况是个人？我也该抖两天了，四十多岁还没露过一回脸呢！

果然，命令下来，我是卫队长；我乐得要跳起来。

哼！也不是咱的命不好，还是冯大人的运不济；还没到任呢，又撤了差。猫咬尿胞，瞎欢喜一场！幸而我们四个人是调用，不是辞差；冯大人又把我们送回局里去了。我的心里既为这件事难过，又为回局里能否还当巡长发愁，我脸上瘦了一圈。

幸而还好，我被派到防疫处作守卫，一共有六位弟兄，由我带领。这是个不错的差事，事情不多，而由防疫处开我们的饭钱。我不确实的知道，大概这是冯大人给我说了句好话。

在这里，饭钱既不必由自己出，我开始攒钱，为是给福海娶亲——只剩了这么一档子该办的事了，爽性早些办了吧！

在我四十五岁上，我娶了儿媳妇——她的娘家父亲与哥哥都是巡警。可倒好，我这一家子，老少里外，全是巡警，凑吧凑吧，就可以成立个警察分所！

人的行动有时候莫名其妙。娶了儿媳妇以后，也不知怎么我以为应当留下胡子，才够作公公的样子。我没细想自己是干什么的，直入公堂的就留下胡子了。小黑胡子在我嘴上，我捻上一袋关东烟，觉得挺够味儿。本来吗，姑娘聘出去了，儿子成了家，我自己的事又挺顺当，怎能觉得不是味儿呢？

哼！我的胡子惹下了祸。总局局长忽然换了人，新局长到任就检阅全城的巡警。这位老爷是军人出身，只懂得立正看齐，不懂得别的。在前面我已经说过，局里区里都有许多老人们，长相不体面，可是办事多年，最有经验。我就是和局里这群老手儿排在一处的，因为防疫处的守卫不属于任何警区，所以检阅的时候便随着局里的人立在一块儿。

当我们站好了队，等着检阅的时候，我和那群老人们还有说有笑，自自然然的。我们心里都觉得，重要的事情都归我们办，提哪一项事情我们都知道，我们没升腾起来已经算很委屈了，谁还能把我们踢出去吗？上了几岁年纪，诚然，可是我们并没少作事儿呀！即使说老朽不中用了，反正我们都至少当过十五六年的差，我们年轻力壮的时候是把精神血汗耗费在公家的差事上，冲着这点，难道还不留个情面吗？谁能够看狗老了就一脚踢出去呢？我们心中都这么想，所以满没把这回事放在心里，以为新局长从远处瞭我们一眼也就算了。

局长到了，大个子胸前挂满了徽章，又是喊，又是蹦，活像个机器人。我心里打开了鼓。他不按着次序看，一眼看到我们这一排，他猛虎扑食似的就跑过来了。岔开脚，手握在背后，他向我们点了点头。然后忽然他一个箭步跳到我们跟前，抓起一个老书记生的腰带，像摔跤似的往前一拉，几乎把老书记生拉倒；抓着腰带，他前后摇晃了老书记生几把，然后猛一撒手，老书记生摔了个屁股墩。局长对准了他就是两口唾沫，“你也当巡警！连腰带都系不紧？来！拉出去毙了！”

我们都知道，凭他是谁，也不能枪毙人。可是我们的脸都白了，不是怕，是气的。那个老书记生坐在地上，哆嗦成了一团。

局长又看了看我们，然后用手指划了条长线，“你们全滚出去，别再教我看见你们！你们这群东西也配当巡警！”说完这个，仿佛还不解气，又跑到前面，扯着脖子喊：“是有胡子的全脱了制服，马上走！”

有胡子的不止我一个，还都是巡长巡官，要不然我也不敢留下这几根惹祸的毛。

二十年来的服务，我就是这么被刷下来了。其实呢，我虽四十多岁，我可是一点也不显着老苍，谁教我留下了胡子呢！这就是说，当你年轻力壮的时候，你把命卖上，一月就是那六七块钱。你的儿子，因为你当巡警，不能读书受教育；你的女儿，因为你当巡警，也嫁个穷汉去吃窝窝头。你自己呢，一长胡子，就算完事，一个铜子的恤金养老金也没有，服务二十年后，你教人家一脚踢出来，像踢开一块碍事的砖头似的。五十以前，你没挣下什么，有三顿饭吃就算不错；五十以后，你该想主意了，是投河呢，还是上吊呢？这就是当巡警的下场头。

二十年来的差事，没作过什么错事，但我就这样卷了铺盖。

弟兄们有含着泪把我送出来的，我还是笑着；世界上不平的事可多了，我还留着我的泪呢！

十六

穷人的命——并不像那些施舍稀粥的慈善家所想的——不是几碗粥所能救活了的；有粥吃，不过多受几天罪罢了，早晚还是死。我的履历就跟这样的粥差不多，它只能帮助我找上个小事，教我多受几天罪；我还得去当巡警。除了说我当巡警，我还真没法介绍自己呢！它就像颗不体面的痣或瘤子，永远跟着我。我懒得说当过巡警，懒得再去当巡警，可是不说不当，还真连碗饭也吃不上，多么可恶呢！

歇了没有好久，我由冯大人的介绍，到一座煤矿上去作卫生处主任，后来又升为矿村的警察分所所长；这总算运气不坏。在这里我很施展了些我的才干与学问：对村里的工人，我以二十年服务的经验，管理得真叫不错。他们聚赌，斗殴，罢工，闹事，醉酒，就凭我的一张嘴，就事论事，干脆了当，我能把他们说得心服口服。对弟兄们呢，我得亲自去训练。他们之中有的是由别处调来的，有的是由我约来帮忙的，都当过巡警；这可就不容易训练，因为他们懂得一些警察的事儿，而想看我一手儿。我不怕，我当过各样的巡警，里里外外我全晓得；凭着这点经验，我算是没被他们给撅了。对内对外，我全有办法，这一点也不瞎吹。

假若我能在这里混上几年，我敢保说至少我可以积攒下个棺材本儿，因为我的饷银差不多等于一个巡官的，而到年底还可以拿一笔奖金。可是，我刚作到半年，把一切都布置得有个大概了，哼！我被人家顶下来了。我的罪过是年老与过于认真办事。弟兄们满可以拿些私钱，假若我肯睁着一只闭着一只眼的话。我的两眼都睁着，种下了毒。对外也是如此，我明白警察的一切，所以我要本着良心把此地的警务办得完完全全，真像个样儿。还是那句话，人民要不是真正的人民，办警察是多此一举，越办得好越招人怨恨。自然，容我办上几年，大家也许能看出它的好处来。可是，人家不等办好，已经把我踢开了。

在这个社会中办事，现在才明白过来，就得像发给巡警们皮鞋似的。大点，活该！小点，挤脚？活该！什么事都能办通了，你打算合大家的适，他们要不把鞋打在你脸上才怪。这次的失败，因为我忘了那三个宝贝字——“汤儿事”，因此我又卷了铺盖。

这回，一闲就是半年多。从我学徒时候起，我无事也忙，永不懂得偷闲。现在，虽然是奔五十的人了，我的精神气力并不比那个年轻小伙子差多少。生让我闲着，我怎么受呢？由早晨起来到日落，我没有正经事作，没有希望，跟太阳一样，就那么由东而西的转过去；不过，太阳能照亮了世界，我呢，心中老是黑糊糊的。闲得起急，闲得要蹦，闲得讨厌自己，可就是摸不着点儿事作。想起过去的劳力与经验，并不能自慰，因为劳力与经验没给我积攒下养老的钱，而我眼看着就是挨饿。我不愿人家养着我，我有自己的精神与本事，愿意自食其力的去挣饭吃。我的耳目好像作贼的那么尖，只要有个消息，便赶上前去，可是老空着手回来，把头低得无可再低，真想一跤摔死，倒也爽快！还没到死的时候，社会像要把我活埋了！晴天大日头的，我觉得身子慢慢往土里陷；什么缺德的事也没作过，可是受这么大的罪。一天到晚我叼着那根烟袋，里边并没有烟，只是那么叼着，算个“意思”而已。我活着也不过是那么个“意思”，好像专为给大家当笑话看呢！

好容易，我弄到个事：到河南去当盐务缉私队的队兵。队兵就队兵吧，有饭吃就行呀！借了钱，打点行李，我把胡子剃得光光的上了“任”。

半年的工夫，我把债还清，而且升为排长。别人花俩，我花一个，好还债。别人走一步，我走两步，所以升了排长。委屈并挡不住我的努力，我怕失业。一次失业，就多老上三年，不饿死，也憋闷死了。至于努力挡得住失业挡不住，那就难说了。

我想——哼！我又想了！——我既能当上排长，就能当上队长，不又是个希望吗？这回我留了神，看人家怎作，我也怎作。人家要私钱，我也要，我别再为良心而坏了事；良心在这年月并不值钱。假若我在队上混个队长，连公带私，有几年的工夫，我不是又可以剩下个棺材本儿吗？我简直的没了大志向，只求腿脚能动便去劳动；多咱动不了窝，好，能有个棺材把我装上，不至于教野狗们把我嚼了。我一眼看着天，一眼看着地。我对得起天，再求我能静静的躺在地下。并非我倚老卖老，我才五十来岁；不过，过去的努力既是那么白干一场，我怎能不把眼睛放低一些，只看着我将来的坟头呢！我心里是这么想，我的志愿既这么小，难道老天爷还不睁开点眼吗？

来家信，说我得了孙子。我要说我不喜欢，那简直不近人情。可是，我也必得说出来：喜欢完了，我心里凉了那么一下，不由的自言自语的嘀咕：“哼！又来个小巡警吧！”一个作祖父的，按说，哪有给孙子说丧气话的，可是谁要是看过我前边所说的一大片，大概谁也会原谅我吧？有钱人家的儿女是希望，没钱人家的儿女是累赘；自己的肚中空虚，还能顾得子孙万代，和什么“忠厚传家久，诗书继世长”吗？

我的小烟袋锅儿里又有了烟叶，叼着烟袋，我咂摸着将来的事儿。有了孙子，我的责任还不止于剩个棺材本儿了；儿子还是三等警，怎能养家呢？我不管他们夫妇，还不管孙子吗？这教我心中忽然非常的乱，自己一年比一年的老，而家中的嘴越来越多，哪个嘴不得用窝窝头填上呢！我深深的打了几个嗝儿，胸中仿佛横着一口气。算了吧，我还是少思索吧，没头儿，说不尽！个人的寿数是有限的，困难可是世袭的呢！子子孙孙，万年永实用，窝窝头！

风雨要是都按着天气预测那么来，就无所谓狂风暴雨了。困难若是都按着咱们心中所思虑的一步一步慢慢的来，也就没有把人急疯了这一说了。我正盘算着孙子的事儿，我的儿子死了！

他还并没死在家里呀！我还得去运灵。

福海，自从成家以后，很知道要强。虽然他的本事有限，可是他懂得了怎样尽自己的力量去作事。我到盐务缉私队上来的时候，他很愿意和我一同来，相信在外边可以多一些发展的机会。我拦住了他，因为怕事情不稳，一下子再教父子同时失业，如何得了。可是，我前脚离开了家，他紧随着也上了威海卫。他在那里多挣两块钱。独自在外，多挣两块就和不多挣一样，可是穷人想要强，就往往只看见了钱，而不多合计合计。到那里，他就病了；舍不得吃药。及至他躺下了，药可也就没了用。

把灵运回来，我手中连一个钱也没有了。儿媳妇成了年轻的寡妇，带着个吃奶的小孩，我怎么办呢？我没法再出外去作事，在家乡我又连个三等巡警也当不上，我才五十岁，已走到了绝路。我羡慕福海，早早的死了，一闭眼三不知；假若他活到我这个岁数，至好也不过和我一样，多一半还许不如我呢！儿媳妇哭，哭得死去活来，我没有泪，哭不出来，我只能满屋里打转，偶而的冷笑一声。

以前的力气都白卖了。现在我还得拿出全套的本事，去给小孩子找点粥吃。我去看守空房；我去帮着人家卖菜；我去作泥水匠的小工子活；我去给人家搬家……除了拉洋车，我什么都作过了。无论作什么，我还都卖着最大的力气，留着十分的小心。五十多了，我出的是二十岁的小伙子的力气，肚子里可是只有点稀粥与窝窝头，身上到冬天没有一件厚实的棉袄，我不求人白给点什么，还讲仗着力气与本事挣饭吃，豪横了一辈子，到死我还不能输这口气。时常我挨一天的饿，时常我没有煤上火，时常我找不到一撮儿烟叶，可是我决不说什么；我给公家卖过力气了，我对得住一切的人，我心里没毛病，还说什么呢？我等着饿死，死后必定没有棺材，儿媳妇和孙子也得跟着饿死，那只好就这样吧！谁叫我是巡警呢！我的眼前时常发黑，我仿佛已摸到了死，哼！我还笑，笑我这一辈子的聪明本事，笑这出奇不公平的世界，希望等我笑到末一声，这世界就换个样儿吧！

（原载 1937 年 7 月 1 日《文学》第 9 卷 1 期，初收《火车集》）

短篇小说

马裤先生

火车在北平东站还没开，同屋那位睡上铺的穿马裤，戴平光的眼镜，青缎子洋服上身，胸袋插着小楷羊毫，足登青绒快靴的先生发了问："你也是从北平上车?"很和气的。

我倒有点迷了头，火车还没动呢，不从北平上车，难道由——由哪儿呢？我只好反攻了："你从哪儿上车?"很和气的。我很希望他说是由汉口或绥远上车，因为果然如此，那么中国火车一定已经是无轨的，可以随便走走；那多么自由！

他没言语。看了看铺位，用尽全身——假如不是全身——的力气喊了声，"茶房!"

茶房正忙着给客人搬东西，找铺位。可是听见这么紧急的一声喊，就是有天大的事也得放下，茶房跑来了。

"拿毯子!"马裤先生喊。

"请少待一会儿，先生，"茶房很和气的说，"一开车，马上就给您铺好。"

马裤先生用食指挖了鼻孔一下，别无动作。

茶房刚走开两步。

"茶房!"这次连火车好似都震得直动。

茶房像旋风似的转过身来。

"拿枕头。"马裤先生大概是已经承认毯子可以迟一下，可是枕头总该先拿来。

"先生，请等一等，您等我忙过这会儿去，毯子和枕头就一齐全到。"茶房说的很快，可依然是很和气。

茶房看马裤客人没任何表示，刚转过身去要走，这次火车确是哗啦了半天，“茶房！”

茶房差点吓了个跟头，赶紧转回身来。

“拿茶！”

“先生，请略微等一等，一开车茶水就来。”

马裤先生没任何的表示。茶房故意的笑了笑，表示歉意。然后搭讪着慢慢的转身，以免快转又吓个跟头。转好了身，腿刚预备好快走，背后打了个霹雳，“茶房！”

茶房不是假装没听见，便是耳朵已经震聋，竟自没回头，一直的快步走开。

“茶房！茶房！茶房！”马裤先生连喊，一声比一声高：站台上送客的跑过一群来，以为车上失了火，要不然便是出了人命。茶房始终没回头。马裤先生又挖了鼻孔一下，坐在我的床上。刚坐下，“茶房！”茶房还是没来。看着自己的磕膝，脸往下沉，沉到最长的限度，手指一挖鼻孔，脸好似刷的一下又纵回去了。然后，“你坐二等？”这是问我呢。我又毛了，我确是买的二等，难道上错了车？

“你呢？”我问。

“二等。这是二等。二等有卧铺。快开车了吧？茶房！”

我拿起报纸来。

他站起来，数他自己的行李，一共八件，全堆在另一卧铺上——两个上铺都被他占了。数了两次，又说了话：“你的行李呢？”

我没言语。原来我误会了：他是善意，因为他跟着说：“可恶的茶房，怎么不给你搬行李？”

我非说话不可了：“我没有行李。”

“哦？！”他确是吓了一跳，好像坐车不带行李是大逆不道似的。“早知道，我那四只皮箱也可以不打行李票了！”

这回该轮着我了，“哦？！”我心里说，“幸而是如此，不然的话，把四只皮箱也搬进来，还有睡觉的地方啊?!”

我对面的铺位也来了客人，他也没有行李，除了手中提着个扁皮夹。

“哦?!”马裤先生又出了声，“早知道你们都没行李，那口棺材也可以不另起票了?”

我决定了。下次旅行一定带行李；真要陪着棺材睡一夜，谁受得了！

茶房从门前走过。

“茶房！拿手巾把！”

“等等。”茶房似乎下了抵抗的决心。

马裤先生把领带解开，摘上领子来，分别挂在铁钩上：所有的钩子都被占了，他的帽子，风衣，已占了两个。

车开了，他登时想起买报，“茶房！”

茶房没有来。我把我的报赠给他；我的耳鼓出的主意。

他爬上了上铺，在我的头上脱靴子，并且击打靴底上的土。枕着个手提箱，用我的报纸盖上脸，车还没到永定门，他睡着了。

我心中安坦了许多。

到了丰台，车还没站住，上面出了声，“茶房！”

没等茶房答应，他又睡着了；大概这次是梦话。

过了丰台，茶房拿来两壶热茶。我和对面的客人——一位四十来岁平平无奇的人，脸上的肉还可观——吃茶闲扯。大概还没到廊房，上面又开了雷，“茶房！”

茶房来了，眉毛拧得好像要把谁吃了才痛快。

“干吗？先——生——”

“拿茶！”上面的雷声响亮。

“这不是两壶?”茶房指着小桌说。

“上边另要一壶！”

“好吧！”茶房退出去。

“茶房！”

茶房的眉毛拧得直往下落毛。

“不要茶，要一壶开水！”

“好啦！”

“茶房！”

我直怕茶房的眉毛脱净！

“拿毯子，拿枕头，打手巾把，拿——”似乎没想起拿什么好。

“先生，您等一等。天津还上客人呢；过了天津我们一总收拾，也耽误不了您睡觉！”茶房一气说完，扭头就走，好像永远不再想回来。

待了会儿，开水到了，马裤先生又入了梦乡，呼声只比“茶房”小一点。可是匀调而且是继续的努力，有时呼声稍低一点，用咬牙来补上。

“开水，先生！”

“茶房！”

“就在这哪；开水！”

“拿手纸！”

“厕所里有。”

“茶房！厕所在哪边？”

“哪边都有。”

“茶房！”

“回头见。”

“茶房！茶房！！茶房！！！”

没有应声。

“呼——呼呼——呼”又睡了。

有趣！

到了天津。又上来些旅客。马裤先生醒了，对着壶嘴喝了一气水。又在我头上击打靴底。穿上靴子，出溜下来，食指挖了鼻孔一下，看了看外面。“茶房！”

恰巧茶房在门前经过。

“拿毯子！”

“毯子就来。”

马裤先生走出去，呆呆的立在走廊中间，专为阻碍来往的旅客与脚夫。忽然用力挖了鼻孔一下，走了。下了车，看看梨，没买；看看报，没买；看看脚行的号衣，更没作用。又上来了，向我招呼了声，“天津，唉？”我没言语。他向自己说，“问问茶房，”紧跟着一个雷，“茶房！”我后悔了，赶紧的说，“是天津，没错儿。”

“总得问问茶房；茶房！”

我笑了，没法再忍住。

车好容易又从天津开走。

刚一开车，茶房给马裤先生拿来头一份毯子枕头和手巾把。马裤先生用手巾把耳孔鼻孔全钻得到家，这一把手巾擦了至少有一刻钟，最后用手巾擦了擦手提箱上的土。

我给他数着，从老站到总站的十来分钟之间，他又喊了四五十声茶房。茶房只来了一次，他的问题是火车向哪面走呢？茶房的回答是不知道；于是又引起他的建议，车上总该有人知道，茶房应当负责去问。茶房说，连驶车的也不晓得东西南北。于是他几乎变了颜色，万一车走迷了路？！茶房没再回答，可是又掉了几根眉毛。

他又睡了，这次是在头上摔了摔袜子，可是一口痰并没往下唾，而是照顾了车顶。

我睡不着是当然的，我早已看清，除非有一对“避呼耳套”当然不能睡着。可怜的是别屋的人，他们并没预备来熬夜，可是在这种带钩的呼声下，还只好是白瞪眼一夜。

我的目的地是德州，天将亮就到了。谢天谢地！

车在此处停半点钟，我雇好车，进了城，还清清楚楚的听见“茶房！”

一个多礼拜了，我还惦记着茶房的眉毛呢。

（原载1933年5月5日《青年界》第3卷第3期，初收《赶集》）

微　神

清明已过了，大概是；海棠花不是都快开齐了吗？今年的节气自然是晚了一些，蝴蝶们还很弱；蜂儿可是一出世就那么挺拔，好像世界确是甜蜜可喜的。天上只有三四块不大也不笨重的白云，燕儿们给白云上钉小黑丁字玩呢。没有什么风，可是柳枝似乎故意的转摆，像逗弄着四外的绿意。田中的清绿轻轻的上了小山，因为娇弱怕累得慌，似乎是，越高绿色越浅了些；山顶上还是些黄多于绿的纹缕呢。山腰中的树，就是不绿的也显出柔嫩来，山后的蓝天也是暖和的，不然，雁们为何唱着向那边排着队去呢？石凹藏着些怪害羞的三月兰，叶儿还赶不上花朵大。

小山的香味只能闭着眼吸取，省得劳神去找香气的来源，你看，连去年的落叶都怪好闻的。那边有几只小白山羊，叫的声儿恰巧使欣喜不至过度，因为有些悲意。偶而走过一只来，没长犄角就留下须的小动物，向一块大石发了会儿愣，又颠颠着俏式的小尾巴跑了。

我在山坡上晒太阳，一点思念也没有，可是自然而然的从心中滴下些诗的珠子，滴在胸中的绿海上，没有声响，只有些波纹是走不到腮上便散了的微笑；可是始终也没成功一整句。一个诗的宇宙里，连我自己好似只是诗的什么地方的一个小符号。

越晒越轻松，我体会出蝶翅是怎样的欢欣。我搂着膝，和柳枝同一律动前后左右的微动，柳枝上每一黄绿的小叶都是听着春声的小耳勺儿。有时看看天空，啊，谢谢那块白云，它的边上还有个小燕呢，小得已经快和蓝天化在一处了，像万顷蓝光中的一粒黑痣，我的心灵像要往那儿飞似的。

远处山坡的小道，像地图上绿的省分里一条黄线。往下看，一大片麦田，地势越来越低，似乎是由山坡上往那边流动呢，直到一片暗绿的松树把它截住，很希望松林那边是个海湾。及至我立起来，往更高处走了几步，看看，不是；那边是些看不甚清的树，树中有些低矮的村舍；一阵小风吹来极细的一声鸡叫。

春晴的远处鸡声有些悲惨，使我不晓得眼前一切是真还是虚，它是梦与真实中间的一道用声音作的金线；我顿时似乎看见了个血红的鸡冠；在心中，村舍中，或是哪儿，有只——希望是雪白的——公鸡。

我又坐下了；不，随便的躺下了。眼留着个小缝收取天上的蓝光，越看越深，越高；同时也往下落着光暖的蓝点，落在我那离心不远的眼睛上。不大一会儿，我便闭上了眼，看着心内的晴空与笑意。

我没睡去，我知道已离梦境不远，但是还听得清清楚楚小鸟的相唤与轻歌。说也奇怪，每逢到似睡非睡的时候，我才看见那块地方——不晓得一定是哪里，可是在入梦以前它老是那个样儿浮在眼前。就管它叫作梦的前方吧。

这块地方并没有多大，没有山，没有海。像一个花园，可又没有清楚的界限。差不多是个不甚规则的三角，三个尖端浸在流动的黑暗里。一角上——我永远先看见它——是一片金黄与大红的花，密密层层的；没有阳光，一片红黄的后面便全是黑暗，可是黑的背景使红黄更加深厚，就好像大黑瓶上画着红牡丹，深厚得至于使美中有一点点恐怖。黑暗的背景，我明白了，使红黄的一片抱住了自己的彩色，不向四外走射一点；况且没有阳光，彩色不飞入空中，而完全贴染在地上。我老先看见这块，一看见它，其余的便不看也会知道的，正好像一看见香山，准知道碧云寺在哪儿藏着呢。

其余的两角，左边是一个斜长的土坡，满盖着灰紫的野花，在不漂亮中有些深厚的力量，或者月光能使那灰的部分多一些银色而显出点诗的灵空；但是我不记得在哪儿有个小月亮。无论怎样，我也不厌恶它。不，我爱这个似乎被霜弄暗了的紫色，像年轻的母亲穿着暗紫长袍。右边的一角是最漂亮的，一个小草房，门前有一架细蔓的月季，满开着单纯的花，全是浅粉的。

设若我的眼由左向右转，灰紫，红黄，浅粉，像是由秋看到初春，时节倒流；生命不但不是由盛而衰，反倒是以玫瑰作香色双艳的结束。

三角的中间是一片绿草，深绿，软厚，微湿；每一短叶都向上挺着，似乎是听着远处的雨声。没有一点风，没有一个飞动的小虫；一个鬼艳的小世界，活着的只有颜色。

在真实的经验中，我没见过这么个境界。可是它永远存在，在我的梦前。英格兰的深绿，苏格兰的紫草小山，德国黑林的幽晦，或者是它的祖先们，但是谁准知道呢。从赤道附近的浓艳中减去阳光，也有点像它，但是它又没有虹样的蛇与五彩的禽，算了吧，反正我认识它。

我看见它多少多少次了。它和“山高月小，水落石出”，是我心中的一对画屏。可是我没到那个小房里去过。我不是被那些颜色吸引得不动一动，便是由它的草地上恍惚的走入另种色彩的梦境。它是我常遇到的朋友，彼此连姓名都晓得，只是没细细谈过心。我不晓得它的中心是什么颜色的，是含着一点什么神秘的音乐——真希望有点响动！

这次我决定了去探险。

一想到了月季花下，或也因为怕听我自己的足音？月季花对于我是有些端阳前后的暗示，我希望在哪儿贴着张深黄纸，印着个朱红的判官，在两束香艾的中间。没有。只在我心中听见了声“樱桃”的吆喝。这个地方是太静了。

小房子的门闭着。窗上门上都挡着牙白的帘儿，并没有花影，因为阳光不足。里边什么动静也没有，好像它是寂寞的发源地。轻轻的推开门，静寂与整洁双双的欢迎我进去，是，欢迎我；室中的一切是“人”的，假如外面景物是“鬼”的——希望我没用上过于强烈的字。

一大间，用幔帐截成一大一小的两间。幔帐也是牙白的，上面绣着些小蝴蝶。外间只有一条长案，一个小椭圆桌儿，一把椅子，全是暗草色的，没有油饰过。椅上的小垫是浅绿的，桌上有几本书。案上有一盆小松，两方古铜镜，锈色比小松浅些。内间有一个小床，罩着一块快垂到地上的绿毯。床首悬着一个小篮，有些快干的茉莉花 。地上铺着一块长方的蒲垫，垫的旁边放着双绣白花的小绿拖鞋。

我的心跳起来了！我决不是入了济慈的复杂而光灿的诗境；平淡朴美是此处的音调，也决不是辜勒律芝的幻境，因为我认识那双绣着白花的小绿拖鞋。

爱情的故事永远是平凡的，正如春雨秋霜那样平凡。可是平凡的人们偏爱在这些平凡的事中找些诗意；那么，想必是世界上多数的事物是更缺乏色彩的；可怜的人们！希望我的故事也有些应有的趣味吧。

没有像那一回那么美的了。我说“那一回”，因为在那一天那一会儿的一切都是美的。她家中的那株海棠花正开成一个大粉白的雪球；沿墙的细竹刚拔出新笋；天上一片娇晴；她的父母都没在家；大白猫在花下酣睡。听见我来了，她像燕儿似的从帘下飞出来；没顾得换鞋，脚下一双小绿拖鞋像两片嫩绿的叶儿。她喜欢得像晨起的阳光，腮上的两片苹果比往常红着许多倍，似乎有两颗香红的心在脸上开了两个小井，溢着红润的胭脂泉。那时她还梳着长黑辫。

她父母在家的时候，她只能隔着窗儿望我一望，或是设法在我走去的时节，和我笑一笑。这一次，她就像一个小猫遇上了个好玩的伴儿；我一向不晓得她“能”这样的活泼。在一同往屋中走的工夫，她的肩挨上了我的。我们都才十七岁。我们都没说什么，可是四只眼彼此告诉我们是欣喜到万分。我最爱看她家壁上那张工笔百鸟朝凤；这次，我的眼匀不出工夫来。我看着那双小绿拖鞋；她往后收了收脚，连耳根儿都有点红了；可是仍然笑着。我想问她的功课，没问；想问新生的小猫有全白的没有，没问；心中的问题多了，只是口被一种什么力量给封起来，我知道她也是如此，因为看见她的白润的脖儿直微微的动，似乎要将些不相干的言语咽下去，而真值得一说的又不好意思说。

她在临窗的一个小红木凳上坐着，海棠花影在她半个脸上微动。有时候她微向窗外看看，大概是怕有人进来。及至看清没人，她脸上的花影都被欢悦给浸渍得红艳了。她的两手交换着轻轻的摸小凳的沿，显着不耐烦，可是欢喜的不耐烦。最后，她深深的看了我一眼，极不愿意而又不得不说的说，“走吧”！我自己已忘了自己，只看见，不是听见，两个什么字由她的口中出来？可是在心的深处猜对那两个字的意思，因为我也有点那样的关切。我的心不愿动，我的脑知道非走不可。我的眼盯住了她的。她要低头，还没低下去，便又勇敢的抬起来，故意的，不怕的，羞而不肯的羞，迎着我的眼。直到不约而同的垂下头去，又不约而同的抬起来，又那么看。心似乎已碰着心。

我走，极慢的，她送我到帘外，眼上蒙了一层露水。我走到二门，回了回头，她已赶到海棠花下。我像一个羽毛似的飘荡出去。

以后，再没有这种机会。

有一次，她家中落了，并不使人十分悲伤的丧事。在灯光下我和她说了两句话。她穿着一身孝衣。手放在胸前，摆弄着孝衣的扣带。站得离我很近，几乎能彼此听得见脸上热力的激射，像雨后的禾谷那样带着声儿生长。可是，只说了两句极没有意思的话——口与舌的一些动作；我们的心并没管它们。

我们都二十二岁了，可是五四运动还没降生呢。男女的交际还不是普通的事。我毕业后便作了小学的校长，平生最大的光荣，因为她给了我一封贺信。信笺的末尾——印着一枝梅花——她注了一行：不要回信。我也就没敢写回信。可是我好像心中燃着一束火把，无所不尽其极的整顿学校。我拿办好了学校作给她的回信；她也在我的梦中给我鼓着得胜的掌——那一对连腕也是玉的手！

提婚是不能想的事。许多许多无意识而有力量的阻碍，像个专以力气自雄的恶虎，站在我们中间。

有一件足以自慰的，我那系着心的耳朵始终没听到她的定婚消息。还有件比这更好的，我兼任了一个平民学校的校长，她担任着一点功课。我只希望能时时见到她，不求别的。她呢，她知道怎么躲避我——已经是个二十岁的大姑娘。她失去了十七八岁时的天真与活泼，可是增加了女子的尊严与神秘。

又过了二年，我上了南洋。到她家辞行的那天，她恰巧没在家。

在外国的几年中，我无从打听她的消息。直接通信是不可能的。间接的探问，又不好意思。只好在梦里相会了。说也奇怪，我在梦中的女性永远是“她”。梦境的不同使我有时悲泣，有时狂喜；恋的幻境里也自有一种味道。她，在我的梦中，还是十七岁时的样子：小圆脸，眉眼清秀中带着一点媚意。身量不高！处处都那么柔软，走路非常的轻巧。那一条长黑的发辫，造成最动心的一个背影。我也记得她梳起头来的样儿，但是我总梦见那带辫的背影。

回国后，自然先探听她的一切。一切消息都像谣言，她已作了暗娼！

就是这种刺心的消息，也没减少我的情热；不，我反倒更想见她，更想帮助她。我到她家去。已不在那里住，我只由墙外看见那株海棠树的一部分。房子早已卖掉了。

到底我找到她了。她已剪了发，向后梳拢着，在项部有个大绿梳子。穿着一件粉红长袍，袖子仅到肘部，那双臂，已不是那么活软的了。脸上的粉很厚，脑门和眼角都有些褶子。可是她还笑得很好看，虽然一点活泼的气象也没有了。设若把粉和油都去掉，她大概最好也只像个产后的病妇。她始终没正眼看我一次，虽然脸上并没有羞愧的样子，她也说也笑，只是心没在话与笑中，好像完全应酬我。我试着探问她些问题与经济状况，她不大愿意回答。她点着一枝香烟，烟很灵通的从鼻孔出来，她把左膝放在右膝上，仰着头看烟的升降变化，极无聊而又显着刚强，我的眼湿了，她不会看不见我的泪，可是她没有任何表示。她不住的看自己的手指甲，又轻轻的向后按头发，似乎她只是为它们活着呢。提到家中的人，她什么也没告诉我。我只好走吧。临出来的时候，我把住址告诉给她——深愿她求我，或是命令我，作点事。她似乎根本没往心里听，一笑，眼看看别处，没有往外送我的意思。她以为我是出去了，其实我是立在门口没动，这么着，她一回头，我们对了眼光。只是那么一擦似的她转过头去。

初恋是青春的第一朵花，不能随便掷弃。我托人给她送了点钱去，留下了，并没有回话。

朋友们看出我的悲苦来，眉头是最会出卖人的。她们善意的给我介绍女友，惨笑的摇首是我的回答。我得等着她。初恋像幼年的宝贝永远是最甜蜜的，不管那个宝贝是一个小布人，还是几块小石子。慢慢的，我开始和几个最知己的朋友谈论她，他们看在我的面上没说她什么，可是假装闹着玩似的暗刺我，他们看我太愚，也就是说她不配一恋。他们越这样，我越坚固。是她打开了我的爱的园门，我得和她走到山穷水尽。怜比爱少着些味道，可是更多着些人情。不久，我托友人向她说明，我愿意娶她。我自己没胆量去。友人回来，带回来她的几声狂笑。她没说别的，只狂笑了一阵。她是笑谁？笑我的愚，很好，多情的人不是每每有些傻气吗？这足以使人得意。笑她自己，那只是因为不好意思哭，过度的悲郁使人狂笑。

愚痴给我些力量，我决定自己去见她。要说的话都详细的编制好，演习了许多次，我告诉自己——只许胜，不许败。她没在家。又去了两次，都没见着。第四次去，屋门里停着小小的一口薄棺材，装着她。她是因打胎而死。

一篮最鲜的玫瑰，瓣上带着我心上的泪，放在她的灵前，结束了我的初恋，打开终生的虚空。为什么她落到这般光景？我不愿再打听。反正她在我心中永远不死。

我正呆看着那双小绿拖鞋，我觉得背后的幔帐动了一动。一回头，帐子上绣的小蝴蝶在她的头上飞动呢。她还是十七八时的模样，还是那么轻巧，像仙女飞降下来还没十分立稳那样立着。我往后退了一步，似乎是怕一往前凑就能把她吓跑。这一退的工夫，她变了，变成二十多岁的样子。她也往后退了，随退随着脸上加着皱纹。她狂笑起来。我坐在那个小床上。刚坐下，我又起来了，扑过她去，极快；她在这极短的时间内，又变回十七岁时的样子。在一秒钟里我看见她半生的变化，她像是不受时间的拘束。我坐在椅子上，她坐在我的怀中。我自己也恢复了十五六年前脸血的红色，我觉得出。我们就这样坐着，听着彼此心血的潮荡。不知有多么久。最后，我找到声音，唇贴着她的耳边，问：

"你独自住在这里？"

"我不住在这里；我住在这儿，"她指着我的心说。

"始终你没忘了我，那么？"我握紧了她的手。

"被别人吻的时候，我心中看着你！"

"可是你许别人吻你？"我并没有一点妒意。

"爱在心里，唇不会闲着；谁叫你不来吻我呢？"

"我不是怕得罪你的父母吗？不是我上了南洋吗？"

她点了点头，可是"怕你失去一切，隔离使爱的心慌了。"

她告诉了我，她死前的光景。在我出国的那一年，她的母亲死去。她比较得自由了一些。出墙的花枝自会招来蜂蝶，有人便追求她，她还想念着我，可是肉体往往比爱少些忍耐力，爱的花不都是梅花。她接受了一个青年的爱，因为他长得像我。他非常的爱她，可是她还忘不了我，肉体的获得不就是爱的满足，相似的音貌不能代替爱的真形。他疑心了，她承认了她的心是在南洋。他们俩断绝了关系。这时候，她父亲的财产全丢了。她非嫁人不可。她把自己卖给一个阔家公子，为是供给她的父亲。

“你不会去教学挣钱?”我问。

“我只能教小学，那点薪水还不够父亲买烟吃的!”

我们俩都愣起来。我是想：假使我那时候回来，以我的经济能力说，能供给得起她的父亲吗?我还不是大睁白眼的看着她卖身?

“我把爱藏在心中，”她说，“拿肉体挣来的茶饭营养着它。我深恐肉体死了，爱便不存在，其实我是错了；先不用说这个吧。他非常的妒忌，永远跟着我，无论我是干什么，上哪儿去，他老随着我。他找不出我的破绽来，可是觉得出我是不爱他。慢慢的，他由讨厌变为公开的辱骂我，甚至于打我，他逼得我没法不承认我的心是另有所寄。忍无可忍也就顾不及饭碗问题了。他把我赶出来，连一件长衫也没给我留。我呢，父亲照样和我要钱，我自己得吃得穿，而且我一向是吃好的穿好的惯了。为满足肉体，还得利用肉体，身体是现成的本钱。凡给我钱的便买去我点筋肉的笑。我很会笑；我照着镜子练习那迷人的笑。环境的不同使人作退一步想，这样零卖，到是比终日叫那一个阔公子管着强一些。在街上，有多少人指着我的后影叹气，可是我到底是自由的，甚至是自傲的，有时候我与些打扮得不漂亮的女子遇上，我也有些得意。我一共打过四次胎，但是创痛过去便又笑了。

“最初，我颇有一些名气，因为我既是作过富宅的玩物，又能识几个字，新派旧派的人都愿来照顾我，我没工夫去思想，甚至于不想积蓄一点钱，我完全为我的服装香粉活着。今天的漂亮是今天的生活。明天自有明天管照着自己，身体的疲倦，只管眼前的刺激，不顾将来。不久，这种生活也不能维持了。父亲的烟是无底的深坑。打胎需要许多花费。以前不想剩钱；钱自然不会自己剩下。我连一点无聊的傲气也不敢存了。我得极下贱的去找钱了，有时候是明抢。有人指着我的后影叹气，我也回头向他笑一笑了。打一次胎增加两三岁。镜子是不欺人的，我已老丑了。疯狂足以补足衰老。我尽着肉体的所能伺候人们，不然，我没有生意。我敞着门睡着，我是大众的，不是我自己的，一天二十四小时，什么时间也可以买我的身体。我消失在欲海里。在清醒的世界中我并不存在。我看着人们在我身上狂动，我的手指算计着钱数。我不思想，只是盘算——怎能多进五毛钱。我不哭，哭不好看。只为钱着急，不管我自己。”

她休息了一会儿，我的泪已滴湿她的衣襟。

“你回来了！”她继续着说，“你也三十多了；我记得你是十七岁的小学生。你的眼已不是那年——多少年了？——看我那双绿拖鞋的眼。可是，你多少还是你自己，我，早已死了。你可以继续作那初恋的梦，我已无梦可作。我始终一点也不怀疑，我知道你要是回来，必定要我。及至见着你，我自己已找不到我自己，拿什么给你呢？你没回来的时候，我永远不拒绝，不论是对谁说，我是爱你；你回来了，我只好狂笑。单等我落到这样，你才回来，这不是有意戏弄人？假如你永远不回来，我老有个南洋作我的梦景，你老有个我在你的心中，岂不很美？你偏偏的回来了，而且回来这样迟——”

“可是来迟了并不就是来不及了。”我插了一句。

“晚了就是来不及了。我杀了自己。”

“什么？”

“我杀了我自己。我命定的只能住在你心中，生存在一首诗里，生死有什么区别？在打胎的时候我自己下了手。有你在我左右，我没法子再笑。不笑，我怎么挣钱？只有一条路，名字叫死。你回来迟了，我别再死迟了；我再晚死一会儿，我便连住在你心中的希望也没有了。我住在这里，这里便是你的心。这里没有阳光，没有声响，只有一些颜色。颜色是更持久的，颜色画成咱们的记忆。看那双小鞋，绿的，是点颜色，你我永远认识它们。”

“但是我也记得那双脚。许我看看吗？”

她笑了，摇摇头。

我很坚决，我握住她的脚，扯下她的袜，露出没有肉的一支白脚骨。

“去吧！”她推了我一把。“从此你我无缘再见了！我愿住在你的心中，现在不行了；我愿在你心中永远是青春。”

太阳已往西斜去；风大了些，也凉了些，东方有些黑云。春光在一个梦中惨淡了许多。我立起来，又看见那片暗绿的松树。立了不知有多久。远处来了些蠕动的小人，随着一些听不甚真的音乐。越来越近了，田中惊起许多白翅的鸟，哀鸣着向山这边飞。我看清了，一群人们匆匆的走，带起一些灰土。三五鼓手在前，几个白衣的在后，最后是一口棺材。春天也要埋人的。撒起一把纸钱，蝴蝶似的落在麦田上。东方的黑云更厚了，柳条的绿色加深了许多，绿得有些凄惨。心中茫然，只想起那双小绿拖鞋。像两片树叶在永生的树上作着春梦。

（原载 1933 年 10 月 1 日《文学》第 1 卷第 4 期，初收《赶集》）

有声电影

二姐还没有看过有声电影。可是她已经有了一种理论。在没看见以前，先来一套说法，不独二姐如此，有许多伟人也是这样；此之谓“知之为知之，不知为知之”也。她以为有声电影便是电机答答之声特别响亮而已。要不然便是当电人——二姐管银幕上的英雄美人叫电人——互相巨吻的时候，台下鼓掌特别发狂，以成其“有声”。她确信这个，所以根本不想去看。本来她对电影就不大热心，每当电人巨吻，她总是用手遮上眼的。

但据说有声电影是有说有笑而且有歌。她起初还不相信，可是各方面的报告都是这样，她才想开开眼。

二姥姥等也没开过此眼，而二姐又恰巧打牌赢了钱，于是大请客。二姥姥，三舅妈，四姨，小秃，小顺，四狗子，都在被请之列。

二姥姥是天一黑就睡，所以决不能去看夜场；大家决定午时出发，看午后两点半那一场。看电影本是为开心解闷，所以十二点动身也就行了。要是上车站接个人什么的，二姐总是早去七八小时的。那年二姐夫上天津，二姐在三天前就催他到车站去，恐怕临时找不到座位。

早动身可不见得必定早到；要不怎么越早越好呢。说是十二点走哇，到了十二点三刻谁也没动身。二姥姥找眼镜找了一刻来钟；确是不容易找，因为眼镜在她自己腰里带着呢。跟着就是三舅妈找钮子，翻了四只箱子也没找到，结果是换了件衣裳。四狗子洗脸又洗了一刻多钟，这还总算顺当；往常一个脸得至少洗四十多分钟，还得有门外的巡警给帮忙。

出发了。走到巷口，一点名，小秃没影了。大家折回家里，找了半点多钟，没找着。大家决定不看电影了，找小秃是更重要的。把新衣裳全脱了，分头去找小秃。正在这个当儿，小秃回来了；原来他是跑在前面，而折回来找她们。好吧，再穿好衣裳走吧，巷外有的是洋车，反正耽误不了。

二姥姥给车价还按着现洋换一百二十个铜子时的规矩，多一个不要。这几年了，她不大出门，所以老觉得烧饼卖三个大铜子一个不是件事实，而是大家欺骗她。现在拉车的三毛两毛向她要，也不是车价高了，是欺侮她年老走不动。她偏要走一个给他们瞧瞧。这一挂劲可有些“憧憬”：她确是有志向前迈步，不过脚是向前向后，连她自己也不准知道。四姨倒是能走，可惜为看电影特意换上高底鞋，似乎非扶着点什么不敢抬脚。她假装过去搀着二姥姥，其实是为自己找个靠头。不过大家看得很清楚，要是跌倒的话，这二位一定是一齐倒下。四狗子和小秃们急得直打蹦。

总算不离，三点一刻到了电影院。电影已经开映。这当然是电影院不对；难道不晓得二姥姥今天来么？二姐实在觉得有骂一顿街的必要，可是没骂出来，她有时候也很能“文明”一气。

既来之则安之，打了票。一进门，小顺便不干了，怕黑，黑的地方有红眼鬼，无论如何也不能进去。二姥姥一看里面黑洞洞，以为天已经黑了，想起来睡觉的舒服；她主张带小顺回家。要是不为二姥姥，二姐还想不起请客呢。谁不知道二姥姥已经是土埋了半截的人，不看回有声电影，将来见阎王的时候要是盘问这一层呢？大家开了家庭会议。不行，二姥姥是不能走的。至于小顺，好办，买几块糖好了。吃糖自然便看不见红眼鬼了。事情便这样解决了。四姨搀着二姥姥，三舅妈拉着小顺，二姐招呼着小秃和四狗子。前呼后应，在暗中摸索，虽然有看座的过来招待，可是大家各自为政的找座儿，忽前忽后，忽左忽右，离而复散，分而复合，主张不一，而又愿坐在一块儿。直落得二姐口干舌燥，二姥姥连喘带嗽，四狗子咆哮如雷，看座的满头是汗。观众们全忘了看电影，一齐恶声的“吃——”，但是压不下去二姐的指挥口令。二姐在公共场所说话特别响亮，要不怎样是“外场”人呢。

直到看座的电棒中的电已使净，大家才一狠心找到了座。不过，还不能这么马马虎虎的坐下。大家总不能忘了谦恭呀，况且是在公共场所。二姥姥年高有德，当然往里坐。可是二姥姥当着四姨怎肯倚老卖老，四姨是姑奶奶呀；而二姐又是姐姐兼主人；而三舅妈到底是媳妇，而小顺子等是孩子；一部伦理从何处说起？大家打架似的推让，甚至把前后左右的观众都感化得直喊叫老天爷。好容易大家觉得让的已够上相当的程度，一齐坐下。可是小顺的糖还没有买呢！二姐喊卖糖的，真喊得有劲，连卖票的都进来了，以为是卖糖的杀了人。

糖买过了，二姥姥想起一桩大事——还没咳嗽呢。二姥姥一阵咳嗽，惹起二姐的孝心，与四姨三舅妈说起二姥姥的后事来。老人家像二姥姥这样的，是不怕儿女当面讲论自己的后事，而且乐意参加些意见，如“别的都是小事，我就是要个金九连环。也别忘了糊一对童儿！”这一说起来，还有完吗？一桩套着一桩，一件联着一件，说也奇怪，越是在戏馆电影场里，家事越显着复杂。大家刚说到热闹的地方，忽，电灯亮了，人们全往外走。二姐喊卖瓜子的；说起家务要不吃瓜子便不够派儿。看座的过来了，“这场完了，晚场八点才开呢。”

大家只好走吧。一直到二姥姥睡了觉，二姐才想起问三舅妈：“有声电影到底怎么说来着？”三舅妈想了想：“管它呢，反正我没听见。”还是四姨细心，她说她看见一个洋鬼子吸烟，还从鼻子里冒烟呢，“电影是怎样作的，多么巧妙哇，鼻子冒烟，和真的一样，你就说！”大家都赞叹不已。

（原载1933年11月16日《论语》第29期，
初收《老舍幽默诗文集》）

也是三角

从前线上溃退下来，马得胜和孙占元发了五百多块钱的财。两支快枪，几对镯子，几个表……都出了手，就发了那笔财。在城里关帝庙租了一间房，两人享受着手里老觉着痒痒的生活。一人作了一身洋缎的衣裤，一件天蓝的大夹袄，城里城外任意的逛着，脸都洗得发光，都留下平头。不到两个月的工夫，钱已出去快一半。回乡下是万不肯的；作买卖又没经验，而且资本也似乎太少。钱花光再去当兵好像是唯一的，而且并非完全不好的途径。两个人都看出这一步。可是，再一想，生活也许能换个样，假如别等钱都花完，而给自己一个大的变动。从前，身子是和军衣刺刀长在一块，没事的时候便在操场上摔脚，有了事便朝着枪弹走。性命似乎一向不由自己管着，老随着口令活动。什么是大变动？安稳的活几天，比夜间住关帝庙，白天逛大街，还得安稳些。得安份儿家！有了家，也许生活自自然然的就起了变化。因此而永不再当兵也未可知，虽然在行伍里不完全是件坏事。两人也都想到这一步，他们不能不想到这一步，为人要没成过家，总是一辈子的大缺点。成家的事儿还得赶快的办，因为钱的出手仿佛比军队出发还快。钱出手不能不快，弟兄们是热心肠的，见着朋友，遇上叫化子多央告几句，钱便不由的出了手。婚事要办得马上就办，别等到袋里只剩了铜子的时候。两个人也都想到这一步，可是没法儿彼此商议。论交情，二人是盟兄弟，一块儿上过阵，一块儿入过伤兵医院，一块儿吃过睡过抢过，现在一块儿住着关帝庙。衣裳袜子可以不分；只是这件事没法商议。衣裳吃喝越不分彼此，越显着义气。可是俩人不能娶一个老婆，无论怎说。钱，就是那一些；一人娶一房是办不到的。还不能口袋底朝上，把洋钱都办了喜事。刚入了洞房就白瞪眼，要空拳头玩，不像句话。那么，只好一个娶妻，一个照旧打光棍。叫谁打光棍呢，可是？论岁数，都三十多了；谁也不是小孩子。论交情，过得着命；谁肯自己成了家，叫朋友愣着翻白眼？把钱平分了，各自为政；谁也不能这么说。十几年的朋友，一旦忽然散伙，连想也不能这么想。简直的没办法。越没办法越都常想到：三十多了；钱快完了；也该另换点事作了，当兵不是坏事，可是早晚准碰上一两个枪弹。逛窑子还不能哥儿俩挑一个"人儿"呢，何况是娶老婆？俩人都喝上四两白干，把什么知心话都说了，就是"这个"不能出口。

马得胜——新印的名片，字国藩，算命先生给起的——是哥，头像个木瓜，脸皮并不很粗，只是七棱八瓣的不整庄。孙占元是弟，肥头大耳朵的，是猪肉铺的标准美男子。马大哥要发善心的时候先把眉毛立起来，有时候想起死去的老母就一边落泪一边骂街。孙老弟永远很和气，穿着便衣问路的时节也给人行举手礼。为"那件事"，马大哥的眉毛已经立了三天，孙老弟越发的和气，谁也不肯先开口。

马得胜躺在床上，手托着自己那个木瓜，怎么也琢磨不透"国藩"到底是什么意思。其实心里本不想琢磨这个。孙占元就着煤油灯念《大八义》，遇上有女字旁的字眼前就来了一顶红轿子，轿子过去了，他也忘了念到哪一行。赌气子不念了，把背后贴着金玉兰像片的小圆镜拿起来，细看自己的牙。牙很齐，很白，很没劲，翻过来看金玉兰，也没劲，胖娘们一个。不知怎么想起来："大哥，小洋凤的《玉堂春》妈的才没劲！"

"野娘们都妈的没劲！"大哥的眉毛立起来，表示同情于盟弟。

盟弟又翻过镜子看牙，这回是专看两个上门牙，大而白亮亮的不顺眼。

俩人全不再言语，全想着野娘们没劲，全想起和野娘们完全不同的一种女的——沏茶灌水的，洗衣裳作饭，老跟着自己，生儿养女，死了埋在一块。由这个又想到不好意思想的事，野娘们没劲，还是有个正经的老婆。马大哥的木瓜有点发痒，孙老弟有点要坐不住。更进一步的想到，哪怕是合伙娶一个呢。不行，不能这么想。可是全都这么想了，而且想到一些更不好意思想的光景。虽然不好意思，但也有趣。虽然有趣，究竟是不好意思。马大哥打了个很勉强的哈欠，孙老弟陪了一个更勉强的。关帝庙里住的卖猪头肉的回来了。孙占元出去买了个压筐的猪舌头。两个弟兄，一人点心了一半猪舌头，一饭碗开水，还是没劲。

他们二位是庙里的财主。这倒不是说庙里都是穷人。以猪头肉作坊的老板说，炕里头就埋着七八百油腻很厚的洋钱。可是老板的钱老在炕里埋着。以后殿的张先生说，人家曾作过县知事，手里有过十来万。可是知事全把钱抽了烟，姨太太也跟人跑了。谁也比不上这兄弟俩，有钱肯花，而且不抽大烟。猪头肉作坊卖得着他们的钱，而且永远不驳价儿，该多少给多少，并不因为同住在关老爷面前而想打点折扣。庙里的人没有不爱他们的。

最爱他们哥俩的是李永和先生。李先生大概自幼就长得像汉奸，要不怎么，谁一看见他就马上想起“汉奸”这两个字来呢。细高身量，尖脑袋，脖子像棵葱，老穿着通天扯地的瘦长大衫。脚上穿着缎子鞋，走道儿没一点响声。他老穿着长衣服，而且是瘦长。据说，他也有时候手里很紧，正像庙里的别人一样。可是不论怎么困难，他老穿着长衣服；没有法子的时候，他能把贴身的衣袄当了或是卖了，但是总保存着外边的那件。所以他的长衣服很瘦，大概是为穿空心大袄的时候，好不太显着里边空空如也，而且实际上也可以保存些暖气。这种办法与他的职业大有关系。他必须穿长袍和缎子鞋。说媒拉纤，介绍典房卖地倒铺底，他要不穿长袍便没法博得人家信仰。他的自己的信仰是成三破四的“佣钱”，长袍是他的招牌与水印。

自从二位财主一搬进庙来，李永和把他们看透了。他的眼看人看房看地看货全没多少分别，不管人的鼻子有无，他看你值多少钱，然后算计好“佣钱”的比例数。他与人们的交情止于佣钱到手那一天——他准知道人们不再用他。他不大管理庙里的住户们，因为他们差不多都曾用过他，而不敢再领教。就是张知事照顾他的次数多些，抽烟的人是楞吃亏也不愿起来的。可是近来连张知事都不大招呼他了，因为他太不客气。有一次他把张知事的紫羔皮袍拿出去，而只带回几粒戒烟丸来。“顶好是把烟断了，”他教训张知事，“省得叫我拿羊皮皮袄满街去丢人；现在没人穿羊皮，连狐腿都没人屑于穿！”张知事自然不会一赌气子上街去看看，于是躺在床上差点没瘾死过去。

李永和已经吃过二位弟兄好几顿饭。第一顿吃完，他已把二位的脉都诊过了。假装给他们设计想个生意，二位的钱数已在他的心中登记备了案。他继续着白吃他们，几盅酒的工夫把二位的心事全看得和写出来那么清楚。他知道他们是萤火虫的屁股，亮儿不大，再说当兵不比张知事，他们急了会开打。所以他并不勒索了他们，好在先白吃几顿也不坏。等到他们找上门来的时候，再勒他们一下，虽然是一对萤火虫，到底亮儿是个亮儿；多吧少吧，哪怕只闹新缎子鞋穿呢，也不能得罪财神爷——他每到新年必上财神庙去借个头号的纸元宝。

二位弟兄不好意思彼此商议那件事，所以都偷偷的向李先生谈论过。李先生一张嘴就使他们觉到天下的事还有许多他们不晓得的呢。

“上阵打仗，立正预备放的事儿，你们弟兄是内行；行伍出身，那不是瞎说的！”李先生说，然后把声音放低了些，“至于娶妻成家的事儿，我姓李的说句大话，这里边的深沉你们大概还差点经验。”

这一来，马孙二位更觉非经验一下不可了。这必是件极有味道，极重要，极其“妈的”的事。必定和立正开步走完全不同。一个人要没尝这个味儿，就是打过一百回胜仗也是瞎掰！

得多少钱呢，那么？

谈到了这个，李先生自自然然的成了圣人。一句话就把他们问住了：“要什么样的人呢？”

他们无言答对，李先生才正好拿出心里那部“三国志”。原来女人也有三六九等，价钱自然不都一样。比如李先生给陈团长说的那位，专说放定时候用的喜果就是一千二百包，每包三毛五分大洋。三毛五；十包三块五；一百包三十五；一千包三百五；一共四百二十块大洋，专说喜果！此外，还有“小香水”“金刚钻”的金刚钻戒指，四个！此外……

二位兄弟心中几乎完全凉了。幸而李先生转了个大弯：咱们弟兄自然是图个会洗衣裳作饭的，不挑吃不挑喝的，不拉舌头扯簸箕的，不偷不摸的，不叫咱们戴绿帽子的，家贫志气高的大姑娘。

这样大姑娘得多少钱一个呢？

也得三四百，岳父还得是拉洋车的。

老丈人拉洋车或是赶驴倒没大要紧，“三四百”有点噎得慌。二弟兄全觉得噎得慌，也都勾起那个“合伙娶”。

李先生——穿着长袍缎子鞋——要是不笑话这个办法，也许这个办法根本就不错。李先生不但没摇头，而且拿出几个证据，这并不是他们的新发明。就是阔人们也有这么办的，不过手续上略有不同而已。比如丁督办的太太常上方将军家里去住着，虽然方将军府并不是她的娘家。

况且李先生还有更动人的道理：咱们弟兄不能不往远处想，可也不能太往远处想。该办的也就得办，谁知道今儿个脱了鞋，明天还穿不穿！生儿养女，谁不想生儿养女？可是那是后话，目下先乐下子是真的。

二位全想起枪弹满天飞的光景。先前没死，活该；以后谁敢保不死？死了不也是活该？合伙娶不也是活该？难处自然不少，比如生了儿子算谁的？可是也不能“太往远处想”，李先生是圣人，配作个师部的参谋长！

有肯这么干的姑娘没有呢？

这比当窑姐强不强？李先生又问住了他们。就手儿二位不约而同的——他俩这种讨教本是单独的举动——把全权交给李先生。管他舅子的，先这么干了再说吧。他们无须当面商量，自有李先生给从中斡旋与传达意见。

事实越来越像真的了，二位弟兄没法再彼此用眼神交换意见；娶妻，即使是用有限公司的办法，多少得预备一下。二位费了不少的汗才打破这个羞脸，可是既经打破，原来并不过火的难堪，反倒觉得弟兄的交情更厚了——没想到的事！二位决定只花一百二十块的彩礼，多一个也不行。其次，庙里的房别辞退，再在外边租一间，以便轮流入洞房的时候，好让换下班来的有地方驻扎。至于谁先上前线，孙老弟无条件的让给马大哥。马大哥极力主张抓阄决定，孙老弟无论如何也不服从命令。

吉期是十月初二。弟兄们全作了件天蓝大棉袍，和青缎子马褂。

李先生除接了十元的酬金之外，从一百二十元的彩礼内又留下七十。

老林四不是卖女儿的人。可是两个儿子都不孝顺，一个住小店，一个不知下落，老头子还说得上来不自己去拉车？女儿也已经二十了。老林四并不是不想给她提人家，可是看要把女儿再撒了手，自己还混个什么劲？这不纯是自私，因为一个车夫的女儿还能嫁个阔人？跟着自己呢，好吧歹吧，究竟是跟着父亲，嫁个拉车的小伙子，还未必赶上在家里好呢。自然这个想法究竟不算顶高明，可是事儿不办，光阴便会走得很快，一晃儿姑娘已经二十了。

他最恨李先生，每逢他有点病不能去拉车，李先生必定来递嘻和。他知道李先生的眼睛是看着姑娘。老林四的价值，在李先生眼中：就在乎他有个女儿。老林四有一回把李先生一个嘴巴打出门外。李先生也没着急，也没生气，反倒更和气了，而且似乎下了决心，林姑娘的婚事必须由他给办。

林老头子病了。李先生来看他好几趟。李先生自动的借给老林四钱，叫老林四给扔在当地。

病在七天头上，林姑娘已经两天没有吃什么。当没的当，卖没的卖，借没地方去借。老林四只求一死，可是知道即使死了也不会安心——扔下个已经两天没吃饭的女儿。不死，病好了也不能马上就拉车去，吃什么呢？

李先生又来了，五十块现洋放在老林四的头前：“你有了棺材本，姑娘有了吃饭的地方——明媒正娶。要你一句干脆话。行，钱是你的。”他把洋钱往前推一推。“不行，吹！”

老林四说不出话来，他看着女儿，嘴动了动——你为什么生在我家里呢？他似乎是说。

“死，爸爸，咱们死在一块儿！”她看着那些洋钱说，恨不能把那些银块子都看碎了，看到底谁——人还是钱——更有力量。

老林四闭上了眼。

李先生微笑着，一块一块的慢慢往起拿那些洋钱，微微的有点铮铮的响声。

他拿到十块钱上，老林四忽然睁开眼了，不知什么地方来的力量，“拿来！”他的两只手按在钱上。“拿来！”他要李先生手中的那十块。

老林四就那么趴着，好像死了过去。待了好久，他抬起点头来：“姑娘，你找活路吧，只当你没有过这个爸爸。”

“你卖了女儿？”她问。连半个眼泪也没有。

老林四没作声。

“好吧，我都听爸爸的。”

“我不是你爸爸。”老林四还按着那些钱。

李先生非常的痛快，颇想夸奖他们父女一顿，可是只说了一句：“十月初二娶。”

林姑娘并不觉得有什么可羞的，早晚也得这个样，不要卖给人贩子就是好事。她看不出面前有什么光明，只觉得性命像更钉死了些；好歹，命是钉在了个不可知的地方。那里必是黑洞洞的，和家里一样，可是已经被那五十块白花花的洋钱给钉在那里，也就无法。那些洋钱是父亲的棺材与自己将来的黑洞。

马大哥在关帝庙附近的大杂院里租定了一间小北屋，门上贴了喜字。打发了一顶红轿把林姑娘运了来。

林姑娘没有可落泪的，也没有可兴奋的。她坐在炕上，看见个木瓜脑袋的人。她知道她变成木瓜太太，她的命钉在了木瓜上。她不喜欢这个木瓜，也说不上讨厌他来，她的命本来不是她自己的，她与父亲的棺材一共才值五十块钱。

木瓜的口里有很大的酒味。她忍受着；男人都喝酒，她知道。她记得父亲喝醉了曾打过妈妈。木瓜的眉毛立着，她不怕；木瓜并不十分厉害，她也不喜欢。她只知道这个天上掉下来的木瓜和她有些关系，也许是好，也许是歹。她承认了这点关系，不大愿想关系的好歹。她在固定的关系上觉得生命的渺茫。

马大哥可是觉得很有劲。扛了十几年的枪杆，现在才抓到一件比枪杆还活软可爱的东西。枪弹满天飞的光景，和这间小屋里的暖气，绝对的不同。木瓜旁边有个会呼吸的，会服从他的，活东西。他不再想和盟弟共享这个福气，这必须是个人的，不然便丢失了一切。他不能把生命刚放在肥美的土里，又拔出来，种豆子也不能这么办！

第二天早晨，他不想起来，不愿再见孙老弟。他盘算着以前不会想到的事。他要把终身的事画出一条线来，这条线是与她那一条并行的。因为并行，这两条线的前进有许多复杂的交叉与变化，好像打秋操时摆阵式那样。他是头道防线，她是第二道，将来会有第三道，营垒必定一天比一天稳固。不能再见盟弟。

但是他不能不上关帝庙去，虽然极难堪。由北小屋到庙里去，是由打秋操改成游戏，是由高唱军歌改成打哈哈凑趣，已经画好了的线，一到关帝庙便涂抹净尽。然而不能不去，朋友们的话不能说了不算。这样的话根本不应当说，后悔似乎是太晚了。或者还不太晚，假如盟弟能让步呢？

盟弟没有让步的表示！孙老弟的态度还是拿这事当个笑话看。既然是笑话似的约定好，怎能翻脸不承认呢？是谁更要紧呢，朋友还是那个娘们？不能决定。眼前什么也没有了。只剩下晚上得睡在关帝庙，叫盟弟去住那间小北屋。这不是换防，是退却，是把营地让给敌人！马大哥在庙里懊睡了一下半天。

晚上，孙占元朝着有喜字的小屋去了。

屋门快到了，他身上的轻松劲儿不知怎的自己销灭了。他站住了，觉得不舒服。这不同逛窑子一样。天下没有这样的事。他想起马大哥，马大哥昨天夜里成了亲。她应当是马大嫂。他不能进去！

他不能不进去，怎知道事情就必定难堪呢？他进去了。

林姑娘呢——或者马大嫂合适些——在炕沿上对着小煤油灯发愣呢。

他说什么呢？

他能强奸她吗？不能。这不是在前线上；现在他很清醒。他木在那里。

把实话告诉她？他头上出了汗。

可是他始终想不起磨回头就走，她到底“也”是他的，那一百二十块钱有他的一半。

他坐下了。

她以为他是木瓜的朋友，说了句：“他还没回来呢。”

她一出声，他立刻觉出她应该是他的。她不甚好看，可是到底是个女的。他有点恨马大哥。像马大哥那样的朋友，军营里有的是；女的，妻，这是头一回。他不能退让。他知道他比马大哥长得漂亮，比马大哥会说话。成家立业应该是他的事，不是马大哥的。他有心问问她到底爱谁，不好意思出口，他就那么坐着，没话可说。

坐得工夫很大了，她起了疑。

他越看她，越舍不得走。甚至于有时候想过去硬搂她一下；打破了羞脸，大概就容易办了。可是他坐着没动。

不，不要她，她已经是破货。还是得走。不，不能走；不能把便宜全让给马得胜；马得胜已经占了不小的便宜！

她看他老坐着不动，而且一个劲儿的看着她，她不由的脸上红了。他确是比那个木瓜好看，体面，而且相当的规矩。同时，她也有点怕他，或者因为他好看。

她的脸红了。他凑过来。他不能再思想，不能再管束自己。他的眼中冒了火。她是女的，女的，女的，没工夫想别的了。他把事情全放在一边，只剩下男与女；男与女，不管什么夫与妻，不管什么朋友与朋友。没有将来，只有现在，现在他要施展出男子的威势。她的脸红得可爱！

她往炕里边退，脸白了。她对于木瓜，完全听其自然，因为婚事本是为解决自己的三顿饭与爸爸的一口棺材；木瓜也好，铁梨也好，她没有自由。可是她没预备下更进一步的随遇而安。这个男的确是比木瓜顺眼，但是她已经变成木瓜太太！

见她一躲，他痛快了。她设若坐着不动，他似乎没法儿进攻。她动了，他好像抓着了点儿什么，好像她有些该被人追击的错处。当军队乘胜追迫的时候，谁也不拿前面溃败着的兵当作人看，孙占元又尝着了这个滋味。她已不是任何人，也不和任何人有什么关系。她是使人心里痒痒的一个东西，追！他也张开了口，这是个习惯，跑步的时候得喊一二三——四，追敌人得不干不净的卷着。一进攻，嘴自自然然的张开了：“不用躲，我也是——”说到这儿，他忽然的站定了，好像得了什么暴病，眼看着棚。

他后悔了。为什么事前不计议一下呢！？比如说，事前计议好：马大哥缠她一天，到晚间九点来钟吹了灯，假装出去撒尿，乘机把我换进来，何必费这些事，为这些难呢？马大哥大概不会没想到这一层，哼，想到了可是不明告诉我，故意来叫我碰钉子。她既是成了马大嫂，难道还能承认她是马大嫂外兼孙大嫂？

她乘他这么发愣的当儿，又凑到炕沿，想抽冷子跑出去。可是她没法能脱身而不碰他一下。她既不敢碰他，又不敢老那么不动。她正想主意，他忽然又醒过来，好像是。

“不用怕，我走。”他笑了。“你是我们俩娶的，我上了当。我走。”

她万也没想到这个。他真走了。她怎么办呢？他不会就这么完了，木瓜也当然不肯撒手。假如他们俩全来了呢？去和父亲要主意，他病病歪歪的还能有主意？找李先生去，有什么凭据？她愣一会子，又在屋里转几个小圈。离开这间小屋，上哪里去？在这儿，他们俩要一同回来呢？转了几个圈，又在炕沿上愣着。

约摸着有十点多钟了，院中住的卖柿子的已经回来了。

她更怕起来，他们不来便罢，要是来必定是一对儿！

她想出来：他们谁也不能退让，谁也不能因此拼命。他们必会说好了。和和气气的，一齐来打破了羞脸，然后……

她想到这里，顾不得拿点什么，站起就往外走，找爸爸去。她刚推开门，门口立着一对，一个头像木瓜，一个肥头大耳朵的。都露着白牙向她笑，笑出很大的酒味。

（原载1934年1月1日《文艺月刊》（新年特大号）第5卷1期，初收《赶集》）

柳 屯 的

要计算我们村里的人们，在头几个手指上你总得数到夏家，不管你对这一家子的感情怎么样。夏家有三百来亩地，这就足以说明了一大些，即使承认我们的村子不算是很小。

夏老者在庚子年前就信教。要说他藉着信教去横行霸道，真是屈心的话；拿这个去得些小便宜，那倒有之。他的儿子夏廉也信教。

他们有三百来亩地，这倒比信教不信教还要紧；不过，他们父子决不肯抛弃了宗教，正如不肯舍割一两亩地。假如他们光信教而没有这些产业，大概偶尔到乡间巡视的洋牧师决不会特意的记住他们的姓名。事实上他们有三百来亩地，而且信教，这便有了文章。

我说过了，他们不横行霸道；可是他们的心里颇有个数儿。要说为村里的公益事儿拿个块儿八毛的，夏家父子的钱袋好像天衣似的，没有缝儿。“我们信教，不开发这个。”信教的利益，这还是消极的，在这里等着你呢。全村里的人没有愿公然说他们父子刻薄的，可也没有人捧场夸奖他们厚道。他们不跳出圈去欺侮人，人们也不敢无故的找寻他们，彼此敬而远之。不过，有的时候，人们还非去找夏家父子不可；这可就没的可说了。周瑜打黄盖，愿打愿挨。“知道我们厉害呀，别找上门来！事情是事情！”他们父子虽不这么明说，可确是这么股子劲儿。无论买什么，他们总比别人少花点儿；但是现钱交易，一手递钱，一手交货，他们管这个叫作教友派儿。至于偶尔被人家捉了大头，就是说明了

“概不退换”，也得退换；教友派儿在这种关节上更露出些力量。没人敢惹他们，而他们又的确不是刺儿头——从远处看。找上门来挨刺，他们父子实在有些无形的硬翎儿。

要是由外表上看，他们离着精明还远得很呢。夏老者身上最出色的是一对罗圈腿。成天拐拉拐拉的出来进去，出来进去，好像失落了点东西，找了六十多年还没有找着。被罗圈腿闹得身量也显得特别的矮，虽然努力挺着胸口也不怎么尊严。头也不大，眉毛比胡子似乎还长，因此那几根胡子老像怪委屈的；红眼边；眼珠不是黄的，也不是黑的，更说不上是蓝的，就那么灰不拉的，瘪瘪着；看人的时候永远拿鼻子尖瞄准儿，小尖下巴颏也随着翘起来。夏廉比父亲体面些，个子也高些。长脸，笑的时候仿佛都不愿脸上的肉动一动。眼睛老望着远处，似乎心中永远有点什么问题。他最会发愣。父亲要像个小颠蒜，儿子就像个愣青辣椒。

我和夏廉小时候同过学。我不知道他们父子的志愿是什么，他们不和别人谈心，嘴能像实心的核桃那么严。可是我晓得他们的产业越来越多。我也晓得，凡是他们要干的，哪怕是经过三年五载，最后必达到目的。在我的记忆中，他们似乎没有失败过。他们会等：一回不行，再等；还不行，再等！坚忍战败了光阴，精明会抓住机会。往好里说，他们确是有可佩服的地方。很有几个人，因为看夏家这样一帆风顺，也信了教；他们以为夏家所信的神必是真灵验。这个想法的对不对是另一问题，夏家父子的成功是事实。

他们父子可并非没遇过困难，也并非不怕遇上困难，但是当患难临头，他们不惜力：父亲拐拉着腿，儿子板死了脸，干！过蝗虫，他们和蝗虫开仗；下腻虫，和腻虫宣战。方法好不好的，先干点什么再说。唱野台戏谢龙王或虫神，他们连一个小钱也不拿：“我们信教，不开发这个。”

或者不仅是我一个人有时候这么想：他们父子是不是有朝一

日也会失败呢？以我自己说，这不是出于忌妒，我并无意看他们的哈哈笑；这是一种好奇的推测。我以为个人究竟不能胜过一切，谁也得有消化不了的东西。拿人类全体说，我愿意，希望，咱们能战胜一切；就个人说，我不这么希望，也没有这种信仰。拿破仑碰了钉子，也该碰。

在思想上，我相信这个看法是不错的。不错，我是因看见夏家父子而想起这个来，但这并不是对他们的诅咒。

谁知道这竟自像诅咒呢！我不喜欢他们的为人，真的；可也没想他们果然会失败。我并不是看见苍蝇落在胶上，便又可怜它了，不是；他们的失败实在太难堪了，太奇怪了；这件“事”使我的感情与理智分道而驰了。

前五年吧，我离开了家乡一些日子。等到回家的时候，我便听说许多关于——也不大利于——我的老同学的话。把这些话凑在一处，合成这么一句：夏廉在柳屯——离我们那里六里多地的一个小村子——弄了个“人儿”。

这种事要是搁在别人的身上，原来并没什么了不得的。夏廉，不行。第一，他是教友；打算弄人儿就得出教。据我们村里的人看，无论是在白莲教，耶稣教，只要一出教就得倒运。自然，夏廉要倒运，正是一些人所希望的，所以大家的耳朵都竖起来，心中也微微有点跳。至于以教会的观点看这件事的合理与否的，也有几位，可是他们的意见并没引起多大的注意——太带洋味儿。

第二，夏廉，夏廉！居然弄人儿！把信教不信教放在一边，单说这个“人”，他会弄人儿，太阳确是可以打西边出来了，也许就是明天早晨！

夏家已有三辈是独传。夏廉有三个女儿，一个儿子。这个儿子活到十岁上就死了。夏嫂身体很弱，不见得再能生养。三辈子独传，到这儿眼看要断根！这个事实是大家知道的，可是大家并不因此而使夏廉舒舒服服的弄人儿，他的人缘正站在“好”的反面儿。

“断根也不能动洋钱”，谁看见那个愣辣椒也得这么想，这自然也是大家所以这样惊异的原因。弄人儿，他？他！

还有呢，他要是讨个小老婆，为是生儿子，大家也不会这么见神见鬼的。他是在柳屯搭上了个娘们。“怪不得他老往远处看呢，柳屯！”大家笑着嘀咕，笑得好像都不愿费力气，只到嗓子那溜儿，把未完的那些意思交给眼睛挤咕出来。

除了夏廉自己明白他自己，别人都不过是瞎猜；他的嘴比蛤蜊还紧。可是比较的，我还算是他的熟人，自幼儿的同学。我不敢说是明白他，不过讲猜测的话，我或者能猜个八九不离十。拿他那点宗教说，大概除了他愿意偶尔有个洋牧师到家里坐一坐，和洋牧师喜欢教会里有几家基本教友，别无作用。他当义和拳或教友恐怕没有多少分别。上帝有一位还是有十位，对于他，完全没关系。牧师讲道他便听着，听完博爱他并不少占便宜。可是他愿作教友。他没有朋友，所以要有个地方去——教会正是个好地方。“你们不理我呀，我还不爱交接你们呢；我自有地方去，我是教友！”这好像明明的在他那长脸上写着呢。

他不能公然的娶小老婆，他不愿出教。可是没儿子又是了不得的事。他想偷偷的解决了这个问题。搭上个娘们，等到有了儿子再说。夏老者当然不反对，祖父盼孙子自有比父亲盼儿子还盼得厉害的。教会呢，洋牧师不时常来，而本村的牧师还不就是那么一回事，上帝本是洋人带过来的。反正没晴天大日头的用敞车往家里拉人，就不算是有意犯教规，大家闭闭眼，事情还有过不去的？

至于图省钱，那倒未必。搭人儿不见得比娶小省钱。为得儿子，他这一回总算下了决心，不能不咬咬牙。“教友”虽不是官衔，却自有作用，而儿子又是必不可少的，闭了眼啦，花点钱！

这是我的猜测，未免有点刻薄，我知道；但是不见得比别人的更刻薄。至于正确的程度，我相信我的是最优等。

在家没住了几天，我又到外边去了两个月。到年底下我回家来过年，夏家的事已发展到相当的地步：夏廉已经自动的脱离教会，那个柳屯的人儿已接到家里来。我真没想到这事儿会来得这么快。但是我无须打听，便能猜着：村里人的嘴要是都咬住一个地方，不过三天就能把长城咬塌了一大块。柳屯那位娘们一定是被大家给咬出来了，好像猎狗掘兔子窝似的，非扒到底儿不拉倒。他们的死咬一口，教会便不肯再装聋卖傻，于是……这个，我猜对了。

可是，我还有不知道的。我遇见了夏老者。他的红眼边底下有些笑纹，这是不多见的。那几根怪委屈的胡子直微微的动，似乎是要和我谈一谈。我明白了：村里人们的嘴现在都咬着夏家，连夏老头子也有点撑不住了；他也想为自己辩护几句。我是刚由外边回来的，好像是个第三者，他正好和我诉诉委屈。好吧，蛤蜊张了嘴，不容易的事，我不便错过这个机会。

他的话是一派的夸奖那个娘们，他很巧妙的管她叫作“柳屯的”。这个老家伙有两下子，我心里说。他不为这件“事”辩护，而替她在村子里开道儿。村儿里的事一向是这样：有几个人向左看，哪怕是原来大家都脸朝右呢，便慢慢的能把大家都引到左边来。她既是来了，就得设法叫她算个数；这老头子给她砸地基呢。“柳屯的”不卑不亢的简直的有些诗味！

“太好了，‘柳屯的’，”他的红眼边忙着眨巴。“比大嫂强多了，真泼辣，能洗能作，见了人那份和气，公是公，婆是婆！多费一口子的粮食，可是咱们白用一个人呢！大嫂老有病，横草不动，竖草不拿；‘柳屯的’什么都拿得起来！所以我就对廉儿说了，”老头子抬着下巴颏看准了我的眼睛，我知道他是要给儿子掩饰了，“我就说了，廉儿呀，把她接来吧，咱们‘要’这么一把手！”说完，他向我眨巴眼，红眼边一劲的动，看着好像是孙猴子的父亲。他是等着我的意见呢。

“那就很好。”我只说了这么一句四面不靠边的。

"实在是神的意思!"他点头赞叹着，"你得来看看她；看见她，你就明白了。"

"好吧，大叔，明儿个去给你老拜年。"真的，我想看看这位柳屯的贤妇。

第二天我到夏家去拜年，看见了"柳屯的"。

她有多大岁数，我说不清，也许三十，也许三十五，也许四十。大概说她在四十五以下准保没错。我心里笑开了，好劲个"人儿"！高高的身量，长长的脸，脸上擦了一斤来的白粉，可是并不见得十分白；鬓角和眉毛都用墨刷得非常整齐：好像新砌的墙，白的地方还没全干，可是黑的地方真黑真齐。眼睛向外努着，故意的慢慢眨巴眼皮，恐怕碰了眼珠似的。头上不少的黑发，也用墨刷过，可是刷得不十分成功；戴着朵红石榴花。一身新蓝洋缎棉袄棉裤，腋下搭拉着一块粉红洋纱手绢。大红新鞋，至多也不过一尺来的长。

我简直的没话可说，心里头一劲儿的要笑，又有点堵得慌。

"柳屯的"倒有的说。她好像也和我同过学，有模有样的问我这个那个的。从她的话里我看出来，她对于我家和村里的事知道得很透彻。她的眼皮慢慢那么向我眨巴了几下，似乎已连我每天吃几个馍馍都看了去！她的嘴可是甜甘，一边张罗客人的茶水，一边儿说；一边儿说着，一边儿用眼角扫着家里的人；该叫什么的便先叫出来，而后说话，叫得都那么怪震心的。夏老者的红眼边上有点湿润，夏老太太——一个瘪嘴弯腰的小老太太——的眼睛随着"柳屯的"转；一声爸爸一声妈，大概给二位老者已叫迷糊了。夏廉没在家。我想看看夏大嫂去，因为听说她还病着。夏家二位老人似乎没什么表示，可是眼睛都瞧着"柳屯的"，像是跟她要主意；大概他们已承认：交际来往，规矩礼行这些事，他们没有"柳屯的"那样在行，所以得问她。她忙着就去开门，往西屋里让。陪着我走到窗前。便交待了声："有人来了。"然后向我一笑，"屋里坐，我去看看水。"我独自进了西屋。

夏大嫂是全家里最老实可爱的人。她在炕上围着被子坐着呢。见了我，她似乎非常的喜欢。可是脸上还没笑利飔，泪就落下来了："牛儿叔！牛儿叔！"她叫了我两声。我们村里彼此称呼总是带着乳名的，孙子呼祖父也得挂上小名。她像是有许多的话，可是又不肯说，抹了抹泪，向窗外看了看，然后向屋外指了一下。我明白她的意思。

我问她的病状，她叹了口气："活不长了；死了也不能放心！"那个娘们实在是夏嫂心里的一块病，我看出来。即使我承认夏嫂是免不掉忌妒，我也不能说她的忧虑是完全为自己，她是个最老实可爱的人。我和她似乎都看出来点危险来，那个娘们！

由西屋出来，我遇上了"她"，在上房的檐下站着呢。很亲热的赶过来，让我再坐一坐，我笑了笑，没回答出什么来。我知道这一笑使我和她结下仇。这个娘们眼里有活，她看清这一笑的意思，况且我是刚从西屋出来。出了大门，我吐了口气，舒畅了许多；在她的面前，我也不怎么觉着别扭。我曾经作过一个恶梦，梦见一个母老虎，脸上擦着铅粉。这个"柳屯的"又勾起这个恶梦所给的不快之感。我讨厌这个娘们，虽然我对她并没有丝毫地位的道德的成见。只是讨厌她，那一对努出的眼睛！

年节过去，我又离开了故乡，到次年的灯节回来。

似乎由我一进村口，我就听到一种叽叽喳喳的声音；在这声音当中包着的是"柳屯的"。我一进家门，大家急于报告的也是她。

在我定了定神之后，我记得已听见他们说：夏老头子的胡子已剩下很少，被"柳屯的"给扯去了多一半。夏老太太常给这个老婆跪着。夏大嫂已经分出去另过。夏廉的牙齿都被嘴巴扇了去……我怀疑我莫不是作梦呢！不是梦，因为我歇息了一会儿以后，他们继续的告诉我："柳屯的"把夏家完全拿下去了。他们你一言我一语的争着说，我相信了这是真事，可是记不清他们说的都是什么了。

我一向不大信《醒世姻缘》中的故事；这个更离奇。我得亲眼去看看！眼见为真，不然我不能信这些话。

第二天，村里唱戏，早九点就开锣。我也随着家里的人去看热闹；其实我的眼睛专在找“她”。到了戏台的附近，台上已打了头通。台下的人已不少，除了本村的还有不少由外村来的。因为地势与户口的关系，戏班老是先在我们这里驻脚。二通锣鼓又响了，我一眼看见了“她”。她还是穿着新年的漂亮衣服，脸上可没有擦粉——不像一小块新砌的墙了，可是颇似一大扇棒子面的饼子。乡下的戏台搭得并不矮，她抓住了台沿，只一悠便上去了。上了台，她一直扑过文场去，“打住！”她喝了一声。锣鼓立刻停了。我以为她是要票一出什么呢。《送亲演礼》，或是《探亲家》，她演，准保合适，据我想。不是，我没猜对，她转过身来，两步就走到台边，向台下的人一挥手。她的眼努得像一对小灯笼。说也奇怪，台下大众立刻鸦雀无声了。我的心凉了：在我离开家乡这一年的工夫，她已把全村治服了。她用的是什么方法，我还没去调查，但大家都不敢惹她确是真的。

“老街坊们！”她的眼珠努得特别的厉害，台根底下立着的小孩们，被她吓哭了两三个。“老街坊们！我娘们先给你们学学夏老王八的样儿！”她的腿圈起来，眼睛拿鼻尖作准星，向上仰着脸，在台上拐拉了两个圈。台下居然有人哈哈笑起来。

走完了场，她又在台边站定，眼睛整扫了一圈，开始骂夏老王八。她的话，我没法记录下来，我脑中记得的那些字绝对不够用的。况且在事实上，夏老头儿并不那样老与生殖器有密切的关系，像她所形容的。她足足骂了三刻钟，一句跟着一句，流畅而又雄厚。设若不是她的嗓子有点不跟劲，大概骂两三个钟点是可以保险的。可奇怪的是大家听着！

她下了台，台就开了，观众们高高兴兴的看剧，好像刚才那一幕，也是在程序之中的。我的脑子里转开了圈，这是啥事儿呢？本来不想听戏，我就离开戏台，到“地”里去溜达。

走出不远，迎面松儿大爷撅撅着胡子走来了。

“听戏去，松儿大爷？新喜，多多发财！”我作了个揖。

“多多发财！”老头子打量了我一番。“听戏去？这个年头的戏！”

“听不听不吃劲！”我迎合着说。老人都有这宗脾气，什么也是老年间的好；其实松儿大爷站在台底下，未必不听得把饭也忘了吃。

“看怎么不吃劲了！”老头儿点头咂嘴的说。

“松儿大爷，咱们爷儿俩找地方聊聊去，不比听戏强？城里头买来的烟卷！”我掏出盒“美丽”来，给了老头子一支。松儿大爷是村里的圣人，我这盒烟卷值金子，假如我想打听点有价值的消息；夏家的事，这会儿在我心中确是有些价值。怎会全村里就没有敢惹她的呢？这像块石头压着我的心。

把烟点着，松儿大爷带着响吸了两口，然后翻着眼想了想：“走吧，家里去！我有二百一包的，闷得酽酽的，咱们扯他半天，也不赖！”

随着松儿大爷到了家。除了松儿大娘，别人都听戏去了。给他们拜完了年，我就手也把大娘给撵出去：“大娘，听戏去，我们看家！”她把茶——真是二百一包的——给我们沏好，瘪着嘴听戏去了。

等松儿大爷审过了我——我挣多少钱，国家大事如何，……我开始审他。

“松儿大爷，夏家的那个娘们是怎回事？”

老头子头上的筋跳起来，仿佛有谁猛孤丁的揍了他的嘴巴。“臭狗屎！提她？”啪的往地上唾了一口。

“可是没人敢惹她！”我用着激将法。

“新鞋不踩臭狗屎！”

我看出来村里有一部分人是不屑于理她，或者是因为不屑援助夏家父子。不踩臭狗屎的另一方面便是由着她的性反，所以我把“就没人敢出来管教管教她？”咽了回去，换上“大概也有人以为她怪香的？”

“那还用说，一斗小米，一尺布，谁不向着她；夏家爷儿俩一辈子连个屁也不放在街上！”

这又对了，一部分人已经降服了她。她肯用一斗小米二尺布收买人，而夏家父子舍不得个屁。

“教会呢？”

“他爷们栽了，挂洋味的全不理他们了！”

他们父子的地位完了，这里大概含着这么点意思，我想：有的人或者宁自答理她，也不同情于他们；她是他们父子的惩罚；洋神仙保佑他们父子发了财，现在中国神仙借着她给弄个底儿掉！也许有人还相信她会呼风唤雨呢！

“夏家现在怎样了呢？”我问。

“怎么样？”松儿大爷一气灌完一大碗浓茶，用手背擦了擦胡子：“怎么样？我给他们算定了，出不去三四年，全完！咱这可不是血口喷人，盼着人家倒霉，大年灯节的！你看，夏大嫂分出去了，这是半年前的事了。那时候，柳屯这个娘们一天到晚挑唆：啊，没病装病，死吃一口，谁受得了？三个丫头，哪个不是赔钱货！夏老头子的心活了，给了大嫂三十亩地，让她带着三个女儿去住西小院那三间小南屋。由那天起，夏廉没到西院去过一次。他的大女儿是九月出的门子，他们全都过去吃了三天，可是一个子儿没给大嫂。夏廉和他那个爸爸觉得这是个便宜——白吃儿媳妇三天！”

“大嫂的娘家自然帮助些了？”我问。

“那是自然；可有一层，他们都擦着黑儿来，不敢叫柳屯的娘们看见。她在西墙那边老预备着个梯子，一天不定往西院瞭望多少回。没关系的人去看夏大嫂，墙头上有整车的村话打下来；有点关系的人，那更好了，那个娘们拿刀在门口堵着！”松儿大爷又唾了一口。

“没人敢惹她？”

松儿大爷摇了摇头。“夏大嫂是蛤蟆垫桌腿，死挨！”

“她死了，那个娘们好成为夏大嫂？”

“还用等她死了？现在谁敢不叫那个娘们‘大嫂’呢？‘二嫂’都不行！”

“松儿大爷你自己呢？”按说，我不应当这么挤兑这个老头子！

“我？”老头子似乎挂了劲，可是事实又叫他泄了气，“我不理她！”又似乎太泄气，所以补上，“多咱她找到我的头上来，叫她试试，她也得敢！我要跟夏老头子换换地方，你看她敢扯我的胡子不敢！夏老头子是自找不自在。她给他们出坏道儿，怎么占点便宜，他们听她的；这就完了。既听了她的，她就是老爷了！你听着，还有呢：她和他们不是把夏大嫂收拾了吗？不到一个月，临到夏老两口子了，她把他们也赶出去了。老两口子分了五十亩地，去住场院外那两间牛棚。夏老头子可真急了，背起梢马子就要进城，告状去。他还没走出村儿去，她追了上来，一把扯回他来，左右开弓就是几个嘴巴子，跟着便把胡子扯下半边，临完给他下身两脚。夏老头子半个月没下地。现在，她住着上房，产业归她拿着，看吧！”

“她还能谋害夏廉？”我插进一句去。

“那，谁敢说怎样呢！反正有朝一日，夏家会连块土坯也落不下，不是都被她拿了去，就是因为她闹丢了。不知道别的，我知道这家子要玩完！没见过这样的事，我快七十岁的人了！”

我们俩都半天没言语。后来还是我说了：“松儿大爷，他们老公母俩和夏大嫂不会联合起来跟她干吗？”

“那不就好了吗，我的傻大哥！”松儿大爷的眼睛挤出点不得已的笑意来。“那个老头子混蛋哪。她一面欺侮他，一面又教给他去欺侮夏大嫂。他不敢惹她，可是敢惹大嫂呢。她终年病病歪歪的，还不好欺侮。他要不是这样的人，怎能会落到这步田地？

那个娘们算把他们爷俩的脉摸准了！夏廉也是这样呀，他以为父亲吃了亏，便是他自己的便宜。要不怎说没法办呢！”

“只苦了个老实的夏大嫂！”我低声的说。

“就苦了她！好人掉在狼窝里了！”

“我得看看夏大嫂去！”我好像是对自己说呢。

“乘早不必多那个事，我告诉你句好话！”他很“自己”的说。

“那个娘们敢卷我半句，我叫她滚着走！”我笑了笑。

松儿大爷想了会儿：“你叫她滚着走，又有什么好处呢？”

我没话可说。松儿大爷的哲理应当对“柳屯的”敢这样横行负一部分责任。同时，为个人计，这是我们村里最好的见解。谁也不去踩臭狗屎，可是臭狗屎便更臭起来；自然还有说她是香的人！

辞别了松儿大爷，我想看看大嫂去；我不能怕那个“柳屯的”，不管她怎么厉害——村里也许有人相信她会妖术邪法呢！但是，继而一想：假如我和她干起来，即使我大获全胜，对夏大嫂有什么好处呢？我是不常在家里的人！我离开家乡，她岂不因此而更加倍的欺侮夏大嫂？除非我有彻底的办法，还是不去为妙。

不久，我又出了外，也就把这件事忘了。

大概有三年我没回家，直到去年夏天才有机会回去休息一两个月。

到家那天，正赶上大雨之后。田中的玉米，高粱，谷子；村内外的树，都绿得不能再绿。连树影儿、墙根上，全是绿的。在都市中过了三年，乍到了这种静绿的地方，好像是入了梦境；空气太新鲜了，确是压得我发困。我强打着精神，不好意思去睡，跟家里的人闲扯开了。扯来扯去，自然而然的扯到了“她”。我马上不困了，可是同时也觉出乡村里并非是一首绿的诗。在大家的报告中，最有趣的是“她”现在正传教！我一听说，我想到了个理由：她是要把以前夏家父子那点地位恢复了来，可是放在她自己身上。不过，不管理由不理由吧，这件事太滑稽了。“柳屯的”传教？谁传不了教，单等着她！

据他们说，那是这么回事：村里来了一拨子教徒，有中国人，也有外国人。这群人是相信祷告足以治病，而一认罪便可以被赦免的。这群人与本地的教会无关，而且本地的教友也不参加他们的活动。可是他们闹腾得挺欢：偷青的张二楞，醉鬼刘四，盗嫂的冯二头，还有“柳屯的”，全认了罪。据来的那俩洋人看，这是最大的成功，已经把张二楞们的像片——对了，还有时常骂街的宋寡妇也认了罪，纯粹因为白得一张像片；洋人带来个照相机——寄到外国去。奇迹！

这群人走了之后，“柳屯的”率领着刘四一干人等继续宣传福音，每天太阳压山的时候在夏家的场院讲道。

我得听听去！

有蹲着的，有坐着的，有立着的，夏家的场院上有二三十个人。我一眼看见了我家的长工赵五。

“你干吗来了？”我问他。

赵五的脸红了，迟迟顿顿的说：“不来不行！来过一次，第二次要是不来，她卷祖宗三代！”

我也就不必再往下问了。她是这村的“霸王”。

柳树尖上还留着点金黄的阳光，蝉在刚来的凉风里唱着，我正呆看着这些轻摆的柳树，忽然大家都立起来，“她”来了！她比三年前胖了些，身上没有什么打扮修饰，可是很利落。她的大脚走得轻而有力，努出的眼珠向平处看，好像全世界满属她管似的。她站住，眼珠不动，全身也全不动，只是嘴唇微张：“祷告！”大家全低下头。她并不闭眼，直着脖颈念念有词，仿佛是和神面对面的讲话呢。

正在这时候，夏廉轻手蹑脚的走来，立在她的后面，很虔敬的低下头，闭上眼。我没想到，他倒比从前胖了些。焉知我们以为难堪的，不是他的享受呢？猪八戒玩老雕，各好一路——我们村里很有些圣明的俗语儿。

她的祷告大略是："愿上帝赶紧叫夏老头子一个跟头摔死。叫夏娘们一口气不来，堵死，叫夏娘们的大丫头让野汉子操死。叫那个二丫头下窑子，三丫头半掩门……阿们！"

奇怪的是，没有一个人觉着这个可笑，或是可恶；大家一齐随着说"阿们"。莫非她真有妖术邪法？我真有点发糊涂！

我很想和夏廉谈一谈。可是"柳屯的"看着我呢——用她的眼角。夏廉是她的猫，狗，或是个什么别的玩艺。他也看见我了，只那么一眼，就又低下头去。他拿她当作屏风，在她后面，他觉得安全，虽然他的牙是被她打飞了的。我不十分明白他俩的真正关系，我只想起：从前村里有个看香的妇人，顶着白狐大仙。她有个"童儿"，才四十多岁。这个童儿和夏廉是一对儿，我想不起更好的比拟。这个老童儿随着白狐大仙的代表，整像耍猴子的身后随着的那个没有多少毛儿的羊。这个老童儿在晚上和白狐大仙的代表一个床上睡，所以他多少也有点仙气。夏廉现在似乎也有点仙气，他祷告的很虔诚。

我走开了，觉着"柳屯的"的眼随着我呢。

夏老者还在地里忙呢，我虽然看见他几次，始终没能谈一谈，他躲着我。他已不像样子了，红眼边好像要把夏天的太阳给比下去似的。可是他还是不惜力，仿佛他要把被"柳屯的"所夺去的都从地里面补出来，他拿着锄向地咬牙。

夏大嫂，据说，已病得快死了。她的二女儿也快出门子，给的是个当兵的，大概是个排长，可是村里都说他是个军官。

我们村里的人，对于教会的人是敬而远之；对于"县"里的人是手段与敬畏并用；大家最怕的，真怕的，是兵。"柳屯的"大概也有点怕兵，虽然她不说。她现在自己是传教的；是乡绅，虽然没有"县"里的承认；也自己宣传她在县里有人。她有了乡间应有的一切势力（这是她自创的，她是个天才），只是没有兵。

对于夏二姑娘的许给一个“军官”，她认为这是夏大嫂诚心和她挑战。她要不马上剪除她们，必是个大患。她要是不动声色的置之不理，总会不久就有人看出她的弱点。赵五和我研究这回事来着。据赵五说，无论“柳屯的”怎样欺侮夏大嫂，村里是不会有人管的。阔点的人愿意看着夏家出丑，穷人全是“柳屯的”属下。不过，“柳屯的”至今还没动手，因为她对“兵”得思索一下。这几天她特别的虔诚，祷告的特别勤，赵五知道。云已布满，专等一声雷呢，仿佛是。

不久，雷响了。夏家二姑娘，在夏大嫂的三个女儿中算是最能干的。据“柳屯的”看，自然是最厉害的。有一天，三妞在门外买线，二妞在门内指导着——因为快出门子了，不好意思出来。这么个工夫，“柳屯的”也出来买线，三妞没买完就往里走，脸已变了颜色。二妞在门内说了一句：“买你的!”

“柳屯的”好像一个闪似的，就扑到门前：“我操你夏家十三辈的祖宗！你要吃大兵的肉棍，就在太太眼前大模大样的，我不把你臊豆子撕烂了!”

二妞三妞全跑进去了，“柳屯的”在后面追。我正在不远的一棵柳树下坐着呢。我也赶到，生怕她把二妞的脸抓坏了。可是这个娘们敢情知道先干什么，她奔了夏大嫂去。两拳，夏大嫂就得没了命。她死了，“柳屯的”便名正言顺的是“大嫂”了；而后再从容的收拾二妞三妞。把她们卖了也没人管，夏老者是第一个不关心她们的，夏廉要不是为儿子还不弄来“柳屯的”呢，别人更提不到了。她已经进了屋门，我赶上了。在某种情形下，大概人人会掏点坏，我揪住了她，假意的劝解，可是我的眼睛尽了它们的责任。二妞明白我的眼睛，她上来了，三妞的胆子也壮起来。大概她们常梦到的快举就是这个，今天有我给助点胆儿，居然实现了。

我嘴里说着好的，手可是用足了力量；差点劲的男人还真弄不住她呢。正在这么个工夫，“柳屯的”改变了战略——好厉害的娘们！

“牛儿叔，我娘们不打架；”她笑着，头往下一低，拿出一些媚劲，“我吓唬着她们玩呢。小丫头子，有了婆婆家就这么扬气，搁着你的！”说完，她撩了我一眼，扭着腰儿走了。

光棍不吃眼前亏，她真要被她们捶巴两下子，岂不把威风扫尽——她觉出我的手是有些力气。

不大会儿，夏廉来了。他的脸上很难看。他替她来管教女儿了，我心里说。我没理他。他瞪着二妞，可是说不出来什么，或者因为我在一旁，他不知怎样好了。二妞看着他，嘴动了几动，没说出什么来。又愣了会儿，她往前凑了凑，对准了他的脸就是一口，呸！他真急了，可是他还没动手，已经被我揪住。他跟我争巴了两下，不动了。看了我一眼，头低下去：“哎——”叹了口长气，“谁叫你们都不是小子呢！”这个人是完全被“柳屯的”拿住，而还想为自己辩护。他已经逃不出她的手，所以更恨她们——谁叫她们都不是男孩子呢！

二姑娘啐了爸爸一个满脸花，气是出了，可是反倒哭起来。

夏廉走到屋门口，又愣住了。他没法回去交差。又叹了口气，慢慢的走出去。

我把二妞劝住。她刚住声，东院那个娘们骂开了：“你个贼王八，兔小子，连你自己操出来的丫头都管不了。……”

我心中打开了鼓，万一我走后，她再回来呢？我不能走，我叫三妞把赵五喊来。把赵五安置在那儿，我才敢回家。赵五自然是不敢惹她的，可是我并没叫他打前敌，他只是作会儿哨兵。

回到家中，我越想越不是滋味：我和她算是宣了战，她不能就这么完事。假如她结队前来挑战呢？打群架不是什么稀罕的事。完不了，她多少是栽了跟头。我不想打群架，哼，她未必不晓得这个！她在这几年里把什么都拿到手，除了有几家——我便是其中的一个——不肯理她，虽然也不肯故意得罪她；我得罪了她，这个娘们要是有机会，是满可以作个“女拿破仑”，她一定跟我完不了。设若她会写书，她必定会写出顶好的农村小说，她真明白一切乡人的心理。

果然不出我所料，当天的午后，她骑着匹黑驴，打着把雨伞——太阳毒得好像下火呢——由村子东头到西头，南头到北头，叫骂夏老王八，夏廉——贼兔子——和那两个小窑姐。她是骂给我听呢。她知道我必不肯把她拉下驴来揍一顿，那么，全村还是她的，没人敢来拦她吗。

赵五头一个吃不住劲了，他要求我换个人去保护二妞。他并非有意激动我，他是真怕；可是我的火上来了：“赵五，你看我会揍她一顿不会？”

赵五眨巴了半天眼睛：“行啊；可是好男不跟女斗，是不是？”

可就是，怎能一个男子去打女人家呢！我还得另想高明主意。

夏大嫂的病越来越沉重。我的心又移到她这边来：先得叫二妞出门子，落了丧事可就不好办了，逃出一个是一个。那个“军官”是张店的人，离我们这儿有十二三里路。我派赵五去催快娶——自然是得了夏大嫂的同意。赵五愿意走这个差，这个比给二妞保镖强多了。

我是这么想，假如二妞能被人家顺顺当当的娶了走，“柳屯的”便算又栽了个跟头——谁不知道她早就别住和夏大嫂闹呢？好，夏大嫂的女婿越多，便越难收拾，况且这回是个“军官”！我也打定了主意，我要看着二妞上了轿。那个娘们敢闹，我揍她。好在她有个闹婚的罪名，我们便好上县里说去了。

据我们村里的人看，人的运气，无论谁，是有个年限的；没人能走一辈子好运，连关老爷还掉了脑袋呢。我和“柳屯的”那一幕，已经传遍了全村，我虽没说，可是三妞是有嘴有腿的。大家似乎都以为这是一种先兆——“柳屯的”要玩完。人们不敢惹她，所以愿意有个人敢惹她，看打擂是最有趣的。

“柳屯的”大概也扫听着这么点风声，所以加紧的打夏廉，作为一种间接的示威。夏廉的头已肿起多高，被她往磨盘上撞的。

张店的那位排长原是个有名有姓的人，他是和家里闹气而跑出去当了兵；他现在正在临县驻扎。赵五回来交差，很替二妞高兴——“一大家子人呢，准保有吃有喝；二姑娘有点造化！”他们也答应了提早结婚。

“柳屯的”大概上十回梯子，总有八回看见我：我替夏大嫂办理一切，她既下不了地，别人又不敢帮忙，我自然得卖点力气了——一半也是为气“柳屯的”。每逢她看见我，张口就骂夏廉，不但不骂我，连夏大嫂也摘干净了。我心里说，自要你不直接冲锋，我便不接碴儿，咱们是心里的劲！

夏廉，有一天晚上找我来了；他头上顶着好几个大青包，很像块长着绿苔的山子石。坐了半天，我们谁也没说话。我心里觉得非常的乱，不知思想什么好；他大概也不甚好受。我为是打破僵局，没想就说了句：“你怎能受她这个呢！”

“我没法子！”他板着脸说，眉毛要皱上，可是不成功，因为那块都肿着呢。

“我就不信一个男子汉——”

他没等我说完，就接了下去：“她也有好处。”

“财产都被你们俩弄过来了，好处？”我没好意的笑着。

他不出声了，两眼看着屋中的最远处；不愿再还口；可是十分不爱听我的话；一个人有一个主意——他愿挨揍而有财产。“柳屯的”，从一方面说，是他的宝贝。

“你干什么来了？”我不想再跟他多费话。

“我——”

“说你的！”

"我——；你是有意跟她顶到头儿吗？"

"夏大嫂是你的元配，二妞是你的女儿！"

他没往下接碴；简单的说了一句："我怕闹到县里去！"

我看出来了："柳屯的"是决不能善罢甘休，他管不了；所以来劝告我。他怕闹到县里去——钱！到了县里，没钱是不用想出来的。他不能舍了"柳屯的"：没有她，夏老者是头一个必向儿子反攻的。夏廉有相当的厉害，可是打算大获全胜非仗着"柳屯的"不可。真要闹到县里去，而"柳屯的"被扣起来，他便进退两难了：不设法弄出她来吧，他失去了靠山；弄出她来吧，得花钱；所以他来劝我。

"我不要求你帮助夏大嫂——你自己的妻子；你也不用管我怎样对待'柳屯的'。咱们就说到这儿吧。"

第二天，"柳屯的"骑着驴，打着伞，到县城里骂去了：由东关骂到西关，还骂的是夏老王八与夏廉。她试试，试试城里有人抓她或拦阻她没有。她始终不放心县里。没人拦她，她打着得胜鼓回来了；当天晚上，她在场院召集布道会，咒诅夏家，并报告她的探险。

战事是必不可避免的，我看准了。只好预备打吧，有什么法子呢？没有大靡乱，是扫不清咱们这个世界的污浊的；以大喻小，我们村里这件事也是如此。

这几天村里的人都用一种特别的眼神看我，虽然我并没想好如何作战——不过是她来，我决不退缩。谣言说我已和那位"军官"勾好，也有人说我在县里打垫妥当；这使我很不自在。其实我完全是"玩玩票"，不想勾结谁。赵五都不肯帮助我，还用说别人？

村里的人似乎永远是圣明的。他们相信好运是有年限的，果然是这样；即使我不信这个，也敌不过他们——他们只要一点偶合的事证明了天意。正在夏家二妞要出阁之前，"柳屯的"被县里拿了去。村里的人知道底细，可是暗中都用手指着我。我真一点也不知道。

过了几天，消息才传到村中来：村里的一位王姑娘，在城里当看护。恰巧县知事的太太生小孩，把王姑娘找了去。她当笑话似的把“柳屯的”一切告诉了知事太太，而知事太太最恨作小老婆的，因为知事颇有弄个“人儿”的愿望与表示。知事太太下命令叫老爷“办”那个娘们，于是“柳屯的”就被捉进去。

村里人不十分相信这个，他们更愿维持“柳屯的”交了五年旺运的说法，而她所以倒霉还是因为我。松儿大爷一半满意，一半慨叹的说：“我说什么来着？出不了三四年，夏家连块土坯也落不下！应验了吧？县里，二三百亩地还不是白填进去！”

夏廉决定了把她弄出来，愣把钱花在县里也不能叫别人得了去——他的爸爸也在内。

夏老者也没闲着，没有“柳屯的”，他便什么也不怕了。

夏家父子的争斗，引起一部分人的注意——张二楞，刘四，冯二头，和宋寡妇等全决定帮助夏廉。“柳屯的”是他们的首领与恩人。连赵五都还替她吹风——到了县衙门，“柳屯的”还骂呢，硬到底！没见她走的时候呢，叫四个衙役搀着她！四个呀，衙役！

夏二妞平平安安的被娶了走。暑天还没过去，夏大嫂便死了；她笑着死的。三妞被她的大姐接了走。夏家父子把夏大嫂的东西给分了。宋寡妇说：“要是‘柳屯的’在家，夏大嫂那份黄杨木梳一定会给了我！夏家那俩爷们一对死王八皮！”

“柳屯的”什么时候能出来，没人晓得。可是没有人忘了她，连孩子们都这样的玩耍：“我当‘柳屯的’，你当夏老头？”他们这样商议；“我当‘柳屯的’！我当‘柳屯的！’我的眼会努着！”大家这么争论。

连我自己也觉得有点对不起她了，虽然我知道这是可笑的。

（原载 1934 年 5 月 16 日《东方杂志》第 31 卷 10 号，
初收《樱海集》）

上　　任

尤老二去上任。

看见办公的地方，他放慢了步。那个地方不大，他晓得。城里的大小公所和赌局烟馆，差不多他都进去过。他记得这个地方——开开门就能看见千佛山。现在他自然没心情去想千佛山；他的责任不轻呢！他可是没透出慌张来；走南闯北的多年了，他拿得住劲，走得更慢了。胖胖的，四十多岁，重眉毛，黄净子脸。灰哔叽夹袍，肥袖口；青缎双脸鞋。稳稳的走，没看千佛山；倒想着：似乎应当坐车来。不必，几个伙计都是自家人，谁还不知道谁；大可以不必讲排场。况且自己的责任不轻，干吗招摇呢。这并不完全是怕；青缎鞋，灰哔叽袍，恰合身分，慢慢的走，也显着稳。没有穿军衣的必要。腰里可藏着把硬的。自己笑了笑。

办公处没有什么牌匾：和尤老二一样，里边有硬家伙。只是两间小屋。门开着呢，四位伙计在凳子上坐着，都低着头吸烟，没有看千佛山的。靠墙的八仙桌上有几个茶杯，地上放着把新洋铁壶，壶的四围趴着好几个香烟头儿，有一个还冒着烟。尤老二看见他们立起来，又想起车来，到底这样上任显着“秃”一点。可是，老朋友们都立得很规矩。虽然大家是笑着，可是在亲热中含着敬意。他们没因为他没坐车而看不起他。说起来呢，稽察长和稽察是作暗活的，越不惹耳目越好。他们自然晓得这个。他舒服了些。

尤老二在八仙桌前面立了会儿，向大家笑了笑，走进里屋去。里屋只有一条长桌，两把椅子，墙上钉着个月份牌，月份牌的上面有一条臭虫血。办公室太空了些，尤老二想；可又想不出添置什么。赵伙计送进一杯茶来，飘着根茶叶棍儿。尤老二和赵伙计全没的说，尤老二擦了下脑门。啊，想起来了：得有个洗脸盆，他可是没告诉赵伙计去买。他得细细的想一下：办公费都在他自己手里呢，是应当公开的用，还是自己一把死拿？自己的薪水是一百二，办公费八十。卖命的事，把八十全拿着不算多。可是伙计们难道不是卖命？况且是老朋友们？多少年不是一处吃，一处喝；睡土窑子不是一同住大炕？不能独吞。赵伙计走出去，老赵当头目的时候，可曾独吞过钱？尤老二的脸红起来。刘伙计在外屋溜了他一眼。老刘，五十多了，倒当起伙计来，三年前手里还有过五十支快枪！不能独吞。可是，难道白当头目？八十块大家分？再说，他们当头目是在山上。尤老二虽然跟他们不断的打联络，可是没正式上过山。这就有个分别了。他们，说句不好听的，是黑面上的；他是官。作官有作官的规矩。他们是弃暗投明，那么，就得官事官办。八十元办公费应当他自己拿着。可是，洗脸盆是要买的；还得来两条手巾。

除了洗脸盆该买，还似乎得作点别的。比如说，稽察长看看报纸，或是对伙计们训话。应当有份报纸，看不看的，摆着也够样儿。训话，他不是外行。他当过排长，作过税卡委员；是的，他得训话，不然，简直不像上任的样儿。况且，伙计们都是住过山的，有时候也当过兵；不给他们几句漂亮的，怎能叫他们佩服。老赵出去了。老刘直咳嗽。必定得训话，叫他们得规矩着点。尤老二咳了声，立起来，想擦把脸；还是没有洗脸盆与手巾。他又坐下。训话，说什么呢？不是约他们帮忙的时候已经说明白了吗，对老赵老刘老王老褚不都说的是那一套么？“多年的朋友，捧我尤老二一场。我尤老二有饭吃，大家伙儿就饿不着；自己弟兄！”这说过不止一遍了，能再说么？至于大家的工作，谁还不明白——反正还不是用黑面上的人拿黑面上的人。这只能心照，不便实对实的点破。自己的饭碗要紧，脑袋也要紧。要真打算立功的话，拿几个黑道上的朋友开刀，说不定老刘们就会把盒子炮往里放。睁一眼闭一眼是必要的，不能赶尽杀绝；大家日后还得见面。这些话能明说么？怎么训话呢？看老刘那对眼睛，似乎死了也闭不上。帮忙是义气，真把山上的规矩一笔钩个净，作不到。不错，司令派尤老二是为拿反动分子。可是反动分子都是朋友呢。谁还不知道谁吃几碗干饭？难！

尤老二把灰哔叽袍脱了，出来向大家笑了笑。

“稽察长！”老刘的眼里有一万个“看不起尤老二”，“分派分派吧”。

尤老二点点头。他得给他们一手看。“等我开个单子，咱们的事儿得报告给李司令。昨儿个，前两天，不是我向诸位弟兄研究过？咱们是帮助李司令拿反动派。我不是说过：李司令把我叫了去，说，老二，我地面上生啊，老二你得来帮帮忙。我不好意思推辞，跟李司令也是多年的朋友。我这么一想，有办法。怎么说呢，我想起你们来。我在地面上熟哇，你们可知底呢。咱们一合把，还有什么不行的事。司令，我就说了，交给我了，司令既肯赏饭吃，尤老二还能给脸不兜着？弟兄们，有李司令就有尤老二，有尤老二就有你们。这我早已研究过了，我开个单子，谁管哪里，谁管哪里，合计好了，往上一报，然后再动手，这像官事，是不是？”尤老二笑着问大家。

老刘们都没言语。老褚挤了挤眼。可是谁也没感到僵得慌。尤老二不便再说什么，他得去开单子。拿笔刷刷的一写，他想，就得把老刘们吓背过气去。那年老褚绑王公子的票，不是求尤老二写的通知书么？是的，他得刷刷的写一气。可是笔墨砚呢？这几个伙计简直没办法！“老赵，”尤老二想叫老赵买笔去。可是没说出来。为什么买东西单叫老赵呢？一来到钱上，叫谁去买东西都得有个分寸。这不是山上，可以马马虎虎。这是官事，谁该买东西去，谁该送信去，都应当分配好了。可是这就不容易，买东西有扣头，送信是白跑腿；谁活该白跑腿呢？“啊，没什么，老赵！”先等等买笔吧，想想再说。尤老二心里有点不自在。没想到作稽察长这么啰嗦。差事不算狠甜；也说不上苦来，假若八十元办公费都归自己的话。可是不能都归自己，伙计们都住过山；手儿一紧，还真许尝个黑枣，是玩的吗？这玩艺儿不好办，作着官而带着土匪，算哪道官呢？不带土匪又真不行，专凭尤老二自己去拿反动分子？拿个屁！尤老二摸了摸腰里的家伙：“哥儿们，硬的都带着哪？”

大家一齐点了点头。

“妈的怎么都哑巴了？”尤老二心里说。是什么意思呢？是不佩服咱尤老二呢，还是怕呢？点点头，不像自己朋友，不像；有话说呀。看老刘！一脸的官司。尤老二又笑了笑。有点不够官派，大概跟这群家伙还不能讲官派。骂他们一顿也许就骂欢喜了？不敢骂，他不是地道土匪。他知道他是脚踩两只船。他恨自己不是地道土匪，同时又觉得他到底高明，不高明能作官么？点上根烟，想主意，得喂喂这群家伙。办公费可以不撒手；得花点饭钱。

“走哇，弟兄们，五福馆！”尤老二去穿灰哔叽夹袍。

老赵的倭瓜脸裂了纹，好似是熟透了。老刘五十多年制成的石头腮帮笑出两道缝。老王老褚也都复活了，仿佛是。大家的嗓子里全有了津液，找不着话说也舐舐嘴唇。

到了五福馆，大家确是自己朋友了，不客气：有的要水晶肘，有的要全家福，老刘甚至于想吃锅煽鸡，而且要双上。吃到半饱，大家觉得该研究了。老刘当然先发言，他的岁数顶大。石头腮帮上红起两块，他喝了口酒，夹了块肘子，吸了口烟。“稽察长！”他扫了大家一眼：“烟土，暗门子，咱们都能手到擒来。那反——反什么？可得小心！咱们是干什么的？伤了义气，可合不着。不是一共才这么一小堆洋钱吗？”

尤老二被酒劲催开了胆量：“不是这么说，刘大哥！李司令派咱们哥几个，就为拿反动派。反动派太多了，不赶紧下手，李司令就坐不稳；他吹了，还有咱们？”

“比如咱们下了手，”老赵的酒气随着烟喷出老远，“毙上几个，咱们有枪，难道人家就没有？还有一说呢，咱们能老吃这碗饭吗？这不是怕。”

“谁怕谁是丫头养的！”老褚马上研究出来。

“丫头泥养的！”老赵接了过来：“不是怕，也不是不帮李司令的忙。义气，这是义气！好尤二哥的话，你虽然帮过我们，公面私面你也比我们见的广，可是你没上过山。”

“我不懂？”尤老二眼看空中，冷笑了声。

“谁说你不懂来着？”葫芦嘴的王小四顿出一句来。

“是这么着，哥儿们，”尤老二想烹他们一下：“捧我尤老二呢，交情；不捧呢，”又向空中一笑，“也没什么。”

“稽察长，”又是老刘，这小子的眼睛老瞪着：“真干也行呀，可有一样，我们是伙计，你是头目；毒儿可全归到你身上去。自己朋友，歹话先说明白了。叫我们去掏人，那容易，没什么。”

尤老二胃中的海参全冰凉了。他就怕的是这个。伙计办下来的，他去报功；反动派要是请吃黑枣，可也先请他！

但是他不能先害怕，事得走着瞧。吃黑枣不大舒服，可是报功得赏却有劲呢。尤老二混过这么些年了，哪宗事不是先下手的为强？要干就得玩真的！四十多了，不为自己，还不为儿子留下点吗儿？都像老刘们还行，顾脑袋不顾屁股，干一辈子黑活，连坟地都没有。尤老二是虚子，会研究，不能只听老刘的。他决定干。他得捧李司令。弄下几案来，说不定还会调到司令部去呢。出来也坐坐汽车什么的！尤老二不能老开着正步上任！

汤使人的胃与气一齐宽畅。三仙汤上来，大家缓和了许多。尤老二虽然还很坚决，可是话软和了些：“伙计们，还得捧我尤老二呀，找没什么蹦儿的弄吧——活该他倒霉，咱们多少露一手。你说，腰里带着硬的，净弄些个暗门子，算哪道呢？好啦！咱们就这么办，先找小的，不刺手的办，以后再说。办下来，咱们还是这儿，水晶肘还不坏，是不是？”

“秋天了，以后该吃红焖肘子了。”王小四不大说话，一说可就说到根上。

尤老二决定留王小四陪着他办公，其余的人全出去踩访。不必开单子了，等他们踩访回来再作报告。是的，他得去买笔墨砚，和洗脸盆。他自己去买，省得有偏有向。应当来个书记，可是忘了和李司令说。暂时先自己写吧，等办下案来再要求添书记；不要太心急，尤老二有根。二爹的儿子，听说，会写字，提拔他一下吧。将来添书记必用二爹的儿子，好啦，头一天上任，总算不含糊。

只顾在路上和王小四瞎扯，笔墨砚到底还是没有买。办公室简直不像办公室。可是也好：刷刷的写一气，只是心里这么想；字这种玩艺刷刷的来的时候，说真的，并不多；要写哪个，哪个偏偏不在家。没笔墨砚也好。办什么呢，可是？应当来份报纸，哪怕是看看广告的图呢。不能老和王小四瞎扯，虽然是老朋友，到底现在是官长与伙计，总得有个分寸。门口已经站过了，茶已喝足，月份牌已翻过了两遍。再没有事可干。盘算盘算家事，还有希望。薪水一百二，办公费八十——即使不能全数落下——每月一百五可靠。慢慢的得买所小房。妈的商二狗，跟张宗昌走了一趟，干落十万！没那个事了，没了。反动派还不就是他们么？哪能都像商二狗，资资本本的看着？谁不是钱到手就迷了头？就拿自己说吧，在税卡子上不是也弄了两三万吗？都哪儿去了？难怪反动呀，吃喝玩乐的惯了，再天天啃窝窝头？受不了，谁也受不了！是的，他们——凭良心说，连尤老二自己——都盼着张督办回来，当然的。妈的，丁三立一个人就存着两箱军用票呢！张要是回来，打开箱子，老丁马上是财主！拿反动派，说不下去，都是老朋友。可是月薪一百二，办公费八十，没法儿。得拿！妈的脑袋掉了碗大的疤，谁能顾得了许多！各自奔前程，谁叫张大帅一时回不来呢。拿，毙几个！尤老二没上过山，多少跟他们不是一伙。

四点多了，老刘们都没回来。这三个家伙是真踩窝子去了，还是玩去了？得定个办公时间，四点半都得回来报告。假如他们干铲儿不回来，像什么公事？没他们是不行，有他们是个累赘，真他妈的。到五点可不能再等；八点上班，五点关门；伙计们可以随时出去，半夜里拿人是常有的事；长官可不能老伺候着。得告诉他们，不大好开口。有什么不好开口，尤老二你不是头目么？马上告诉王小四。王小四哼了一声。什么意思呢？

“五点了，”尤老二看了千佛山一眼，太阳光儿在山头上放着金丝，金光下的秋草还有点绿色。“老王你照应着，明儿八点见。”

王小四的葫芦嘴闭了个严。

第二天早晨，尤老二故意的晚去了半点钟，拿着点劲儿。万一他到了，而伙计们没来，岂不是又得为难？

伙计们却都到了，还是都低着头坐在板凳上吸烟呢。尤老二想揪过一个来揍一顿，一群死鬼！他进了门，他们照旧又都立起来，立起来的很慢，仿佛都害着脚气。尤老二反倒笑了；破口骂才合适，可是究竟不好意思。他得宽宏大量，谁叫轮到自己当头目人呢。他得拿出虚子劲儿，嘻嘻哈哈，满不在乎。

“嗨，老刘，有活儿吗？”多么自然，和气，够味儿；尤老二心中夸赞着自己的话。

“活儿有，”老刘瞪着眼，还是一脸的官司：“没办。”

“怎么不办呢？”尤老二笑着。

“不用办，待会了他们自己来。”

“哦！”尤老二打算再笑，没笑出来。“你们呢？”他问老赵和老褚。

两人一齐摇了摇头。

“今天还出去吗？”老刘问。

“啊，等等，”尤老二进了里屋，“我想想看。”回头看了一眼，他们又都坐下了，眼看着烟头，一声不发，一群死鬼。

坐下，尤老二心里打开了鼓——他们自己来？不能细问老刘，硬输给他们，不能叫伙计小看了。什么意思呢，他们自己来？不能和老刘研究，等着就是了。还打发老刘们出去不呢？这得马上决定：“嗨，老褚！你走你的，睁着点眼，听见没有？”他等着大家笑，大家一笑便是欣赏他的胆量与幽默；大家没笑。“老刘，你等等再走。他们不是找我来吗？咱俩得陪陪他们。都是老朋友。”他没往下分派，老王老赵还是不走好，人多好凑胆子。可是他们要出去呢，也不便拦阻；干这行儿还能不耍玄虚么？等他们问上来再讲。老王老赵都没出声，还算好。“他们来几个？”话到嘴边上又咽了回去。反正尤老二这儿有三个伙计呢，全有硬家伙。他们要是来一群呢，那只好闭眼。走到哪儿说哪儿，肏！

还没报纸！哪像办公的样！况且长官得等着反动派，太难了。给司令部个电话，派一队来，来一个拿一个，全毙！不行，别太急了，看看再讲。九点半了，“嗨，老刘，什么时候来呀？”

“也快，稽察长！”老刘这小子有点故意的看哈哈笑。

“报！叫卖报的！”尤老二非看报不可了。

买了份大早报，尤老二找本地新闻，出着声儿笑。非当当的念，念不上句来。他妈的女招待的姓别扭，不认识。别扭！当当，软一下，女招待的姓！

“稽察长！他们来了。”老刘特别的规矩。

尤老二不慌，放下姓别扭的女招待，轻轻的。“进来！”摸了摸腰中的家伙。

进来了一串。为首的是大个儿杨；紧跟着花眉毛，也是大傻个儿；猴四被俩大个子夹在中间，特别显着小；马六，曹大嘴，白张飞，都跟进来。

“尤老二！”大家一齐叫了声。

尤老二得承认他认识这一群，站起来笑着。

大家都说话，话便挤到了一处。嚷嚷了半天，全忘记了自己说的是什么。

“杨大个儿，你一个人说；嗨，听大个儿说！”大家的意见渐归一致，彼此的劝告：“听大个儿的！”

杨大个儿——或是大个儿杨，全是一样的——拧了拧眉毛，弯下点腰，手按在桌上，嘴几乎顶住尤老二的鼻子：“尤老二，我们给你来贺喜！”

“听着！”白张飞给猴四背上一拳。

“贺喜可是贺喜，你得请请我们。按说我们得请你，可是哥儿们这几天都短这个，”食指和拇指成了圈形。“所以呀，你得请我们。”

“好哥儿们的话啦。”尤老二接了过去。

“尤老二，”大个儿杨又接回去。“倒用不着你下帖，请吃馆子，用不着。我们要这个，”食指和拇指成了圈形。“你请我们坐车就结了。”

“请坐车？”尤老二问。

“请坐车！”大个儿有心事似的点点头。“你看，尤老二，你既然管了地面，我们弟兄还能作活儿吗？都是朋友。你来，我们滚。你来，我们滚；咱们不能抓破了脸。你作你的官，我们上我们的山。路费，你的事。好说好散，日后咱们还见面呢。”大个儿杨回头问大家：“是这么说不是？”

“对，就是这几句；听尤老二的了！”猴四把话先抢到。

尤老二没想到过这个。事情容易，没想到能这么容易。可是，谁也没想到能这么难。现在这群是六个，都请坐车；再来六十个，六百个呢，也都请坐车？再说，李司令是叫抓他们；若是都送车费，好话说着，一位一位的送走，算什么办法呢？钱从哪儿来呢？这大概不能向李司令要吧？就凭自己的一百二薪水，八十块办公费，送大家走？可是说回来，这群家伙确是讲面子，一声难听的没有："你来，我们滚。"多么干脆，多么自己。事情又真容易，假如有人肯出钱的话。他笑着，让大家喝水，心中拿不定主意。他不敢得罪他们，他们会说好的，也有真厉害的。他们说滚，必定滚；可是，不给钱可滚不了。他的八十块办公费要连根烂。他还得装作愿意拿的样子，他们不吃硬的。

"得多少？朋友们！"他满不在乎似的问。

"一人十拉块钱吧。"大个儿杨代表大家回答。

"就是个车钱，到山上就好办了。"猴四补充上。

"今天后晌就走，朋友，说到哪儿办到哪儿！"曹大嘴说。

尤老二不能脆快，一人十块就是六十呀！八十办公费，去了四分之三！

"尤老二，"白张飞有点不耐烦，"干脆拍出六十块来，咱们再见。有我们没你，有你没我们，这不痛快？你拿钱，我们滚。你不——不用说了，咱们心照。好汉不必费话，三言两语。尤二哥，咱老张手背向下，和你讨个车钱！"

"好了，我们哥儿们全手背朝下了，日后再补付，哥儿们不是一天半天的交情！"杨大个儿领头，大家随着；虽然词句不大一样，意思可是相同。

尤老二不能再说别的了，从"腰里硬"里掏出皮夹来，点了六张十块的："哥儿们！"他没笑出来。

杨大个儿们一齐叫了声"哥儿们"。猴四把票子卷巴卷巴塞在腰里："再见了，哥儿们！"大家走出来，和老刘们点了头："多咱山上见哪？"老刘们都笑了笑，送出门外。

尤老二心里难过的发空。早知道，调兵把六个家伙全扣住！可是，也许这么善办更好；日后还要见面呀。六十块可出去了呢；假如再来这么几档儿，连一百二的薪水赔上也不够！作哪道稽察长呢？稽察长叫反动派给炸了酱，哑巴吃黄连有苦说不出！

老刘是好意呢，还是玩坏？得问问他！不拿土匪，而把土匪叫来，什么官事呢？还不能跟老刘太紧了，他也会上山。不用他还不行呢；得罪了谁也不成，这年头。假若自己一上任就带几个生手，哼，还许登时就吃了黑枣儿；六十块钱买条命，前后一合算，也还值得。尤老二没办法，过去的不用再提，就怕明儿个又来一群要路费的！不能对老刘们说这个，自己得笑，得让他们看清楚：尤老二对朋友不含糊，六十就六十，一百就一百，不含糊；可是六十就六十，一百就一百，自己吃什么呢，稽察长喝西北风，那才有根！

尤老二又拿起报纸来，没劲！什么都没劲，六十块这么窝窝囊囊的出去，真没劲。看重了命，就得看不起自己；命好像不是自己的，得用钱买，他妈的！总得佩服猴四们，真敢来和稽察长要路费！就不怕登时被捉吗？竟自不怕，邪！丢人的是尤老二，不用说拿他们呀，连句硬张话都没敢说，好泄气！以后再说，再不能这么软！为当稽察长把自己弄软了，那才合不着。稽察长就得拿人，没第二句话！女招待的姓真别扭，老褚回来了。

老褚反正得进来报告，稽察长还能赶上去问么？老褚和老赵聊上了；等着，看他进来不！土匪们，没有道理可讲。

老褚进来了："尤——稽察长，报告！城北窝着一群朋——啊，什么来着？动——动子！去看看？"

"在哪儿？"尤老二不能再怕；六十块被敲出去，以后命就是命了，太爷哪儿也敢去。

"湖边上。"老褚知道地方。

"带家伙，老褚，走！"尤老二不含忽。坐窝儿掏！不用打算再叫稽察长出路费。

"就咱俩去？"老褚真会激人哪。

"告诉我地方，自己去也行，什么话呢！"尤老二拼了，不玩命，他们也不晓得稽察长多少钱一斤！好吗，净开路费，一案办不下来，怎么对李司令呢？一百二的薪水！

老褚没言语，灌了碗茶，预备着走的样儿，尤老二带理不理的走出来，老褚后面跟着，尤老二觉得顺了点气，也硬了点胆子来。说真的，到底俩人比一个挡事的多，遇到事多少可以研究研究。

湖边上有个鼻子眼大小的胡同，里边会有个小店，尤老二的地面多熟，竟自会不知道这家小店，看着就像贼窝！忘了多带伙计！尤老二，他叫着自己，白创练了这么多年，还是气浮哇！怎么不多带人呢？为什么和伙计斗气呢？

可是，既来之则安之，走哇！也得给伙计们一手瞧瞧，咱尤老二没住过山哪，也不含糊！咱要是掏出那么一个半个的来，再说话可就灵验多了，看运气吧；也许是玩完，谁知道呢，“老褚，你堵门是我堵门？”

“这不是他们？”老褚往门里一指，“用不着堵，谁也不想跑。”

又是活局子！对，他们讲义气，他妈的！尤老二往门里打了一眼，几个家伙全在小过道里坐着呢。花蝴蝶，鼻子六儿，宋占魁，小得胜，还有俩不认识的；完了，又是熟人！

“进来，尤老二，我们连给你贺喜都不敢去！来吧，看看我们这群！过来见见，张狗子，徐元宝；尤老二。老朋友，自己弟兄。”大家东一句西一句，扯的非常亲热。

“坐下吧，尤老二。”小得胜——爸爸老得胜刚在河南正了法——特别的客气。

尤老二恨自己，怎么找不到话说呢？倒是老褚漂亮：“弟兄们，稽察长亲自来了，有话就说吧。”

稽察长笑着点了点头。

“那么，咱们就说干脆的，”鼻子六儿扯了过来：“宋大哥，带尤二哥看看吧！”

“尤二哥，这边！”宋占魁用大拇指往肩后一挑，进了间小屋。

尤老二跟过去，准没危险，他看出来。要玩命都玩不成；别扭不别扭？小屋里漆黑，地上潮得出味儿。靠墙有个小床，铺着点草。宋占魁把床拉出来，蹲在屋角，把湿渌渌的砖起了两三块，掏出几杆小家伙来，全扔在了床上。

“就是这一堆！”宋占魁笑了笑，在襟上擦擦手：“风太紧，带着这个，我们连火车也上不去！弟兄们就算困在这儿了。老褚来，我们才知道你上去了，我们可就有了办法。这一堆交给你，你给点车钱，叫老褚送我们上火车，行也得行，不行也得行，弟兄们求到你这儿了！”

尤老二要吐！潮气直钻脑子，他捂上了鼻子，“交给我算怎么回事呢？”他退到屋门那溜儿，“我不能给你们看着家伙！”

“可我们带不了走呢，太紧！”宋占魁非常的恳切。

“我拿去也可以，可是得报官；拿不着人，报点家伙也是好的！也得给我想想啊，是不是？”尤老二自己听着自己的话都生气，太软了，尤老二！

“尤老二，你随便吧！”

尤老二本希望说僵了哇。

“随便吧，尤老二你知道，干我们这行的但分有法，能扔家伙不能？你怎办怎好，我们只求马上跑出去。没有你，我们走不了；叫老褚送我们上车。”

土匪对稽察长下了命令，自己弟兄！尤老二没的可说，没主意，没劲。主意有哇，用不上！身分是有哇，用不上！他显露了原形，直抓头皮，拿了家伙敢报官吗？况且，敢不拿着吗？嘿，送了车费，临完得给他们看家伙，哪道公事呢？尤老二只有一条路：不拿那些家伙也不送车钱，随他们去。可是，敢吗？下手拿他们，更不用想，湖岸上随时可以扔下一个半个的死尸；尤老二不愿意来个水葬。

“尤老二，”宋大哥非常的诚恳：“狗玩的不知道你为难；我们可也真没法。家伙你收着，给我们俩钱，后话不说，心照！”

“要多少？”尤老二笑得真伤心。

“六六三十六，多要一块是杂宗！三十六块大洋！”

“家伙我可不管。”

“随便，反正我们带不了走。空身走，捉住不过是半年；带着硬的，不吃黑枣也差不多！实话！怕不怕，咱们自己哥儿们用不着吹腾；该小心也得小心。好了，二哥，三十六块，后会有期！”宋大哥伸了手。

三十六块过了手，稽察长没办法，“老褚，这些家伙怎办？”

“拿回去再说吧。”老褚很有根。

“老褚，”他们叫，“送我们上车！”

“尤二哥，”他们很客气，“谢谢啦！”

尤二哥只落了个“谢谢”。把家伙全拢起来，没法拿，只好和老褚分着插在腰间。多威武，一腰的家伙，想开枪都不行；人家完全信任尤二哥，就那么交出枪来，人家想不到尤二哥会翻脸不认人；尤老二连想拿他们也不想了，他们有根，得佩服他们！八十块办公费，赔出十六块去！尤老二没办法，一百二的薪水也保不住，大概！

尤老二的午饭吃得不香，倒喝了两盅窝心酒，什么也不用说了，自己没本事！对不起李司令，尤老二不是不顾脸的人，看吧，再有这么一档子，只好辞职，他心里研究着。多么难堪，辞职！这年头哪里去找一百二的事？再找李司令，万难；拿不了匪，倒叫匪给拿了，多么大的笑话！人家上了山以后，管保还笑着俺尤老二，尤老二整个是个笑话！越想越懊心。

只好先办烟土吧，烟土算反动不算呢？算，也没劲哪！反正不能辞职，先办办烟土也好，尤老二决定了政策，不再提反动，过些日子再说，老刘们办烟土是有把握的。

一个星期里，办下几件烟土来，李司令可是嘱咐办反动派！他不能催伙计们，办公费已经贴出十六块了。

是个星期一吧，伙计们都出去踩烟土，（烟土！）进来个傻大黑粗的家伙，大摇大摆的。

“尤老二！”黑脸上笑着。

“谁？钱五！你好大胆子！”

“有尤老二哥在这儿，我怕谁。”钱五坐下了；“给根烟吃吃。”

“干吗来了？”尤老二摸了摸腰里——又是路费！

“来？一来贺喜，二来道谢！他们全到了山上，很念你的好处！真的！”

“哦？他们并没笑话我！”尤老二心里说。

“二哥！”钱五掏出一卷票子来，“不说什么了，不能叫你赔钱，弟兄们全到了山上，永远念你的好处。”

“这——”尤老二必须客气一下。

“别说什么，二哥，收下吧！宋大哥的家伙呢？”

“我是管看家伙的？”尤老二没敢说出来，“老褚手里呢。”

“好啦，二哥，我和老褚去要。”

“你从山上来？”尤老二觉得该闲扯了。

“从山上来，来劝你别往下干了。”钱五很诚恳。

“叫我辞职？”

“就是！你算是我们的人也好，不算也好，论事说，有你没有我们，有我们没有你；论人说，你待弟兄们好，我们也待你好，你不用再干了。话说到这儿为止。我在山上有三百多人，可是我亲自来了，朋友吗！我叫你不干，你顶好就不干。明白人不用多费话。我走了，二哥。告诉老褚我在湖边小店里等他。”

“再告诉我一句，”尤老二立起来：“我不干了，朋友们怎想？”

“没人笑话你！怕笑，二哥？好了，再见！”

稽察长换了人，过了两三天吧。尤老二，胖胖的，常在街上溜着，有时候也看千佛山一眼。

（原载1934年10月1日《文学》第3卷4期，初收《樱海集》）

老　字　号

钱掌柜走后，辛德治——三合祥的大徒弟，现在很拿点事——好几天没正经吃饭。钱掌柜是绸缎行公认的老手，正如三合祥是公认的老字号。辛德治是钱掌柜手底下教练出来的人。可是他并不专因私人的感情而这样难过，也不是自己有什么野心。他说不上来为什么这样怕，好像钱掌柜带走了一些永难恢复的东西。

周掌柜到任。辛德治明白了，他的恐怖不是虚的；“难过”几乎要改成咒骂了。周掌柜是个“野鸡”，三合祥——多少年的老字号！——要满街拉客了！辛德治的嘴撇得像个煮破了的饺子。老手，老字号，老规矩——都随着钱掌柜的走了，或者永远不再回来。钱掌柜，那样正直，那样规矩，把买卖作赔了。东家不管别的，只求年底下分红。

多少年了，三合祥永远是那么官样大气：金匾黑字，绿装修，黑柜蓝布围子，大机凳包着蓝呢子套，茶几上永放着鲜花。多少年了，三合祥除了在灯节才挂上四只宫灯，垂着大红穗子；此外，没有半点不像买卖地儿的胡闹八光。多少年了，三合祥没有打过价钱，抹过零儿，或是贴张广告，或者减价半月；三合祥卖的是字号。多少年了，柜上没有吸烟卷的，没有大声说话的；有点响声只是老掌柜的咕噜水烟与咳嗽。

这些，还有许许多多可宝贵的老气度，老规矩，由周掌柜一进门，辛德治看出来，全要完！周掌柜的眼睛就不规矩，他不低着眼皮，而是满世界扫，好像找贼呢。人家钱掌柜，老坐在大机凳上合着眼，可是哪个伙计出错了口气，他也晓得。

果然，周掌柜——来了还没有两天——要把三合祥改成蹦蹦戏的棚子：门前扎起血丝胡拉的一座彩牌，“大减价”每个字有五尺见方，两盏煤气灯，把人们照得脸上发绿，好像一群大烟鬼。这还不够，门口一档子洋鼓洋号，从天亮吹到三更；四个徒弟，都戴上红帽子，在门口，在马路上，见人就给传单。这还不够，他派定两个徒弟专管给客人送烟递茶，哪怕是买半尺白布，也往后柜让，也递香烟：大兵，清道夫，女招待，都烧着烟卷，把屋里烧得像个佛堂。这还不够，买一尺还饶上一尺，还赠送洋娃娃，伙计们还要和客人随便说笑；客人要买的，假如柜上没有，不告诉人家没有，而拿出别种东西硬叫人家看；买过十元钱的东西，还打发徒弟送了去，柜上买了两个一走三歪的自行车！

辛德治要找个地方哭一大场去！在柜上十五六年了，没想到过——更不用说见过了——三合祥会落到这步田地！怎么见人呢？合街上有谁不敬重三合祥的？伙计们晚上出来，提着三合祥的大灯笼，连巡警们都另眼看待。那年兵变，三合祥虽然也被抢一空，可是没像左右的铺户那样连门板和“言无二价”的牌子都被摘了走——三合祥的金匾有种尊严！他到城里已经二十来年了，其中的十五六年是在三合祥，三合祥是他第二家庭，他的说话、咳嗽与蓝布大衫的样式，全是三合祥给他的。他因三合祥，也为三合祥而骄傲。他为铺子去索债，都被人请进去喝碗茶；三合祥虽是个买卖，可是照顾主儿似乎是些朋友。钱掌柜是常给照顾主儿行红白人情的。三合祥是“君子之风”的买卖：门凳上常坐着附近最体面的人；遇到街上有热闹的时候，照顾主儿的女眷们到这里向老掌柜借个座儿。这个光荣的历史，是长在辛德治的心里的。可是现在？

辛德治也并不是不晓得，年头是变了。拿三合祥的左右铺户说，多少家已经把老规矩舍弃，而那些新开的更是提不得的，因为根本就没有过规矩。他知道这个。可是因此他更爱三合祥，更替它骄傲。假如三合祥也下了桥，世界就没了！哼，现在三合祥和别人家一样了，假如不是更坏！

他最恨的是对门那家正香村：掌柜的趿拉着鞋，叼着烟卷，镶着金门牙。老板娘背着抱着，好像兜儿里还带着，几个男女小孩，成天出来进去，进去出来，打着南方话叽叽喳喳，不知喊些什么。老板和老板娘吵架也在柜上，打孩子，给孩子吃奶，也在柜上。摸不清他们是作买卖呢，还是干什么玩呢，只有老板娘的胸口老在柜前陈列着是件无可疑的事儿。那群伙计，不知是从那儿找来的，全穿着破鞋，可是衣服多半是绸缎的。有的贴着太阳膏，有的头发梳得像漆杓，有的戴着金丝眼镜。再说那份儿厌气：一年到头老是大减价，老悬着煤气灯，老磨着留声机。买过两元钱的东西，老板便亲自让客人吃块酥糖；不吃，他能往人家嘴里送！什么东西也没一定的价钱，洋钱也没有一定的行市。辛德治永远不正眼看“正香村”那三个字，也永不到那边买点东西。他想不到世上会有这样的买卖，而且和三合祥正对门。

更奇怪的，正香村发财，而三合祥一天比一天衰微。他不明白这是什么道理。难道买卖必定得不按着规矩作才行么？果然如此，何必学徒呢？是个人就可以作生意了！不能是这样，不能；三合祥到底是不会那样的！谁知道竟自来了个周掌柜，三合祥的与正香村的煤气灯把街道照青了一大截，它们是一对儿！三合祥与正香村成了一对?！这莫非是作梦么？不是梦，辛德治也得按着周掌柜的办法走。他得和客人瞎扯，他得让人吸烟，他得把人诓到后柜，他得拿着假货当真货卖，他得等客人争竞才多放二寸，他得用手术量布——手指一捻就抽回来一块！他不能受这个！

可是多数的伙计似乎愿意这么作。有个女客进来，他们恨不能把她围上，恨不能把全铺子的东西都搬来给她瞧，等她买完——哪怕是买了二尺搪布——他们恨不能把她送回家去。周掌柜喜爱这个，他愿意看伙计们折跟头，打把式，更好能在空中飞。

周掌柜和正香村的老板成了好朋友。有时候还凑上天成的人们打打“麻将”。天成也是本街上的绸缎店，开张也有个四五年了，可是钱掌柜就始终没招呼过他们。天成故意的和三合祥打对仗，并且吹出风来，非把三合祥顶趴下不成。钱掌柜一声也不出，只偶尔说一句：咱们做的是字号。天成一年倒有三百六十五天是纪念大减价。现在天成的人们也过来打牌了。辛德治不能答理他们。他有点空闲，便坐在柜里发愣，面对着货架子——原先架上的布匹都用白布包着，现在用整幅的通天扯地的作装饰，看着都眼晕，那么花红柳绿的！三合祥已经没了，他心里说。

但是，过了一节，他不能不佩服周掌柜了。节下报账，虽然没赚什么，可是没赔。周掌柜笑着给大家解释：“你得记住，这是我的头一节呀！我还有好些没施展出来的呢。还有一层，扎牌楼，赁煤气灯……那个不是钱呢？所以呀！”他到说上劲来的时节总这么“所以呀”一下。“日后无须扎牌楼了，咱会用新的，还要省钱的办法，那可就有了赚头，所以呀！”辛德治看出来，钱掌柜是回不来了；世界的确是变了。周掌柜和天成、正香村的人们说得来，他们都是发财的。

过了节，检查日货嚷嚷动了。周掌柜疯了似的上东洋货。检查队已经出动，他把东洋货全摆在大面上，而且下了命令：“进来买主，先拿日本布；别处不敢卖，咱们正好作一批生意。看见乡下人，明说这是东洋布，他们认这个；对城里的人，说德国货。”

检查队到了。周掌柜脸上要笑出几个蝴蝶儿来，让吃烟，让喝茶。“三合祥，冲这三个字，不是卖东洋货的地方，所以呀！诸位看吧！门口那些有德国布，也有土布；内柜都是国货绸缎，小号在南方有联号，自办自运。”

大家疑心那些花布。周掌柜笑了：“张福来，把后边剩下的那匹东洋布拿来。”

布拿来了。他扯住检查队的队长：“先生，不屈心，只剩下这么一匹东洋布，跟先生穿的这件大衫一样的材料，所以呀！”他回过头来，“福来，把这匹料子扔到街上去！”

队长看着自己的大衫，头也没抬，便走出去了。

这批随时可以变成德国货、国货、英国货的日本布赚了一大笔钱。有识货的人，当着周掌柜的面，把布扔在地上，周掌柜会笑着命令徒弟：“拿真正西洋货去！难道就看不出先生是懂眼的人吗？”然后对买主：“什么人要什么货，白给你这个，你也不要，所以呀！”于是又作了一号买卖，客人临走好像直怪舍不得周掌柜。辛德治看透了，作买卖打算要赚钱的话，得会变戏法和说相声。周掌柜是个人物。可是辛德治不想再在这儿干，他越佩服周掌柜，心里越难过。他的饭由脊梁骨下去。打算睡得安稳一些，他得离开这样的三合祥。

可是，没等到他在别处找好位置，周掌柜上天成领柜去了。天成需要这样的人，而周掌柜也愿意去，因为三合祥的老规矩太深了，仿佛是长了根，他不能充分施展他的才能。

辛德治送出周掌柜去，好像是送走了一块心病。

对于东家们，辛德治以十五六年老伙计的资格，是可以说几句话的，虽然不一定发生什么效力。他知道哪位东家是更老派些，他知道怎样打动他。他去给钱掌柜运动，也托出钱掌柜的老朋友们来帮忙。他不说钱掌柜的一切都好，而是说钱与周二位各有所长，应当折中一下，不能死守旧法，也别改变的太过火。老字号是值得保存的，新办法也得学着用。字号与利益两顾着——他知道这必能打动了东家们。

他心里，可是，另有个主意。钱掌柜回来，一切就都回来，三合祥必定是“老”三合祥，要不然便什么也不是。他想好了：

减去煤气灯，洋鼓洋号，广告，传单，烟卷；至必不得已的时候，还可以减人，大概可以省去一大笔开销。况且，不出声而贱卖，尺大而货物地道。难道人们就都是傻子吗？

钱掌柜果然回来了。街上只剩了正香村的煤气灯，三合祥恢复了昔日的肃静，虽然因为欢迎钱掌柜而悬挂上那四个宫灯，垂着大红穗子。

三合祥挂上宫灯那天，天成号门口放上两只骆驼，骆驼身上披满了各色的缎条，驼峰上安着一明一灭的五彩电灯。骆驼的左右辟了抓彩部，一人一毛钱，凑足了十个人就开彩，一毛钱有得一匹摩登绸的希望。天成门外成了庙会，挤不动的人。真有笑嘻嘻夹走一匹摩登绸的嘛！

三合祥的门凳上又罩上蓝呢套，钱掌柜眼皮也不抬在那里坐着。伙计们安静的坐在柜里，有的轻轻拨弄算盘珠儿，有的徐缓的打着哈欠，辛德治口里不说什么，心中可是着急，半天儿能不进来一个买主。偶尔有人在外边打一眼，似乎是要进来，可是看看金匾，往天成那边走去。有时候已经进来，看了货，因为不打价钱，又空手走了。只有几位老主顾，时常来买点东西；可也有时候只和钱掌柜说会儿话，慨叹着年月这样穷，喝两碗茶就走，什么也不买。辛德治喜欢听他们说话，这使他想起昔年的光景，可是他也晓得，昔年的光景，大概不会回来了；这条街只有天成“是”个买卖！

过了一节，三合祥非减人不可了。辛德治含着泪和钱掌柜说：“我一人干五个人的活，咱们不怕！”老掌柜也说：“咱们不怕！”辛德治那晚睡得非常香甜，准备次日干五个人的活。

可是过了一年，三合祥倒给天成了。

（原载 1935 年 4 月 10 日《新文学》第 1 卷 1 期，初收《蛤藻集》）

末一块钱

一阵冷风把林乃久和一块现洋吹到萃云楼上。

楼上只有南面的大厅有灯亮。灯亮里有块白长布，写着点什么——林乃久知道写的是什么。其余的三面黑洞洞的，高，冷，可怕。大厅的玻璃上挂着冷汗，把灯光流成一条条的。厅里当然是很暖的，他知道。他不想进去，可是厅里的暖气和厅外的黑冷使他不能自主；暖气把他吸了进去，像南风吸着一只归燕似的。

厅里的烟和暖气噎得他要咳嗽。他没敢咳嗽，一溜歪斜的奔了头排去，他的熟座儿；茶房老给他留着。他坐下了，心中直跳，闹得慌，疲乏，闭上了眼。茶房泡过一壶茶来，放下两碟瓜子。“先生怎么老没来？有三天了吧？”林乃久似乎没听见什么，还闭着眼。头上见了汗，他清醒过来。眼前的一切还是往常的样子。台上的长桌，桌上的绣围子——团凤已搭拉下半边，老对着他的鼻子。墙上的大镜，还崎岖古怪的反映出人，物，灯。镜子上头的那些大红纸条：金翠，银翠，碧艳香……他都记得；史莲云，他不敢再看；但是他得往下看：史莲霞！他只剩了一块钱。这一块圆硬的银饼似乎有多少历史，都与她有关系。他不敢去想。他扭过头来看看后边，后边只有三五组人：那两组老头儿照例的在最后面摆围棋。其余的嗑着瓜子，喝着小壶闷的酽茶，谈笑着，出去小便，回来擦带花露水味的，有大量热气的手巾把儿。跟往日一样。“有风，人不多。”他想。可是，屋里的烟，热气，棋子声，谈笑声，和镜子里的灯，减少了冷落的味道。他回过头来，台上还没有人。他坐在这里好呢？还是走？他只有一块钱，最后的一块！他能等着史莲霞上来而不点曲子捧场么？他今天不是来听她。茶房已经过来了："先生，回来点个什么？"递了一把手巾。林乃久的嘴在手巾里哼了句："回头再说。"但是他再也坐不住。他想把那块钱给了茶房，就走。这块钱吸住了他的手，这末一块钱！他不能动了。浪漫，勇气，青春，生命，都被这块钱拿住，也被这块钱结束着。他坐着不动，渺茫，心里发冷。待会儿再走，反正是要走的。眼睛又碰上红纸条上的史莲霞！

他想着她：那么美，那么小，那么可怜！可怜；他并不爱她，可怜她的美，小，穷，与那——那什么？那容易到手的一块嫩肉！怜是需要报答的。但是一块钱是没法行善的。他还得走，马上走，叫史莲霞看见才没办法！上哪儿呢？世界上只剩了一块钱是他的，上哪儿呢？

假如有五块钱——不必多——他就可以在这儿舒舒服服的坐着；而且还可以随着莲霞姊妹到她们家里去喝一碗茶。只要五块钱，他就可以光明磊落的，大大方方的死。可是他只有一块；在死前连莲霞都不敢看一眼！残忍！

疲乏了，他知道他走了一天的道儿；哪儿都走到了，还是那一块钱。他就在这儿休息会儿吧；到底他还有一块钱。这一块钱能使他在这儿暖和两三点钟，他得利用这块钱；两三点钟以后，谁知道呢！

台上一个只仗着点"白面儿"① 活着的老人来摆鼓架。走还是不走？林乃久问他自己。没地方去；他没动。不看台上，想着他自己；活了二十多年没这么关心自己过；今天他一刻儿也忘不了自己。他几乎要立起来，对镜子看看他自己；可是没这个勇气。他知道自己体面，和他哥哥比起来，哥儿俩差不多是两个民族的。哥哥；他的钱只剩了一块，因为哥哥不再给。哥哥一辈子

---

①白面儿，即海洛因。

不肯吃点肉，可怜的乡下佬！哥哥把钱都供给我上学。哥哥不错，可是哥哥有哥哥的短处：他看不清弟弟在大城里上学得交际，得穿衣，得敷衍朋友们。哥哥不懂这个。林乃久不是没有人心的，毕业后他会报答哥哥的，想起哥哥他时常感激；有时候想在毕业后也请哥哥到城里来听听史莲霞。可是哥哥到底是乡下佬，不懂场面！

哥哥不会没钱，是不明白我，不肯给我。林乃久开始恨他的哥哥。他不知道哥哥到底有多少财产，他也不爱打听；他只知道哥哥不肯往外拿钱。他不能不恨哥哥；由恨，他想到一种报复——他自己去死，把林家的希望灭绝：他老觉得自己是林家的希望；哥哥至好不过是个乡下佬。“我死了，也没有哥哥的好处！”他看明白自己的死是一种报复，一种牺牲；他非去死不可，要不然哥哥总以为他占了便宜。

只顾了这样想，台上已经唱起来。一个没有什么声音，而有不少乌牙的人，眼望着远处的灯，作着梦似的唱着些什么。没有人听他。林乃久可怜这个人，但是更可怜自己。他想给这个人叫个好，可是他的嘴张不开。假如手中有两块钱的话，他会赏给这个乌牙鬼一块，结个死缘；可是他只有一块。他得死，给哥哥个报复，看林家还找得着他这样的人找不着！他，懂得什么叫世面，什么叫文化，什么叫教育，什么叫前途！让哥哥去把着那些钱，绝了林家的希望！

那个乌牙鬼已经下去了，换上个女角儿来。林乃久的心一动；要是走，马上就该走了，别等莲霞上来，莲霞可是永远压台；他舍不得这个地方，这个暖气，这条生命；离开这个地方只有死在冷风里等着他！他没动。他听不见台上唱的是什么。他可是看了那个弹弦子的一眼，一个生人，长得颇像他的哥哥。他的哥哥！他又想起来：来听听曲子，就连捧莲霞都算上，他是为省钱，为哥哥省钱；哥哥哪懂得这个。头一次是老何带他到萃云楼来的。老何是多么精明的人：永远躲着女同学，而闲着听听鼓书。交女友得多少钱？听书才花几个子儿？就说捧，点一个曲儿不是才一块钱吗？哥哥哪懂得这个？假如像王叔远那样，钓上女的就去开房间，甚至于叫女友有了大肚子，得多少钱？林乃久没干过这样的事。同学不是都拿老何与他当笑话说吗：他们不交女友，而去捧莲霞！为什么，不是为省钱么？他和老何一晚上一共才花两块多钱，一人点一个曲子。不懂事的哥哥！

可是在他的怒气底下，他有点惭愧。他不止点曲子，他还给莲霞买过鞋与丝袜子。同学们的嘲笑，他也没安然的受着，他确是为莲霞失眠过。莲霞——比起女学生来——确是落伍。她只有好看，只会唱；她的谈吐，她的打扮，都落在女学生的后边。她的领子还是碰着耳朵；女学生已早不穿元宝领了。“她可怜。”他常这么想，常拿这三个字作原谅自己的工具。可是他也知道他确是有点“迷”。这个“迷”是立在金钱上；有两块钱便多听她唱两个曲子，多看她二十分钟。有五块钱便可以到她家去玩一点钟。她贱！他不想娶她，他只要玩玩。她比女学生们好玩，她简单，美，知道洋钱的力量。为她，他实在没花过多少钱。可是间接的，他得承认，花的不少。他得打扮。他得请朋友来一同听她，——去跳舞不也是交际么，这并不比舞场费钱——他有时候也陪着老何去嫖。但这都算在一块儿，也没有王叔远给人家弄出大肚子来花的多。至于道德，林乃久是更道德的。不错，莲霞使他对于嫖感觉兴趣。可是多少交着女朋友的人们不去找更实用的女人去？那群假充文明的小鬼！

况且，老何是得罪不得的，老何有才有钱有势力；在求学时代交下个好友是必要的；有老何，林乃久将来是不愁没有事的。哥哥是个糊涂虫！

他本来是可以找老何借几块钱的，可是他不能，不肯；老何那样的人是慷慨的，可是自己的脸面不能在别人的慷慨中丢掉。况且，假如和老何去借，免不掉就说出哥哥的糊涂来，哥哥是乡下佬。不行，凭林乃久，哥哥是乡下佬？这无伤于哥哥，而自己怎么维持自己的尊严？林乃久死在城里也没什么，永远不能露出乡下气来。

台上换了金翠。他最讨厌金翠，一嘴假金牙，两唇厚得像两片鱼肚；眼睛看人带着钩儿。他不喜欢这个浪货；莲霞多么清俊，虽然也抹着红嘴唇，可是红得多么润！润吧不润吧，一块钱是跟那个红嘴不能发生关系的。他得走，能看着别人点她的曲子么？可是，除了宿舍没地方去。宿舍，像个监狱；一到九点就撤火。林乃久只剩了一条被子和身上那些衣裳。他不能穿着衣裳睡，也不能卖了大衣而添置被子；至死不能泄气。真的，在乡间他睡过土炕，穿过撅尾巴的短棉袄；但那是乡下。他想起同学们的阔绰来，越恨他的哥哥。同学们不也是由家里供给么？人家怎么穿得那么漂亮？是的，他自己的服装不算不漂亮，可是只在颜色与样子上，他没钱买真好的材料。这使他想起就脸红，乡下佬穿假缎子！更伤心的是，这些日子就是匀得出钱也不敢去洗澡，贴身的绒衣满是窟窿！他的能力与天才只能使他维持着外衣，小衣裳是添不起的。他真需要些小衣裳，他冷。还不如压根儿就不上城里来。在乡下，和哥哥们一锅儿熬，熬一辈子，也好。自然那埋没了他的天才，可是少受多少罪呢。不，不，这是幸而到城里来了；死在城里也是值得的。他见过了世面，享受了一点，即使是不大一点。那多么可怕，假如一辈子没离开过家！土炕，短棉袄，棒子面的窝窝，没有一个女人有莲霞的一零儿的俊美。死也对不起阎王。现在死是光荣的。他心里舒服了点，金翠也下去了。

“莲霞唱个《游武庙》！”

林乃久几乎跳了起来。怎么莲霞这么早就上来？他往后扫了一眼，几个摆棋的老头儿已经停住，其中一个用小乌木烟袋向台上指呢。“啊，这群老家伙们也捧她！”林乃久咬着牙说。老不要脸！他恨，妒；他没钱，老梆子们有。她，不过是个玩物。

莲霞扭了出来。她扭得确是好。只那么几步，由台帘到鼓架。她低着点头，将将的还叫台下看得见她的红唇，微笑着。两手左右的找胯骨尖作摆动的限度，两胯摆得正好使上身一点不动，可是使旗袍的下边左右的摇摆。那对瘦溜的脚，穿着白缎子绣红牡丹的薄鞋，脚尖脚踵都似乎没着地，而使脚心揉了那么几步。到了鼓架，顺着低头的姿式一弯腰，长，慢，满带着感情的一鞠躬。头忽然抬起来，像晓风惊醒了的莲花，眼睛扫到了左右远近，右手提了提元宝领，紧跟着拿起鼓槌，轻轻的敲着。随便的敲着鼓，随便的用脚尖踢踢鼓架，随便的摇着板，随便的看着人们。

林乃久低下头去，怕遇上她的眼光。低着头把她的美在心里琢磨着。老何确是有见识，女学生是差点事的，他想。特别是那些由乡下来的女学生：大黑扁脸，大扁脚，穿着大红毛绳长坎肩！莲霞是城里的人，到底是城里的人！她只是穷，没有别的缺点；假如他有钱，或是哥哥的钱可以随便花……他知道她的模样：长头发齐肩，拢着个带珠花的大梳子。长脸，脑门和下巴尖得好玩，小鼻子有个圆尖；眼睛小，可是双眼皮，有神；嘴顶好看……他还要看看，又不敢看；假如他手里有五块钱！

莲霞的嗓音不大，可是吐字清楚，她的唇，牙，腮，手，眼睛都帮助她唱；她把全身都放在曲子里，她不许人们随便的谈笑，必得听着她。她个子不高，可是有些老到的结实的，像魔力的，一点精神。这点精神使她占领了这个大厅：那些光，烟，暖气，似乎都是她的。林乃久只有一块钱，什么也不是他的。

可是，她也没有什么，除了这份本事。林乃久记得她家里只有个母亲和点破烂东西。她和他一样，财产都穿在身上。想到这儿，他真要走了；他和她一样？先前没想到过。先前他可怜她，现在是同病相怜。与一个唱鼓书的同病相怜？他一向是不过火的自傲，现在他不能过火的自卑。况且她的姐姐——史莲云——原先下过窑子呢！自己的哥哥至多不过是个乡下佬，她的姐姐下过窑子。他不能再爱她；打算结婚的话，还得娶个女学生；莲霞只能当个妾。倒不是他一定拥护娶妾的制度，不是，可是……

“莲霞，再唱个《大西厢》!”

林乃久连头也没抬。往常他只点她一个曲子，倒不专为省钱，是可怜她的嗓子；别人时常连点好几个曲儿，他不去和人家争强好胜；一连气唱几个，他不那么残忍。他拿她当个人待，她不是留声机。今天，他冷淡，别人点曲子，他听着，他无须可怜她。她受累，可是多分钱呢；他只有一块钱。他读书不完全为自己，可是没人给他钱，是的，钱是一切；有钱可以点她一百个曲子，一气累死她，或者用一堆钱买了她，专为自己唱。没有什么人道不人道。假若他明天来了钱，他可以一气点她几个曲子。谁知道世界是怎么回事呢；钱是顶宝贝的东西，真的。明天打哪儿会来钱呢?

莲霞还笑着，可是唱得不那么带劲了。

他看了台上一眼，莲霞的眼恰恰的躲开他。故意的，他想。手中就是短几块钱！她的眼向后边扫，后边人点的曲子。林乃久的怒气按不住了：“好!”他喊了出来。喊了，他看着莲霞。她嘴角上微微有点笑，冷笑，眼角撩了他一下，给他一股冷气。“好!”他又喊了。莲霞的眼向后边笑着一扫。后边说了话：

“我花钱点她唱，没花钱点你叫好，我的老兄弟!”

大厅里满了笑声。

林乃久站起来：“什么?”

“我说，等我烦你叫好，你再叫；明白不明白?”后边笑着说。

林乃久看清，这是靠着窗子一个胖子说的。他没再说什么，抄起茶碗向窗户扔了去。花啦，玻璃和茶碗全碎了。他极快的回头看了莲霞一眼。她已经不唱了，嘴张着点。

“怎么着，打吗?”胖子立起来，往前奔。

大家全站起来。

“妈的有钱自己点曲呀，装他妈的孙子。”胖子被茶房拦住，骂得很起劲。

“太爷点曲子的时候，还他妈的没你呢!”林乃久可是真的往前奔。

“小子你拍出来，你他妈的要拍得出十块钱来，我姓你姥姥的姓!”

林乃久奔过去了。茶房，茶客，乱伸手，乱嚷嚷，把他拦住。他在一群手里，一团声音里，一片灯光里，不知道怎的被推了出来。外边黑，冷，有风。他哆嗦开了，也冷静了。

上哪儿去呢？他慢慢的下着楼。

走出去有半里地了，他什么也没想。霹雳过去了，晴了天，好像是。可是走着走着他想起刚才的事来，仿佛已隔了好久。他想回去，回到萃云楼下等莲霞出来；跟她说句话。最后的一句话似乎该跟她说，要对她说明他不是个光棍土匪，爱打架；他是为怜爱她才扔那个茶碗。可是这也含着点英雄气概：没有英雄气的人，至死也不会打架的。这个自然得叫莲霞表示出来，自己不便说自己怎么英雄。她看出这个来，然后，死也就甘心了。

可是他没往回走，他觉得冷。回宿舍去睡。想到宿舍更觉得有死的必要，凭林乃久就会只剩了一条被子？没有活着的味儿。好在还有一块钱，去买安眠药水吧。他摸了摸袋中，那块现洋没了。街上的铺子还开着，买安眠药水与死还都不迟，可是那块钱不在袋中了。想是打架的时候由袋里跳出去，惊乱中也没听到响儿。不能回去找，不能；要是张十块的票子还可以，一块现洋……自杀是太晚了，连买斤煤油的钱也没有了。他和一切没了关系，连死也算上。投河是可以不花钱；可是，生命难道就那么便宜？白白把自己扔在河里，连一个子儿都不值？

他得快走，风不大，可是钻骨头。快快的走，出了汗便不觉得冷了。他快走起来，心中痛快了些。听着自己的脚步声，蹬蹬的，他觉得他不该死。他是个有作为的人。应当设法过去这一关，熬到毕业他自然会报仇：哥哥，莲霞，那个胖子……都跑不了。他笑了。还加劲的走。笑完了，他更大方了，哥哥，莲霞，胖子都不算什么，自己得了志才不和他们计较呢。明天还是先跟老何匀几块钱，先打过这一关。

好像老何已经借给他了，他又想起萃云楼来。袋中有了钱，约上老何，照旧坐在前排，等那个胖子。老何是有势力的；打了那个胖子，而后一同到莲霞家中去；她必定会向他道歉，叫他林二爷，那个小嘴！就这么办。青春，什么是青春？假如没有这股子劲儿？

回到了宿舍，他几乎是很欢喜的。别的屋里已经有熄灯睡觉的了，这群没有生命的玩艺儿。他坐在了床上，看着自己的鞋尖，满是土。屋里冷。坐了会儿，他不由的倒在床上。渺茫，混乱，金钱，性欲，拘束，自由，野蛮与文化，残忍与漂亮，青春与老到，捻成了一股邪气，这股气送他进入梦中。

萃云楼的大厅已一点亮儿没有了，他轻手蹑脚的推开了门，在满盖着瓜子皮烟卷头的地上摸他那块洋钱……

可是萃云楼在事实上还有灯亮儿；客已散净；只仗着着点"白面儿"活着的那个人正在扫地。哗啷一声，他扫出一块现洋："啊，还是有钱的人哪，打架都顺便往下掉现洋！"他拾起钱来，吹了吹，放在耳旁听听："是真的！别再猫咬尿胞瞎喜欢！"放在袋中，一手扫地，一手按着那块钱。他打算着：还是买双鞋呢，还是……他决定多买四毛钱的"白面儿"，犒劳犒劳自己。

（原载1935年1月1日《国闻周报》第12卷1期，初收《樱海集》）

丁

海上的空气太硬，丁坐在沙上，脚指还被小的浪花吻着，疲乏了的阿波罗——是的，有点希腊的风味，男女老幼都赤着背，可惜胸部——自己的，还有许多别人的——窄些；不完全裸体也是个缺欠“中国希腊”，窄胸喘不过气儿来的阿波罗！

无论如何，中国总算是有了进步。丁——中国的阿波罗——把头慢慢的放在湿软的沙上，很懒，脑子还清楚、有美、有思想。闭上眼，刚才看见的许多女神重现在脑中，有了进步！那个像高中没毕业的女学生！她妈妈也许还裹着小脚。健康美，腿！进步！小脚下海，哦，国耻！

背上太潮。新的浴衣贴在身上，懒得起来，还是得起，海空气会立刻把背上吹干。太阳很厉害，虽然不十分热。得买黑眼镜——中山路药房里，圆的，椭圆的，放在阿司匹灵的匣子上。眼圈发干，海水里有盐，多喝两口海水，吃饭时可以不用吃咸菜；不行，喝了海水会疯的，据说：喝满了肚，啊，报上——什么地方都有《民报》；是不是一个公司的？——不是登着，二十二岁的少年淹死；喝满了肚皮，危险，海绿色的死！

炮台，一片绿，看不见炮，绿得诗样的美；是的，杀人时是红的，闲着便是绿的，像口痰。捶了胸口一拳，肺太窄，是不是肺病？没的事。帆船怪好看，找个女郎，就这么都穿着浴衣，坐一只小帆船，飘，飘，飘到岛的那边去；那个岛，像蓝纸上的一个苍蝇；比拟得太脏一些！坐着小船，摸着……浪漫！不，还是上崂山，有洋式的饭店。洋式的，什么都是洋式的，中国有了进步！

一对美国水兵搂着两个妓女在海岸上跳。背后走过一个妇人，哪国的？腿有大殿的柱子那样粗。一群男孩子用土埋起一个小女孩，只剩了头，“别！别！”尖声的叫。海哗啦了几下，音乐，哦，茶舞。哼，美国水兵浮远了。跳板上正有人往下跳，远远的，先伸平了胳臂，像十字架上的耶稣；溅起水花，那里必定很深，救生船。啊，哪个胖子是有道理的，脖子上套着太平圈，像条大绿蟒。青岛大概没有毒蛇？印度。一位赤脚而没穿浴衣的在水边上走，把香烟头扔在沙上，丁看了看铁篮——果皮零碎，掷入篮内。中国没进步多少！

“哈喽，丁。”从海里爬出个人鱼。

妓女拉着水兵也下了水，传染，应当禁止。

“孙！”丁露出白牙；看看两臂，很黑；黑脸白牙，体面不了；浪漫？

胖妇人下了海，居然也能浮着，力学，力学，怎么来着？哦，一入社会，把书本都忘了！过来一群学生，一个个黑得像鬼，骨头把浴衣支得净是棱角。海水浴，太阳浴，可是吃的不够，营养不足，一口海水，准死，问题！早晚两顿窝窝头，练习跑万米！

“怎着，丁？”孙的头发一缕一缕的流着水。

“来歇歇，不要太努力，空气硬，海水硬！”丁还想着身体问题；中国人应当练太极拳，真的。

走了一拨儿人，大概是一家子：四五个小孩，都提着小铁筒；四十多岁的一个妇人，改组脚，踵印在沙上特别深；两位姑娘，孙的眼睛跟着她们；一位五十多的男子，披着绣龙的浴袍。退职的军官！

岛那边起了一片黑云，炮台更绿了。

海里一起一浮，人头，太平圈，水沫，肩膀，尖尖的呼叫；黄头发的是西洋人，还看得出男女来。都动，心里都跳得快一些，不知成全了多少情侣，崂山，小船，饭店；相看好了，浑身上下，巡警查旅馆，没关系。

孙有情人。丁主张独身，说不定遇见理想的女郎也会结婚的。不，独身好，小孩子可怕。一百五，自己够了；租房子，买家具，雇老妈，生小孩，绝不够。性欲问题。解决这个问题，不必结婚。社会，封建思想，难！向哪个女的问一声也得要钻石戒指！

“孙，昨晚上你哪儿去了？”想着性欲问题。

“秉烛夜游，良有以也。”孙坐在丁旁边。退职的军官和家小已经不见了。

丁笑了，孙荒唐鬼，也挣一百五！还有情人。

不，孙不荒唐。凡事揩油；住招待所，白住；跟人家要跳舞票；白坐公众汽车，火车免票；海水浴不花钱，空气是大家的；一碗粥，二十锅贴，连小帐一角五；一角五，一百五，他够花的，不荒唐，狡猾！

“丁，你的照像匣呢？”

“没带着。”

“明天用，上崂山，坐军舰去。”孙把脚埋在沙子里。

水兵上来了，臂上的刺花更蓝了一些，妓女的腿上有些灰瘢，像些苔痕。

胖妇人的脸红得像太阳，腿有许多许多肉摺，刚捆好的肘子。

又走了好几群人，太阳斜了下去，走了一只海船，拉着点白线，金红的烟筒。

“孙，你什么时候回去？还有三天的假，处长可厉害！”

“我，黄鹤一去不复返，来到青岛，住在青岛，死于青岛，三岛主义，不想回去！”

那个家伙像刘，不是。失望！他乡遇故知。刘，幼年的同学，快乐的时期，一块跑得像对儿野兔。中学，开始顾虑，专门学校，算术不及格，毕了业。一百五，独身主义，不革命，爱国，中国有进步。水灾，跳舞赈灾，孙白得两张票；同女的一块去，一定！

“李处长？”孙想起来了，“给我擦屁股，不要！告诉你，弄个阔女的，有了一切！你，我，专门学校毕业，花多少本钱？有姑娘的不给咱们给谁？咱们白要个姑娘么？你明白。中国能有希望，只要我们舒舒服服的替国家繁殖，造人。要饭的花子讲究有七八个，张公道，三十五，六子有靠；干什么？增加土匪，洋车夫。我们，我们不应当不对社会负责任，得多来儿女，舒舒服服的连丈夫带夫人共值五十万，等于航空奖券的特奖！明白？”

“该走喽。”丁立起来。

“败败！估败！”孙坐着摇摇手，太阳光照亮他的指甲。“明天这儿见！估拉克！”

丁望了望，海中人已不多，剩下零散的人头，与救生船上的红旗，一块上下摆动，胖妇人，水兵，妓女，都不见了。音乐，远处有人吹着口琴。他去换衣服，噗—嗄—嘟嘟！马路上的汽车接连不断。

出来，眼角上撩到一个顶红的嘴圈，上边一鼓一鼓的动，口香糖。过去了。腿，整个的黄脊背，高底鞋，脚踵圆亮得像个新下的鸡蛋。几个女学生唧唧的笑着，过去了。他提着湿的浴衣，顺着海滨公园走。大叶的洋梧桐摇着金黄的阳光，松把金黄的斜日吸到树干上；黄石，湿硬，看着白的浪花。

一百五。过去的渺茫，前游……海，山，岛，黄湿硬白浪的石头，白浪。美，美是一片空虚。事业，建设，中国的牌楼，洋房。跑过一条杂种的狗。中国有进步。肚中有点饿，黄花鱼，大虾，中国渔业失败，老孙是天才，国亡以后，他会白吃黄花鱼的。到哪里去吃晚饭？寂寞！水手拉着妓女，退职军官有妻子，老孙有爱人。丁只有一身湿的浴衣。皮肤黑了也是成绩。回到公事房去，必须回去，青岛不给我一百五。公事房，烟，纸，笔，闲谈，闹意见。共计一百五十元，扣所得税二元五角，支票一百四十七元五角，邮政储金二十五元零一分。把湿浴衣放在黄石上，他看着海，大自然的神秘。海阔天空，从袋中掏出漆盒，只剩了一支“小粉”包，没有洋火！海空气太硬，胸窄一点，把漆盒和看家的那支烟放回袋里。手插在腰间，望着海，山，远帆，中国的阿波罗！

…………

（原载1935年9月1日青岛《民言报》《避暑录话》副刊第8期，初收《老舍小说集外集》）

断　魂　枪

“生命是闹着玩，事事显出如此；从前我这么想过，现在我懂得了。”

沙子龙的镖局已改成客栈。

东方的大梦没法子不醒了。炮声压下去马来与印度野林中的虎啸。半醒的人们，揉着眼，祷告着祖先与神灵；不大会儿，失去了国土、自由与主权。门外立着不同面色的人，枪口还热着。他们的长矛毒弩，花蛇斑彩的厚盾，都有什么用呢；连祖先与祖先所信的神明全不灵了啊！龙旗的中国也不再神秘，有了火车呀，穿坟过墓的破坏着风水。枣红色多穗的镖旗，绿鲨皮鞘的钢刀，响着串铃的口马，江湖上的智慧与黑话，义气与声名，连沙子龙，他的武艺、事业，都梦似的变成昨夜的。今天是火车、快枪，通商与恐怖。听说，有人还要杀下皇帝的头呢！

这是走镖已没有饭吃，而国术还没被革命党与教育家提倡起来的时候。

谁不晓得沙子龙是短瘦、利落、硬棒，两眼明得像霜夜的大星？可是，现在他身上放了肉。镖局改了客栈，他自己在后小院占着三间北房，大枪立在墙角，院子有几支楼鸽。只是在夜间，他把小院的门关好，熟习熟习他的“五虎断魂枪”。这条枪与这套枪，二十年的工夫，在西北一带，给他创出来“神枪沙子龙”五个字，没遇见过敌手。现在，这条枪与这套枪不会再替他增光显胜了；只是摸摸这凉、滑、硬而发颤的杆子，使他心中少难过一些而已。只有在夜间独自拿起枪来，才能相信自己还是“神枪沙”。在白天，他不大谈武艺与往事；他的世界已被狂风吹了走。

在他手下创练起来的少年们还时常来找他。他们大多数是没落子的，都有点武艺，可是没地方去用。有的在庙会上去卖艺：踢两趟腿，练套家伙，翻几个跟头，附带着卖点大力丸，混个三吊两吊的。有的实在闲不起了，去弄筐果子，或挑些毛豆角，赶早儿在街上论斤吆喝出去。那时候，米贱肉贱，肯卖膀子力气本来可以混个肚儿圆；他们可是不成：肚量既大，而且得吃口管事儿的；干饽饽辣饼子咽不下去。况且他们还时常去走会：五虎棍、开路、太狮少狮……虽然算不了什么——比起走镖来——可是到底有个机会活动活动，露露脸。是的，走会捧场是买脸的事，他们打扮的得像个样儿，至少得有条青洋绉裤子，新漂白细市布的小褂，和一双鱼鳞洒鞋——顶好是青缎子抓脚虎靴子。他们是神枪沙子龙的徒弟——虽然沙子龙并不承认——得到处露脸，走会得赔上俩钱，说不定还得打场架。没钱，上沙老师那里去求。沙老师不含糊，多少不拘，不让他们空着手儿走。可是，为打架或献技去讨教一个招数，或是请给说个对子——什么空手夺刀，或虎头钩进枪——沙老师有时说句笑话，马虎过去：“教什么？拿开水浇吧！”有时直接把他们逐出去。他们不大明白沙老师是怎么了，心中也有点不乐意。

可是，他们到处为沙老师吹腾，一来是愿意使人知道他们的武艺有真传授，受过高人的指教；二来是为激动沙老师：万一有人不服气而找上老师来，老师难道还不露一两手真的么？所以：沙老师一拳就砸倒了个牛！沙老师一脚把人踢到房上去，并没使多大的劲！他们谁也没见过这种事，但是说着说着，他们相信这是真的了，有年月，有地方，千真万确，敢起誓！

王三胜——沙子龙的大伙计——在土地庙拉开了场子，摆好了家伙。抹了一鼻子茶叶末色的鼻烟，他抡了几下竹节钢鞭，把场子打大一些。放下鞭，没向四围作揖，叉着腰念了两句：“脚踢天下好汉，拳打五路英雄！”向四围扫了一眼：“乡亲们，王三胜不是卖艺的；玩艺儿会几套，西北路上走过镖，会过绿林上的朋友。现在闲着没事，拉个场子陪诸位玩玩。有爱练的尽管下来，王三胜以武会友，有赏脸的，我陪着。神枪沙子龙是我的师傅；玩艺地道！诸位，有愿下来的没有？”他看着，准知道没人敢下来，他的话硬，可是那条钢鞭更硬，十八斤重。

王三胜，大个子，一脸横肉，努着对大黑眼珠，看着四围。大家不出声。他脱了小褂，紧了紧深月白的“腰里硬”，把肚子杀进去。给手心一口吐沫，抄起大刀来：

“诸位，王三胜先练趟瞧瞧。不白练，练完了，带着的扔几个；没钱，给喊个好，助助威。这儿没生意口。好，上眼！”

大刀靠了身，眼珠努出多高，脸上绷紧，胸脯子鼓出像两块老桦木根子。一跺脚，刀横起，大红缨子在肩前摆动。削砍劈拨，蹲越闪转，手起风生，忽忽直响。忽然刀在右手心上旋转，身弯下去，四围鸦雀无声，只有缨铃轻叫。刀顺过来，猛的一个跺泥，身子直挺，比众人高着一头，黑塔似的。收了势：“诸位！”一手持刀，一手叉腰，看着四围。稀稀的扔下几个铜钱，他点点头。“诸位！”他等着，等着，地上依旧是那几个亮而削薄的铜钱，外层的人偷偷散去。他咽了口气：“没人懂！”他低声的说，可是大家全听见了。

“有功夫！”西北角上一个黄胡子老头儿答了话。

“啊？”王三胜好似没听明白。

“我说：你——有——功——夫！”老头子的语气很不得人心。

放下大刀，王三胜随着大家的头往西北看。谁也没看起这个老人：小干巴个儿，披着件粗蓝布大衫，脸上窝窝瘪瘪，眼陷进去很深，嘴上几根细黄胡，肩上扛着条小黄草辫子，有筷子那么细而绝对不像筷子那么直顺。王三胜可是看出这老家伙有功夫，脑门亮，眼睛亮——眼眶虽深，眼珠可黑得像两口小井，深深的闪着黑光。王三胜不怕：他看得出别人有功夫没有，可更相信自己的本事，他是沙子龙手下的大将。

“下来玩玩，大叔！”王三胜说得很得体。

点点头，老头儿往里走。这一走，四外全笑了。他的胳臂不大动；左脚往前迈，右脚随着拉上来，一步步的往前拉扯，身子整着，像是患过瘫痪病。蹭到场中，把大衫扔在地上，一点没理会四围怎样笑他。

“神枪沙子龙的徒弟，你说？好，让你使枪吧；我呢？”老头子非常的干脆，很像久想动手。

人们全回来了，邻场耍狗熊的无论怎么敲锣也不中用了。

“三截棍进枪吧？”王三胜要看老头子一手，三截棍不是随便就拿得起来的家伙。

老头子又点点头，拾起家伙来。

王三胜努着眼，抖着枪，脸上十分难看。

老头子的黑眼珠更深更小了，像两个香火头，随着面前的枪尖儿转，王三胜忽然觉得不舒服，那俩黑眼球似乎要把枪尖吸进去！四外已围得风雨不透，大家都觉出老头子确是有威。为躲那对眼睛，王三胜耍了个枪花。老头子的黄胡子一动：“请！”王三胜一扣枪，向前躬步，枪尖奔了老头子的喉头去，枪缨打了一个红旋。老人的身子忽然活展了，将身微偏，让过枪尖，前把一挂，后把撩王三胜的手。啪，啪，两响，王三胜的枪撒了手。场外叫了好。王三胜连脸带胸口全紫了，抄起枪来；一个花子，连枪带人滚了过来，枪尖奔了老人的中部，老头子的眼亮得发着黑光；腿轻轻一屈，下把掩裆，上把打着刚要抽回的枪杆；啪，枪又落在地上。

场外又是一片彩声。王三胜流了汗，不再去拾枪，努着眼，木在那里。老头子扔下家伙，拾起大衫，还是拉拉着腿，可是走得很快了。大衫搭在臂上，他过来拍了王三胜一下：“还得练哪，伙计！”

“别走！”王三胜擦着汗：“你不离，姓王的服了！可有一样，你敢会会沙老师？”

“就是为会他才来的！”老头子的干巴脸上皱起点来，似乎是笑呢。“走；收了吧，晚饭我请！”

王三胜把兵器拢在一处，寄放在变戏法二麻子那里，陪着老头子往庙外走。后面跟着不少人，他把他们骂散。

“你老贵姓？”他问。

“姓孙哪，”老头子的话与人一样，都那么干巴。“爱练；久想会会沙子龙。”

沙子龙不把你打扁了！王三胜心里说。他脚底下加了劲，可是没把孙老头落下。他看出来，老头子的腿是老走着查拳门中的连跳步；交起手来，必定很快。但是，无论他怎样快，沙子龙是没对手的。准知道孙老头要吃亏，他心中痛快了些，放慢了些脚步。

“孙大叔贵处？”

“河间的，小地方。”孙老者也和气了些：“月棍年刀一辈子枪，不容易见功夫！说真的，你那两手就不坏！”

王三胜头上的汗又回来了，没言语。

到了客栈，他心中直跳，唯恐沙老师不在家，他急于报仇。他知道老师不爱管这种事，师弟们已碰过不少回钉子，可是他相信这回必定行，他是大伙计，不比那些毛孩子；再说，人家在庙会上点名叫阵，沙老师还能丢这个脸么？

“三胜，”沙子龙正在床上看着本《封神榜》，“有事吗？”

三胜的脸又紫了，嘴唇动着，说不出话来。

沙子龙坐起来，“怎么了，三胜？”

“栽了跟头！”

只打了个不甚长的哈欠，沙老师没别的表示。

王三胜心中不平，但是不敢发作；他得激动老师：“姓孙的一个老头儿，门外等着老师呢；把我的枪，枪，打掉了两次！”他知道“枪”字在老师心中有多大分量。没等吩咐，他慌忙跑出去。

客人进来，沙子龙在外间屋等着呢。彼此拱手坐下，他叫三胜去泡茶。三胜希望两个老人立刻交了手，可是不能不沏茶去。孙老者没话讲，用深藏着的眼睛打量沙子龙。沙很客气：

“要是三胜得罪了你，不用理他，年纪还轻。”

孙老者有些失望，可也看出沙子龙的精明。他不知怎样好了，不能拿一个人的精明断定他的武艺。“我来领教领教枪法！”他不由的说出来。

沙子龙没接碴儿。王三胜提着茶壶走进来——急于看二人动手，他没管水开了没有，就沏在壶中。

“三胜，”沙子龙拿起个茶碗来，“去找小顺们去，天汇见，陪孙老者吃饭。”

“什么？”王三胜的眼球几乎掉出来。看了看沙老师的脸，他敢怒而不敢言的说了声“是啦！”走出去，撅着大嘴。

“教徒弟不易！”孙老者说。

“我没收过徒弟。走吧，这个水不开！茶馆去喝，喝饿了就吃。”沙子龙从桌子上拿起青缎子褡裢，一头装着鼻烟壶，一头装着点钱，挂在腰带上。

“不，我还不饿！”孙老者很坚决，两个“不”字把小辫从肩上抡到后边去。

“说会子话儿。”

“我来为领教领教枪法。”

“功夫早搁下了，”沙子龙指着身上，“已经放了肉！”

“这么办也行，”孙老者深深的看了沙老师一眼：“不比武，教给我那趟五虎断魂枪。”

“五虎断魂枪？”沙子龙笑了：“早忘净了！早忘净了！告诉你，在我这儿住几天，咱们逛逛各处，临走，多少送点盘缠。”

“我不逛，也用不着钱，我来学艺！”孙老者立起来，“我练趟给你看看，看够得上学艺不够！”一屈腰已到了院中，把楼鸽都吓飞起去。拉开架子，他打了趟查拳：腿快，手飘洒，一个飞脚起去，小辫儿飘在空中，像从天上落下来一个风筝；快之中，每个架子都摆得稳，准，利落；来回六趟，把院子满都打到，走得圆，接得紧，身子在一处，而精神贯串到四面八方。抱拳收势，身儿缩紧，好似满院的乱飞的燕子忽然归了巢。

“好！好！”沙子龙在阶上点着头喊。

“教给我那趟枪！”孙老者抱了抱拳。

沙子龙下了台阶，也抱着拳：“孙老者，说真的吧；那条枪和那套枪都跟我入棺材，一齐入棺材！”

“不传？”

“不传！”

孙老者的胡子嘴动了半天，没说出什么来。到屋里抄起蓝布大衫，拉拉着腿：“打搅了，再会！”

“吃过饭走！”沙子龙说。

孙老者没言语。

沙子龙把客人送到小门，然后回到屋中，对着墙角立着的大枪点了点头。

他独自上了天汇，怕是王三胜们在那里等着，他们都没有去。

王三胜和小顺们都不敢再到土地庙去卖艺，大家谁也不再为沙子龙吹腾；反之，他们说沙子龙栽了跟头，不敢和个老头儿动手；那个老头子一脚能踢死个牛。不要说王三胜输给他，沙子龙也不是“个儿”。不过呢，王三胜到底和老头子见了个高低，而沙子龙连句硬话也没敢说。“神枪沙子龙”慢慢似乎被人们忘了。

夜静人稀，沙子龙关好了小门，一气把六十四枪刺下来；而后，拄着枪，望着天上的群星，想起当年在野店荒林的威风。叹一口气，用手指慢慢摸着凉滑的枪身，又微微一笑，“不传！不传！”

（原载1935年9月22日天津《大公报》“文艺”第13期，初收《蛤藻集》）

散　　文

一些印象（节选）

济南的秋天是诗境的。设若你的幻想中有个中古的老城，有睡着了的大城楼，有狭窄的古石路，有宽厚的石城墙，环城流着一道清溪，倒映着山影，岸上蹲着红袍绿裤的小妞儿。你的幻想中要是这么个境界，那便是个济南。设若你幻想不出——许多人是不会幻想的——请到济南来看看吧。

请你在秋天来。那城，那河，那古路，那山影，是终年给你预备着的。可是，加上济南的秋色，济南由古朴的画境转入静美的诗境中了。这个诗意秋光秋色是济南独有的。上帝把夏天的艺术赐给瑞士，把春天的赐给西湖，秋和冬的全赐给了济南。秋和冬是不好分开的，秋睡熟了一点便是冬，上帝不愿意把它忽然唤醒，所以作个整人情，连秋带冬全给了济南。

诗的境界中必须有山有水。那么，请看济南吧。那颜色不同，方向不同，高矮不同的山，在秋色中便越发的不同了。以颜色说吧，山腰中的松树是青黑的，加上秋阳的斜射，那片青黑便多出些比灰色深，比黑色浅的颜色，把旁边的黄草盖成一层灰中透黄的阴影。山脚是镶着各色条子的，一层层的，有的黄，有的灰，有的绿，有的似乎是藕荷色儿。山顶上的色儿也随着太阳的转移而不同。山顶的颜色不同还不重要，山腰中的颜色不同才真叫人想作几句诗。山腰中的颜色是永远在那儿变动，特别是在秋天，那阳光能够忽然清凉一会儿，忽然又温暖一会儿，这个变动并不激烈，可是山上的颜色觉得出这个变化，而立刻随着变换。忽然黄色更真了一些，忽然又暗了一些，忽然像有层看不见的薄雾在那儿流动，忽然像有股细风替“自然”调合着彩色，轻轻的抹上一层各色俱全而全是淡美的色道儿。有这样的山，再配上那蓝的天，晴暖的阳光；蓝得像要由蓝变绿了，可又没完全绿了；晴暖得要发燥了，可是有点凉风，正像诗一样的温柔；这便是济南的秋。况且因为颜色的不同，那山的高低也更显然了。高的更高了些，低的更低了些，山的棱角曲线在晴空中更真了，更分明了，更瘦硬了。看山顶上那个塔！

再看水。以量说，以质说，以形式说，哪儿的水能比济南？有泉——到处是泉——有河，有湖，这是由形式上分。不管是泉是河是湖，全是那么清，全是那么甜，哎呀，济南是“自然”的Sweet heart吧？大明湖夏日的莲花，城河的绿柳，自然是美好的了。可是看水，是要看秋水的。济南有秋山，又有秋水，这个秋才算个秋，因为秋神是在济南住家的。先不用说别的，只说水中的绿藻吧。那份儿绿色，除了上帝心中的绿色，恐怕没有别的东西能比拟的。这种鲜绿全借着水的清澄显露出来，好像美人借着镜子鉴赏自己的美。是的，这些绿藻是自己享受那水的甜美呢，不是为谁看的。它们知道它们那点绿的心事，它们终年在那儿吻着水皮，做着绿色的香梦。淘气的鸭子，用黄金的脚掌碰它们一两下。浣女的影儿，吻它们的绿叶一两下。只有这个，是它们的香甜的烦恼。羡慕死诗人呀！

在秋天，水和蓝天一样的清凉。天上微微有些白云，水上微微有些波皱。天水之间，全是清明，温暖的空气，带着一点桂花的香味。山影儿也更真了。秋山秋水虚幻的吻着。山儿不动，水儿微响。那中古的老城，带着这片秋色秋声，是济南，是诗。

要知济南的冬日如何，且听下回分解。

上次说了济南的秋天，这回该说冬天。

对于一个在北平住惯的人，像我，冬天要是不刮大风，便是奇迹；济南的冬天是没有风声的。对于一个刚由伦敦回来的，像我，冬天要能看得见日光，便是怪事；济南的冬天是响晴的。自然，在热带的地方，日光是永远那么毒，响亮的天气反有点叫人害怕。可是，在北中国的冬天，而能有温晴的天气，济南真得算个宝地。

设若单单是有阳光，那也算不了出奇。请闭上眼想：一个老城，有山有水，全在蓝天下很暖和安适的睡着；只等春风来把他们唤醒，这是不是个理想的境界？

小山整把济南围了个圈儿，只有北边缺着点口儿，这一圈小山在冬天特别可爱，好像是把济南放在一个小摇篮里，它们全安静不动的低声的说：你们放心吧，这儿准保暖和。真的，济南的人们在冬天是面上含笑的。他们一看那些小山，心中便觉得有了着落，有了依靠。他们由天上看到山上，便不觉的想起：明天也许就是春天了吧？这样的温暖，今天夜里山草也许就绿起来吧？就是这点幻想不能一时实现，他们也并不着急，因为有这样慈善的冬天，干啥还希望别的呢。

最妙的是下点小雪呀。看吧，山上的矮松越发的青黑，树尖上顶着一髻儿白花，像些小日本看护妇。山尖全白了，给蓝天镶上一道银边。山坡上有的地方雪厚点，有的地方草色还露着，这样，一道儿白，一道儿暗黄，给山们穿上一件带水纹的花衣；看着看着，这件花衣好像被风儿吹动，叫你希望看见一点更美的山的肌肤。等到快日落的时候，微黄的阳光斜射在山腰上，那点薄雪好像忽然害了羞，微微露出点粉色。就是下小雪吧，济南是受不住大雪的，那些小山太秀气。

古老的济南，城内那么狭窄，城外又那么宽敞，山坡上卧着些小村庄，小村庄的房顶上卧着点雪，对，这是张小水墨画，或者是唐代的名手画的吧。

那水呢，不但不结冰，反倒在绿藻上冒着点热气。水藻真绿，把终年贮蓄的绿色全拿出来了。天儿越晴，水藻越绿，就凭这些绿的精神，水也不忍得冻上；况且那长枝的垂柳还要在水里照个影儿呢。看吧，由澄清的河水慢慢往上看吧，空中，半空中，天上，自上而下全是那么清亮，那么蓝汪汪的，整个的是块空灵的蓝水晶。这块水晶里，包着红屋顶，黄草山，像地毯上的小团花的小灰色树影；这就是冬天的济南。

树虽然没有叶儿，鸟儿可并不偷懒，看在日光下张着翅叫的百灵们。山东人是百灵鸟的崇拜者，济南是百灵的国。家家处处听得到它们的歌唱；自然，小黄鸟儿也不少，而且在百灵国内也很努力的唱。还有山喜鹊呢，成群的在树上啼，扯着浅蓝的尾巴飞。树上虽没有叶，有这些羽翎装饰着，也倒有点像西洋美女。坐在河岸上，看着它们在空中飞，听着溪水活活的流，要睡了，这是有催眠力的；不信你就试试；睡吧，决冻不着你。

要知后事如何，我自己也不知道。

到了齐大，暑假还未曾完。除了太阳要落的时候，校园里不见一个人影。那几条白石凳，上面有枫树给张着伞，便成了我的临时书房。手里拿着本书，并不见得念；念地上的树影，比读书还有趣。我看着：细碎的绿影，夹着些小黄圈，不定都是圆的，叶儿稀的地方，光也有时候透出七棱八角的一小块。小黑驴似的蚂蚁，单喜欢在这些光圈上慌手忙脚的来往过。那边的白石凳上，也印着细碎的绿影，还落着个小蓝蝴蝶，抿着翅儿，好像要睡。一点风儿，把绿影儿吹醉，散乱起来；小蓝蝶醒了懒懒的飞，似乎是作着梦飞呢；飞了不远，落下了，抱住黄蜀菊的蕊儿。看着，老大半天，小蝶儿又飞了，来了个楞头磕脑的马蜂。

真静。往南看，千佛山懒懒的倚着一些白云，一声不出。往北看，围子墙根有时过一两个小驴，微微有点铃声。往东西看，只看见楼墙上的爬山虎。叶儿微动，像竖起的两面绿浪。往下看，四下都是绿草。往上看，看见几个红的楼尖。全不动。绿的，红的，上上下下的，像一张画，颜色固定，可是越看越好看。只有办公处的大钟的针儿，偷偷的移动，好似唯恐怕叫光阴知道似的，那么偷偷的动，从树隙里偶尔看见一个小女孩，花衣裳特别花哨，突然把这一片静的景物全刺激了一下；花儿也更红，叶儿也更绿了似的；好像她的花衣裳要带这一群颜色跳舞起来。小女孩看不见了，又安静起来。槐树上轻轻落下个豆瓣绿的小虫，在空中悬着，其余的全不动了。

园中就是缺少一点水呀！连小麻雀也似乎很关心这个，时常用小眼睛往四下找；假如园中，就是有一道小溪吧，那要多么出色。溪里再有些各色的鱼，有些荷花！哪怕是有个喷水池呢，水声，和着枫叶的轻响，在石台上睡一刻钟，要作出什么有声有色有香味的梦！花木够了，只缺一点水。

短松墙觉得有点死板，好在发着一些松香；若是上面绕着些密罗松，开着些血红的小花，也许能减少一些死板气儿。园外的几行洋槐很体面，似乎缺少一些小白石凳。可是继而一想，没有石凳也好，校园的全景，就妙在只有花木，没有多少人工做的点缀，砖砌的花池咧，绿竹篱咧，全没有；这样，没有人的时候，才真像没有人，连一点人工经营的痕迹也看不出；换句话说，这才不俗气。

啊，又快到夏天了！把去年的光景又想起来；也许是盼望快放暑假吧。快放暑假吧！把这个整个的校园，还交给蜂蝶与我吧！太自私了，谁说不是！可是我能念着树影，给诸位作首不十分好，也还说得过去的诗呢。

学校南边那块瓜地，想起来叫人口中出甜水；但是懒得动；在石凳上等着吧，等太阳落了，再去买几个瓜吧。自然，这还是去年的话；今年那块地还种瓜吗？管他种瓜还是种豆呢，反正白石凳还在那里，爬山虎也又绿起来；只等玫瑰开呀！玫瑰开，吃粽子，下雨，晴天，枫树底上，白石凳上，小蓝蝴蝶，绿槐树虫，哈，梦！再温习温习那个梦吧。

有诗为证，对，印象是要有诗为证的；不然，那印象必是多少带点土气的。我想写“春夜”，多么美的题目！想起这个题目，我自然的想作诗了。可是，不是个诗人，怎办呢；这似乎要“抓瞎”——用个毫无诗味的词儿。新诗吧？太难；脑中虽有几堆“呀，噢，唉，喽”和那俊美的“；”，和那珠泪滚滚的“！”。但是，没有别的玩艺，怎能把这些宝贝缀上去呢？此路不通！旧诗？又太死板，而且至少有十几年没动那些七庚八葱的东西了；不免出丑。

到底硬联成一首七律，一首不及六十分的七律；心中已高兴非常，有胜于无，好歹不论，正合我的基本哲学。好，再作七首，共合八首；即便没一首“通”的吧，“量”也足惊人不是？中国地大物博，一人能写八首春夜，呀！

唉！湿膝病又犯了，两膝僵肿，精神不振，终日茫然，饭且不思，何暇作诗，只有大喊拉倒，予无能为矣！只凑了三首，再也凑不出。

想另作一篇散文吧，又到了交稿子的时候；况且精神不好，其影响于诗与散文一也；散了吧，好歹的那三首送进去，爱要不要；我就是这个主意！反正无论怎说，我是有诗为证：

（一）

多少春光轻易去？无言花鸟夜如秋。
东风似梦微添醉，小月知心只照愁！
柳样诗思情入影，火般桃色艳成羞。
谁家玉笛三更后？山倚疏星人倚楼。

（二）

一片闲情诗境里，柳风淡淡柝声凉。
山腰月少青松黑，篱畔光多玉李黄。
心静渐知春似海，花深每觉影生香。
何时买得田千顷，遍种梧桐与海棠！

（三）

且莫贪眠减却狂，春宵月色不平常！
碧桃几树开蝴蝶，紫燕联肩梦海棠。
花比诗多怜夜短，柳如人瘦为情长。
年来潦倒漂萍似，惯与东风道暖凉。

得看这三大首！五十年之后，准保有许多人给作注解——好诗是不需注解的。我的评注者，一定说我是资本家，或是穷而倾向资本主义者，因为在第二首里，有“何时买得田千顷”之语。好，我先自己作点注吧：我的意思是买山地呀，不是买一千顷良田，全种上花木，而叫农民饿死，不是。比如千佛山两旁的秃山，要全种上海棠，那要多么美，这才是我的梦想。这不怨我说话不清，是律诗自身的别扭；一句非七个字不可，我怎能忽然来句八个九个字的呢？

得了，从此再不受这个罪；《一些印象》也不再续。暑假中好好休息，把腿养好，能加入将来远东运动会的五百里竞走，得个第一，那才算英雄好汉；诌几句不准多于七个字一句的诗，算得什么！

（原载1931年3月至6月《齐大月刊》第1卷第5、6、7、8期）

抬头见喜

对于时节，我向来不特别的注意。拿清明说吧，上坟烧纸不必非我去不可，又搭着不常住在家乡，所以每逢看见柳枝发青便晓得快到了清明，或者是已经过去。对重阳也是这样，生平没在九月九登过高，于是重阳和清明一样的没有多大作用。

端阳，中秋，新年，三个大节可不能这么马虎过去。即使我故意躲着它们，账条是不会忘记了我的。也奇怪，一个无名之辈，到了三节会有许多人惦记着，不但来信，送账条，而且要找上门来！

设若故意躲着借款，着急，设计自杀，等等，而专讲三节的热闹有趣那一面儿，我似乎是最喜爱中秋。“似乎”，因为我实在不敢说准了。幼年时，中秋是个很可喜的节，要不然我怎么还记得清清楚楚那些“兔儿爷”的样子呢？有“兔儿爷”玩，这个节必是过得十二分有劲。可是从另一方面说，至少有三次喝醉是在中秋；酒入愁肠呀！所以说“似乎”最喜爱中秋。

事真凑巧，这三次“非杨贵妃式”的醉酒我还都记得很清楚。那么，就说上一说呀。第一次是在北平，我正住在翊教寺一家公寓里。好友卢嵩庵从柳泉居运来一坛子“竹叶青”。又约来两位朋友——内中有一位是不会喝的——大家就抄起茶碗来。坛子虽大，架不住茶碗一个劲进攻；月亮还没上来，坛子已空。干什么去呢？打牌玩吧。各拿出铜元百枚，约合大洋七角多，因这是古时候的事了。第一把牌将立起来，不晓得——至今还不晓得——我怎么上了床。牌必是没打成，因为我一睁眼已经红日东升了。

第二次是在天津，和朱荫棠在同福楼吃饭，各饮绿茵陈二两。吃完饭，到一家茶肆去品茗。我朝窗坐着，看见了一轮明月，我就吐了。这回决不是酒的作用，毛病是在月亮。

第三次是在伦敦。那里的秋月是什么样子，我说不上来——也许根本没有月亮其物。中国工人俱乐部里有多人凑热闹，我和沈刚伯也去喝酒。我们俩喝了两瓶葡萄酒。酒是用葡萄还是葡萄叶儿酿的，不可得而知，反正价钱很便宜；我们俩自古至今总没作过财主。喝完，各自回寓所。一上公众汽车，我的脚忽然长了眼睛，专找别人的脚尖去踩。这回可不是月亮的毛病。

对于中秋，大致如此——无论如何也不能说它坏。就此打住。

至若端阳，似乎可有可无。粽子，不爱吃。城隍爷现在也不出巡；即使再出巡，大概也没有跟随着走几里路的兴趣。樱桃真是好东西，可惜被黑白桑葚给带累坏了。

新年最热闹，也最没劲，我对它老是冷淡的。自从一记事儿起，家中就似乎很穷。爆竹总是听别人放，我们自己是静寂无哗。记得最真的是家中一张《王羲之换鹅》图。每逢除夕，母亲必把它从个神秘的地方找出来，挂在堂屋里。姑母就给说那个故事；到如今还不十分明白这故事到底有什么意思，只觉得“王羲之”三个字倒很响亮好听。后来入学，读了《兰亭序》，我告诉先生，王羲之是在我的家里。

长大了些，记得有一年的除夕，大概是光绪三十年前的一、二年，母亲在院中接神，雪已下了一尺多厚。高香烧起，雪片由漆黑的空中落下，落到火光的圈里，非常的白，紧接着飞到火苗的附近，舞出些金光，即行消灭；先下来的灭了，上面又紧跟着下来许多，像一把“太平花”倒放。我还记着这个。我也的确感觉到，那年的神仙一定是真由天上回到世间。

中学的时期是最忧郁的，四五个新年中只记得一个，最凄凉的一个。那是头一次改用阳历，旧历的除夕必须回学校去，不准请假。姑母刚死两个多月，她和我们同住了三十年的样子。她有时候很厉害，但大体上说，她很爱我。哥哥当差，不能回来。家中只剩母亲一人。我在四点多钟回到家中，母亲并没有把“王羲之”找出来。吃过晚饭，我不能不告诉母亲了——我还得回校。她愣了半天，没说什么。我慢慢的走出去，她跟着走到街门。摸着袋中的几个铜子，我不知道走了多少时候，才走到学校。路上必是很热闹，可是我并没看见，我似乎失了感觉。到了学校，学监先生正在学监室门口站着。他先问我：“回来了？”我行了个礼。他点了点头，笑着叫了我一声：“你还回去吧。”这一笑，永远印在我心中。假如我将来死后能入天堂，我必把这一笑带给上帝去看。

我好像没走就又到了家，母亲正对着一枝红烛坐着呢。她的泪不轻易落，她又慈善又刚强。见我回来了，她脸上有了笑容，拿出一个细草纸包儿来：“给你买的杂拌儿，刚才一忙，也忘了给你。”母子好像有千言万语，只是没精神说。早早的就睡了。母亲也没精神。

中学毕业以后，新年，除了为还债着急，似乎已和我不发生关系。我在哪里，除夕便由我照管着哪里。别人都回家去过年，我老是早早关上门，在床上听着爆竹响。平日我也好吃个嘴儿，到了新年反倒想不起弄点什么吃，连酒不喝。在爆竹稍静了些的时节，我老看见些过去的苦境。可是我既不落泪，也不狂歌，我只静静的躺着。躺着躺着，多咱烛光在壁上幻出一个“抬头见喜”，那就快睡去了。

（原载 1934 年 1 月《良友》（画报）第 4 卷第 8 期）

小 麻 雀

雨后，院里来了个麻雀，刚长全了羽毛。它在院里跳，有时飞一下，不过是由地上飞到花盆沿上，或由花盆上飞下来。看它这么飞了两三次，我看出来：它并不会飞得再高一些，它的左翅的几根长翎拧在一处，有一根特别的长，似乎要脱落下来。我试着往前凑，它跳一跳，可是又停住，看着我，小黑豆眼带出点要亲近我又不完全信任的神气。我想到了：这是个熟鸟，也许是自幼便养在笼中的。所以它不十分怕人。可是它的左翅也许是被养着它的或别个孩子给扯坏，所以它爱人，又不完全信任。想到这个，我忽然的很难过。一个飞禽失去翅膀是多么可怜。这个小鸟离了人恐怕不会活，可是人又那么狠心，伤了它的翎羽。它被人毁坏了，而还想依靠人，多么可怜！它的眼带出进退为难的神情，虽然只是那么个小而不美的小鸟，它的举动与表情可露出极大的委屈与为难。它是要保全它那点生命，而不晓得如何是好。对它自己与人都没有信心，而又愿找到些倚靠。它跳一跳，停一停，看着我，又不敢过来。我想拿几个饭粒诱它前来，又不敢离开，我怕小猫来扑它。可是小猫并没在院里，我很快的跑进厨房，抓来了几个饭粒。及至我回来，小鸟已不见了。我向外院跑去，小猫在影壁前的花盆旁蹲着呢。我忙去驱逐它，它只一扑，把小鸟擒住！被人养惯的小麻雀，连挣扎都不会，尾与爪在猫嘴旁搭拉着，和死去差不多。

瞧着小鸟，猫一头跑进厨房，又一头跑到西屋。我不敢紧追，怕它更咬紧了可又不能不追。虽然看不见小鸟的头部，我还没忘了那个眼神。那个预知生命危险的眼神。那个眼神与我的好心中间隔着一只小白猫。来回跑了几次，我不追了。追上也没用了，我想，小鸟至少已半死了。猫又进了厨房，我愣了一会儿，赶紧的又追了去；那两个黑豆眼仿佛在我心内睁着呢。

进了厨房，猫在一条铁筒——冬天升火通烟用的，春天拆下来便放在厨房的墙角——旁蹲着呢。小鸟已不见了。铁筒的下端未完全扣在地上，开着一个不小的缝儿小猫用脚往里探。我的希望回来了，小鸟没死。小猫本来才四个来月大，还没捉住过老鼠，或者还不会杀生，只是叼着小鸟玩一玩。正在这么想，小鸟，忽然出来了，猫倒像吓了一跳，往后躲了躲。小鸟的样子，我一眼便看清了，登时使我要闭上了眼。小鸟几乎是蹲着，胸离地很近，像人害肚痛蹲在地上那样。它身上并没血。身子可似乎是蜷在一块，非常的短。头低着，小嘴指着地。那两个黑眼珠！非常的黑，非常的大，不看什么，就那么顶黑顶大的愣着。它只有那么一点活气，都在眼里，像是等着猫再扑它，它没力量反抗或逃避；又像是等着猫赦免了它，或是来个救星。生与死都在这俩眼里，而并不是清醒的。它是糊涂了，昏迷了；不然为什么由铁筒中出来呢？可是，虽然昏迷，到底有那么一点说不清的，生命根源的，希望。这个希望使它注视着地上，等着，等着生或死。它怕得非常的忠诚，完全把自己交给了一线的希望，一点也不动。像把生命要从两眼中流出，它不叫也不动。

小猫没再扑它，只试着用小脚碰它。它随着击碰倾侧，头不动，眼不动，还呆呆的注视着地上。但求它能活着，它就决不反抗。可是并非全无勇气，它是在猫的面前不动！我轻轻的过去，把猫抓住。将猫放在门外，小鸟还没动。我双手把它捧起来。它确是没受了多大的伤，虽然胸上落了点毛。它看了我一眼！

我没注意：把它放了吧，它准是死？养着它吧，家中没有笼子。我捧着它好像世上一切生命都在我的掌中似的，我不知怎样好。小鸟不动，蜷着身，两眼还那么黑，等着！愣了好久，我把它捧到卧室里，放在桌子上，看着它，它又愣了半天，忽然头向左右歪了歪用它的黑眼睁了一下；又不动了，可是身子长出来一些，还低头看着，似乎明白了点什么。

（原载 1934 年 7 月《文学评论》第 1 卷第 2 期）

哭白涤洲

十月十二接到电报："涤洲病危"。十四起身；到北平，他已过去。接到电报，隔了一天才动身，我希望在这一天再得个消息——好的。十二号以前，什么信儿都没听到，怎能忽然"病危"？涤洲的身体好，大家都晓得，所以我不信那个电报，而且深信必再有电更正。等了一天，白等；我的心凉了。在火车上我的泪始终在眼里转。车到前门，接我的是齐铁恨——他在南京作事——我俩的泪都流下来了。我恨我晚来了一天，可是铁恨早来一天也没见到"他"。十二的早晨，"他"就走了。

这完全像个梦。八月底，我们三个——涤洲、铁恨与我——还在南京会着。多么欢喜呀！涤洲张罗着逛这儿那儿，还要陪我到上海，都被我拦住了。他先是同刘半农先生到西北去；半农先生死后，他又跑到西安去讲学。由西安跑到南京，还要随我上上海。我没叫他去。他的身体确是好，但是那么热的天，四下里跑，不是玩的。这只是我的小心；梦也梦不到他会死。他回到北平，有信来，说：又搬了家。以后，再没信了，我心里还说：他大概是忙着作文章呢。敢情他又到河南讲学去了。由河南回来就病。十二号我接到那个电报。这不像个梦？

今天翻弄旧稿，夹着他一封信——去年一月十日在西山发的。"苓儿死去……咽气恰与伊母下葬同时，使我不能不特别哀痛。在家里我抱大庄，家母抱菊，三辈四人，情形极惨。现在我跑到西山，住在第三小学的最下一个院子，偌大的地方只有我一个人。天极冷，风顶大，冰寒的月光布满了庭院，我隔着玻窗，凝望南山，回忆两礼拜来的遭遇，止不住的眼泪流下来!”

“两礼拜来的遭遇”是大孩子蓝死，夫人死，女孩苓死。跟着——老天欺侮起来好人没完！——是菊死，和白老伯死；一气去了五口。蓝是夜间死的，他一边哭一边给我写信。紧跟着又得到白夫人病故的信，我跑回北平去安慰他。他还支持着，始终不放声的哭，可是端茶碗的时候手颤。跟着又死去三口，大家都担心他。他失眠，闭上眼就看见他的孩子。可是他不喝酒，不吸烟，像棵松树似的立着。他要作好到底。现在，剩下六十多的老母，二十多岁的续娶的夫人，与五岁的大庄！人生是什么呢?

朋友里，他最好。他对谁也好。有他，大家的交情有了中心。什么都是他作，任劳任怨的作，会作，肯作，有力气作。对家人、对朋友，永远舍己从人。对事情，明知上当，还作，只求良心上过得去。他很精明，但不掏出手段；他很会办事，多一半是因为肯办，肯认真办。他就这么累死了。

对学问，他很谦虚，总说他自己“低能”。可是在事情那么忙乱的时候，他居然在音韵学上有成就，有著作。他作到别人所不能作到的了：就在家中死了五口以后，他会跑到西北去调查方音！他还笑着说呢：到外边散散心。死了五口，散心？拿调查工作散心，他不是心狠，是尽人力所及的铸造自己。他老要对得起自己，对得起朋友，对得起一生。三十五岁就死去，这样的人，只有无知的老天知道怎回事!

自我一认识他，他仿佛就是个高个子。老推平头，老穿深色的衣服，腮上胡子很重。偶尔穿上洋服，他笑自己。他知道自己不漂亮。同样，他知道自己的一切缺点。有一次，他把件绸子大衫染得发了绿头，他笑着把它藏起去：“这不行，这不行，穿它还能上街?”他什么也不行，他觉得。于是高过他的人，他不巴结。低于他的人，他帮忙。对他自己，在幽默的轻视中去努力。

高高的个子，灰色或蓝色的长袍，一天到晚他奔忙。他没有过人的思想，只求在他才力所及的事上、学问上、作人上，去作。他实在。说给他一件新事，或一个新的思想，他要想了，然后他拍着腿：“高！高！”到此为止；他能了解，而永远不能作出来，新的。旧社会的享受，他没享受过；新的，也没享受过。他老想使别人过得去，什么新的旧的，反正自己没占了便宜。自己不占便宜就舒服。因此，他心宽。死了五口，还能支持，还替朋友办事，还努力工作，就是这个力量的果实。谁都说，过了那一场，涤洲什么也不怕了。他竟会死了！

他死的时候，一群朋友围着他，眼看着咽气，没办法。他给朋友帮过多少忙，而大家只能看着他死。他死后，由上海汉口青岛赶来许多朋友，来哭；有什么用呢？他已经死在医院了，老太太还拉着大庄给他送果子来。噢，什么也别说了吧，要惨到什么地步呢！涤洲，涤洲，我们只有哭；没用，是没用。可是，我们是哭你的价值呀。我们能找到比你俊美的人，比你学问大的人，比你思想高的人；我们到哪儿去找一位“朋友”，像你呢？

（原载1934年12月《人间世》第17期）

想 北 平

设若让我写一本小说，以北平作背景，我不至于怕害，因为我可以捡着我知道的写，而躲开我所不知道的。让我单摆浮搁的讲一套北平，我没办法。北平的地方那么大，事情那么多，我知道的真觉太少了，虽然我生在那里，一直到廿七岁才离开。以名胜说，我没到过陶然亭，这多可笑！以此类推，我所知道的那点只是“我的北平”，而我的北平大概等于牛的一毛。

可是，我真爱北平。这个爱几乎是要说而说不出的。我爱我的母亲。怎样爱？我说不出。在我想作一件讨她老人家喜欢的时候，我独自微微的笑着；在我想到她的健康而不放心的时候，我欲落泪。言语是不够表现我的心情的，只有独自微笑或落泪才足以把内心揭露在外面一些来。我之爱北平也近乎这个。夸奖这个古城的某一点是容易的，可是那就把北平看得太小了。我所爱的北平不是枝枝节节的一些什么，而是整个儿与我的心灵相粘合的一段历史，一大块地方，多少风景名胜，从雨后什刹海的蜻蜓一直到我梦里的玉泉山的塔影，都积凑到一块，每一小的事件中有个我，我的每一思念中有个北平，这只有说不出而已。

真愿成为诗人，把一切好听好看的字都浸在自己的心血里，像杜鹃似的啼出北平的俊伟。啊！我不是诗人！我将永远道不出我的爱，一种像由音乐与图画所引起的爱。这不但是辜负了北平，也对不住我自己，因为我的最初的知识与印象都得自北平，它是在我的血里，我的性格与脾气里有许多地方是这古城所赐给的。我不能爱上海与天津，因为我心中有个北平。可是我说不出来！

伦敦，巴黎，罗马与堪司坦丁堡，曾被称为欧洲的四大“历史的都城”。我知道一些伦敦的情形；巴黎与罗马只是到过而已；堪司坦丁堡根本没有去过。就伦敦，巴黎，罗马来说，巴黎更近似北平——虽然“近似”两字要拉扯得很远——不过，假使让我“家住巴黎”，我一定会和没有家一样的感到寂苦。巴黎，据我看，还太热闹。自然，那里也有空旷静寂的地方，可是又未免太旷；不像北平那样既复杂而又有个边际，使我能摸着——那长着红酸枣的老城墙！面向着积水潭，背后是城墙，坐在石上看水中的小蝌蚪或苇叶上的嫩蜻蜓，我可以快乐的坐一天，心中完全安适，无所求也无可怕，像小儿安睡在摇篮里。是的，北平也有热闹的地方，但是它和太极拳相似，动中有静。巴黎有许多地方使人疲乏，所以咖啡与酒是必要的，以便刺激；在北平，有温和的香片茶就够了。

论说巴黎的布置已比伦敦罗马匀调的多了，可是比上北平还差点事儿。北平在人为之中显出自然，几乎是什么地方既不挤得慌，又不太僻静：最小的胡同里的房子也有院子与树；最空旷的地方也离买卖街与住宅区不远。这种分配法可以算——在我的经验中——天下第一了。北平的好处不在处处设备得完全，而在它处处有空儿，可以使人自由的喘气；不在有好些美丽的建筑，而在建筑的四围都有空闲的地方，使它们成为美景。每一个城楼，每一个牌楼，都可以从老远就看见。况且在街上还可以看见北山与西山呢！

好学的，爱古物的，人们自然喜欢北平，因为这里书多古物多。我不好学，也没钱买古物。对于物质上，我却喜爱北平的花多菜多果子多。花草是种费钱的玩艺，可是此地的“草花儿”很便宜，而且家家有院子，可以花不多的钱而种一院子花，即使算不了什么，可是到底可爱呀。墙上的牵牛，墙根的靠山竹与草茉莉，是多么省钱省事而也足以招来蝴蝶呀！至于青菜，白菜，扁豆，毛豆角，黄瓜，菠菜，等等，大多数是直接由城外担来而送到家门口的。雨后，韭菜叶上还往往带着雨时溅起的泥点。青菜摊子上的红红绿绿几乎有诗似的美丽。果子有不少是由西山与北山来的，西山的沙果，海棠，北山的黑枣，柿子，进了城还带着一层白霜儿呀！哼，美国的橘子包着纸；遇到北平的带霜儿的玉李，还不愧杀！

是的，北平是个都城，而能有好多自己产生的花，菜，水果，这就使人更接近了自然。从它里面说，它没有像伦敦的那些成天冒烟的工厂；从外面说，它紧连着园林，菜圃与农村。采菊东篱下，在这里，确是可以悠然见南山的；大概把“南”字变个“西”或“北”，也没有多少了不得的吧。像我这样的一个贫寒的人，或者只有在北平能享受一点清福了。

好，不再说了吧；要落泪了，真想念北平呀！

（原载1936年6月16日《宇宙风》第19期）

我的几个房东

初到伦敦，经艾温士教授的介绍，住在了离“城”有十多英里的一个人家里。房主人是两位老姑娘。大姑娘有点傻气，腿上常闹湿气，所以身心都不大有用。家务统由妹妹操持，她勤苦诚实，且受过相当的教育。

她们的父亲是开面包房的，死后，把面包房给了儿子，给二女一人一处小房子。她们卖出一所，把钱存在银行生息。其余的一所，就由她们合住。妹妹本可以去作，也真作过，家庭教师。可是因为姐姐需人照管，所以不出去作事，而把楼上的两间屋子租给单身的男人，进些租金。这给妹妹许多工作，她得给大家作早餐晚饭，得上街买东西，得收拾房间，得给大家洗小衣裳，得记账。这些，已足使任何一个女子累得喘不过气来。可是她于这些工作外，还得答复朋友的信，读一两段圣经，和作些针线。

她这种勤苦忠诚，倒还不是我所佩服的。我真佩服她那点独立的精神。她的哥开着面包房，到圣诞节才送给妹妹一块大鸡蛋糕！她决不去求他的帮助，就是对那一块大鸡蛋糕，她也马上还礼，送给她哥一点有用的小物件。当我快回国时去看她，她的背已很弯，发也有些白的了。

自然，这种独立的精神是由资本主义的社会制度逼出来的，可是，我到底不能不佩服她。

在她那里住过一冬，我搬到伦敦的西部去。这回是与一个叫艾支顿的合租一层楼。所以事实上我所要说的是这个艾支顿——

称他为二房东都勉强一些——而不是真正的房东。我与他一气在那里住了三年。

这个人的父亲是牧师，他自己可不信宗教。当他很年轻的时候，他和一个女子由家中逃出来，在伦敦结了婚，生了三四个小孩。他有相当的聪明，好读书。专就文字方面上说，他会拉丁文，希腊文，德文，法文，程度都不坏。英文，他写得非常的漂亮。他作过一两本讲教育的书，即使内容上不怎样，他的文字之美是公认的事实。我愿意同他住在一处，差不多是为学些地道好英文。在大战时，他去投军。因为心脏弱，报不上名。他硬挤了进去。见到了军官，凭他的谈吐与学识，自然不会被叉去帐外。一来二去，他升到中校，差不多等于中国的旅长了。

战后，他拿了一笔不小的遣散费，回到伦敦，重整旧业，他又去教书。为充实学识，还到过维也纳听弗洛衣德的心理学。后来就在牛津的补习学校教书。这个学校是为工人们预备的，仿佛有点像国内的暑期学校，不过目的不在补习升学的功课。作这种学校的教员，自然没有什么地位，可是实利上并不坏：一年只作半年的事，薪水也并不很低。这个，大概是他的黄金“时代”。以身份言，中校；以学识言，有著作；以生活言，有个清闲舒服的事情。

也正是在这个时候，他和一位美国女子发生了恋爱。她出自名家，有硕士的学位。来伦敦游玩，遇上了他。她的学识正好补足他的，她是学经济的；他在补习学校演讲关于经济的问题，她就给他预备稿子。

他的夫人告了。离婚案刚一提到法厅，补习学校便免了他的职。这种案子在牛津与剑桥还是闹不得的！离婚案成立，他得到自由，但须按月供给夫人一些钱。

在我遇到他的时候，他正极狼狈。自己没有事，除了夫妇的花销，还得供给原配。幸而硕士找到了事，两份儿家都由她支持着。他空有学问，找不到事。可是两家的感情渐渐的改善，两位夫人见了面，他每月给第一位夫人送钱也是亲自去，他的女儿也肯来找他。这个，可救不了穷。穷，他还很会花钱。作过几年军官，他挥霍惯了。钱一到他手里便不会老实。他爱买书，爱吸好烟，有时候还得喝一盅。我在东方学院见了他，他到那里学华语；不知他怎么弄到手里几镑钱。便出了这个主意。见到我，他说彼此交换知识，我多教他些中文，他教我些英文，岂不甚好？为学习的方便，顶好是住在一处，假若我出房钱，他就供给我饭食。我点了头，他便找了房。

艾支顿夫人真可怜。她早晨起来，便得作好早饭。吃完，她急忙去作工，拼命的追公共汽车；永远不等车站稳就跳上去，有时把腿碰得紫里蒿青。五点下工，又得给我们做晚饭。她的烹调本事不算高明，我俩一有点不爱吃的表示，她便立刻泪在眼眶里转。有时候，艾支顿卖了一本旧书或一张画，手中摸着点钱，笑着请我们出去吃一顿。有时候我看她太疲乏了，就请他俩吃顿中国饭。在这种时节，她喜欢得像小孩子似的。

他的朋友多数和他的情形差不多。我还记得几位：有一位是个年轻的工人，谈吐很好，可是时常失业，一点也不是他的错儿，怎奈工厂时开时闭。他自然的是个社会主义者，每逢来看艾支顿，他俩便粗着脖子红着脸的争辩。艾支顿也很有口才，不过与其说他是为政治主张而争辩，还不如说是为争辩而争辩。还有一位小老头也常来，他顶可爱。德文，意大利文，西班牙文，他都能读能写能讲，但是找不到事作；闲着没事，他只为一家瓷砖厂吆喝买卖，拿一点扣头。另一位老者，常上我们这一带来给人家擦玻璃，也是我们的朋友。这个老头是位博士。赶上我们在家，他便一边擦着玻璃，一边和我们讨论文学与哲学。孔子的哲学，泰戈尔的诗，他都读过，不用说西方的作家了。

只提这么三位吧，在他们的身上使我感到工商资本主义的社会的崩溃与罪恶。他们都有知识，有能力，可是被那个社会制度捆住了手，使他们抓不到面包。成千论万的人是这样，而且有远不及他们三个的！找个事情真比登天还难！

艾支顿一直闲了三年。我们那层楼的租约是三年为限。住满了，房东要加租，我们就分离开，因为再找那样便宜，和恰好够三个人住的房子，是大不容易的。虽然不在一块儿住了，可是还时常见面。艾支顿只要手里有够看电影的钱，便立刻打电话请我去看电影。即使一个礼拜，他的手中彻底的空空如也，他也会约我到家里去吃一顿饭。自然，我去的时候也老给他们买些东西。这一点上，他不像普通的英国人，他好请朋友，也很坦然的接受朋友的约请与馈赠。有许多地方，他都带出点浪漫劲儿，但他到底是个英国人，不能完全放弃绅士的气派。

直到我回国的时际，他才找到了事——在一家大书局里作顾问，荐举大陆上与美国的书籍，经书局核准，他再找人去翻译或——若是美国的书——出英国版。我离开英国后，听说他已被那个书局聘为编辑员。

离开他们夫妇，我住了半年的公寓，不便细说；房东与房客除了交租金时见一面，没有一点别的关系。在公寓里，晚饭得出去吃，既费钱，又麻烦，所以我又去找房间。这回是在伦敦南部找到一间房子，房东是老夫妇，带着个女儿。

这个老头儿——达尔曼先生——是干什么的，至今我还不清楚。一来我只在那儿住了半年，二来英国人不喜欢谈私事，三来达尔曼先生不爱说话，所以我始终没得机会打听。偶尔由老夫妇谈话中听到一两句，仿佛他是木器行的，专给人家设计作家具。他身边常带着尺。但是我不敢说肯定的话。

半年的工夫，我听熟了他三段话——他不大爱说话，但是一高兴就离不开这三段，像留声机片似的，永远不改。第一段是贵族巴来，由非洲弄来的钻石，一小铁筒一小铁筒的！每一块上都有个记号！第二段是他作过两次陪审员，非常的光荣！第三段是大战时，一个伤兵没能给一个军官行礼，被军官打了一拳。及至看明了那是个伤兵，军官跑得比兔子还快；不然的话，非教街上的给打死不可！

除了这三段而外，假若他还有什么说的，便是重述《晨报》上的消息与意见。凡是《晨报》所说的都对！

这个老头儿是地道英国的小市民，有房，有点积蓄，勤苦，干净，什么也不知道，只晓得自己的工作是神圣的，英国人是世界上最好的人。

达尔曼太太是女性的达尔曼太太，她的意见不但得自《晨报》，而且是由达尔曼先生口中念出的那几段《晨报》，她没工夫自己去看报。

达尔曼姑娘只看《晨报》上的广告。有一回，或者是因为看我老拿着本书，她向我借一本小说。随手的我给了她一本威尔思的幽默故事。念了一段，她的脸都气紫了！我赶紧出去在报摊上给她找了本六个便士的罗曼司，内容大概是一个女招待嫁了个男招待，后来才发现这个男招待是位伯爵的承继人。这本小书使她对我又有了笑脸。

她没事作，所以在分类广告上登了一小段广告——教授跳舞。她的技术如何，我不晓得，不过她声明愿减收半费教给我的时候，我没出声。把知识变成金钱，是她，和一切小市民的格言。

她有点苦闷，没有男朋友约她出去玩耍，往往吃完晚饭便假装头疼，跑到楼上去睡觉。婚姻问题在那经济不景气的国度里，真是个没法办的问题。我看她恐怕要窝在家里！“房东太太的女儿”往往成为留学生的夫人，这是留什么外史一类小说的好材料；其实，里面的意义并不止是留学生的荒唐呀。

（原载1936年12月《西风》第4期）

南来以前

××兄：

大示收到，慨极！邮递迟滞，虽相隔仅千里，如居异国；计自发函至收读，已一月另三日矣！一向不暇作长函，这遭却须破些工夫；信既蜗行，再不多写一点，则我似不诚，兄必失望。

芦沟桥事变初起，我们在青岛，正赶写《病夫》——《宇宙风》特约长篇，议定于九月中刊露。街巷中喊卖号外，自午及夜半，而所载电讯，仅三言两语，至为恼人！一闻呼唤，小儿女争来扯手："爸！号外！"平均每日写两千字，每因买号外打断思路。至七月十五日，号外不可再见，往往步行七八里，遍索卖报童子而无所得；日侨尚在青，疑市府已禁号外，免生是非。日人报纸则号外频发，且于铺户外揭贴，加以朱圈；消息均不利于我方。我弱彼强，处处惭忍，有如是者！

老母尚在北平，久无信示；内人又病，心绪极劣。时在青朋友纷纷送眷属至远方，每来辞行，必嘱早作离青之计；盖一旦有事，则敌舰定封锁海口，我方必拆毁胶济路，青岛成死地矣。家在故乡，已无可归，内人身重，又难行旅，乃力自镇定，以写作摈扰，文字之劣，在意料中。自十五至二十五，天热，消息沉闷，每深夜至友家听广播，全无收获。归来，海寂天空，但闻远处犬吠，辄不成寐。

二十六日又有号外，廊坊有战事，友朋来辞行者倍于前。写文过苦，乃强读杂书。二十八号外，收复廊坊与丰台，不敢深信，但当随众欢笑。二十九日消息恶转，号外又停。三十一日送内人入医院。在家看管儿女；客来数起，均谓大难将临。是日仍勉强写二千字给《民众日报》。

八月一日得小女，大小俱平安。久旱，饮水每断，忽得大雨，即以“雨”名女——原拟名“乱”，妻嫌过于现实。电平报告老人；复访友人，告以妻小无恙；夜间又写千字。次日，携儿女往视妈妈与小妹，路过旅行社，购车票者列阵，约数百人。四日，李友入京，良乡有战事；此地大风，海水激卷，马路成河。乘帆船逃难者，多沉溺。每午，待儿女睡去，即往医院探视；街上卖布小贩已绝，车马群趋码头与车站；偶遇迁逃友人，匆匆数语即别，至为难堪。九日，《民众日报》停刊，末一号仍载有我小文一篇。王剑三以七号携眷去沪，臧克家、杨枫、孟超诸友，亦均有南下之意。我无法走。十一日，妻出院，实之自沪来电，促南下。商之内人，她决定不动。以常识判断，青岛日人产业值数万万，必不敢立时暴动，我方军队虽少，破坏计划则早已筹妥。是家小尚可暂留，俟雨满月后再定去向，至于我自己，市中报纸既已停刊，我无用武之地，救亡工作复无详妥计划，亦无人参加，不如南下，或能有些用处。遂收拾书籍，藏于他处，即电亢德，准备南下。十二日，已去托友买船票，得亢德复电：“沪紧缓来”，南去之计既不能行，乃决去济南。前月已与齐大约定，秋初开学，任国文系课两门，故决先去，以便在校内找房，再接家小。别时，小女啼泣甚悲，妻亦落泪。十三早到济，沪战发。心极不安：沪战突然爆发，青岛或亦难免风波，家中无男人，若遭遇事变……

果然，十四日敌陆战队上岸。急电至友，送眷来济。妻小以十五日晨来，车上至为拥挤。下车后，大雨；妻疲极，急送入医院。复冒雨送儿女至敬环处暂住。小儿频呼“回家”，甚惨。大雨连日，小女受凉亦病，送入小儿科。自此，每日赴医院分看妻女，而后到友宅看小儿，焦急万状。《病夫》已有七万字，无法续写，复以题旨距目前情形过远，即决放弃。

十日间，雨愈下愈大。行李未到，家具全无，日行泥水中，买置应用物品。自青来济者日多，友朋相见，只有惨笑。留济者找房甚难，迁逃者匆匆上路，忙乱中无一是处，真如恶梦。

二十八日，妻女出院，觅小房，暂成家。复电在青至友，托送器物。七月事变，济南居民迁走甚多，至此又渐热闹，物价亦涨。家小既团圆，我始得匀出工夫，看访故人；多数友人已将妻女送往乡间，家家有男无女，颇有谈笑，但欠自然。沪战激烈，我的稿费停止，搬家买物看病雇车等又费去三百元，遂决定不再迁动。深盼学校能开课，有些事作，免生闲愁，果能如此，还足以傲友辈也。

学校于九月十五日开课，学生到及半数。十六日大同失陷；十九日中秋节，街上生意不多，几不见提筐肩盒送礼者。《小实报》在济复刊，约写稿。平津流亡员生渐多来此，或办刊物，或筹救亡工作，我又忙起来。二十一日，敌机过市空，投一弹，伤数人，群感不安。此后时有警报。二十五六日，伤兵过济者极多，无衣无食无药物，省政府似不甚热心照料。到站慰劳与看护者均是学界中人。三十日，敌军入鲁境，学生有请假回家者。时中央派大员来指挥，军事应有好转，但本省军事长官嫌客军在鲁，设法避战，战事遂告失利。德州危，学校停课。师生相继迁逃，市民亦多东去，来自胶东者又复搬回，车上拥挤，全无秩序。我决不走。远行无力，近迁无益，不如死守济南，几每日有空袭警报，仍不断写作。笔为我唯一武器，不忍藏起。

入十月，我方不反攻，敌军不再进，至为沉闷。校内寂无人，猫狗被弃，群来啼饥。秋高气爽，树渐有红叶，正是读书时候，而校园中全无青年笑语声矣。每日小女助母折纱布揉棉球，备救护伤兵之用，小儿高呼到街上买木枪，好打飞机，我低着构思，全室有紧张之象。流亡者日增，时来贷金求衣，量力购助，不忍拒绝。写文之外，多读传记及小说，并录佳句于册。十四日，市保安队枪械被收缴，市面不安，但无暴动。青年学子，爱国心切，时约赴会讨论工作计划。但政府多虑，不准活动，相对悲叹。下半月，各线失利，而济市沉寂如常，虽仍未停写作，亦难自信果有何用处矣。

十一月中，敌南侵，我方退守黄河。友人力劝出走，以免白白牺牲，故南来。到汉口已两月余，还是日日拿笔。对政治军事，毫无所知，勉强写些文字，自觉空洞无物。可是，舍此别无可为，闲着当更难堪。无力无钱，只好有笔的出笔，聊以自慰。

家小尚在济，城陷后无音信。所以不能同来者：

一、车极难上，沿途且有轰炸之险。

二、儿女辈俱幼弱，天气复渐寒，遇险或受病，同是危难。

三、存款无多，仅足略购柴米，用之行旅，则成难民。版税稿费俱绝，找事非易，有出无入，何以支持？独逃可仅顾三餐，同来则无法尽避饥寒。

有此数因，故妻决留守，在济多友，亦愿为照料。不过，说着容易，实行则难，于心有所不忍，遂迟迟不敢行。及至事急，妻劝速行，盖我在家非但无益，且或累及家小。匆匆收拾衣物，儿女辈频牵衣问父何去何归，妻极勇敢，代答以父明日即来。时已入夜，天有薄云，灯下作别，难道一语！前得短诗，略记此景：

弱女痴儿不解哀，牵衣问父去何来。语因伤别潜成泪，血若停流定是灰！已见乡关沦水火，更堪江海逐风雷？徘徊未忍道珍重，暮雁声低切切催！

信已太长，犹未尽意，一俟家信到此，当再叙陈。祝吉！

（原载1938年2月15日《创导》第2卷第7期）

小型的复活（自传之一章）

“二十三，罗成关。”

二十三岁那一年的确是我的一关，几乎没有闯过去。

从生理上，心理上，和什么什么理上看，这句俗语确是个值得注意的警告。据一位学病理学的朋友告诉我：从十八到二十五岁这一段，最应当注意抵抗肺痨。事实上，不少人在二十三岁左右正忙着大学毕业考试，同时眼睛溜着毕业即失业那个鬼影儿；两气夹攻，身体上精神上都难悠悠自得，肺病自不会不乘虚而入。

放下大学生不提，一般的来说，过了二十一岁，自然要开始收起小孩子气而想变成个大人了；有好些二十二三岁的小伙子留下小胡子玩玩，过一两星期再剃了去，即是一证。在这期间，事情得意呢，便免不得要尝尝一向认为是禁果的那些玩艺儿；既不再自居为小孩子，就该老声老气的干些老人们所玩的风流事儿了。钱是自己挣的，不花出去岂不心中闹得慌。吃烟喝酒，与穿上绸子裤褂，还都是小事；嫖嫖赌赌，才真够得上大人味儿。要是事情不得意呢，抑郁牢骚，此其时也，亦能损及健康。老实一点的人儿，即使事情得意，而又不肯瞎闹，也总会想到找个女郎，过过恋爱生活，虽然老实，到底年轻沉不住气，遇上以恋爱为游戏的女子，结婚是一堆痛苦，失恋便许自杀。反之，天下有欠太平，顾不及来想自己，杀身成仁不甘落后，战场上的血多是这般人身上的。

可惜没有一套统计表来帮忙，我只好说就我个人的观察，这个“罗成关论”是可以立得住的。就近取譬，我至少可以抬出自己作证，虽说不上什么“科学的”，但到底也不失“有这么一回”的价值。

二十三岁那年，我自己的事情，以报酬来讲，不算十分的坏。每月我可以拿到一百多块钱。十六七年前的一百块是可以当现在二百块用的；那时候还能花十五个小铜子就吃顿饱饭。我记得：一份肉丝炒三个油撕火烧，一碗馄饨带卧两个鸡子，不过是十一二个铜子就可以开付；要是预备好十五枚作饭费，那就颇可以弄一壶白干儿喝喝了。

自然那时候的中交钞票是一块当作几角用的，而月月的薪水永远不能一次拿到，于是化整为零与化圆为角的办法使我往往须当一两票当才能过得去。若是痛痛快快的发钱，而钱又是一律现洋，我想我或者早已成个“阔佬”了。

无论怎么说吧，一百多圆的薪水总没教我遇到极大的困难；当了当再赎出来，正合“裕民富国”之道，我也就不悦不怨。每逢拿到几成薪水，我便回家给母亲送一点钱去。由家里出来，我总感到世界上非常的空寂，非掏出点钱去不能把自己快乐的与世界上的某个角落发生关系。于是我去看戏，逛公园，喝酒，买“大喜”烟吃。因为看戏有了瘾，我更进一步去和友人们学几句，赶到酒酣耳热的时节，我也能喊两嗓子；好歹不管，喊喊总是痛快的。酒量不大，而颇好喝，凑上二三知己，便要上几斤；喝到大家都舌短的时候，才正爱说话，说得爽快亲热，真露出点燕赵多慷慨悲歌之士的气概来。这的确值得记住的。喝醉归来，有时候把钱包手绢一齐交给洋车夫给保存着，第二日醒过来，于伤心中仍略有豪放不羁之感。

也学会了打牌。到如今我醒悟过来，我永远成不了牌油子。我不肯费心去算计，而完全浪漫的把胜负交与运气。我不看“地”上的牌，也不看上下家放的张儿，我只想象的希望来了好张子便成了清一色或是大三元。结果是回回一败涂地。认识了这一个缺欠以后，对牌便没有多大瘾了，打不打都可以；可是，在那时候我决不承认自己的牌臭，只要有人张罗，我便坐下了。

我想不起一件事比打牌更有害处的。喝多了酒可以受伤，但是刚醉过了，谁也不会马上再去饮，除非是借酒自杀的。打牌可就不然了，明知有害，还要往下干，有一个人说“再接着来”，谁便也舍不得走。在这时候，人好像已被那些小块块们给迷住，冷热饥饱都不去管，把一切卫生常识全抛在一边。越打越多吃烟喝茶，越输越往上撞火。鸡鸣了，手心发热，脑子发晕，可是谁也不肯不舍命陪君子。打一通夜的麻雀，我深信，比害一场小病的损失还要大得多。但是，年轻气盛，谁管这一套呢！

我只是不嫖。无论是多么好的朋友拉我去，我没有答应过一回。我好像是保留着这么一点，以便自解自慰；什么我都可以点头，就是不能再往“那里”去；只有这样，当清夜扪心自问的时候才不至于把自己整个的放在荒唐鬼之群里边去。

可是，烟，酒，麻雀，已足使我瘦弱，痰中往往带着点血！

那时候，婚姻自由的理论刚刚被青年们认为是救世的福音，而母亲暗中给我定了亲事。为退婚，我着了很大的急。既要非作个新人物不可，又恐太伤了母亲的心，左右为难，心就绕成了一个小疙疸。婚约到底是废除了，可是我得到了很重的病。

病的初起，我只觉得混身发僵。洗澡，不出汗；满街去跑，不出汗。我知道要不妙。两三天下去，我服了一些成药，无效。夜间，我作了个怪梦，梦见我仿佛是已死去，可是清清楚楚的听见大家的哭声。第二天清晨，我回了家，到家便起不来了。

“先生”是位太医院的，给我下得什么药，我不晓得，我已昏迷不醒，不晓得要药方来看。等我又能下了地，我的头发已全体与我脱离关系，头光得象个磁球。半年以后，我还不敢对人脱帽，帽下空空如也。

经过这一场病，我开始检讨自己：那些嗜好必须戒除，从此要格外小心，这不是玩的！

可是，到底为什么要学这些恶嗜好呢？啊，原来是因为月间有百十块的进项，而工作又十分清闲。那么，打算要不去胡闹，必定先有些正经事作；清闲而报酬优的事情只能毁了自己。

恰巧，这时候我的上司申斥了我一顿。我便辞了差。有的人说我太负气，有的人说我被迫不能不辞职，我都不去管。我去找了个教书的地方，一月挣五十块钱。在金钱上，不用说，我受了很大的损失；在劳力上自然也要多受好多的累。可是，我很快活：我又摸着了书本，一天到晚接触的都是可爱的学生们。除了还吸烟，我把别的嗜好全自自然然的放下了。挣的钱少，作的事多，不肯花钱，也没闲工夫去花。一气便是半年，我没吃醉过一回，没摸过一次牌。累了，在校园转一转，或到运动场外看学生们打球，我的活动完全在学校里，心整，生活有规律；设若再能把烟卷扔下，而多上几次礼拜堂，我颇可以成个清教徒了。

想起来，我能活到现在，而且生活老多少有些规律，差不多全是那一“关”的劳；自然，那回要是没能走过来，可就似乎有些不妥了。“二十三，罗成关”是个值得注意的警告！

著者略历

舒舍予，字老舍，现年四十岁，面黄无须。生于北平，三岁失怙，可谓无父。志学之年，帝王不存，可谓无君。无父无君，特别孝爱老母，布尔乔亚之仁未能一扫空也。幼读三百千，不求甚解。继学师范，遂奠教书匠之基。及壮，糊口四方，教书为业，甚难发财；每购奖券，以得末彩为荣，示甘于寒贱也。二十七岁，发愤著书，科学哲学无所懂，故写小说，博大家一笑，没什么了不得。三十四岁结婚，今已有一女一男，均狡猾可喜。闲时喜养花，不得其法，每每有叶无花，亦不忍弃。书无所不读，全无所获，并不着急。教书作事，均甚认真，往往吃亏，亦不后悔。如是而已，再活四十年也许能有点出息！

著有：《老张的哲学》《赵子曰》《二马》《小坡的生日》《猫城记》《离婚》《赶集》《牛天赐传》《樱海集》《蛤藻集》《骆驼祥子》《火车集》，皆小说也。当继续再写八本，凑成二十本，可以搁笔矣。散碎文字，随写随扔；偶搜汇成集，如《老舍幽默诗文集》及《老牛破车》，亦不重视之。

（原载1938年2月《宇宙风》第60期）

老舍主要著作书目

《老张的哲学》（长篇小说）　1928 年，商务印书馆

《赵子曰》（长篇小说）　1928 年，商务印书馆

《二马》（长篇小说）　1931 年，商务印书馆

《文学概论讲义》（理论）　1931 年，齐鲁大学文学院

《小坡的生日》（长篇小说）　1934 年，生活书店

《猫城记》（长篇小说）　1933 年，现代书局

《离婚》（长篇小说）　1933 年，良友图书印刷公司

《老舍幽默诗文集》　1934 年，时代图书公司

《赶集》（短篇小说集）　1934 年，良友图书印刷公司

《樱海集》（短篇小说集）　1936 年，人间书屋

《蛤藻集》（短篇小说集）　1936 年，开明书店

《老牛破车》（创作经验）　1937 年，人间书屋

《三四一》（曲艺集）　1938 年，重庆独立出版公司

《骆驼祥子》（长篇小说）　1939 年，人间书屋；修改本，1955 年，人民文学出版社

《火车集》（短篇小说集）　1939 年，上海杂志公司

《残雾》（话剧）　1940 年，商务印书馆

《文博士》（长篇小说）　又名《选民》，1940 年，香港作者书社

《张自忠》（话剧）　1941 年，华中图书公司

《大地龙蛇》（话剧）　1941 年，国民图书出版社

《剑北篇》（诗集）　1942 年，文艺奖金管理委员会出版部

《归去来兮》（话剧） 1943年，作家书屋

《国家至上》（话剧） 与宋之的合著，1943年，南方印书馆

《谁先到了重庆》（话剧） 1943年，重庆联友出版社

《桃李春风》（话剧） 又名《金声玉报》，与赵清阁合著，1943年，中西书局

《贫血集》（短篇小说集） 1944年，文聿出版社

《火葬》（长篇小说） 1944年，晨光出版公司

《惶惑》（长篇小说） 又名《四世同堂》第一部，1946年，良友图书印刷公司

《偷生》（长篇小说） 又名《四世同堂》第二部，1946年，晨光出版公司

《东海巴山集》（短篇小说集） 1946年，新丰出版社

《微神集》（短篇小说集） 1947年，晨光出版公司

《月牙集》（短篇小说集） 1948年，晨光出版公司

《方珍珠》（话剧） 1950年，晨光出版公司

《龙须沟》（话剧） 1951年，大众出版社

《过新年》（曲艺集） 1951年，晨光出版公司

《柳树井》（戏剧） 1952年，宝文堂

《消灭病菌》（戏剧） 1952年，辽东人民出版社

《春华秋实》（话剧） 1953年，人民文学出版社

《大家评理》（戏剧） 1953年，大众出版社

《和工人同志们谈写作》（理论） 1954年，工人出版社

《青年突击队》（话剧） 1955年，大众出版社

《西望长安》（话剧） 1955年，大众出版社

《无名高地有了名》（长篇小说） 1955年，人民文学出版社

《十五贯》（戏剧） 1956年，人民出版社

《福星集》（散文集） 1958年，北京出版社

《茶馆》（话剧） 1958年，中国戏剧出版社

《红大院》（话剧）　1959 年，作家出版社

《女店员》（话剧）　1959 年，百花文艺出版社

《青霞丹雪》（戏剧）　1959 年，北京出版社

《全家福》（话剧）　1959 年，作家出版社

《宝船》（话剧）　1961 年，中国少年儿童出版社

《荷珠配》（话剧）　1962 年，中国戏剧出版社

《小花朵集》（评论、创作经验合集）　1963 年，百花文艺出版社

《神拳》（话剧）　1963 年，中国戏剧出版社

《出口成章》（理论、创作经验合集）　1964 年，作家出版社

《我爱新北京》（散文集）　1979 年，北京出版社

《正红旗下》（长篇小说）　1980 年，人民文学出版社

《鼓书艺人》（长篇小说）　马小弥由英文版转译，1980 年，人民文学出版社

《老舍写作生涯》（散文集）　1981 年，百花文艺出版社

《老舍论剧》（理论、创作经验合集）　1981 年，中国戏剧出版社

《老舍小说集外集》　1982 年，北京出版社

《老舍文艺评论集》　1982 年，安徽人民出版社

《老舍曲艺文集》　1982 年，中国曲艺出版社

《四世同堂补篇》（长篇小说）　1983 年，百花文艺出版社

《老舍书信集》　1992 年，百花文艺出版社

《小人物自述》（长篇小说）　1992 年，勤+缘出版社